A Faint Cold Fear Thrills Through My Veins
William Shakespeare

Zu diesem Buch

Michael Spraggue hat die Nase voll von der Schnüfflerrolle. Weil er morgens gern lange im Bett und abends nicht gern allein bleibt, spielt er zur Zeit lieber den jugendlichen Liebhaber auf einer Repertoire-Bühne in Harvard.

Tante Mary, die zum Zeitvertreib an der Börse abräumt, sähe es allerdings lieber, wenn sich Spraggue auf seine geldaristokratische Abstammung besänne und mit ihr eine Privatdetektei aufmachte.

Als Spraggue seinen alten Kumpel Pete Collatos wiedertrifft, scheint sie ihrem Traum einen Schritt näher zu kommen. Collatos verzweifelt nämlich an der Unvernunft der Politiker. Er ist vom Cop zum Bodyguard des ultraliberalen Senators Donagher abgestiegen, der mit Drohbriefen eingedeckt wird. Angesichts der bevorstehenden Senatswahlen schlägt der Senator jedoch alle Vorsichtsmaßnahmen in den Wind. Unter keinen Umständen ist er bereit, auf die Teilnahme am publicityträchtigen Boston Marathon zu verzichten, dem die ganze Stadt entgegenfiebert. Auch dann nicht, als beim Joggen tatsächlich Schüsse auf ihn abgefeuert werden ...

Für Spraggue ist klar, welches Stück hier gegeben wird. Der Wahlkampf hat bekanntlich seine eigenen Gesetze, und Politikern ist jedes Mittel recht, um in die Schlagzeilen zu kommen. So macht es ihn nicht weiter stutzig, daß sich der Wahlkampfmanager Donaghers nachts am Tatort der Schüsse herumtreibt. Auch der mysteriöse Anruf eines stockbetrunkenen Pete Collatos am Vorabend des Marathons vermag seine Schnüfflerinstinkte nicht zu wecken.

Spraggue sieht also keinen Anlaß, sich zwecks Ermittlungen in seinen silbernen Porsche zu zwängen und seine stolze Sammlung von Straftickets zu vervollständigen. Bis der Regie bei dem Marathon ein grober Schnitzer unterläuft ...

Linda Barnes, Jahrgang 1949, hat vier Bücher mit dem Privatdetektiv Michael Spraggue geschrieben. In der rororo thriller Reihe liegen zwei davon vor: *Blut will Blut* (Nr. 3064) und *Früchte der Gier* (Nr. 3029). Außerdem zwei weitere mit Carlotta Carlyle unter dem Titel *Carlotta steigt ein* (Nr. 2917) und *Carlotta fängt Schlangen* (Nr. 2959). *Carlotta jagt den Coyoten* und *Carlotta spielt den Blues* liegen in gebundener Ausgabe im Wunderlich Verlag vor.

Linda Barnes

Marathon des Todes

Deutsch von Jürgen Bürger

rororo

Rowohlt

rororo thriller
Herausgegeben von Bernd Jost

Deutsche Erstausgabe
Veröffentlicht im Rowohlt Taschenbuch Verlag GmbH,
Reinbek bei Hamburg, Februar 1993

Die Originalausgabe erschien 1984 bei Fawcett Crest Book, New York
unter dem Titel «Dead Heat»

Umschlagtypographie Peter Wippermann / Susanne Müller
Umschlagfoto Thomas Henning
Gesetzt aus der Garamond bei Dörlemann-Satz, Lemförde
Druck und Bindung Clausen & Bosse, Leck
Printed in Germany
990-ISBN 3 499 43040 1

DAS HAUPTFELD

Michael Spraggue	läuft ohne Startberechtigung
Tante Mary	läuft rund um die Uhr auf Hochtouren
Pete Collatos	stolpert aus dem Rennen
Senator Donagher	geht als Favorit an den Start
Lila Donagher	läuft mit Handicaps
Captain Menlo	würde gerne vorne mitlaufen
Captain Hurley	läuft ihm den Rang ab
Sharon Collatos	läuft der Konkurrenz davon
Murray Eichenhorn	will einen gut laufenden Wahlkampf
Edward Heineman	ist von Berufs wegen auf dem laufenden

Für meine Eltern Hilda und Irv Appelblatt

Mein Dank gilt Steve Appelblatt, Richard Barnes, James Morrow und dem Personal des Bill Rodgers Running Center für ihre Informationen und Kritik, die sie gern und großzügig gegeben haben.

Auch wenn die Handlung um einen realen Stadtmarathon aufgebaut ist – den berühmten Boston Marathon –, bleibt dies dennoch ein fiktiver Roman, und jede scheinbare Ähnlichkeit mit lebenden oder toten Personen ist rein zufällig.

EINS

Mit verschwitzten Fingern zerrte Spraggue einen zerknüllten Papierfetzen aus der Tasche seiner Jogginghose. Er mußte ihn nicht erst lesen; er kannte ihn. Unbeholfene Blockschrift auf billigem Briefpapier. In der oberen rechten Ecke das heutige Datum. Dann untereinander: CHESTNUT HILL RESERVOIR. LAUF UM DEIN LEBEN. 3 UHR. Und ganz unten die krakelige Unterschrift, die der Drohung beinahe den Stachel nahm: EIN WAHRER FREUND.

Stirnrunzelnd schob er den Zettel wieder in die Tasche und schaute sich nach dem Verfasser um.

Ohne die Jogger wäre es ein Anblick wie auf einer Ansichtskarte gewesen. Das Reservoir sah aus, als wäre es auf natürliche Weise entstanden und nicht von Bulldozern angelegt worden. Der See mit seinem ungleichmäßigen Uferverlauf wirkte seltsam – zu rein war das Blau, das sich leicht unter der sanften Frühlingsbrise kräuselte. Abgesehen von der Beacon Street, die das Gelände in der Mitte zerschnitt, ähnelte es mit seinen winzigen, kastenförmigen Pförtnerhäuschen und den Nebengebäuden der zwei prächtigen alten Chestnut-Hill-Pumpstationen am Ufer einem britischen Landgut.

Die Nachmittagssonne glitzerte auf dem See und ließ die Jogger blinzeln. Wer eine Schirmmütze hatte, zog sie jetzt einfach tiefer in die Stirn. Spraggue, der weder Mütze noch Sonnenbrille dabeihatte, mußte geblendet kurz die Augen schließen und stieß sich prompt einen Zeh an einem heimtückisch lauernden Felsbrocken. Aber das konnte ihm auch nichts mehr anhaben.

Jetzt fehlten nur noch Muskelschmerzen oder gar eine gerissene Achillessehne, dachte er, während er verbissen weitertrottete. Das kam davon, wenn sich ein Fünfunddreißigjähriger immer noch so bewegen wollte wie ein Achtzehnjähriger. Blasen an den Füßen. Sein Wagen womöglich abgeschleppt aus dem deutlich markierten Parkverbot oder, schlimmer noch, gefangen von der gefürchteten

Kralle, dem Kummer und Leid aller Bostoner Autofahrer. Er versuchte sich zu erinnern, ob die dazu erforderlichen fünf unbezahlten Strafzettel in seinem Handschuhfach lagen. Und zur Krönung tauchte dieser anonyme Briefeschreiber nicht auf.

Der Weg wurde schmaler, der Belag wechselte von knochenbrechendem Beton zu einer für die Füße ausgesprochen unangenehmen Mischung aus Kies und Gras. Eine mörderische Steigung ließ die vorderen Muskeln seiner Oberschenkel vor Protest laut aufschreien, während die hinteren sich in Erwartung des todsicher folgenden Gefälles ängstlich zusammenzogen.

Auf dem Weg wimmelte es von Läufern. Sie mußten jetzt für die wegen des ungewöhnlichen Schneesturmes im April verlorene Trainingszeit büßen. Auf ihren T-Shirts die Logos von Sportbekleidungsherstellern oder von Austragungsorten populärer Stadtmarathons: New York, Denver, Charleston, Falmouth, Eugene, Oregon. Fukuoka in Japan war vertreten durch einen zierlichen vitalen Asiaten in einer makellos weißen Jogginghose. Mit Stragques von der Sonne geblendeten Augen wirkten alle Läufer jung, unglaublich schlank und widerlich fit, auch wenn sie nur bunt zusammengewürfelte Kleidung und schmutzige Turnschuhe trugen. Da er sich wie ein alter Knochen vorkam, steigerte Spraggue sein Tempo. Wäre er bei mehr Puste gewesen, um die ungefähr zehn erforderlichen Worte an einem Stück rauspressen zu können, dann hätte er die hübsche, sonnengebräunte Frau neben sich gefragt, seit wann diese Kinder schon am Boston Marathon teilnehmen durften. Aber er hätte bei dem Versuch nur nach Luft gejapst wie ein Lachs, der aus einem Bach gerissen worden war. Er preßte die geballte Faust in seine rechte Seite, suchte verzweifelt nach dem Ursprung des qälenden Schmerzes.

Konnte die sonnengebräunte Frau den merkwürdigen Zettel verfaßt und ihn Tante Mary geschickt haben – der einzigen Person, die ihn jederzeit erreichen konnte? War das der Grund, warum sie so beständig neben ihm blieb? Genau in diesem Augenblick holte sie tief Luft, sprintete los und ließ ihn schnell zurück.

Er hoffte, sein mysteriöser Briefschreiber wäre eine Frau, eine faszinierende, dunkeläugige Frau mit fein modellierten Wangenknochen und einem ständigen schmachtenden Lächeln.

Schwitzte denn eigentlich keiner dieser Jogger?

Macht nicht Gewohnheit süßer dieses Leben
Als das gemalten Pomps? Sind diese Wälder
Nicht sorgenfreier als der falsche Hof?

Um nicht an seinen schmerzenden kleinen Zeh zu denken, der sich wie ein anschwellender Ballon anfühlte, und nicht an die Verabredung um drei Uhr mit dem Zettelschreiber, rezitierte er Passagen aus *Wie es euch gefällt* vor sich hin. Nicht seinen eigenen Text, sondern die Zeilen des in die Verbannung geschickten älteren Herzogs. Worte, die zur ländlichen Umgebung paßten. Und er musterte aufmerksam die Gesichter entgegenkommender Läufer, ärgerte sich, den Frauen bislang mehr Aufmerksamkeit geschenkt zu haben. Nicht etwa, weil er glaubte, der anonyme Brief wäre von einer Frau. Es steckte vielmehr pure Einsamkeit, blanke Sehnsucht dahinter.

Er sinnierte über die Vorteile, sich mit einer seiner Schauspielerkolleginnen vom *Harvard Rep* zu trösten. Die hinreißende, wenn auch männermordende Lady vielleicht, die die Celia zu seinem Oliver spielte. Bestand Hoffnung auf eine ernsthafte Beziehung zu einer Frau, in die sich zu verlieben er viermal die Woche im vierten Akt, dritte Szene vorgab?

Die Seitenstiche wurden fast unerträglich, und die Wadenmuskeln suchten sich den gleichen Augenblick aus, um von unterschwelligem Klagen zu kreischendem Alarm überzugehen.

«Spraggue! Warten Sie!»

Die donnernde Stimme war unverkennbar. Er drehte den Kopf und sah Pete Collatos auf sich zugesprintet kommen. Sein dunkles, krauses Haar klebte am Schädel. Trotz seines Frotteestirnbandes lief Collatos der Schweiß in Strömen über sein dunkelhäutiges Gesicht. Spraggue verzog seinen Mund zu einem gequälten Lächeln. Seine geheimnisvolle Frau konnte er vergessen. Er versuchte wieder normal zu atmen. Seine Lungen brannten.

Collatos' Laufpartner kam ihm seltsam bekannt vor. Er trug das T-Shirt des letztjährigen 81er Boston Marathon, näherte sich von rechts und joggte dann auf der Stelle. Dabei atmete er so ruhig und gleichmäßig, als hätte er sich gerade auf einem Liegestuhl am Rande eines kristallklaren Pools entspannt, statt wie ein Irrer um das Chestnut Hill Reservoir zu rennen.

Collatos wischte die Hand an seinen Shorts ab, bevor er sie Spraggue reichte. «Ich dachte schon, du wärst einer dieser lausigen, nichtsnutzigen Morgens-eine-halbe-Stunde-wenn's-nicht-regnet-Jogger. Machst du dieses Jahr auch beim Marathon mit?»

«Auf gar keinen Fall!» Spraggue suchte nach einem Anhaltspunkt, daß er seinen anonymen Briefschreiber vor sich hatte. Dann beschloß er, den Grund für seinen ungewöhnlichen nachmittäglichen Lauf nicht zu erwähnen. Noch nicht. «Wie geht's dem Stolz Bostons?»

«Halt dich fest, mein Freund: Ich bin kein Cop mehr», erwiderte Collatos. «Man hat mich in den frühzeitigen Ruhestand geschickt. Alles nur wegen der verdammten Kürzungen im öffentlichen Dienst.» Der Excop schlug sich plötzlich mit der flachen Hand vor die Stirn – eine Geste, an die sich Spraggue noch aus zahllosen Nächten in dem brütend heißen Schuhkarton von Büro im Polizeipräsidium erinnerte – und wandte sich zu dem Mann, der immer noch neben ihm auf der Stelle joggte. «Sorry, Brian. Ich darf Ihnen eine der Schlangen vorstellen, mit denen ich mich noch als bescheidener Staatsdiener abgeben mußte. Michael Spraggue ... Senator Brian Donagher.»

Was das Gefühl der Bekanntheit erklärte. Spraggue hätte sich ohrfeigen können, nicht früher diesen Namen mit dem Mann in Verbindung gebracht zu haben. Aber dieser Donagher hier sah erheblich älter aus als der naßforsche Emporkömmling, der vor sechs Jahren mit einem Programm für den amerikanischen Senat kandidiert hatte, das so liberal war wie von einem Demokraten aus den Sechzigern. Er hatte sämtliche Meinungsforscher verblüfft, als er auch noch gewann. Die seitdem vergangenen Jahre als Politiker hatten deutliche Spuren hinterlassen. Sein Haar wirkte dunkler als im Fernsehen und auf den allgegenwärtigen Wahlplakaten. Seine blauen Augen, die aus einem Netz feiner Linien blitzten, das seine jugendliche Statur Lügen strafte, wirkten allerdings genauso offen und ehrlich, sein Gesicht genauso hager. Der Senator ließ gleichmäßige Zähne aufblitzen, als er die Hand ausstreckte, was noch mehr Fältchen auf sein Gesicht zauberte. «Falls Sie der Spraggue sind, der sich mit zwei g schreibt, bin ich vor kurzem Ihrer Tante auf einigen Wahlveranstaltungen begegnet.»

«Freut mich, Sie kennenzulernen», sagte Spraggue und erwiderte das Lächeln. «Haben Sie ihr was abluchsen können?» Er wünschte, jemand würde vorschlagen, auf einen Drink irgendwohin zu gehen.

«Ein paar Börsentips, ja.»

«Machen Sie beim Marathon mit?»

Ein breiteres Lächeln grub sich in Donaghers Gesicht. «Worauf Sie sich verlassen können. Gott, was hat mir das Laufen gefehlt. Als ich letztes Jahr auf der Tribüne am Prudential Center auf meinem Arsch sitzen mußte, da habe ich mir geschworen, daß ich dieses Jahr mitmache. Und wenn ich den Senat dazu bringen müßte, ein Ausnahmegesetz zu erlassen, um zum Training beurlaubt zu werden.»

«Wollen Sie wieder unter den ersten sein?»

«Sie übertreiben. Es ist fünf Jahre her, seit ich unter den ersten zehn war. Einen Stuhl in Washington warm zu halten ist nicht gerade die beste Vorbereitung auf den Heartbreak Hill. Wißt ihr was, ich laufe noch ein bißchen, und ihr Jungs plaudert über die gute alte Zeit. Ich muß noch ein paar Meilen runterreißen, und ich will nicht, daß meine Beinmuskeln steif werden.»

«Sind Sie sicher, das geht in Ordnung?» In Collatos' leiser Frage schwang Besorgnis.

«Kein Problem», versicherte Donagher mit dem gleichen gedämpften Tonfall. «Es ist ja nicht mitten in der Nacht in einer dunklen Gasse. Bei der nächsten Runde hole ich Sie wieder ab. War nett, Sie kennenzulernen, Spraggue.»

«Halten Sie sich von der Presse fern», brüllte Collatos ihm noch nach und grinste breit.

Sobald Donagher außer Sicht war, ließ sich Spraggue auf einen großen Felsbrocken neben dem Weg fallen und massierte seine Beine. «Du siehst gut aus», meinte er nach zweiminütigem Schweigen. Er dachte ja gar nicht daran, den Brief zu erwähnen.

Collatos lachte. «Das liegt nur an dieser gottverdammten Diät. Vorbereitung auf den Marathon. Mann, am Tag nach dem Rennen werde ich drei Six-packs in mich reinkippen und mir den Bauch mit fünf großen Pizzen mit Salami, Zwiebel und Anchovis vollstopfen.»

«Erinner mich daran, dir am 20. April aus dem Weg zu gehen. Machst du eine kohlehydratreiche Diät?»

«Nee, nee. Es ist so eine ausgefallene Diät, die sich ein Arzt für Donagher ausgedacht hat. Ich laufe mit ihm, ich mache seine Diät mit ihm.»

Und warum joggst du, ein ehemaliger Detective der Kriminalpolizei, mit dem jungen Senator von Massachusetts? hätte Spraggue am liebsten gefragt.

«Tut mir leid, daß sie dich gefeuert haben», sagte er statt dessen. War Collatos für diesen Brief verantwortlich? Er war so sicher gewesen, als er ihn vorhin gesehen hatte; so was wäre typisch Collatos gewesen . . .

«He, vergiß es.» Collatos' unerschütterliches Lächeln ließ Spraggues Beine schmerzhaft pochen. «Natürlich hat's mich zuerst ziemlich mitgenommen. Die ganze Ausbildung für die Katz. Die Familientradition den Bach runter. Es ist verdammt schwer, sich von einem fünfundzwanzigjährigen Traum und einer Pension zu verabschieden. Aber, zum Teufel auch, ich war schließlich nicht mit dem Department verheiratet.»

«Aber du kriegst immer noch spitze Ohren, wenn du eine Sirene hörst», meinte Spraggue.

«Kann man nichts gegen machen.» Collatos lauschte einen Augenblick. «Das ist übrigens die Feuerwehr, nicht die Cops.»

«Kein Krankenwagen?»

Der ehemalige Cop schloß konzentriert die Augen, runzelte angestrengt die Stirn und schüttelte dann energisch den Kopf.

«Zu schade», sagte Spraggue, während er seine harten Wadenmuskeln massierte. «Ich könnte einen brauchen.»

«Du mußt dich fit halten», meinte Collatos. «Langsam die Distanz steigern. Jedenfalls, nachdem ich gefeuert war, stand ich nicht mal eine Woche im Regen. Dann hatte ich wieder was an Land gezogen.»

«Und zwar was?»

«Das will ich dir verraten.» Spraggue erinnerte sich, wie schwer es war, Collatos auf geradem Weg zum Kern einer Sache zu bringen. Er lehnte sich auf die Hände zurück und ließ die Füße vorsichtig kreisen.

«Ich hatte nicht mal die Chance, über meine weitere Zukunft nachzudenken», fuhr Collatos fort. «Meine Schwester hatte eine ganze Liste von Berufen, die ich ausprobieren sollte. Sie wollte mich sogar wieder auf die Schulbank schicken. Ich hatte eigentlich vor, zwei Wochen Urlaub zu machen, irgendwo in der Sonne meine Abfindung zu verbraten und mich anschließend vielleicht selbständig zu machen, den Cops den einen oder anderen Fall abzuluchsen. Aber die Jungs im Department, Mann, die kümmern sich wirklich um einen. Senator Donagher ruft mich an. Er sucht gerade einen Bodyguard. Er ist Läufer, und die Jungs im Department wissen, daß ich auch laufe. Paßt doch wunderbar zusammen, denken die sich. Die hohen Tiere geben mir ein Spitzenzeugnis, und hier bin ich, trainiere für den Marathon. Gleichzeitig verdiene ich mehr Mäuse, als die lieben Steuerzahler je für mich blechen mußten.»

«Wozu braucht Donagher einen Bodyguard?»

«Er hat Morddrohungen bekommen. Das macht ihn nervös.»

«Kommt mir aber gar nicht besonders nervös vor.»

«Dachte mir, mal abgesehen davon, daß ich ihn beschütze, ich schnüffle mal ein bißchen rum, finde raus, wer diese Briefe geschickt hat.»

«Einem Politiker? Wo soll man da anfangen? Beim Wählerverzeichnis? Ist wahrscheinlich nur so ein Spinner, der seine Buketts beiden Seiten schickt.»

«Nee. Das habe ich überprüft. Bartolos Leute behaupten, daß er keine entsprechenden Liebesbriefe bekommt.»

«Entweder warten sie nur, bis der Wahlkampf in eine heißere Phase tritt, oder es ist reine Geschmackssache.»

«Du sagst es. Ich meine, warum Donagher hassen und nicht auch Bartolo? Donagher ist schon in Ordnung. Für einen Politiker ist er schon ein anständiger Kerl. Ich habe ihm gesagt, er soll dich engagieren, Spraggue.»

Spraggues Lächeln war grimmig, eine gerade Linie zwischen zwei Parenthesen. «Aha, das steckt also hinter dieser kleinen Scharade», brummte er.

«Ich wußte doch, daß dich diese Nachricht ködern würde», meinte Pete trocken. «Auf so was fährst du ab.»

«Jetzt mal ganz langsam, ja? Du bist kein Cop mehr. Und ich kein Privatdetektiv.»

«Du redest Scheiße, Mann.»

«Nein.»

«Liegt es nicht nur daran, daß deine politischen Einstellungen und die von Donagher nicht ganz auf einer Wellenlänge liegen? Ich meine, er ist einer der echten Schröpft-die-Reichen-Jungs.»

«Es hat nichts mit Politik zu tun», erwiderte Spraggue. «Ich habe dem Kerl meine Stimme gegeben. Die alten Familien in Massachusetts erwarten außerdem, geschröpft zu werden. Wir haben nur keine Lust, unser Geld für Atomsprengköpfe zu verplempern. Wenn Donagher politisch stärker wäre, hätte ich ein erheblich besseres Gefühl bei meinem Steuerbescheid.»

«Mann!» Collatos riß sich das Schweißband vom Kopf, wrang es aus und schaute zu, wie die Schweißtropfen im Boden versikkerten. «Spraggue hat sich aus der Schnüffler-Branche verabschiedet. Nichts bleibt, wie's war. Arbeitest du überhaupt? Oder kassierst du nur die Dividenden deiner Aktien?»

«Ich arbeite wieder als Schauspieler. Damit kann ich sogar fast meinen Lebensunterhalt bestreiten.»

«Kein Scheiß, Mann? Du bist beim Fernsehen?»

«Ich spezialisiere mich auf Stücke, die direkt nach der Premiere wieder abgesetzt werden, und auf Filme, die nie in die Kinos kommen. Im Moment habe ich ein Engagement beim *Harvard Repertory Theater.*»

«He, und ich dachte, wir beide könnten diese Donagher-Sache zusammen durchziehen. Bei der Sache mit den Autodiebstählen haben wir ja ganz gut zusammengearbeitet.»

Spraggue erinnerte sich an den schonungslosen Enthusiasmus, der vor langer Zeit diesen Fall gekennzeichnet hatte, und wer auch immer Donagher die anonymen Briefe geschickt hatte – er tat ihm ausgesprochen leid. Der Verfasser würde für den Rest seines Lebens von Collatos gejagt werden.

«Warum nicht noch mal einen Fall übernehmen?» sagte Collatos. «Nur um in Übung zu bleiben?»

«Meine Lizenz als Privatdetektiv ist abgelaufen.»

«Gut», meinte Collatos. «Das ist wahrscheinlich das einzige, was Menlo davon abhalten würde, das Ding zu konfiszieren.»

«Menlo! Diesen Kretin haben sie immer noch nicht rausgeschmissen?»

«Machst du Witze? Er war mein Boß, als ich zum Sonderdezernat für Brandstiftung abgestellt war. Er hat seine Beförderung gekriegt, als wir anderen entlassen wurden!»

«Gott helfe der Bostoner Polizei!» brummte Spraggue. Collatos drehte einen Grashalm zwischen Daumen und Zeigefinger, hielt den Blick eisern darauf gerichtet, während er mit enttäuschter Stimme sagte: «Dann bist du also mit der Schauspielerei voll beschäftigt?»

«Bis über beide Ohren.»

Plötzlich starrte Pete den Weg hinauf. Spraggue folgte dem Blick des ehemaligen Cops und sah plötzlich die Frau seiner Träume, dunkeläugig und exotisch, die lässig um den See joggte. So schnell seine steifen Beine es zuließen, sprang er auf.

«Du kennst sie?» fragte Collatos eifrig.

«Nee. Aber das wird sich schnell ändern. Findest du es zu plump, wenn ich vor ihren Füßen zusammenbreche?»

Collatos grinste. «Du steckst nicht nur bis über beide Ohren, du steckst bis über den Scheitel drin.»

Ein Schuß peitschte durch die Bäume. Spraggue erkannte es, noch bevor er aufhörte zu hoffen, es wäre vielleicht nur die Fehlzündung eines Lastwagens. Mehrere weitere Schüsse folgten, unterbrochen von Schreien.

Spraggue stellte überrascht fest, daß er immer noch laufen konnte.

Einen Augenblick sahen sich die beiden Männer an, dann rannten sie auch schon los, folgten dem kiesbedeckten, schmalen Weg, den Donagher genommen hatte. Spraggues Fußspitzen gruben sich in den Boden, und er beugte sich leicht aus der Taille vor, um die Steigung auszugleichen. Er sah in Collatos' Hand etwas aufblitzen, fragte sich flüchtig, wo der Excop in seinen Laufklamotten eine Kanone hatte verbergen können.

Sie erreichten den Gipfel des Hügels. «Brian!» brüllte Collatos, und Spraggue fragte sich, woher er noch die Puste zu dieser Lautstärke nahm. Der Excop sah sich hektisch um und stürmte mit Höchstgeschwindigkeit den Abhang hinunter.

Der Verkehrslärm von der Beacon Street verebbte im Hintergrund. Die Schmerzen in Spraggues Seite machten sich wieder bemerkbar; er ignorierte sie. Sie stürmten an den Stationen des Trimm-dich-Pfades vorbei, ohne die vorgeschriebene Anzahl von Sit-ups oder Liegestützen zu machen. Der Belag des Weges wechselte von Kies zu Beton, er wurde breiter, ebener. Spraggue keuchte, und er lief leicht vornübergebeugt – nicht mehr wegen des hügeligen Geländes, sondern um seine Seitenstiche zu lindern. Sie hatten kaum die nächste Anhöhe überwunden, als ihnen laute Rufe entgegenschallten. Jemand brüllte: «Unten bleiben!»

«Brian!» Diesmal bebte Collatos' Stimme und erstarb.

«Pete!»

Collatos' Erleichterung war so groß, daß Spraggue das Erbeben seines ganzen Körpers sehen konnte. Seine Schultern sackten kurz zusammen, strafften sich dann wieder. Collatos steigerte sein Tempo und ließ Spraggue auf dem wieder schmaler werdenden Pfad hinter sich zurück.

«Nicht näher kommen!» Donaghers Stimme. Collatos duckte sich hinter einen überhängenden Felsblock. Spraggue ging hinter ihm in Deckung und starrte auf die Szene, die sich ihren Augen bot. Donagher hatte vor den plötzlichen Schüssen Deckung gesucht, indem er über den Zaun gesprungen war, der das Reservoir einfaßte, und sich hinter einer der Ulmen flach auf den Boden geworfen. Jeder andere Läufer in seiner Nähe schien diesem Beispiel gefolgt zu sein. Köpfe lugten hinter Büschen hervor. Die potentiellen Ziele blieben unten; manche lagen auf dem Bauch, die etwas Mutigeren hockten auf den Knien. Diejenigen, die nicht zu Spraggue und Collatos hinüberstarrten, hielten ihren Blick über die Lake Street auf den alten Boston-College-Friedhof gerichtet.

Diesen Augenblick wählte Donagher, um aufzuspringen. «Hinter der Säule da!» brüllte er. «Auf dem Friedhof!»

Donagher zeigte mit dem Arm in die Richtung, während er brüllte, und Collatos sprintete los, überquerte in völliger Mißachtung des Verkehrs die Straße, kletterte über einen gewaltigen Zaun auf den Friedhof und stürmte mit gezogener Kanone den Hügel zu dem höchsten Gedenkstein hinauf. Sekunden später war er nicht mehr zu sehen. Spraggue überlegte kurz, ihm zu folgen, doch seine Beine spielten nicht mit.

Langsam wagten sich die Läufer wieder vor, bildeten einen gaffenden Kreis um Donagher, tuschelten über seine Identität und untersuchten ihre Kratzer und Prellungen. Ein älterer Mann hatte sich beim Klettern über den Zaun den Knöchel verstaucht. Mehrere Zeugen des Geschehens kicherten verlegen, wußten nicht, was sie jetzt tun sollten.

«Was ist passiert?» Spraggue übertönte mit dieser Frage das Stimmengewirr.

«Ich bin nicht sicher», antwortete Donagher schnell. «Reflexhandlung, denke ich. Ein Geräusch. Ich habe gesehen, wie sich auf dem Friedhof etwas bewegt hat ...»

«Alle sind in Deckung gegangen, also hab ich's auch gemacht», meldete sich eine Frau in einem orangefarbenen Top zu Wort. «Vielleicht war's ja nur ein Auto mit Fehlzündung.»

«Auf keinen Fall!»Ein kräftiger Mann mit nacktem Oberkörper und üppigen, lockigen dunklen Haaren. «Das waren Schüsse. Gewehrschüsse. Von denen habe ich in Vietnam mehr als genug gehört. Die werde ich immer wiedererkennen. Mann, ich dachte, ich hätte Halluzinationen, einen Alptraum oder was weiß ich.»

«Sollte nicht irgendwer die Polizei verständigen?»

«Ist jemand verletzt worden?»

«Dieser Mann, der weggelaufen ist ... Sein Gesicht hat ausgesehen wie plattgedrückt, gar nicht wie ein normales Gesicht.»

Der letzte Kommentar, der sich über die plötzlich redselige Gruppe erhob, kam von einem blonden Teenager. Spraggue erkannte sie als eine der jungen Frauen wieder, die ihn vor einiger Zeit überholt hatten.

Eine Strumpfmaske, dachte Spraggue.

Donaghers angenehmer Bariton setzte sich durch. Spraggue bekam nicht alles mit, da er nach Pete Collatos Ausschau hielt. Aber Donaghers Tonfall wirkte beruhigend und erklärend. Von Zeit zu Zeit schnappte Spraggue das eine oder andere Wort auf, etwas von «Panik vermeiden» und «schlechter Publicity» und «einem blauen Auge für eine liebenswürdige Stadt kurz vor einem ihrer renommiertesten Ereignisse».

Na dann, viel Glück, dachte Spraggue. Halte diese zwanzig Leute einmal davon ab, sofort alles ihren Freunden und Verwandten zu erzählen. Und warte nur, bis die professionellen Klatschtanten die Geschichte in die Finger kriegen. *Schüsse vom Boston-College-Friedhof auf Senator.* Er fragte sich, wie reißerisch die Schlagzeilen im *Herald* wohl sein würden. GEIST FEUERT HINTERRÜCKS AUF SENATOR. In acht Zentimeter hohen, fetten schwarzen Lettern.

Collatos kam, immer noch laufend, wieder in Sicht. Keuchend wie ein übergewichtiger Hund blieb er kurz darauf neben Spraggue stehen und versuchte zu sprechen.

«Ein Auto . . .» Soviel kriegte er raus, dann klappte er zusammen; die Knie gaben nach, und er stürzte gekrümmt zu Boden.

Spraggue hockte sich neben ihn. «Alles okay?»

«Nur . . . außer . . . Atem . . .»

«Hast du die Cops verständigt?»

Collatos nickte. Soviel zu Donaghers wortgewaltigem Appell, den Zwischenfall nicht an die Öffentlichkeit durchsickern zu lassen.

Spraggue wartete, bis Collatos wieder einigermaßen zu Atem gekommen war. «Was für ein Auto?» wollte er wissen.

«Auf der Comm Ave . . . dunkel . . . hat Vollgas gegeben, als ich dort ankam.»

«Hast du den Kerl gesehen, der eingestiegen ist?»

Collatos zuckte mit den Achseln.

«Nummernschild?»

«Mit . . . Dreck verschmiert.»

«Fabrikat?»

«Ein Olds . . . vielleicht auch ein Buick . . . neueres Modell . . .» Collatos wischte sich mit dem Handrücken über die Stirn, und Schweißtropfen fielen auf den Boden. Er packte Spraggues Schulter und wuchtete sich hoch. Er schwankte, riß sich zusammen, ging die zehn Schritte zu Donagher und legte zögernd eine Hand auf den Arm des Senators.

«Tut mir leid . . .» sagte er, immer noch um jeden Atemzug kämpfend. «Tut mir leid. Hätte Sie nicht allein lassen dürfen . . .»

«Vergessen Sie's», sagte Donagher, doch seine Stimme klang hart und angespannt.

Eine Sirene näherte sich. Sie unterschied sich in Ton und Tonhöhe von derjenigen, die Collatos vorhin als Feuerwehrwagen identifiziert hatte. Einige Jogger, die später dazugekommen waren, liefen wieder los. Sie waren nicht darauf versessen, hier in irgend etwas reingezogen zu werden. Die meisten drängten sich näher.

Ein Streifenwagen kam mit Blaulicht und kreischenden Reifen um die Ecke und blockierte die Straße. Zwei uniformierte Männer sprangen heraus.

ZWEI

Er riß den Bart mit einem schnellen, geschickten Ruck ab, die erfahrungsgemäß am wenigsten schmerzhafte und unangenehme Methode. Dann entfernte er mit Feuchtigkeitscreme und Kosmetiktüchern die Schminke aus seinem Gesicht. Mit ihrer Hilfe hatte sich der heimtückische Oliver als Höfling des älteren Herzogs verkleidet. Spraggue warf einen kurzen Blick auf den Schminktisch, um sich zu vergewissern, daß alles bereitlag für seine fünfminütige Rückverwandlung in Oliver; falscher Schnurrbart, dunkelrote Konturstifte, brauner Lidschatten, weißer Eyeliner, zwei dünne Kamelhaarpinsel, Puder, ein fleischfarbener Schminkstift. Er hatte keine Zeit, einen besonderen Farbton für Oliver anzumischen.

Mit kreisförmigen Bewegungen verteilte er eine dünne Schicht Fettschminke, als würde er sich das Gesicht waschen, und wählte dann den spitzesten seiner Konturstifte. Er hob die Augenbrauen, um seine Stirn in Falten zu legen, zog die deutlichsten Falten mit rotem Stift nach und betont sie zusätzlich mit weißer Farbe. Schon sehr bald würde er die Zeremonie des Stirnrunzelns vergessen können, dachte er. Die Falten waren dann auch ohne gottverdammt leicht zu erkennen.

Genau wie er ein Ritual am Schminktisch entwickelt hatte und eine Reihenfolge, in der er, vom Haaransatz zum Kinn, die Konturen seines Gesichtes nachzog, gab es auch eine klare Struktur, nach der er sich geistig auf eine Rolle vorbereitete. Nun war der Moment gekommen, wieder in den Charakter des bösen älteren Bruders zu schlüpfen: Olivers erbittertes Zusammentreffen mit Herzog Friedrich am neuen Hof in Erinnerung zu rufen, Olivers Pläne zu rekonstruieren, seinen Bruder Orlando zu beseitigen, noch einmal Olivers lange Reise in den Ardenner Wald zu durchleben, die in seiner wundersamen, die Handlung rettenden Bekehrung zu plötzlicher Güte gipfelte. Doch statt dessen grübelte Spraggue über die Schießerei am Reservoir nach.

Die Cops besaßen nun die Namen von etwa zwanzig Joggern, die Zeugen des ganzen Wirbels geworden waren, komplett mit Adressen, Telefonnummern und einigen vagen, nicht übereinstimmenden Beschreibungen des mutmaßlichen Täters. Die junge Frau, deren Aussage auf eine Strumpfmaske hingedeutet hatte, schien noch die zuverlässigste zu sein. Der alte Mann mit dem verstauchten Knöchel hatte zweiundzwanzig verschiedene Verschwörungstheorien angeboten, von denen noch die glaubwürdigste ein Komplott der Sponsoren des New York Marathon war, um den berühmten Bostoner Lauf zu verhindern. Außerdem hielt er es für möglich, daß die Schüsse aus dem Hinterhalt eine teuflische Finte der Mafia waren. So bekam sie die Cops aus dem Weg, während Gangster eine Neuauflage des berühmten Raubüberfalls auf Brink's inszenierten.

Spraggue verteilte braunen Lidschatten. Was ihn beunruhigte, waren die Reporter. Das Kamerateam von Channel 4 war wie ein Fliegenschwarm über den Tatort hergefallen, noch bevor die Cops überhaupt Gelegenheit hatten, ihre Dienstmarken zu zeigen. Sie hatten auch die besseren Fragen gestellt. Konnte es sein, daß sie kurz vorher einen Tip bekommen hatten? War die ganze Episode nur ein verrückter Publicity-Gag? Donagher mußte sich im November der Wiederwahl stellen, und nicht wenige Kenner der Szene behaupteten, seine Rückkehr zum Marathonlauf sei eine billige Möglichkeit, den Wahlkampf publikumswirksam einzuleiten. Würde irgendein kleiner Lakai in Donaghers Truppe stolz auf die morgigen Titelstories des *Globe* und des *Herald* verweisen und das eingesparte Geld einheimsen, statt hart erarbeitete Wahlkampfspenden für Zeitungsannoncen auszugeben? Spraggue beschloß, diesen Aspekt näher zu untersuchen, bevor er sich um anonyme Drohbriefe irgendwelcher Spinner kümmerte. Er fragte sich, was Pete Collatos wohl unternehmen würde. Falls Collatos seinen Job behielt. Spraggue hoffte, daß sein Freund wegen seines Pflichtversäumnisses nicht gefeuert worden war.

Geschickt schminkte er die Stelle unter seinem rechten Wangenknochen dunkel und an den Rändern weiß, um ein hageres Gesicht zu bewirken.

Jeder für diesen Streich verantwortliche Lakai mußte bei Donaghers zurückhaltender Reaktion geflennt haben. Der Kandidat hatte sich jedem Versuch der Cops widersetzt, ihn als Zielperson der Schüsse hervorzuheben. «Willkürliche Schüsse aus dem Hinterhalt» am Reservoir, so hatte Donagher den Zwischenfall tituliert. Eindringlich auf mögliche Motive angesprochen, hatte er einen Diskurs über sinnlose Gewalt in der heutigen Gesellschaft geführt. Hatte mit keiner Silbe irgendwelche Drohbriefe erwähnt. Spraggue vermutete, daß der Senator von fünfundzwanzig Beobachtern seines Schwätzchens mit den Cops nicht mehr als fünfundzwanzig neue Stimmen gewonnen hatte. Ziel eines Heckenschützen geworden zu sein schien ein äußerst ungewisser Weg, eine Wahl zu gewinnen.

Mit zurückgelegtem Kopf linste er in den Spiegel, um die Konturen unter seinen Augen zu ziehen. Verglichen mit dem charaktervollen Make-up, das er für den Landadligen verwendete, war seine Oliver-Maske ausgesprochen simpel. Keine raffinierten Tricks, keine mit Knete veränderte Nase oder buschige Augenbrauen. Spraggue hob einfach seine natürlichen Gesichtszüge deutlicher hervor, glättete seine leicht asymmetrischen Proportionen, dank derer sein lebhaftes Gesicht ideal für eine Doppelrolle wurde.

Zur Zeit, sinnierte Spraggue, konnte er jedes Alter, von zwanzig bis zum Tod, spielen, aber seine Tage als jugendlicher Liebhaber gingen rapide zu Ende. Auf der Straße wurde seinem Gesicht nie ein zweiter Blick geschenkt. Das Make-up machte den entscheidenden Unterschied. Der Kritiker des *Globe* hatte seinen Oliver einen *gutaussehenden Schurken* genannt – zwei Worte, mit denen kein Mensch versucht hätte, Spraggue zu beschreiben. *Normal* war ein häufiger benutzter Ausdruck. Durchschnittlich, bis auf diese bernsteinfarbenen Katzenaugen.

Während er schnell seine dunkelrote Tunika zuknöpfte, las Spraggue noch einmal den Zettel, den er an der Tür seiner Garderobe gefunden hatte. »Michael», stand dort, «muß Dich unbedingt sprechen. Finanzen. Immobilien. Heute abend. Keine Ausflüchte.» Der stellvertretende Inspizient hatte die kategorische Anweisung seiner Tante mit angemessenem roten Stift geschrieben. Er bezweifelte, daß sich seine Tante auch nur annähernd so kurz und bündig ausgedrückt hatte; Mary war berüchtigt für ihre Redseligkeit.

Heute abend . . . Ob er den Termin einhalten würde oder nicht, hing allein von der Laune einer gewissen Kathleen Farrell ab, der Schauspielerin, die seine Geliebte Celia spielte. Ein kleiner Snack nach der Vorstellung mußte drinsein. Das Abendessen hatte er ausgelassen, da die Cops am Tatort der Schüsse hartnäckig auf seiner Aussage bestanden hatten, und sein Magen grummelte wie ein weit entferntes Artilleriefeuer. Beinahe hätte er sich sogar von der schaurigen Kost in Versuchung führen lassen, die die Requisite für die Szene des ländlichen Festessens im zweiten Akt zubereitete. Und nach dem Abendessen ... Nun, Tante Mary würde eben ein bißchen warten müssen. Vielleicht mußte sie seine Unterschrift für das einträgliche Projekt einfach fälschen, das sie gerade in Erwägung zog.

Er riß sich aus den Tagträumen und konzentrierte sich auf sein Bild in dem mannshohen Spiegel auf der Rückseite der Tür.

Guten Morgen, schöne Kinder! Wißt ihr nicht,
Wo hier im Wald herum 'ne Schäferei
Beschattet von Olivenbäumen steht?

Diese Worte aus dem vierten Akt, dritte Szene sprach er jeden Abend, an dem *Wie es euch gefällt* gespielt wurde. Das war keineswegs einfach nur Dienstag- bis Sonntagabend plus Frühvorstellungen mittwochs und sonntags. Das *Harvard Rep* war genau, was sein Name proklamierte, ein Repertoire-Ensemble komplett mit dem dazugehörigen bizarren Spielplan. In dieser Saison umfaßte ihr Spielplan drei Aufführungen: einen Shakespeare, einen Brecht und eine Oper, wobei letztere etwas Neues für das Theater war. Spraggue hatte Rollen in zwei der drei Produktionen, da er weder Stimme noch Neigung für die Oper besaß. Diese Woche war noch hektischer als gewöhnlich: drei Vorstellungen des *Kaukasischen Kreidekreises* und vier von *Wie es euch gefällt.* Die Oper wurde nur einmal gegeben. Anfangs hatte Spraggue noch permanent im Spielplan geblättert, um herauszufinden, wen er an einem bestimmten Abend spielte; heute ließ er alles auf sich zukommen, ohne sich vorher groß Sorgen zu machen.

Die Passage aus dem vierten Akt, die er gerade rezitiert hatte, war der Anfang seiner großen Szene mit Celia. Einer Szene, die nicht streng nach dem Text gespielt wurde, sondern nach Rosalindes späterem Urteil: Die zwei «trafen sich nicht so bald, so sahen sie; sahen nicht so bald, so liebten sie». Jeden Abend suchte Spraggue sich eine andere Stelle dieser Szene aus, um sich bis über beide Ohren in Celia zu verlieben. Er fragte sich, welche Auswirkungen das auf seine Gefühle für Kathleen Farrell hatte. Erzeugte die Nachahmung Realität? Provozierte die Kunst das Leben, statt es nachzuahmen? Schwer zu sagen.

Kathleen, eine blauäugige Sirene mit honigfarbenem Haar, war an diesem Abend atemberaubend gut. Ihre Stimme war in den Zuschauerraum gerichtet, aber Spraggue konnte das Gefühl nicht loswerden, daß ihre Blicke und Gedanken allein ihm galten.

In der letzten Szene heiratete er sie. War ihr Kuß, als der Vorhang fiel, vielleicht eine Idee leidenschaftlicher und länger als sonst?

Er dachte an das erste Mal, als auf ihn geschossen worden war, vor vielen Jahren, als er noch als Privatdetektiv gearbeitet hatte. Er erinnerte sich, damals gedacht zu haben: Wenn das Leben so unberechenbar ist, daß man von einer verirrten Kugel, von einem Fremden auf einen Fremden abgefeuert, vom Antlitz der Erde gefegt werden kann, dann genieße jeden Tag, jeden einzelnen Augenblick. Dem Tod gegenüberzustehen ließ ihn an Vergnügen denken, und Vergnügen ließ ihn an Sex denken. Er fragte sich, wie Senator Donagher wohl die Nacht verbringen mochte.

Kathleen kam noch in ihrem Celia-Kostüm in seine Garderobe, obwohl sie sich inzwischen abgeschminkt und die Perücke abgelegt hatte. Ihre Alltagskleidung trug sie auf dem Arm. Kathleen zog sich um, wo immer sie gerade war – eine Angewohnheit, die ihn abwechselnd erfreute und ärgerte. BH und Slip behielt sie dabei an. Falls auch diese Kleidungsstücke fallen mußten, zog sie sich wie ein unschuldiges kleines Mädchen schüchtern in ihre Garderobe zurück. Jetzt ließ sie die Tür offen und begann ihr Oberteil aufzuhaken. Spraggue hoffte, daß nicht nach und nach das gesamte Ensemble erschien, um zu sehen, welche Unterwäsche sie sich für diesen Abend ausgesucht hatte.

«Hungrig?» fragte er und sinnierte, ob er wohl der erste oder letzte Mann des Ensembles war, der es mit dieser alles andere als neuen Masche versuchte. Seine Garderobe war mit Sicherheit nicht die einzige, die Kathleen nach einer Vorstellung mit einer Strip-Show beehrt hatte.

«Ich sterbe vor Hunger!»

«Das *Harvest* hat noch auf. Oder», sagte er, wobei er versuchte, keine Teile von Farrells Anatomie anzustarren, die anzustarren sich ganz sicher lohnte, «ich könnte uns auch bei mir was zaubern.»

Sie warf ihm einen nachdenklichen Blick zu und sagte: «Klingt gut.» Ihr Tonfall ließ ihn wissen, daß sämtliche möglichen Aspekte seiner Einladung in Erwägung gezogen worden waren.

«Fein» war alles, was er darauf antwortete.

«Dann also in fünf Minuten am Bühneneingang.» Sie rauschte von dannen und überließ ihn seinen Phantasien.

Die ein abruptes Ende fanden. Der massige Körper von Captain Hank Menlo von der Boston Police füllte die Tür, versperrte das Licht.

DREI

Als er gegen halb zwei morgens aus Menlos stickigem Loch von einem Büro schlurfte, hatte sich Spraggues romantische Stimmung erledigt – eine schwache Erinnerung, genauso weit entfernt wie Kathleen Farrell. Wütend fixierte er bis hinunter in die Eingangshalle den anderen Mann im Fahrstuhl. Der junge Cop bekam einen roten Kopf und fummelte immer wieder an seinem Schulterhalfter herum, um sich zu beruhigen. Nachdem er den Sergeant ignoriert hatte, der am Anmeldeschalter saß, lief Spraggue die steinernen Stufen des Polizeipräsidiums hinunter, überquerte die menschenleere Berkeley Street und fand, wie er es gehofft hatte, vor dem Greyhound-Terminal ein einsames Taxi.

«Harvard Square», bellte er, als er die Tür aufmachte.

«Sie haben's eilig?» Der Taxifahrer klang hoffnungsvoll. Ein schlechtes Zeichen. Der vordere rechte Kotflügel des Taxis sah aus wie eine Ziehharmonika.

«Nein», erwiderte Spraggue scharf. Eine Jagd den Storrow Drive hinunter, während er sich an eine schmierige Armlehne in einem Taxi klammern mußte, in dem es roch, als wäre erst vor kurzem hier jemand verblutet, klang nicht nach Balsam für seine miese Laune.

Der Taxifahrer zuckte nur mit den Achseln und trat das Gaspedal durch wie ein Flamenco-Tänzer, der sich auf das große Finale einstimmt. Spraggue umklammerte die Armlehne und fragte sich, was dieser in die Jahre kommende Halbstarke wohl erst abgezogen hätte, wäre er dumm genug gewesen, auf Tempo zu bestehen.

Nachdem sie über die rote Ampel an der Beacon Street gedonnert waren und sich in einem kitzligen Manöver von der linken Spur auf den Storrow Drive eingefädelt hatten, ohne daß sein Fahrer einen Blick in den Rück- oder Außenspiegel verschwendet hätte, lehnte Spraggue sich zurück und schloß die Augen.

«Dieser gottverdammte Menlo», brummte er. Er rief sich die Szene in seiner Garderobe noch einmal in Erinnerung und wurde sofort wieder stocksauer.

«Diese beiden Anfänger! Notieren sich Ihren Namen und Anschrift und lassen Sie dann einfach gehen», hatte Menlo gesagt. Spraggue verfluchte stumm die stellvertretende Inspizientin, die es offensichtlich nicht fertigbrachte, Unbefugten den Zutritt durch den Bühneneingang zu verwehren. Menlo hatte seine Ausweismappe zugeklappt und wieder in der Tasche seiner unansehnlichen, khakifarbenen Hose verschwinden lassen; vermutlich hatte er die Frau mit seiner Marke eingeschüchtert. War schon eine tolle Eintrittskarte, so eine Polizeimarke.

Spraggue hörte, wie Kathleen in ihrer nahe gelegenen Garderobe eine Melodie aus dem Stück summte, eine alberne bäurische Melodie. Er beschloß, Menlo auf keinen Fall zu provozieren, damit er nicht den geringsten Vorwand hätte, einen solch vielversprechenden Abend zu ruinieren. Er setzte ein höfliches Lächeln auf; die Abendvorstellung war noch nicht vorüber.

«Lange nicht gesehen und so weiter», sagte er freundlich. «Ich habe die beiden Polizisten überzeugen können, daß ich mit ziemlicher Sicherheit nicht aus der Stadt verschwinde. Und selbst wenn, sie haben ja noch jede Menge anderer Zeugen, Leute, die erheblich mehr gesehen haben als ich.»

«Wenn die gewußt hätten, mit wem sie es zu tun hatten ...»

«Ich stehe nicht gerade auf der Fahndungsliste der zehn meistgesuchten Männer des FBI, Captain.» Gott, es tat weh, Menlo Captain zu nennen. Wie das Arschloch es überhaupt bis zum Lieutenant geschafft hatte, war schon ein Rätsel.

«Was zum Teufel hatten Sie am Reservoir zu suchen?»

«Bist du soweit, Michael?» Kathleen hatte sich genau diesen

Augenblick ausgesucht, um über die Schulter des Cops hereinzuschauen. Diese vier Worte reichten aus, Menlo davon in Kenntnis zu setzen, daß er die einmalige Chance hatte, eine Menge Spaß zu verhindern. Seine Augen leuchteten.

«Er wird noch eine ganze Weile beschäftigt sein», grunzte Menlo, wobei er Kathleen so beleidigend wie nur möglich musterte.

Sie zahlte es ihm mit Zinsen heim, und einen kurzen Augenblick bekam Menlo einen knallroten Kopf.

So gern er auch gesehen hätte, wie Farrell den Cop fertigmachte, schickte er sie mit einem kurzen Nicken wieder fort. «Fünf Minuten. Falls es länger dauert, fahr nach Hause. Ich rufe dich dann an.»

«Meinst du wirklich?»

«Ja.»

Menlo hätte sich sein anzügliches, schmutziges Grinsen patentieren lassen können.

«Ich habe Sie etwas gefragt», sagte er triumphierend, sobald Farrells Parfum aus der unmittelbaren Umgebung entschwand.

«Es war bestimmt etwas Wichtiges.»

«Was hatten Sie am Reservoir zu suchen?»

«Was haben Sie hier zu suchen? Wenn ich mich recht erinnere, sind wir hier in Cambridge, nicht in Boston.»

«Falls Sie sich beschweren wollen, begleite ich Sie liebend gern zur Cambridge Police Station, und dort können Sie dann . . .»

«Nein, danke.»

«Also, was hatten Sie am Reservoir zu suchen?»

«Ich habe gejoggt.»

Von diesem Punkt an war es mit der Unterhaltung nur noch bergab gegangen. Je ruhiger Spraggue sich gab, desto mehr schien er Menlo zu reizen. Und Menlo hatte auf Spraggue schon immer die Wirkung einer hartnäckig summenden Stechmücke gehabt.

Als sie sich mit vernichtenden Folgen das erste Mal begegnet waren, war Spraggue noch Privatdetektiv gewesen. Wie die meisten ihrer Begegnungen hatte auch diese damit geendet, daß Spraggue in einer Zelle im Charles Street Jail landete. Ein Geschwader der besten Anwälte hatte ihn herausgeholt, indem sie je eine Vorführung vor einem Untersuchungsrichter beantragt hatten. Bei vorsichtiger Schätzung vermutete Spraggue, daß er Menlos

Beförderung zum Lieutenant um mindestens zwei Jahre verzögert hatte. Zwei gute Jahre. Vielleicht hätte er Privatdetektiv bleiben sollen, nur um Menlo daran zu hindern, Captain zu werden.

Jetzt schien schon der geringste Verdacht, daß Spraggue wieder als Privatdetektiv tätig war, für Menlo auszureichen, von Boston rüberzukommen, seine Befugnisse extrem großzügig auszulegen, um Spraggue zum Verhör antanzen zu lassen, und einem wichtigen Augenzeugen mit Gefängnis zu drohen. Spraggue fühlte sich alles andere als geschmeichelt.

«Was hatten Sie am Reservoir zu suchen?»

Als die Frage zum viertenmal gestellt wurde, saßen sie inzwischen in Menlos schmuddeligem Büro in der Innenstadt. Die Nacht mit Kathleen, in der seine Träume Wirklichkeit geworden wären, hatte sich endgültig in Wohlgefallen aufgelöst.

«Ich vermute, das ist jetzt eine offizielle Frage?»

«Könnte man so sagen.»

«Dann lassen Sie den Stenographen kommen. Machen Sie's nach den Vorschriften.»

«Nicht nötig.»

«Oh, und ob das nötig ist. Denn ohne einen Stenographen werde ich meine berühmte Muschelnummer spielen.»

«Ach ja?» Menlos rechte Hand ballte sich unwillkürlich zur Faust.

«Und meinem Anwalt wird es erbärmlich leicht fallen, nachzuweisen, daß Sie mich ohne einen offiziellen Grund hierher gebracht haben, daß Sie nur einen lauen Abend hatten und deshalb aus purem Zeitvertreib einen unschuldigen Bürger dieser Stadt schikanieren wollten.»

Der Stenograph kam. Außerdem begannen Menlos Füße wieder den gleichen besoffenen Rhythmus zu schlagen wie immer, wenn Spraggues Sticheleien ihm unter die Haut gingen. Nicht zum erstenmal hätte Spraggue gern den Zeitraum gestoppt, den es dauerte, die Beine des Captain zum Zittern zu bringen. Er hatte noch nie auf die Uhr gesehen; jedesmal ging er davon aus, daß jede Begegnung die letzte war – daß er Menlos große, blöde Boxervisage nie wiedersehen müßte. Aber es schien immer noch eine Zugabe zu geben, wieder eine Sitzung, in der Menlo dämliche Fragen stellte und Spraggue es schaffte, nichts aufs Maul zu kriegen.

«Okay», hatte Menlo gesagt, nachdem der Stenograph Platz genommen hatte, «was haben Sie am 16. April 1982 nachmittags am Reservoir gemacht?»

«Ich bin dort gelaufen.»

Menlo leierte seine Fragen herunter, ergänzte sie durch finstere Drohungen, was mit Privatpersonen geschah, die unbeirrt polizeiliche Ermittlungen sabotierten. Irgendwann hörte Spraggue nicht mehr zu und begann sich statt dessen schreckliche Foltern für Pete Collatos auszumalen, der ihm diesen Schlamassel eingebrockt hatte. Und immer wieder drängte sich Kathleens Bild in seinen Kopf ... Kathleen in Celias langem, geblümtem Kleid ... Kathleen streifte ihre Kleider in seiner Garderobe ab ... *Verdammt.* Eine Nacht, an die er sich später gern erinnern würde, war definitiv den Bach runtergegangen.

«Wo soll ich Sie absetzen?» fragte der Taxifahrer.

Widerwillig öffnete Spraggue die Augen. Die Finger schlossen sich um eine Visitenkarte in seiner Tasche. Nach all der sinnlos verplemperten Zeit hatte Menlo tatsächlich die Frechheit besessen. Dazu hatte er Spraggue ermahnt, ihn sofort anzurufen, falls ihm noch Einzelheiten zu der Schießerei einfielen; seine Karte in die Hand zu drücken. Spraggue überflog die geprägte Karte und zerriß sie dann. «Biegen Sie auf die Brattle ab», sagte er. «Halten Sie vor dem Reading International.»

Normalerweise ging er zu Fuß von seiner Wohnung zum Theater, aber heute war er – unter Zeitdruck – vom Reservoir direkt dorthin gefahren. Hatte einen verdammt guten Parkplatz gefunden. Im Halteverbot, sicher, aber er konnte sich nicht erinnern, daß dort jemals ein Auto abgeschleppt woren wäre. Vor allem kein Wagen mit einem Anwohnerzeichen von Cambridge hinter der Windschutzscheibe. Falls die Cops wirklich die Geldbuße für Parkvergehen brauchten, suchten sie sich einen Wagen mit New Yorker Kennzeichen als Opfer. Rache für das, was die Yankees immer mit den Red Sox anstellten.

Als er den freien Platz direkt auf der Brattle erspäht hatte, hatte er dies für ein gutes Omen gehalten. Wenn man von dem Fiasko ausging, zu dem sich der Abend entwickelt hatte, war sein Wagen wahrscheinlich gestohlen worden.

Er bezahlte das Taxi und warf einen Blick auf die Uhr. Hatte keinen Sinn, Kathleen jetzt noch anzurufen. Sie würde inzwischen tief und traumlos schlafen – sofern sie nicht einen anderen Schauspieler als Ersatzmann eingeladen hatte.

Der Porsche war noch da.

Er fuhr die Brattle hinauf, raste die Fayerweather Street hoch und erkannte erst, als er längst vorbei war, daß er keine Sekunde wirklich die Absicht gehabt hatte, nach Hause zu fahren.

VIER

Er erwischte die Ampel so gerade noch bei Gelb und bog links auf den Fresh Pond Parkway ein. Die normalerweise verstopften Haarnadelkurven, über die er auf die Soldiers Field Road gelangte, waren frei. Trotz des Verlangens zu rasen nahm er sie mit äußerster Vorsicht; der Parkplatz der *Buckingham Browne & Nichols School* war bekannt dafür, daß dort gern Cops herumlungerten, und von Gesetzeshütern hatte er eben erst eine Überdosis gehabt.

Als er das Radio anschaltete, bekam er nur statisches Rauschen rein. Die meisten guten UKW-Sender hatten begrenzte Sendezeiten. Bevor er den Knopf für WBCN drückte, schaltete er kurz einen reinen Nachrichtensender auf Mittelwelle ein, um zu hören, was die Medien aus dem Angriff auf Donagher machten.

Genau in diesem Augenblick wurde die WEEI-Talk-Show für einen Werbeblock unterbrochen, und er drehte einen dummen, sich ständig wiederholenden Werbespot schnell leiser. Als er eine bekannte Stimme aus dem Lautsprecher hörte, drehte er den Knopf wieder hoch.

Frank Bartolo, mit Sicherheit als Francesco auf die Welt gekommen, war im politischen Leben des Staates Massachusetts so etwas wie eine Institution. Seine kratzige Stimme mit ihrem starken Akzent war nicht das perfekte Instrument fürs Radio, aber er hatte seine eigenen Werbespots für den Schulausschuß, die Bezirksstaatsanwaltschaft, als Abgeordneter des Staates im Repräsentantenhaus gemacht, und jetzt, wo er auf einen Sitz im Senat aus war, sah er keinerlei Notwendigkeit, sich einen Sprecher zu engagieren. Obwohl er im Moment durchaus keinen aktiven Wahlkampf betrieb. O nein. Er kommentierte lediglich die beunruhigende Nachricht, daß jemand willkürliche Schüsse auf seinen Rivalen abgegeben hatte – auf den ultraliberalen, freigiebigen, gegen Religion, Familie und Apple pie eingestellten Senator Donagher. Er brachte es fertig, seine Besorgnis auf eine Weise zum Ausdruck zu bringen, die in einer solch schrecklichen, wenngleich verständlichen Tat einen billigen Publicity-Trick nahelegte. Womöglich würde Bartolo, in seinem nie endenden Bestreben nach gleicher Publicity, gezwungen sein, ebenfalls am Marathon teilzunehmen. Spraggue stellte sich den birnenförmigen, kahl werdenden Mittfünfziger Bartolo vor, wie er den Heartbreak Hill hinaufkeuchte und dabei einen Mundwinkel zu einem ironischen Grinsen hochzog. Würde ihm guttun.

Er drückte den WBCN-Knopf. New Wave fetzte ihm um die Ohren. Spätnachts ließen selbst die zahmsten Sender die Sau raus; WBCN drehte voll auf und durch.

Er wendete und bog dann rechts in die Parsons Street. Da Tante Mary dort wohnte, kannte er jede Abkürzung nach Chestnut Hill. Den größten Teil der Fahrt versuchte er sich einzureden, sein Ziel sei die Familienvilla, Marys Zuhause; es war nie zu spät, um Tante Mary zu besuchen. Doch ihn zog magisch der Schauplatz der nachmittäglichen Schießerei an; wahrscheinlich, erkannte er und verzog dabei das Gesicht, wegen Menlos arrogantem Verbot, die Finger in die Sache zu stecken.

Die Gegend war genauso tot wie die Bewohner des Boston-College-Friedhofes auf der anderen Straßenseite, pechschwarz im Gegensatz zu den hell erleuchteten Mauern des Friedhofes. Machte sich das B. C. Sorgen um mögliche Schändung von Grabsteinen? Oder waren statt mitternächtlicher Vandalen vielmehr Liebespärchen Grund für diese Energieverschwendung? Oder fungierten jetzt Glühlampen statt der College-Dekane in loco parentis auf der überwiegend katholischen Schule? Spraggue dachte flüchtig an die Bewohner des Friedhofes; stimmte es wirklich, daß die Professoren des Boston College niemals mehr das Gelände verließen, wenn sie erst einmal eine feste Anstellung bekommen hatten?

Die unheimliche Einsamkeit verursachte ein Kribbeln auf seinem Nacken, bewirkte, daß er die Wagentür leise zudrückte, statt sie einfach zuzuknallen. Er öffnete den Kofferraum und nahm eine Taschenlampe aus dem Werkzeugkasten, der für ihn so etwas wie sein «Spurensicherungsset» war, auch wenn er seit seinem Ausscheiden aus der Branche sorgfältig darauf achtete, ihn nicht so zu nennen. Die Taschenlampe hatte einen starken, gebündelten Strahl. Um die schon etwas älteren Batterien zu schonen, knipste er sie wieder aus und wartete, bis sich die Augen auf die Dunkelheit eingestellt hatten.

Nur die Lichter von entfernten Apartmenthäusern und das gelegentliche Hupen eines genervten Autofahrers erinnerten ihn daran, daß er sich am Rand einer Großstadt befand, in der Mitte eines städtischen Meeres. Durch den Wind bekam er eine Gänsehaut auf den Armen. Er zog den Reißverschluß seiner Jacke hoch, stellte den Kragen auf, spuckte den letzten bitteren Nachgeschmack des Automatenkaffees im Polizeipräsidium aus.

Als er sich schließlich in Bewegung setzte, hallten seine Schritte dumpf auf dem harten Boden mit vereinzelten Grasbüscheln wider.

Mit Hilfe seiner Erinnerung und etwas Glück fand er die knorrige Ulme, hinter der Donagher Deckung gesucht hatte. Die Cops hatten die Stelle verändert; der verbeulte metallene Mülleimer, umgeworfen und als Springbock benutzt, um leichter über den hohen Zaun klettern zu können, war wieder aufgestellt worden. Aber es waren Spuren geblieben: ein Haufen zusammengeknüllter brauner Papiertüten, Bierflaschen, Apfelsinenschalen. Und der unappetitliche Duft. Spraggue schloß die Augen und ließ vor seinem geistigen Auge noch einmal die Szene abspulen, bis er sicher war, einer Gruppe Schauspieler in einer Theater-Rekonstruktion genaue Regieanweisungen geben zu können. Er versuchte seine Erinnerungen zu bestätigen, indem er mit der Taschenlampe nach Fußabdrücken suchte, aber die Cops waren überall herumgelatscht. Die Abdrücke ihrer hartsohligen Schuhe waren deutlich erkennbar in einem Wald von Turnschuhen.

Er zog eine imaginäre Linie von Donaghers Baum zum Weg, bewegte sich langsam daran entlang, richtete den Lichtkegel auf den Boden, bückte sich, um Steine in der Größe von Klickern aufzuheben und kleine Zweige zu untersuchen.

Dann kletterte er über den Zaun und begann eine Untersuchung der Bäume in der Nähe. Es war wahrscheinlich, hier eine Spur der Kugel zu finden, *falls* der Heckenschütze einigermaßen gut schießen konnte . . . *falls* er wirklich Kugeln und nicht Platzpatronen benutzt hatte.

Er kauerte im dichten Unterholz, stocherte mit der Spitze seines Taschenmessers in einem Astloch, als er die Schritte hörte.

Sofort löschte er den Lichtstrahl und erstarrte. Der Boden war mit Blättern und trockenen Ästen übersät; sie würden sofort mit ihrem Rascheln und Knacken Alarm schlagen, wenn er sich bewegte. Er reckte den Hals und wartete, hielt seine nachtblinden Augen fest auf den Weg gerichtet.

Ein leichtsinniger, unter Schlaflosigkeit leidender Jogger? Ein Cop auf seinem üblichen Kontrollgang? Ein fanatischer Journalist mit einem Fotografen im Schlepptau? Spraggue war noch nie einem dieser hilfsbereiten Kriminellen begegnet, die unwiderstehlich zum Tatort zurückgezogen werden. Seine Bekannten bei der Polizei genausowenig. Trotzdem blieb er hocken; es war zu spät, auf den Weg zurückzuspringen und sich zu erklären. Die Schritte kamen näher. Statt vorbeizugehen, blieben sie stehen.

Eine Straßenlaterne, Vollmond, ein paar Sterne – selbst die schwächste Lichtquelle hätte vielleicht eine Identifikation möglich gemacht. Spraggue bedauerte, seine Taschenlampe überhaupt benutzt zu haben; ihre Helligkeit hatte seine Nachtsicht ruiniert, und es würde eine Zeit dauern, bis das wieder ausgeglichen war. Er atmete leise ein, hielt zehn Sekunden die Luft an, atmete aus, lauschte auf die schlurfenden Schritte, starrte unverwandt in ihre Richtung, als könnte er die Dunkelheit allein durch die Intensität seines Blickes durchdringen.

Da. Ein Schatten bewegte sich. Ein erschreckend heller gelber Lichtstrahl flammte auf. Der Eindringling hatte auch eine Taschenlampe. Kurz fiel der Strahl in Spraggues zusammengekniffene Augen, wurde dann auf den Weg gerichtet.

Den leisen Geräuschen nach, der schwankenden Höhe der Lichtquelle nach zu schließen, schien der Eindringling genauso vorzugehen wie Spraggue, nach einem Stein, einem Knopf, einer Kugel zu suchen.

Ein Cop?

Spraggues Beine, ohnehin überanstrengt durch den nachmittäglichen Lauf, protestierten heftig gegen die unbequeme Hockstellung. Er stützte die rechte Hand vor sich auf den Boden und verlagerte sein Gewicht nach vorn. Fehler. Sein linkes Bein bekam plötzlich einen Krampf, und er atmete unwillkürlich scharf ein.

Der Schatten auf dem Weg richtete sich auf; der Lichtstrahl verweilte gefährlich nahe.

«Wer ist da?» sagte der Schatten mit einer nervösen, tiefen Stimme.

Spraggue richtete den Strahl seiner Taschenlampe voll auf den Weg, benutzte den anderen Lichtstrahl als Orientierungshilfe, zielte auf einen Punkt in etwa eins achtzig Höhe, wollte ganz bewußt blenden.

Der Mann trug einen dunklen Anzug, der frischen Aprilnacht durchaus angemessen, aber wohl kaum das Richtige zum Laufen. Er war groß und extrem schlank, hatte gebeugte Schultern, einen dürren Hals und einen vorspringenden Adamsapfel. Für einen kurzen Augenblick wurde das Licht von seiner Brille reflektiert. Dann gab er mit einem erschreckten Grunzen Fersengeld, floh im Uhrzeigersinn um das Reservoir Richtung Beacon Street.

Unter Schmerzen nahm Spraggue die Verfolgung auf, trotz des Krampfes in der Wade und allem. Verdammt, würde er sein ganzes Leben damit verbringen, um diesen verfluchten See zu rennen, völlig sinnlos und töricht Leute verfolgen, die ihm jederzeit mühelos davonlaufen konnten? Verbissen und gequält lief er weiter, hoffte, daß der Mann vor ihm über irgendeine schlangenartige Wurzel stolperte. Vielleicht konnte er ja einen Gegner einholen, der auf dem Bauch lag.

Als er schließlich keuchend vor dem Freibad ankam, hörte er den Motor aufheulen. Mit quietschenden Reifen wendete der dunkle Wagen verbotenerweise und hielt wieder auf die Bostoner Innenstadt zu. Gekrümmt vor Schmerzen und schweißgebadet, schaute Spraggue ihm mit wachsender Zufriedenheit nach.

Dieser Fahrer hatte nicht den Weitblick besessen, sein Nummernschild mit Schlamm unkenntlich zu machen. Die winzige Nummernschildbeleuchtung machte die roten Buchstaben und Zahlen auf dem weißen Metall so deutlich wie Neonlicht in der Nacht. Spraggue wiederholte das Kennzeichen laut, kramte in seiner Tasche nach einem Stift und notierte es sich auf die Rückseite eines Einzahlungsbeleges seines Bankkontos.

Morgen würde er damit zu Captain Hurley gehen, seinem alten Kumpel bei der Polizei und Menlos größtem Rivalen. Und dann würde er seine Nase nicht mehr in Dinge stecken, die ihn nichts angingen, würde sich wieder auf seine Schauspielerei und Kathleen konzentrieren, möglicherweise in umgekehrter Reihenfolge.

Doch nachdem er gut fünf Minuten seine Beine massiert hatte und zu seinem Wagen zurücktrottete, konnte er sich einen letzten Blick auf den Ort des Hinterhaltes nicht verkneifen, einen letzten Blick nach der schwer auffindbaren Kugel.

Er fand sie nicht, dafür entdeckte er aber die Stelle, wo sie gewesen war. Einen halben Meter über dem Boden, im Stamm eines Baumes etwa zwei Meter rechts neben dem Ziel war mit einem Messer in der Rinde herumgehackt und etwas offenbar Zylindrisches entfernt worden. Der Schnitt in der verletzten Baumrinde war gut acht Zentimeter tief.

Wieder in seinem Porsche, warf er einen Blick auf die Uhr am Armaturenbrett: zehn nach drei.

Es war nie zu spät für einen kleinen Besuch bei Tante Mary.

FÜNF

Das goldgelbe Licht hinter den dünnen Vorhängen der Fenster im Erdgeschoß der Chestnut-Hill-Villa war ein deutliches Indiz für Tante Marys Schlaflosigkeit. Früher hatte Spraggue geglaubt, daß sie von fünf bis neun Uhr morgens schlief, daß für diese vier Stunden der Börsenticker still blieb, der Computer nicht summte, die Spielkarten und die Kreuzworträtsel unberührt in den Regalen ruhten. Aber eines Morgens war er um halb acht aufgekreuzt, mitten in der mutmaßlichen Ruhepause, und hatte sie dabei überrascht, wie sie gerade zum größten Entsetzen des Gärtners eine Krocketkugel über das Grundstück pfefferte. Bemerkenswert pampig für einen so jungen Mann, schwebte besagter Gärtner in ernster Gefahr, seinen Job zu verlieren.

Als er den Motor ausschaltete, flammte das Licht auf der Veranda auf, und Mary Spraggue Hillman öffnete die schwere Eichentür. Pierce, der Butler, stand hinter ihr; trotz ihrer ungefähr siebzig Jahre schaffte er es nur höchst selten vor ihr zur Tür.

Mit ihrem isländischen Wolltuch, das sie sich über den scharlachroten Morgenrock geworfen hatte, wirkte sie wie eine alternde patrizische Zigeunerin. Trotz der zahllosen feinen Fältchen war ihre Haut straff geblieben und hatte die rosige Farbe der Jugend behalten. Tiefe Krähenfüße an den Augen- und Mundwinkeln zogen sich nach oben und vermittelten den Eindruck fortwährend guter Laune. Das Rot lag in ständigem Kampf mit dem Silbergrau in ihren gelockten Haaren.

«Mein Lieber», begrüßte sie ihn knapp, wobei ihre Stimme die Dunkelheit wie ein Funkfeuer zerschnitt, «Pierce ist hocherfreut, daß du gekommen bist. Denn ohne diese Intervention hätte er mit Sicherheit eine weitere Runde Gin Rummy verloren. Nicht mehr lange, und er wird mir sein Gehalt bis in alle Ewigkeit schulden, und ich werde die Schulden noch bei seinen Enkelkindern eintreiben müssen.»

«Zu gewinnen bekommt dir. Du siehst wunderbar aus.» Spraggue stieg die Eingangsstufen hinauf und gab ihr einen Kuß auf die angebotene Wange.

«Es heißt, Antiquitäten sind zur Zeit in Mode», sagte sie trokken. Als sie in die Eingangshalle traten, musterte sie ihn kritisch und machte ein Geräusch, das bei jedem weniger vornehmen Menschen ein Grunzen gewesen wäre.

Spraggue hob fragend eine Augenbraue.

«Du hast Ulmenblätter in den Haaren, mein Lieber», sagte sie. «Eigentlich nur Teile davon. Ich versuche mir klarzumachen, an welcher Festivität du teilgenommen haben könntest, die für eine vierstündige Lücke zwischen dem Ende deiner Vorstellung und der Ankunft vor meiner Tür verantwortlich ist, noch dazu geschmückt mit Ulmenblättern. Ich bin zu taktvoll, weiter nachzufragen, aber selbst in meinem fortgeschrittenen Alter ist mir doch eine lebhafte Phantasie geblieben ... Was möchtest du trinken, und hast du Hunger nach deinem wie auch immer gestalteten Abend?»

Spraggue ließ sich von ihr in die Bibliothek führen, in seinen Lieblingsraum, in dem sich seit seiner Kindheit nichts mehr verändert hatte, der wahrscheinlich unverändert geblieben war, seit sein Urgroßvater Davison Spraggue, ein skrupelloser Geldbaron des 19. Jahrhunderts, das wuchtige georgianische Gebäude zur Verblüffung und insgeheimen Bewunderung seiner Feinde erbaut hatte. Der gewaltige Raum war zwei Stockwerke hoch und besaß ein komplexes System schmiedeeiserner Balkone und Wendeltreppen, die es ermöglichten, die drei Wände einnehmenden hohen Bücherregale zu erreichen. Der Orientteppich war ein sechs mal sieben Meter großer Kashan, der an seinen Rändern immer noch reichlich Parkettfußboden unbedeckt ließ. Eine Bücherwand wurde durch ein riesiges Erkerfenster mit Blick auf den Rasen vor dem Haus unterbrochen, der zu dem kleinen Teich abfiel. Die vierte Wand war der eigentliche Mittelpunkt des Raumes: Über dem marmornen Kaminsims hing, geschickt beleuchtet, der große Stolz der Spraggueschen postimpressionistischen Sammlung: das Landschaftsbild von Cézanne.

Mary steuerte schnurstracks auf ihren Lieblingsplatz zu, einen mit grünem Samt überzogenen Ohrensessel vor dem Erkerfenster. Spraggue flegelte sich auf die dazu passende Couch. Pierce sammelte sichtlich erleichtert die Karten vom Spieltisch ein und schob sie zusammen.

«Siehst du das?» raunte ihm Mary zu. «Fragt nicht mal, ob ich zu Ende spielen möchte. Was muß er für ein mieses Blatt gehabt haben!» Dann richtete sie ihre Aufmerksamkeit unvermittelt auf ihren Neffen. «Du siehst müde aus», sagte sie in einem Tonfall, als wäre um drei Uhr morgens schon allein der Gedanke an Schlaf absurd. «Kaffee, damit du wach bleibst, oder lieber Wein, um dich noch müder zu machen?»

«Kcincn Kaffee.»

«Also dann Wein. Solltest du ihm zu sehr zusprechen, kannst du deinen Rausch im Turmzimmer ausschlafen.»

«Nein.»

«Klingt doch ganz vernünftig.»

«Nein.»

«Es ist *dein* Zimmer, in *deinem* Haus . . .»

«Tante Mary, ich will morgen früh kein Frühstück ans Bett. Ich will nicht, daß meine Kleider während der Nacht auf rätselhafte Weise verschwinden und morgen früh frisch gewaschen, gebügelt und gefaltet wieder auftauchen. Und sämtliche fehlenden Knöpfe wieder angenäht. Ich will nach Hause und mich in mein ungemachtes Bett in meiner eigenen Unordnung fallen lassen und dort aufwachen und alles genau da wiederfinden, wo ich es liegengelassen habe.»

«Ich werde Dora erklären, daß du lieber . . .»

«Wieso machst du mich nicht zuerst betrunken und versuchst anschließend, mich zum Bleiben zu überreden?»

Ihre Augen nahmen die Herausforderung an. Sie zögerte vielleicht fünf Sekunden, lächelte dann honigsüß und sagte: «Wie lange ist es eigentlich her, seit du das letzte Mal deinen eigenen 68er Holloway Private Reserve Cabernet verkostet hast?»

Er lächelte, erinnerte sich an mehr als nur den vollen, erdigen Geschmack des Weines, erinnerte sich an einen hektischen Herbst, gewürzt mit dem berauschenden Duft frisch gepreßter Trauben und dem moschusartigen Parfum von Kate Holloway. «Der ist doch schon lange aufgetrunken», meinte er. «Ich bezweifle, daß wir in diesem Jahr mehr als hundert Kisten produziert haben.»

«Ich habe heute ein Geschenk bekommen.»

«Du hast doch noch gar nicht Geburtstag.»

«In meinem Alter feiert man bei jeder sich bietenden Gelegenheit. Zum Beispiel beabsichtige ich, den Erhalt einer halben Kiste 68er Private Reserve Cabernet zu feiern, die ich von Miss Holloway persönlich zugeschickt bekommen habe.»

«Und wieso ist Kate so nett zu dir und so eklig zu mir?»

«Das Geschlecht erhebt sein scheußlich Haupt. Aber leider, leider, ich muß dir die Wahrheit sagen. Ich wurde angewiesen, die Beute mit dir zu teilen.»

«In einem Brief, den ich vermutlich nicht lesen soll?»

«Er ist persönlich. Ich glaube, so hat sie sich ausgedrückt.»

«Persönlich bezüglich ihrer oder meiner Person?»

Tante Mary zog eine Augenbraue hoch. «Wo warst du heute nacht, mein Lieber?»

«Du bist doch zu höflich, danach zu fragen, erinnerst du dich nicht? Findest du nicht, der Cabernet sollte besser für ein angemessenes Dinner aufgehoben werden? Wie wär's statt dessen mit etwas Leichterem?»

«Vielleicht hast du recht. Natürlich hat Dora eine Pâté gemacht, die wir dazu essen könnten ...»

«Abgemacht», sagte Spraggue. «Her mit dem Wein.»

Mary nickte Pierce zu, der sofort aufhörte, die Karten zu mischen. Er zog sich leise zurück und schloß die zweiflügelige Tür hinter sich.

«So», sagte Mary mit einem Lächeln behaglicher Zufriedenheit, «ich möchte mit dir über Immobilien plaudern.»

«So hält man mich nicht wach und aufmerksam.»

«Sowohl dein Vater als auch dein Großvater fanden das Thema unendlich faszinierend.»

«Ich muß wohl ein Kuckucksei gewesen sein.»

«Unsinn. Sieh in den Spiegel, und schau dir das Porträt deines Großvaters im Foyer an. Du bist exakt ...»

«Das ist rein äußerlich», unterbrach Spraggue.

«Es ist ein Glück für dich, daß ich finanzielle Dinge ausgesprochen faszinierend finde.»

«Unbestritten. Wieso gebe ich dir nicht einfach Handlungsvollmacht? Dann muß ich nie mehr zuhören.»

«Wie du weißt, Michael», sagte Mary entschieden, «beabsichtige ich, ewig zu leben. Man sagt mir jedoch, daß ich genau dies mit Geld nicht kaufen kann. Eines Tages kann es durchaus sein, daß du allein mit all diesem Kram zurechtkommen mußt.»

«Also gut, ich höre», sagte Spraggue mit einem, wie er hoffte, ausreichend nachdenklichen Tonfall. Er unterdrückte ein weiteres Gähnen und war sicher, daß Mary dies nicht entgangen war.

«Außerdem», fuhr sie fort, «könnte dich der Fall interessieren. Es riecht nach Gesetzwidrigkeit.»

Lautlos öffneten sich die Türen und geleiteten Pierce herein, der ein vollbeladenes Silbertablett trug. Ein knuspriges französisches Brot dampfte in einem Weidenkorb, der mit einer weißen Serviette ausgelegt war. Eine geschliffene Kristallglaskaraffe ließ bunte Lichtprismen über zwei Weingläser und eine blaue Keramikschale tanzen. Der Butler stellte das Tablett auf den Couchtisch und zog sich, von einem unmerklichen Zeichen seiner Arbeitgeberin entlassen, unauffällig wieder zurück.

«Schon eine ganze Weile», sagte Mary zwischen zwei Schlukken Wein, «ich bin am Kauf eines Hauses an der Commonwealth

Avenue im Back Bay interessiert. Das Haus Nummer 312. Es liegt unmittelbar neben zwei Gebäuden, die sich bereits im Besitz der Spraggue Foundation befinden. Mit Erwerb des dritten Hauses könnte das Trio modernisiert und verschönert werden ...»

«Wir sprechen doch hier nicht über eine Umwandlung in Eigentumswohnungen, oder?»

«Dagegen hast du letztes Jahr dein Veto eingelegt. Das Gebäude ist dennoch attraktiv.»

«Wenn du es für ein gutes Geschäft hältst, dann nur zu ...»

«Nein, Michael. Es ist kompliziert. Der Preis dieses Hauses ist willkürlich und künstlich in die Höhe getrieben worden.»

«Wie treibt man willkürlich und künstlich den Preis eines Hauses in die Höhe? Ein Haus ist genau das wert, was jemand dafür bezahlen will.»

«Aha. Du lernst also doch, was ich dir beibringe. In diesem speziellen Fall wird das Eigentum zwischen mehreren Strohmännern hin und her verschoben. Tatsächlich wechselt dabei kein Geld den Besitzer, aber die Zahlen auf den Übertragungsurkunden schießen in die Höhe.»

«Dann ist jemand also dahintergekommen, daß du es auf das Gebäude abgesehen hast», sagte Spraggue. «Du hast eine undichte Stelle in deiner Organisation.»

«Ich denke, die Annahme eines geschwätzigen Angestellten ist durch den Brand entkräftigt.»

«Der Brand?»

«Nur ein kleines Feuer im Keller dieses überteuerten Gebäudes. Einer unserer Mieter, ein wirklich reizender Mann in der Gartenwohnung, bemerkte einen eigenartigen Geruch und verständigte die Feuerwehr, bevor Schlimmeres passieren konnte. Ich wüßte nicht einmal davon, wenn der Hausmeister unseres Gebäudes es nicht erwähnt hätte.»

«Und?»

«Und jetzt mache ich mir Sorgen, daß sie den Preis nicht deshalb in die Höhe treiben, um mir mehr Geld aus der Tasche zu ziehen. Ich mache mir Sorgen, daß ihr eigentliches Opfer eine Versicherungsgesellschaft sein könnte, daß sie womöglich beabsichtigen, das Haus niederzubrennen. Ich habe schon Polizei und

Feuerwehr angerufen, und beide Male bin ich wie eine verrückte Alte behandelt worden.»

«Ein großer Fehler.»

«Ich habe das Liegenschaftsamt angerufen, das Finanzamt und den Leiter der Versicherungsbehörde. Genausogut könnte ich gegen Wände reden. Ich bin völlig aufgeschmissen. Ich weiß immer noch nicht mehr über dieses Grundstück als an dem Tag, an dem ich es das erste Mal besichtigt habe. Ich kann keine Spur zu den eigentlichen Besitzern finden. Weder stehen sie im Telefonbuch, noch fahren sie Autos, die hier in Massachusetts zugelassen sind ...»

«Eine Menge ehrlicher Leute zieht es vor, ihre Autos an einem Ort anzumelden, an dem nicht solche Wucherprämien von den Versicherungen verlangt werden.»

«Und einer dieser sogenannten Besitzer ist eine Firma, eine Holdinggesellschaft, deren Anwalt nicht auf die Anfragen meines Anwaltes reagiert.»

«Wahrscheinlich wird er genau dafür bezahlt.»

«Würde dich der Fall interessieren, wenn ich dir sage, daß das Feuer sehr wahrscheinlich von jemandem gelegt wurde, der eine Lache Feuerzeugbenzin direkt unter einem Radiator ausgekippt hat?»

Spraggue schluckte einen Bissen Brot mit Pâté, trank einen großen Schluck. «Mary», sagte er, «jetzt hör mir mal zu. Ich bin Schauspieler. Ich habe mindestens fünf Vorstellungen pro Woche, manchmal sind es sogar acht. Ich spiele fünf verschiedene Rollen. Ich weiß, worauf du hinauswillst. Du versuchst, mich wieder in die Privatdetektivbranche zu locken. Du gibst nie auf, oder?»

«Selten.»

«Ich weiß, daß dir meine frühere Karriere besser gefiel.»

«Halte mich ruhig für eine wichtigtuerische alte Frau. Ich hab's verdient. Das für Brandstiftung zuständige Dezernat hat auch so was angedeutet. Ich würde mich freuen, wenn du die Sache einigen deiner Freunde bei der Polizei zutragen könntest. Ich dachte, diesem netten Captain Hurley vielleicht ...»

«Ich werde ihn fragen», erwiderte Spraggue. «Aber das ist alles. Mehr kann ich nicht tun.»

«Schmeckt dir die Pâté, mein Lieber?»

«Heißt das, der geschäftliche Teil ist vorbei?»

«Mach Dora Komplimente, wenn dir die Pâté schmeckt. Sie hat schon wieder gedroht zu gehen. Sie will etwas Aufregenderes machen, etwas mit jungen Leuten, Gäste bewirten. Ein Restaurant aufmachen.»

«Sie droht doch schon zu gehen, solange ich mich erinnern kann.»

«Sie würde sich wahnsinnig freuen, wenn du wieder zu uns ziehst. Du warst immer eine echte Herausforderung für sie . . .»

«Vergiß es.»

«Wenn sie kündigt, geht das allein auf deine Kappe.»

«Auf meine Kappe geht schon mehr als genug. Ich habe morgen Vorstellung, und du hast versäumt, mir deine geheime Gabe zu vererben, so gut wie keinen Schlaf zu benötigen.»

»Das ist keine Gabe, glaube mir.»

«Danke für das Essen, und wenn du Kate schreibst, sage ihr bitte, daß ich bei dem Wein eindeutig unanständige Gedanken an sie hatte.»

«Das Turmzimmer wartet auf dich. Alles ist bereit.»

«Nein», sagte Spraggue, «nein, danke. Ich habe ein Zimmer in einem Haus, das mir gehört und mit Geld gekauft worden ist, das ich selbst verdient habe. Es ist zwar nicht das Turmzimmer, aber es gehört mir.» Fast hatte er es schon bis zum Wagen geschafft, als sie sich aus der Tür lehnte und seinen Namen rief.

Was denn jetzt schon wieder? dachte er.

Sie kam die Stufen herunter, ließ die Haustür angelehnt. «Ich habe ganz vergessen, dir von diesem Anruf zu erzählen», sagte sie außer Atem. «Es ist nicht weiter wichtig, nehme ich an. Nur merkwürdig. Ich weiß nicht mal, wer da angerufen hat. Und doch werde ich das Gefühl nicht los, daß ich diese Stimme eigentlich kennen sollte.»

«Moment», sagte Spraggue. «Einer von uns beiden scheint unzusammenhängendes Zeug zu reden.»

«Unsinn. Heute nachmittag kurz nach fünf hat ein Mann angerufen. Er hat dich nicht verlangt. Er hat sich *nach dir erkundigt.* Um es genauer zu sagen, er hat gefragt, und ich zitiere jetzt, ob du gerade ‹an einem Fall arbeitest›. Ich habe gezögert, habe zurückgefragt, nach wem genau er sich erkundige. Es wäre durchaus möglich, und höchstwahrscheinlich ist es auch so, daß es einen Doktor Spraggue in der Nachbarschaft gibt. Ich dachte, vielleicht versucht der Mann ja, einen Arzt zu erreichen. Aber er hat bloß seine Frage wiederholt, und als ich nicht sofort geantwortet habe, hat er einfach aufgelegt.»

«Aber du glaubst, du hättest die Stimme wiedererkannt?»

«Es ist nur so ein Gefühl . . . Ja . . . ich bin sicher, ich habe sie schon mal irgendwo gehört.»

«Erinnerst du dich noch an einen Freund von mir namens Pete Collatos? Ein Cop?»

«Der mit dem unverkennbaren Bostoner Akzent? Der war's nicht.»

«Wie wär's dann mit Brian Donagher?»

«Senator Donagher? Auf den ist doch heute geschossen worden, unten am Reservoir. Kannst du dir so was vorstellen?»

«Hat es sich nach ihm angehört?»

«Nein. Ganz und gar nicht. Wieso? Was geht hier vor? Du wirst doch wohl nicht . . .»

«Nein, ich untersuche nicht die Schüsse auf Donagher, Tante Mary. Schon vergessen? Möchtest du, daß ich den Senator anrufe und ihm sage, du wärest abkömmlich?»

«Du sollst eine harmlose alte Frau nicht auf den Arm nehmen.»

«Pah!» sagte Spraggue, zog sich in die Schale seines Porsche zurück. «Ich würde dem Kerl einen Gefallen tun.»

SECHS

Jeder, der um fünf Uhr morgens ins Bett geht, sollte Verstand genug besitzen, den Hörer des Telefons neben die Gabel zu legen. Das war Spraggues erster zusammenhängender Gedanke, nachdem das durchdringende Klingeln ihn kerzengerade im Bett hatte aufsitzen lassen. Er fluchte, als er quer durchs Zimmer zu dem Tisch torkelte, auf dem der Stein des Anstoßes die Stille zerfetzte. Kathleen, dachte er, und seine Laune besserte sich erheblich.

Er packte den Hörer, sagte «Moment», kehrte dann mit dem Telefon zum Bett zurück, setzte sich im Schneidersitz darauf und hob die Füße vom kalten Holzboden. Er wickelte sich in das Deckbett.

Als er schließlich «hallo» sagte, war jede Verärgerung aus seiner Stimme verschwunden.

Statt die Begrüßung zu erwidern, sagte die eindeutig männliche Stimme am anderen Ende der Leitung sarkastisch: «Du bist also nicht mehr im Geschäft, ja?»

«Pete?»

«Wieso schleichst du um drei Uhr morgens um das Chestnut Hill Reservoir?»

«Wie spät ist es, Pete?» antwortete Spraggue nüchtern.

«Elf. Ich habe gewartet, bis du meiner Meinung nach aus den Federn sein müßtest.»

«Sehr rücksichtsvoll.»

«Du willst den Fall doch nur allein bearbeiten, stimmt's? Ohne Partner?»

«Pete, hat das alles vielleicht irgendwas mit einem großen, dunklen Buick, Nummernschild 365-890 zu tun? Denn ich beabsichtige, Hurley anzurufen, um den Halter dieses Wagens ausfindig zu machen.»

«Spar die die Mühe, Spraggue.»

«Ich brauche schon einen besseren Grund, diesen Wagen zu vergessen, als dein Wort.»

«Tja, genau deshalb rufe ich an. Um dich zu einem Plausch über das Reservoir und die anonymen Briefe einzuladen, die Donagher bekommen hat.»

«Pete, ich habe es wirklich so gemeint, als ich sagte, ich arbeite nicht an der Sache.»

«Verdammt, Spraggue, Donagher ist um ein Haar ermordet worden!»

«Und ich bin sicher, daß die Bostoner Polizei ihn so streng überwacht, daß er sich eine Genehmigung von Mom besorgen muß, um aufs Klo zu dürfen.»

«Darauf würde ich nicht wetten», erwiderte Collatos verbittert. «Er ist ein verdammt eigensinniger Kauz. Würde sich so was nie gefallen lassen. Will raus und sich unters Volk mischen. Will nicht, daß die Wähler denken, er hätte Angst. Als die Cops den Vorschlag gemacht haben, er sollte den Marathon sausenlassen, ist er an die Decke gegangen. Paß auf, das Haus liegt in Brighton, einer dieser großen viktorianischen Kästen an der Sparhawk Street . . .»

«Kein Interesse, Pete.»

«Also, ich mache jede Wette, ein gewisser Captain Menlo würde sich für die Tatsache interessieren, daß dein Wagen um drei Uhr morgens draußen am Reservoir gestanden hat.»

«Gut, daß du mich daran erinnerst: Hast du dem guten Mann gegenüber gestern zufälligerweise meinen Namen erwähnt?»

«Ich würd ihm nicht mal sagen, daß ihm das Haupthaar in Flammen steht.»

«Aber du würdest ihn benutzen, um mich zu erpressen, zu dir zu kommen.»

«Das ist ein scheußliches Wort, Spraggue. Ich versuche doch nur, dir zu helfen. Dir eine interessante Arbeit zu verschaffen, dir ein paar Fragen zu beantworten, bevor du bei den Cops das Maul über ein Auto aufreißt, das am Reservoir gestanden hat und nichts dort zu suchen hatte . . .»

«Hör zu, Pete.» Spraggue wußte genau, daß Collatos ewig so weiterquasseln würde, wenn er ihn jetzt nicht unterbrach. «Ich komme auf eine Viertelstunde vorbei, aber das war's dann auch.»

«Ich würde gern deine Meinung über diese Briefe hören und . . .»

«Und du wirst mir sagen, wer zu dem dunklen Buick gehört.»

«55 Sparhawk Street», sagte Collatos.

Es klickte in der Leitung.

SIEBEN

Spraggue dachte über die Alternativen nach, die sich ihm boten. Zwei von ihnen erschienen ganz besonders verlockend – die Nabelschnur des Telefons aus der Wand zu ziehen und wieder unter die Daunenbettdecke zu tauchen. Dann seufzte er, stand auf und ließ sich für seine üblichen fünfundzwanzig Liegestütze zähneknirschend auf den Fußboden sinken, allerdings nur, um sofort das volle Ausmaß des Schadens zu erkennen, den seine Rennerei vom vorigen Tag hinterlassen hatte. Er lag flach auf dem Bauch, versuchte seinen Wadenmuskeln einzureden, daß sie ganz locker seien, damit er seine Füße beugen und auf die Zehen gehen konnte. Nach kurzem, schmerzhaftem Kampf gab er die Liegestütze auf, rollte sich auf den Rücken und machte zum Ausgleich doppelt so viele Sit-ups wie normalerweise.

Fünf Minuten lang starrte er auf die Risse an der weißen Zimmerdecke, kroch dann zum Bett hinüber, griff nach dem Telefon und zog es zu sich herunter.

So wie die Dinge sich entwickelten, wollte er Pete Collatos um keinen Gefallen bitten, nicht einmal um einen so kleinen, wie ihm den Namen des zuständigen Beamten zu sagen, der sich um Marys potentiellen Brandstifter kümmern konnte. Und wenn es keinen Grund gab, Hurley wegen dieses Buick anzurufen, konnte er auch nicht ganz beiläufig auf den Brandstifter kommen.

Er wählte die 911, den Polizei-Notruf. Das hohe Piepen in periodischen Abständen ließ ihn wissen, daß sein Anruf von dem Augenblick an aufgezeichnet wurde, in dem sich nach dem zweiten Klingeln der Cop mit der schroffen Stimme meldete. Er bat darum, von der Cambridge Police zur Boston Police durchgestellt zu werden, und machte dann schnell.

Er benutzte die Stimme, die er vor vielen Spielzeiten für den Gefängniswärter aus *Inherit the Wind* beim Berkshire Theater Festival gewählt hatte. Sie kam ihm aus einem einfachen Grund in den Kopf: Gefängniswärter erinnerten an Gefängnis, und auf das Gefängnis steuerte er zu, sollte Menlo Beweise für seinen nächtlichen Streifzug am Reservoir finden. Außerdem schien diese Stimme zu garantieren, daß sie von niemandem wiedererkannt wurde. Keine zweihundert Leute hatten das Stück gesehen, und nicht mal der fieseste Kritiker würde sich an die hohen, rauchigen Töne mit dem leichten Südstaatenakzent erinnern, die zu perfektionieren er sich damals große Mühe gegeben hatte.

«Das Feuer in der 312 Commonwealth Avenue ist absichtlich gelegt worden», sagte er.

«Wer spricht da? Nennen Sie Ihren vollständigen Namen und Ihre Adresse.»

«Tun Sie sich einen großen Gefallen. Überprüfen Sie die Versicherung auf dieses Haus.» Spraggue legte auf, ignorierte eine zweite Aufforderung, seinen Namen zu nennen. Fernsehcops hätten den Anruf inzwischen zurückverfolgt, ein Streifenwagen wäre längst unterwegs zu seiner Haustür. Bei der echten Bostoner Polizei lautete die Frage, ob sie sich überhaupt die Mühe machen würden, dem Tip weiter nachzugehen.

Er ließ das Telefon auf dem Boden stehen und erhob sich, streckte sich, um den Schmerz aus seinen Muskeln zu bekommen. Keine Chance. Er ging nach unten und trottete barfuß ins Wohnzimmer.

Spraggues Wohnung, die oberen beiden Etagen eines dreistökkigen Hauses in der Fayerweather Street, konnte man nicht direkt möbliert nennen. Die Kargheit der Wohnung war eine unmittelbare Antwort auf die makellose Perfektion der Chestnut-Hill-Villa. Er hatte das Haus nach seiner Rückkehr aus England gekauft, weil es in unmittelbarer Nähe zu Harvard lag und er fest entschlossen war, nie wieder in dem Museum des alten Davison Spraggue zu leben. Das war der leichtere Teil der Aufgabe gewesen. Mary davon zu überzeugen, daß sie im Familienmausoleum bleiben sollte, war der kniffligere Part gewesen. Sie hatte am Ende eingewilligt, als er damit drohte, sein Patrimonium dem Commonwealth of Massachusetts als Museumsgebäude zu stiften. Alles, was er aus dem Haus, in dem er aufgewachsen war, mitgenommen hatte, war ein Sessel, ein braunes Ledermonstrum, bequem genug, um zur Not darin zu schlafen, ein Orientteppich und zwei Gemälde.

Damals hatte er geglaubt, es würde Spaß machen, seine eigene Wohnung zu renovieren und zu möblieren. Er glaubte das immer noch. Er kam nur einfach nie dazu.

Er hatte sich ein Bett gekauft und es in eine Ecke des großen Zimmers mit dem Oberlicht gestellt, das ursprünglich als Wohnzimmer im Dachgeschoß des Hauses geplant gewesen war. Er hatte schlichte, weiße Jalousien für die Vielzahl der Fenster bestellt, war aber nie bis zu Vorhängen und Gardinen gekommen. Die Einbaukommoden in den Wandschränken schienen ausreichend Platz zu bieten. Eines der mitgenommenen Bilder war eine signierte Skizze von Picasso, die an einer vom Bett aus sichtbaren Wand hing.

Der restliche Dekor bestand im wesentlichen aus Pflanzen, mit denen Mary ihn eindeckte und die nur sporadisch gegossen wurden. Ihre Gesundheit und ihr phantastisch dichtes Grün ließen in ihm den Verdacht keimen, daß Mrs. Wales, die für einen großzügigen Mietnachlaß auf ihre Erdgeschoßwohnung bei ihm saubermachte, seiner planlosen Pflege nachhalf.

Der alte braune Sessel war das einzige Möbelstück im Wohnzimmer, sofern man nicht die Sitzkissen mitzählte. Ein paar Stücke fürs Eßzimmer hatte er auf einer Versteigerung erworben: einen alten Tapeziertisch und acht Stühle, die unbedingt aufgearbeitet werden mußten. Das zweite Gemälde hing im Eßzimmer: ein Stilleben von van Gogh, ein Wirbel leuchtender Gold- und Rottöne, das einen Ausgleich für das fehlende Fenster oder den nicht vorhandenen Kamin darstellte.

Er ging in die Küche, um sich Rühreier zu machen. Dieser Raum war alles andere als kahl und trist. Zwei Wände waren vollständig mit einem Lochbrett verkleidet, und auf diesem Lochbrett war jedes nur erdenkliche und je erfundene Küchengerät zu finden, von Knoblauchpressen und Eierschneidern zu Fleischhämmern, Backpinseln und Korkenziehern, alles von ausgesprochen nützlichen bis hin zu absolut haarsträubenden Dingen. Das meiste waren Geschenke. Er besaß sechs Eieruhren von praktisch über putzig bis eindeutig obszön. Er benutzte niemals Eieruhren.

Er spülte die Eier mit schwarzem Kaffee runter, den er in einer von drei geschenkten Kaffeemühlen gemahlen hatte. An diesem Morgen mahlte er die Bohnen von Hand, denn er schüttelte sich bei dem Gedanken an die lärmende, wenn auch elegante elektrische Mühle.

Während er Reste des Rühreis mit dem letzten Stück Toast zusammenkratzte, wählte er an dem Wandapparat in der Küche Kathleens Nummer und schluckte schnell, als es am anderen Ende klingelte. Sie meldete sich so schnell, als hätte sie auf den Anruf gewartet. Nachdem er allerdings seinen Namen genannt hatte, verschwand ihre Lebhaftigkeit abrupt. Sie glaubte, sich möglicherweise erkältet zu haben. Sie fühle sich total ausgelaugt. Nach der heutigen Vorstellung habe sie schon etwas vor. Wahrscheinlich habe sie für den Rest ihres Lebens keine freie Minute mehr.

Farrell war ausgesprochen verärgert darüber, versetzt worden zu sein. Wahrscheinlich war ihr so was noch nie passiert. Daß er um ein Haar verhaftet worden wäre, schien für sie keine ausreichende Entschuldigung. Ihr Tonfall deutete unmißverständlich an, daß er den Mann hätte erschießen sollen, der ihr gestriges Rendezvous auch nur gefährdet hätte. Spraggue fragte sich, ob der Richter in seinem Mordprozeß Menlos Einmischung in die Verabredung als hinreichend für Totschlag oder gar Notwehr ansehen würde. Das hing ganz vom Alter des Richters ab, sinnierte er. Von seinen Augen. Und von seinen Erinnerungen.

Er legte auf, zog sich an, humpelte zum Wagen hinunter.

Die Sparhawk Street war ein drei Block langer Abschnitt verblaßter Eleganz, eingezwängt zwischen dem St. Elizabeth's Hospital und der Market Street im Bostoner Stadtteil Brighton. Eine ungewöhnliche Adresse für einen Politiker; die Enklave mit ihrer immer nur vorübergehend bleibenden studentischen Bevölkerung schaffte es nur selten, jemanden aus ihrer Mitte in den Stadtrat zu wählen, geschweige denn in den amerikanischen Senat. Aber Donagher, mit seinem durch Marathonläufe erworbenen Ruhm, besaß den Vorteil, daß sein Name besser in den Köpfen der Menschen haftenblieb. Dadurch hatte er über den Filz und Klüngel der Italiener des North End und der Iren von Southie gesiegt, als er das erste Mal auf Stadtebene um ein Amt kandidierte. Dieser Vorteil setzte sich noch heute Stadtgrenzen übergreifend durch und machte ihn in den ländlichen Berkshire Hills genauso populär wie im Industriegürtel der Route 128.

Die wuchtigen alten Häuser befanden sich in unterschiedlichen Stadien der Baufälligkeit, wodurch es unmöglich wurde zu sagen, ob sich das Viertel auf dem Weg nach oben zu ansehnlicher Nobelsanierung oder nach unten zu schäbiger Armut befand. Ein stattliches Gründerzeithaus hatte das angestaubte Flair eines Mietshauses mit möblierten Zimmern. Auf der mit Säulen verzierten Veranda prangte ein Banner mit griechischen Buchstaben: das Haus einer studentischen Verbindung. Laute Nachbarschaft.

An einem Samstagmorgen waren sie nicht sonderlich laut. Schliefen wahrscheinlich alle noch, kurierten ihren Kater von den Feten am Freitag abend aus. Spraggue empfand Mitgefühl; er fühlte sich selbst ein wenig verkatert nach der abgestandenen Luft des Polizeireviers, Marys Wein und den zertrümmerten Hoffnungen des Abends. Er hatte keine Lust, mit Collatos zu reden. Er hatte keine Lust, verrückte Morddrohungen zu analysieren.

Auf der einen Seite der Sparhawk Street war das Parken erlaubt, wodurch dem zweispurigen Verkehr anderthalb Spuren blieben, weniger noch, wenn man die halbe Fahrbahn berücksichtigte, die für die Verbreitung von Schlaglöchern reserviert war. Spraggue fuhr vorsichtig, achtete auf die Hausnummern, als er den unauffälligen dunklen Wagen auf halber Höhe der Straße entdeckte. Zwei Männer dösten auf den Vordersitzen, der eine hatte eine Zeitung halb über sein Gesicht gelegt.

Spraggue behielt den Fuß auf dem Gaspedal und rauschte an dem Haus vorbei, das Donaghers gewesen sein mußte, einem ordentlich gestrichenen, blauen viktorianischen Haus. Knapp zehn Meter bevor die Sparhawk auf die Cambridge Street mündete, führte eine schmale Straße nach links: die Murdock Street. Spraggue bog ab, dann die nächste wieder links auf die Mapleton. Er suchte nach weiteren auffällig unauffälligen Wagen, vielleicht einem parkenden Transporter der Stadtwerke. Die Straße schien sauber zu sein, also fuhr er rechts ran und parkte.

Er schlenderte die Mapleton hinunter zurück, die Hände tief in den Hosentaschen vergraben, bis er durch den sorgfältig gepflegten Garten eines weißen Gründerzeithauses den blauen Anstrich sah, den er bei der 55 Sparhawk bemerkt hatte. Ein Haus von der Größe wie Donaghers würde mehr als nur einen Eingang haben, das war klar. Wie wachsam war die Polizei? Wie neugierig die Nachbarn?

Wie in Beantwortung seiner Frage kam genau in diesem Moment eine Frau schnell den schmalen, mit Betonplatten ausgelegten Fußweg hinunter, der durch den Garten des weißen Hauses führte. Sie paßte genau zum blassen Sonnenlicht. Ihr langes, dünnes blondes Haar war glatt zurückgekämmt. Der beigefarbene Regenmantel mit einem passenden Gürtel in der Taille zugebunden. Sie trug dunkle Nylonstrümpfe und winzige Schuhe mit hohen Absätzen. Nachdem sie kurz stehengeblieben war, um einen breitkrempigen, khakifarbenen Regenhut aufzusetzen, warf sie sorgfältige Blicke nach rechts und links. Sie schien Spraggue nicht zu bemerken. Er bekam nur flüchtig ein zartes, blasses Gesicht zu sehen, wie das Gesicht einer Schäferin aus Meißner Porzellan, nachdem der Maler zum Schluß noch einmal die leuchtenderen Farben mit Grau nachkoloriert hatte.

Die Frau drehte sich unvermittelt um und verschwand Richtung Market Street, was Spraggue mit der Frage zurückließ, wie sie sich auf ihren winzigen klipp-klappernden Absätzen so schnell bewegen konnte.

Er wartete, bis sie nicht mehr zu sehen war, ging dann schnell den Fußweg hinauf. Hinter einer Gruppe knospender Bäume machte der Weg überraschenderweise einen Knick und führte nicht zu der vermuteten Garage von Hausnummer soundso Mapleton, sondern direkt zur hinteren Veranda von Donaghers blauem viktorianischem Haus. Spraggue starrte den Weg zurück und grübelte über die pastellfarbene Frau nach. War sie aus Donaghers Haus gekommen?

Collatos war am Hintereingang, noch bevor er auf die Klingel drücken konnte. Ein breites Grinsen stand auf seinem dunklen Gesicht. «Vorne sind Cops», sagte er beiläufig, als sie sich die Hand schüttelten.

«Die hättest du ruhig erwähnen können, als du angerufen hast.»

«Ich wußte doch, daß du sie entdecken würdest. Habe sogar mit Murray gewettet. Habe gerade eben fünf Bucks gewonnen.»

«Murray?»

«Komm rein, Spraggue. Hast was gut bei mir.»

«Nett hier» war alles, was Spraggue sagte, als sie einen Korridor mit glänzendem Holzfußboden in einen Raum mit Spitzengardinen hinuntergingen, der mit steifen New-England-Phantasielosigkeiten möbliert war, akzentuiert von ein paar nicht billigen Antiquitäten.

«Wohnt Donagher schon lange hier?» fragte er, während er Collatos' Einladung annahm, sich auf das Chintzsofa zu setzen.

«Vielleicht zwölf, fünfzehn Jahre. Ich glaube, seit er verheiratet ist.»

«Großes Haus.»

«Es ist mehr als nur sein Haus. Es ist sein Hauptquartier, das Hauptquartier seines Wahlkampfes. Sie haben Zimmer eingerichtet, daß Leute über Nacht bleiben können, und die sind immer belegt. Ich bin eingezogen, als ich den Leibwächter-Job angenommen habe. Donaghers Wahlkampfmanager wohnt hier. Einer seiner Ghostwriter auch.»

«Ist der Senator oft hier?»

«O ja. Besonders in letzter Zeit, wo der Marathon und die Wahl vor der Tür stehen. Brian ist ein sehr häuslich veranlagter Mann, daher pendelt er regelmäßig zwischen Washington und Boston.»

«Ist doch komisch, daß nicht die ganze Familie einfach nach Washington gezogen ist.»

«Kaffee?»

«Schwarz, ja.»

Kaum hatte Collatos den Raum verlassen, stand Spraggue auch schon von dem unbequemen Sofa auf. Er schlenderte durch das Zimmer, zog vorsichtig eine Ecke der Gardine zurück. Das unauffällige Auto stand immer noch da. Ein Umschlag auf der polierten hölzernen Kamineinfassung erregte sein Interesse, ein Päckchen mit Schnappschüssen. Er ließ sie in seine Hand gleiten: Donagher, zwei blonde Jungs von vielleicht zehn und vierzehn Jahren; die pastellfarbene Frau. Die perfekte Politikerfamilie. Nur daß das Lächeln auf dem Gesicht der pastellfarbenen Frau angespannt und gezwungen wirkte.

Er hörte Collatos' Schritte und schob die Fotos schnell wieder in den Umschlag, den er auf den Sims zurücklegte. Er fragte sich, ob Donaghers Frau das Haus wohl immer durch den Hinterausgang verließ, die Zufahrt eines Nachbarn hinuntertrippelte und zur Tarnung einen Hut trug. Vielleicht ging sie auch nur dem Streifenwagen vor dem Haus aus dem Weg. Spraggue hätte sich ohrfeigen können, nicht seinem ersten Impuls gefolgt und ihr nachgegangen zu sein. Dann verpaßte er sich gleich noch eine für diesen Gedanken. Donaghers Frau verfolgen. Wozu, verdammt? Er biß die Zähne zusammen und erteilte sich eine Verwarnung.

Als Collatos mit dem Kaffee zurückkam, saß Spraggue wieder brav auf der Couch, tippte mit dem Fuß auf einen tristen, aber teuren Teppich.

«Wie wär's mit einem Doughnut?» fragte Collatos. «Wußtest du, daß Politiker von Doughnuts leben? Wir haben welche mit Zuckerguß, einfache, gefüllte, mit Zucker bestreute . . .»

«Wer hat mich vergangene Nacht am Reservoir erkannt?» erkundigte sich Spraggue, lehnte den Doughnut mit einem Kopfschütteln ab.

Collatos ließ sich Zeit, einen besonders klebrig aussehenden Doughnut zu wählen, aus dem rote Marmelade tropfte, als er hineinbiß. «Willst du ihn kennenlernen?»

«Wieso nicht?»

Der Mann mit der Brille begann zu reden, sobald Collatos ihn ins Zimmer führte. Er war die Erscheinung der letzten Nacht, trug aber jetzt einen grauen statt des dunklen Anzugs. Seine große, hagere Silhouette, sein vorspringender Adamsapfel ließen keinen Zweifel.

«Freut mich, Sie kennenzulernen», sagte er, bot Spraggue etwas linkisch die Hand an. «Gott, was haben Sie mir letzte Nacht einen Schrecken eingejagt. Fast hätte ich sofort die Polizei verständigt. Wenn Pete nicht wach gewesen wäre, als ich nach Hause kam, wenn er nicht begriffen hätte, daß Sie es waren ...»

«Und wie bist du darauf gekommen?» wollte Spraggue von Collatos wissen.

«Murray hat deinen Wagen gesehen. Ein gottverdammter silberner Porsche. Und da soll ich nicht sofort wissen, wem der gehört?»

Spraggue drehte sich zu dem Mann namens Murray. «Was genau hatten Sie letzte Nacht überhaupt am Reservoir zu suchen?»

«Der redet wie ein Cop», meinte Murray, und Spraggue erinnerte sich, wie oft Menlo ihm im Verlauf ihrer unerfreulichen Sitzung im Präsidium ähnliche Fragen gestellt hatte.

«Murray ist Senator Donaghers Wahlkampfmanager«, erklärte Collatos schnell, als würde der Titel die Anwesenheit des Mannes am Reservoir erklären. «Murray Eichenhorn ... Michael Spraggue. Setzen Sie sich, und trinken Sie einen Kaffee, Murray, und bringen Sie den Mann nicht gegen sich auf, bitte.»

«Schon in Ordnung.» Eichenhorn schenkte Spraggue ein entwaffnendes Lächeln, das erheblich besser gewirkt hätte, wäre es nicht so oft geübt worden. «Hören Sie, ich will keine Schwierigkeiten machen. Ich habe letzte Nacht nicht gerade viel Schlaf bekommen. Den ganzen Tag über hatte ich Termine. Die Kampagne für Donagher kommt jetzt langsam auf Touren. Und dann erhalte ich die Nachricht, daß irgendein Spinner versucht hat, meinen Mann zu erschießen. Ich hab ja fast selbst einen Herzinfarkt gekriegt. Aber mein Terminkalender war knallvoll; ich konnte nicht zum Reservoir kommen. Schlaflosigkeit und Neugier haben mich dann mitten in der Nacht da rausgetrieben, um weiß der Teufel nach was zu suchen. Das ist alles.»

«Wonach genau haben Sie gesucht?»

«Sind Sie wirklich kein Cop?» Eichenhorns Lächeln verblaßte, frischte sich dann wieder auf. «Sorry. Wollte mir die Stelle einfach nur mal ansehen. Brian hatte sie mir beschrieben. Ich wollte sehen, wie dicht ich davor gestanden hatte, mir einen neuen Job suchen zu müssen.»

«Wahlkampfmanager . . . Sie koordinieren also Donaghers Publicity-Aktivitäten?»

«Ist doch kein Verbrechen. Ich kümmere mich um sämtliche Kontakte zu den Medien, engagiere und feure Ghostwriter, sorge dafür, daß er im Ritz-Carlton eine Krawatte trägt und einen Schutzhelm, wenn er eine Baustelle besucht . . .»

«Zwischenfälle aus Publicity-Gründen zu inszenieren mag zwar nicht im Strafgesetzbuch stehen, aber . . .»

Eichenhorn bekam einen roten Kopf wie ein verlegener Jugendlicher. «Vergessen Sie's», sagte er. «Ich will, daß Donagher diese Wahl gewinnt. Ich will einen Erdrutsch, einen überwältigenden Sieg. Wenn er hier in Massachusetts über fünfundsechzig Prozent der Stimmen kassiert, ist Donagher schon so gut wie im Weißen Haus. Ich würde praktisch alles tun, um sicherzustellen, daß er haushoch gewinnt. Das ist mein Job. Aber ein Trottel bin ich nicht. Ich bin kein Witzbold. Ich würde niemals eine so absolut hirnrissige Nummer abziehen, wie auf eine Menschenmenge zu schießen . . .»

«Sie wollten nachsehen, ob es echte Kugeln waren, stimmt's?»

«Ja.»

«Weil Sie den Verdacht hatten, jemand könnte hier eine Nummer abgezogen haben. Wer?»

Der Wahlkampfmanager preßte seine schmalen Lippen zu einem dünnen Strich zusammen, starrte mit leerem Blick zum Fenster, als könnte er durch die vorgezogenen Gardinen sehen. «Ich habe überhaupt keinen Verdacht», sagte er. «Ich bin dort rausgefahren, weil ich verdammt schwer glauben konnte, daß diese Sache wirklich passiert ist, daß wer auch immer diese Briefe geschrieben hat tatsächlich meint, was er sagt. Ich dachte, wenn ich es mit eigenen Augen sehe, wenn ich echte Einschußlöcher sehe, dann könnte ich es vielleicht glauben.»

«Glauben Sie's. Sie waren echt.»

«Donagher führt bei allen Meinungsumfragen zur Wahl. Er hat keine billigen und dummen Tricks nötig. Etwas Schlechteres konnte überhaupt nicht passieren, besonders jetzt, vor dem Marathon. Irre und Spinner machen sich doch gegenseitig Mut. Irgendein Ausgeflippter liest, daß jemand auf einen Senator geballert hat, und rennt schnurstracks zum nächsten Waffenladen an der Ecke. Es macht mich ganz krank ...»

Spraggue musterte das Gesicht des Wahlkampfmanagers, ließ seinen Blick auf die Hände des Mannes wandern, bemerkte die weißen Knöchel, die bis zum Fleisch abgeknabberten Nägel.

«Wie wär's mit einem Blick in die Briefe?» fragte Collatos, um das unangenehme Schweigen zu brechen.

«So war's abgemacht. Ein Blick. Falls ich was finde, sage ich's dir. Gratis.»

Collatos grinste. «Und damit müßte Menlo dich eigentlich in Ruhe lassen.»

ACHT

Donaghers Morddrohungen waren keine hastig hingekritzelten Schmierereien auf den Rückseiten alter Briefumschläge; sie waren handwerklich perfekt.

Collatos präsentierte ihm einen alten Schuhkarton mit den gesammelten Werken des anonymen Briefeschreibers. Murray war nicht länger geblieben; da der Wahltag bedrohlich näher rückte, hatte er Termine über Termine, eigene und für den Senator, mußte für die Koordination der loyalen Truppen sorgen. Zum Abschied hatte er Spraggue noch einmal die Hand geschüttelt und ihn mit der Frage verblüfft, ob er sich nicht selbst einmal um ein politisches Amt bewerben wolle.

«Sie wären toll», hatte er mit vollem Ernst gesagt. «Die alte New-England-Familie als Hintergrund. Auch das Geld könnte nicht schaden. Gutes Image. Vergessen Sie nicht, sich mit mir in Verbindung zu setzen, falls . . .»

«Es würde Sie nicht stören, wenn ich Faschist wäre?»

«Sind Sie?»

«Oder Kommunist? Demokrat? Republikaner?»

«Die einzigen Etiketten, die mich interessieren, sind *Gewinner* und *Verlierer*», hatte Donaghers Wahlkampfmanager ohne die Spur eines Lächelns gesagt, durch das die schonungslose Formel zu einem Scherz geglättet worden wäre. Dann hatte er auf seine Uhr gesehen, die Stirn gerunzelt und das Zimmer verlassen, dabei mit unnötiger Wucht die Tür hinter sich zugeknallt.

«Fingerabdrücke?» fragte Spraggue, nachdem er den Schuhkarton auf den Schreibtisch in dem kleinen Erker neben dem offenen Kamin gestellt hatte.

«Ich habe es überprüft», erwiderte Collatos. «Die Cops haben's überprüft. Negativ.»

«Die Cops? Ich dachte . . .»

«Gestern. Nach den Schüssen aus dem Hinterhalt mußten wir sie ihnen zeigen. Darauf habe ich bestanden. Donagher spricht jetzt praktisch nicht mehr mit mir. Behauptet, ich hätte seiner Frau angst gemacht.»

Angst gemacht. Die pastellfarbene Frau hatte nicht ausgesehen, als hätte sie vor etwas anderem Angst als der Entdeckung ihres heimlichen Verschwindens, dachte Spraggue.

«Die Polizei hat sich Kopien gemacht», sagte Collatos.

«Okay. Und jetzt laß mich eine Weile allein.»

Gehorsam war Collatos daraufhin verschwunden, und Spraggue hatte seine Abwesenheit genossen.

Jeder Brief bestand aus Worten, die einzeln aus Zeitungen ausgeschnitten und dann exakt auf der Diagonalen eines schweren, cremefarbenen Briefpapierbogens ausgerichtet und mit dicken Klebstoffklecksen fixiert worden waren. Keiner war unterschrieben, aber die Methode selbst war eine Art Unterschrift. Alle stammten eindeutig vom gleichen Absender.

Die ausgefalleneren Obszönitäten waren mit Tinte eingefügt worden; der *Globe* und der *Herald* lehnten es ab, solche Worte zu drucken, ersetzten sie im allgemeinen durch mehrere Punkte, Gedankenstriche und Ausrufungszeichen. Hier zeigte sich bei dem anonymen Briefeschreiber eine merkwürdige Mischung aus größter Sorgfalt und mangelnder Voraussicht. Er hatte seine Obszönitäten in sorgfältigen Druckbuchstaben geschrieben, mit einem Lineal eine Hilfslinie gezogen, um seine Bemerkungen auf einer Linie zu halten, und anschließend sorgfältig wieder ausradiert. Aber ganz offensichtlich hatte er die gedruckten Worte aufgeklebt, bevor er die Obszönitäten einfügte; die letzten Buchstaben von *motherfucker* waren aus Platzmangel zusammengequetscht worden. Der Rest des Dokumentes war peinlich ordentlich, wenn auch nicht überwältigend originell.

Aus Tageszeitungen ausgeschnittene Worte ... unmöglich zurückzuverfolgen. Jeden Tag wurden im Großraum Boston eine Million Zeitungen verkauft. Es war natürlich möglich, daß ein echter Spinner die Zeitungen als Andenken aufhob. Falls die Cops zufälligerweise an der richtigen Tür klingelten, der einen von einer Million möglichen Türen, würde das Beweismaterial direkt vor ihren Augen liegen. Wahnsinnig realistisch. Spraggue konzentrierte sich auf die handschriftlichen Zusätze.

Handschrift war schwerer zu identifizieren als Schreibmaschinenschrift. Wenn die Mitteilungen mit der Maschine getippt worden wären, hätte er das Fabrikat herausfinden und die Schreibmaschinenfertigkeiten des Verfassers einschätzen können. Aber eine Handschrift, ganz besonders diese Blockschrift hier ... Verdammt, so schrieb doch normalerweise kein Mensch. Es war nicht der längliche Stil eines Zeichners. Sie glich sich auf allen Briefen, war so identisch, daß Spraggue sich fragte, ob alle sechs Briefe vielleicht zur gleichen Zeit verfaßt und nur mit zeitlichem Abstand abgeschickt worden waren.

Keine Rechtschreibfehler. Keine Fingerabdrücke. Kein Absender.

Überdies nichts, was auf Donagher persönlich hinwies. Die Briefe zeterten über politische Themen, fochten die abgedroschenen Schlachten, die seit Jahren in den Tageszeitungen geschlagen wurden: Abtreibung, Schulbusse und Rassentrennung, Mittel für das Schulsystem, Steuern auf Grundbesitz und Vermögen. Es wurden altbekannte Knöpfchen gedrückt, die üblichen Lieder gesungen. Einzigartig waren sie lediglich in ihrer Leidenschaftlichkeit, ihrer Obszönität, ihrer massiven Drohung.

«Und?» erkundigte sich Collatos hoffnungsvoll, als er eine halbe Stunde später wieder hereinkam.

«Die sind von einem pensionierten Lehrer mit einem leichten Humpeln und einer Vorliebe für Schoko-Rosinen geschrieben worden.»

«Komm schon.»

«Das einzig Bemerkenswerte an diesen Meisterwerken ist die Zeit, die offenbar auf sie verwendet wurde. Hast du schon mal versucht, aus der ersten Seite der Morgenzeitung einen Brief zusammenzubasteln? Sieh dir nur an, wie exakt er die verdammten Wörter ausgeschnitten hat: sorgfältige kleine Schnitte mit einer scharfen Schere. Wer auch immer das gemacht hat, er scheint gute Augen zu haben. Er, oder sie, hat etwa immer den gleichen Rand um die Wörter stehenlassen, mit Ausnahme der Fälle, in denen er ein größeres Wort amputieren mußte, um ein kleineres zu erhalten.»

«Hä?»

Spraggue stach mit dem Finger auf das Blatt, das er hochhielt. «Sieh dir das Wort *Die* an. Direkt nach dem *e* abgeschnitten. Das ist der erste Teil von *Diele* oder *Dielektrikum* oder *Diethylenglykol*, was weiß ich. Das ist so ziemlich die einzige Abkürzung, die unser Briefeschreiber gewählt hat.»

«Ein Verrückter, der ans Haus oder Bett gefesselt ist und nichts Besseres zu tun hat?»

«Was weiß ich. Die Sache ist die, daß die benötigte Zeit in keinem Verhältnis zur übermittelten Botschaft steht. Falls irgendwer da draußen Donagher auf seine Abschußliste gesetzt hat, dann sollte man doch meinen, er hätte irgendeinen persönlichen Groll. Aber so was geht hieraus nicht hervor. Nichts von wegen ‹Ich weiß genau, was du mit meiner Frau gemacht hast› oder dergleichen, was man hier eigentlich erwarten sollte.»

«Was ist mit einem politisch motivierten Attentat? Könnte doch irgendein Idiot sein, der danach lechzt, eine Person des öffentlichen Lebens kaltzumachen. Um seinen Namen in die Zeitungen zu bekommen. Wie John Hinckley oder, wie heißt er noch gleich, Chapman.»

«Haben die Briefe geschrieben?»

«Nein», sagte Collatos widerwillig.

«Genau. Sie haben Tagebücher hinterlassen, aber sie haben vorher keine Warnungen geschickt. Wenn das hier von jemandem geschrieben worden wäre, der auf Publicity aus ist, wieso hat er die Briefe dann nicht an die Zeitungen geschickt, besonders nachdem Donagher die ersten Briefe ignoriert hat?»

«Keine Ahnung.»

«Diese Briefe haben nichts mit den Schüssen am Reservoir zu tun. Das sagt mir mein Instinkt, Collatos. Das beides paßt einfach nicht zusammen. Sieh dir das hier doch mal an; das sind politische Statements. Könnte sein, daß sie einfach nur zusammengebastelt wurden, weil die Worte gerade in der Morgenzeitung standen. Hier, sieh dir das hier über die Abtreibung an:

DIE TÖTUNG UNGEBORENEN LEBENS IST MORD!
TOD DEM BESCHISSENEN SENATOR, DER
DIE BESCHISSENEN ABTREIBUNGSÄRZTE MIT
STEUERGELDERN UNTERSTÜTZT!

Sämtliche Worte könnten aus ein und demselben Artikel stammen. *Beschissen* ist später eingefügt worden. Jemand hat schmutzige Wörter reingeschoben, damit der Brief schärfer klingt. Sie müßten aber noch erheblich schärfer sein, um mich zu beunruhigen. Niemand wird Donagher erschießen, weil die Vermögenssteuern zu hoch sind. Oder weil man zufälligerweise anderer Meinung ist, was die Todesstrafe betrifft . . .»

«Das hilft mir nicht viel weiter.»

«Was hast du erwartet? Na gut, laß mich mal die Umschläge sehen.»

Spraggue hatte diesen letzten Satz gesagt, als habe er sich erweichen lassen, als wolle er nur Collatos' Drängen nachgeben. Das war jedoch gespielt. Er wollte die Umschläge wirklich sehen. Er hatte angebissen.

Sie paßten nicht ins Muster. Sie waren mit einer Maschine geschrieben. Jeder auf einer anderen Schreibmaschine.

«Wer auch immer das ist», sagte Spraggue mit skeptischem Blick, «er oder sie arbeitet in einem Büro, das groß genug ist, um fünf Schreibmaschinen zu besitzen.»

«Sechs», sagte Collatos. «Sechs Briefe, sechs Umschläge. Und alle anders.»

«Du hast mir nur fünf gegeben.»

«Scheiße.» Collatos zählte das Bündel Briefumschläge zweimal, suchte auf dem Boden, schaute unter Sessel und Sofa. «Es waren sechs, als ich sie der Polizei zum Fotokopieren mitgegeben habe . . .»

«Alle mit der gleichen Anschrift. Die Cops haben vermutlich gedacht, es könnte nichts schaden, wenn sie einfach einen behalten . . .»

«Machen die doch nie», grinste Collatos.

«So spricht ein ehemaliger Polizeiangehöriger.»

«Der alles abstreitet, falls er je zitiert werden sollte», ergänzte Collatos. «Was hältst du von den Umschlägen?»

«Wieder das gleiche. Viel zu clever, viel zu kompliziert. Wer macht sich die Mühe, fünf verschiedene Schreibmaschinen zu benutzen?»

«Sechs.»

«Sechs. Und dein Phantom-Briefeschreiber ist entweder ein mittelmäßiger Maschinenschreiber oder eine schlechte Schreibkraft, die sich große Mühe gibt. Vielleicht kann er, oder sie, aber auch gut maschineschreiben und tut nur so, als ob nicht. Womit wir die ganze Bevölkerung abgedeckt hätten, oder?»

«Sehr hilfreich.»

«Wann hat das alles angefangen?»

«Vor ungefähr vier, fünf Wochen. Einer pro Woche, immer mittwochs. Diese Woche zwei.»

«Also, wessen Schreibmaschinen hast du überprüft?» fragte Spraggue. «Donaghers? Dieser Typ, dieser Murray, der hat doch wahrscheinlich auch eine. Was ist mit Donaghers Frau? Und er hat ein Kind im Teenageralter . . .»

«Ich bitte dich . . .»

«Ich bitte *dich*. Du bist doch nicht blöd. Also, wen hast du überprüft?»

«Jeden im Haus», räumte Collatos zerknirscht ein. «Murray, Lila – das ist Donaghers Frau –, Donagher in seinem Washingtoner Büro und hier. Ich mag den Kerl. Ich habe sogar versucht, in Bartolos Hauptquartier zu kommen, um mal zu sehen, ob . . .»

«Hast du's schon im Rathaus versucht? Im Parlament?»

«Würde ich gerne.»

«Pete, ich halte es für ziemlich aussichtslos, so an die Sache heranzugehen. Zu viele Schreibmaschinen, zu denen zu viele Leute Zugang haben.»

«Was sollte ich also deiner Meinung nach tun?»

«Mach dir einfach keine Sorgen. Donagher hatte wahrscheinlich recht, als er sagte, die Schüsse seien reiner Zufall gewesen. Selbst wenn es anders wäre, muß er nicht unbedingt das Ziel gewesen sein. Vielleicht bumst dieser stark behaarte Vietnam-Veteran die Frau seines Nachbarn. Vielleicht hat es einer deiner Exkumpel von der Polizei auf dich abgesehen.»

«Ich war nicht da. Ich habe mit dir geredet, erinnerst du dich nicht? Gibt es keinen Ansatzpunkt, von dem aus ich weitermachen kann? Ich werde noch verrückt, wenn ich nichts tue.»

«Bleib einfach bis zur Wahl immer in Donaghers Nähe und . . .»

«Und was?»

«Nichts. Ich kann keine Karnickel aus dem Hut zaubern.»

«Falls dir noch was einfallen sollte . . .»

«Klar. Und bis dahin könntest du Donagher vielleicht ausreden, beim Marathon mitzulaufen.»

«Natürlich», meinte Collatos finster. «Vielleicht könnte ich ihm auch das Atmen ausreden.»

«Die Cops werden beim Marathon umfassende Sicherheitsvorkehrungen treffen. Tausende von denen sind über die ganze Strecke verteilt. Es sind auch früher schon Berühmtheiten mitgelaufen. Kabinettsmitglieder, Filmstars . . .»

«Denk doch mal nach, Spraggue. Wenn wirklich jemand Donagher umbringen will, was wäre das für eine Gelegenheit . . .»

«Falls Donagher der erste Läufer ist, ja, sicher. Dann würde ich gottverdammt dafür sorgen, daß die Dächer die gesamte Strecke entlang im Auge behalten werden. Ein Heckenschütze könnte den Läufer an der Spitze jederzeit abknallen, vielleicht sogar den Burschen, der als zweiter oder dritter läuft. Auf welchem Platz wird Donagher deiner Meinung nach sein?»

«Mann, er wird verflucht glücklich sein, wenn er unter die ersten hundert kommt. Er hat seit fünf Jahren nicht mehr richtig trainiert. Und als er damals, '62, als zweiter durchs Ziel ist, waren für den Lorbeerkranz nur zwei Stunden und dreiundzwanzig Minuten nötig. Diese Zeit laufen heute die Frauen.»

«Dann würde ich Donagher raten, keinen bunten Heliumballon an sein Handgelenk zu binden und kein knallrotes Wahlkampfplakat auf der Brust zu tragen. Steck ihn in eine Gruppe anderer Typen in Turnhose, und ich bezweifle, daß unser Heckenschütze einen Senator mitten unter tausend Läufern herauspicken kann.»

«Meinst du?»

«Meine ich.»

«Ich habe mit den Cops geredet, und die werden, angefangen am Cleveland Circle, ein paar Scharfschützen auf den Dächern verteilen. Danach sind sich Cops und Zuschauer so nahe . . .»

«Die Zuschauer stehen doch die ganze Strecke über in Zehnerreihen.»

«Wirst du dasein?»

Die bemühte Beiläufigkeit, mit der die Frage gestellt wurde, ließ sofort die Glöckchen klingeln. «Wieso?»

«Ich habe die Strecke überprüft, und da habe ich mich gefragt . . .»

Spraggue seufzte. «Was?»

«Oben auf dem Heartbreak Hill. Wenn ich der Heckenschütze wäre, dann würde ich mir diese Stelle aussuchen.»

«Warum?»

«Es ist dieser Augenblick, wenn die Läufer den Berg raufkommen; einer nach dem anderen hebt sich dann deutlich als Silhouette vor dem Hintergrund ab. Und das Boston College hat all die vielen Türme und Türmchen . . .»

«Du willst, daß ich mir den Marathon vom Heartbreak Hill aus ansehe?»

«Würdest du das tun?»

«Du willst, daß ich den Wasserjungen spiele?»

«Nee. Dafür hat der Senator seine Leute an der Strecke postiert. Sei einfach nur da, Spraggue. Okay?»

Sie besiegelten den Deal mit einem Handschlag.

NEUN

Kathleen hatte nach dem verpatzten Date von Freitag abend leider völlig das Interesse verloren. In den Frühvorstellungen von *Wie es euch gefällt* am Sonntag hatte Spraggue sie bereits siebenundzwanzigmal geheiratet – und es hatte immer noch keine Hochzeitsnacht gegeben. Er mußte zugeben, daß er selbst allmählich das Interesse verlor. Er fand Kathleen als Celia erheblich reizvoller und wünschte sich, daß die attraktive, dunkelhaarige Schauspielerin, die die Rosalinde spielte, ein bißchen weniger wie Kate Holloway aussah oder, alternativ, nicht verheiratet wäre.

Als er – das Gesicht gewaschen und erschöpft – das Theater verließ, wartete ein Mann am Bühneneingang. Kein Cop. Sein grauer Wollanzug hätte das ganze Monatsgehalt eines Polizisten gekostet; das blaue Seidenhemd wahrscheinlich einen Wochenlohn. Er spielte nervös am Knoten der dezent eleganten Krawatte. Hätten seine Finger sich nicht bewegt, Spraggue hätte den Mann vielleicht für eine Schaufensterpuppe gehalten.

Sein ausdruckslos hübsches Gesicht erhellte sich, als Spraggue versuchte, an ihm vorbeizukommen, und in Erwartung eines Händedruckes streckte er die Hand aus.

«Ed Heineman, TV-4», stellte er sich vor.

Spraggue unterdrückte das Verlangen zu fragen, ob die Initialen für Transvestit oder Television standen. Auf dem Kinn war ein Anflug von Bartstoppeln zu erkennen, was automatisch die erste Möglichkeit ausschloß. Außerdem hatte er sofort ein leicht vertrautes Gefühl, was die zweite Möglichkeit stützte. Nicht, daß er sich erinnerte, Heineman schon einmal im Pantoffelkino gesehen zu haben; er hatte Heineman-Klone gesehen: junge Männer, für die Worte wie *glattrasiert* und *smart* erfunden worden waren.

Die Flächen im Gesicht des Mannes waren kräftiger als sein Händedruck. Er hatte aschblondes Haar, Messerschnitt, das betonte Lässigkeit ausstrahlte – und wahrscheinlich mit Haarspray gestylt war. Spraggue erwiderte den Händedruck ein wenig fester als unbedingt nötig.

Heineman zog ein kleines Notizbuch aus der Tasche, ein so dünnes ledergebundenes Notizbuch, daß es den glatten Fall seines

Anzuges nicht gestört hatte. Er schlug eine leere Seite auf, zog einen Bleistiftstummel aus einer Lederschlaufe und fragte mit leichtem Südstaatenakzent: «Was haben Sie bei dieser Donagher-Sache bislang herausgefunden?»

Schon früh im Leben hatte Spraggue gelernt, ein Pokergesicht zu bewahren, zu einer Zeit, als das Kommen und Gehen der Spraggue-Familie Futter für Klatschkolumnisten und aufdringliche Fotografen gewesen war. Beim Begräbnis seiner Eltern beherrschte er es in all seiner eiskalten Perfektion. Er setzte es auch jetzt wieder auf, als er sich mißtrauisch umschaute. Der Square wimmelte von Menschen. Viele Passanten trugen Turnschuhe. Die Besucher der Stadt, die wegen des Marathons gekommen waren, wollten mal einen Blick auf Harvard werfen. Er konnte niemanden mit einer Fernsehkamera entdecken. Die Dinger waren nicht klein genug, um übersehen zu werden. Noch nicht.

Er sagte: «Wieso gehen wir nicht irgendwohin, um uns drüber zu unterhalten?»

«Wohin?»

«Die *Harvest Bar* ist laut, aber in der Nähe.»

«Fein.»

Die rothaarige Kellnerin begrüßte Heineman mit Namen. Sie veranstaltete einen großen Wirbel um ihn, wischte den bereits sauberen Tisch mit einem feuchten Lappen, bis er blitzte, knipste ein so elektrisierendes Lächeln an, daß andere Gäste zu ihnen herüberschauten und, so beiläufig wie möglich, ihre Begleitung darauf aufmerksam machten, daß eine Berühmtheit mit ihnen in ein und demselben Raum saß.

Heineman machte Konversation, während Spraggue ein Glas Wein bestellte. Wie sehr ihm – im großen und ganzen – die Inszenierung von *Wie es euch gefällt* gefallen habe.

«Können Sie sich irgendwie ausweisen?» fragte Spraggue.

«Ed Heineman», erwiderte der Mann verblüfft. «Die Kellnerin kennt mich. Jeder kennt mich . . . Ich vermute, Sie haben in letzter Zeit die Wochenendnachrichten nicht mehr gesehen.»

«Sie müssen doch eine Karte oder irgend so was haben.»

Der Mann kramte in seiner Gesäßtasche, darauf erpicht, jeden Gedanken an einen möglichen Schwindel zu zerstreuen. Er öffnete ein tadelloses Kartenmäppchen, zeigte Edward Heinemans Führerschein, geschmückt mit Edward Heinemans Foto. Nicht mal das Straßenverkehrsamt hatte es fertiggebracht, ein schlechtes Foto von dem Mann zu machen. Spraggue täuschte Kurzsichtigkeit vor, um das Mäppchen in die Hand nehmen zu können, ließ es dann ungeschickt fallen und brauchte einen langen Augenblick, um die verschiedenen Plastikhüllen nach dem Führerschein durchzublättern, bevor er es zurückgab.

«Also, um was geht's?» fragte Spraggue und trank einen Schluck von seinem Burgunder. Heineman trank Scotch on the rocks.

«Die Morddrohungen gegen Donagher.»

«Und wieso reden Sie darüber mit mir?»

Heineman starrte in sein Glas. «Ein Tip.»

«Sie haben diesen Tip mit dem Senator abgeklärt?»

«Könnte sein.»

«Ich kann wohl kaum einen Kommentar zu etwas abgeben, von dem ich nichts weiß. Zumindest nicht offiziell.» Spraggue machte der Kellnerin ein Zeichen, bestellte die Rechnung.

«Inoffiziell», sagte Heineman.

«Was haben Sie, inoffiziell, denn erwartet, von mir zu hören?»

«Die Story – von Ihrem Standpunkt aus.»

«Und der wäre?»

«Sie waren bei diesem Wirbel am Reservoir dabei. Hat Donagher Sie anschließend engagiert? Oder», sagte er, als Spraggue nicht reagierte, nicht einmal eine Augenbraue hob, «ermitteln Sie in einer anderen Sache für den Senator, in etwas mehr Persönlichem?»

«Sie haben da einige ungenaue Informationen, Mr. Heineman.»

«Ed», sagte der Mann honigsüß.

Spraggue ignorierte ihn, wartete auf die Rechnung.

«Hören Sie», sagte Heineman, «ich weiß, daß Sie in Donaghers Haus waren. Die Polizei . . .»

«Ist das Ihre Quelle?»

«Ich werde meine Informationsquelle nicht preisgeben.»

«Von mir aus. Ich werde keine Antwort preisgeben.»

Die Kellnerin schob sich durch die Menge zu ihrem Tisch, während Heineman nervös wurde. «Dann lassen Sie mich wenigstens Ihren Drink zahlen», sagte er wütend. «Ich mache das hier wirklich nicht besonders gut. Ich wollte einfach nur eine Story. Ich weiß nicht, was Sie über mich gehört haben. Verdammt schwer, in dieser Stadt ein Bein auf den Boden zu kriegen. Ich habe diesen Tip bekommen, und er kam mir ziemlich heiß vor. Eine Menge bekannter Namen hat damit zu tun. Was Nachrichten betrifft, ist heute eben nicht besonders viel los. Ich gehe nur einer möglichen Spur nach, wie es jeder andere Reporter auch tun würde. Ich weiß, daß ich in dieser Stadt eine Menge zu beweisen habe, was zum Teil daran liegt, nun, wie ich aussehe, zum anderen Teil auch daran, wo ich arbeite. Nachrichtenleute vom Fernsehen sind hier nicht gerade gut angesehen. Ich würde so ziemlich alles dafür geben, innerhalb meiner ersten Wochen eine große Story zu bringen, um diesen gottverdammt heiligen Typen von den Zeitungen ins Gesicht zu lachen . . .»

Allmählich wirkte der Mann richtig menschlich. Sein Gesicht wurde rot, als hätte sich seine Krawatte plötzlich zugezogen und in eine Schlinge verwandelt.

«Ist das jetzt ein Anzeichen Ihrer gewohnten Finesse als Journalist?» erkundigte sich Spraggue und schaute zu, wie der Scotch in dem Glas Wellen warf, als Heineman eine Hand auf den Tisch krachen ließ.

«Verdammt, nein», platzte es aus dem Reporter heraus. «Normalerweise bin ich . . . Ich meine, eigentlich mache ich meinen Job verdammt gut.»

«Ach ja?»

«Ich hätte mich nicht darauf einlassen sollen», stieß Heineman hervor. Er riß die Rechnung vom Tisch und stieß dabei das Glas um. Die goldene Flüssigkeit verfehlte nur haarscharf die elegante Krawatte, das blaue Hemd, den grauen Anzug und verpaßte statt dessen dem dicken Gentleman am Nachbartisch eine ordentliche Dusche. Heineman marschierte zur Theke, bezahlte die Rechnung und ging, ohne noch einen Blick zurückzuwerfen. Er lächelte nicht einmal die Kellnerin an, die ganz zerknirscht ob seiner Gleichgültigkeit aus der Wäsche schaute. Ein Raunen der Menge folgte ihm aus der Tür.

In einer Nische neben dem Eingang befanden sich zwei Telefone, von denen eines funktionierte. Spraggue wartete, bis eine Frau in engen Jeans eine Geschichte über den Jammer mit Autoreparaturen zu Ende erzählt hatte. Er drückte einen Dime in den Geldschlitz, wählte und erhielt nach dem fünften Klingeln jemanden an die Leitung.

«Ich muß sie sprechen, Pierce», sagte er.

«Könnten Sie vielleicht nach sieben noch einmal anrufen?»

«Kommen Sie mir nicht damit. Sie spielt irgendein Spiel und will nicht gestört werden. Stören Sie sie.»

«Nun . . .» Pierce klang unschlüssig.

«Schreien Sie sie an!»

Der Laut, der aus dem Hörer kam, klang zugleich schockiert und vornehm. Ein Mann hinter Spraggue räusperte sich – nur eine freundliche Erinnerung daran, daß es hier nur ein einziges benutzbares Telefon gab und dieses heiß begehrt war.

«Ich spiele keine Spielchen.» Marys Stimme klang so laut, daß er den Hörer vom Ohr abhielt. «Ich habe meditiert. Und du hast mich gestört. Ich werde niemals eine höhere Bewußtseinsebene erreichen, wenn du . . .»

«Erinnerst du dich an unsere kleine Unterhaltung über Morddrohungen gegen einen gewissen Politiker?»

«Ich bin alles andere als senil.»

«Du hast nicht zufällig weitererzählt, daß ich an dem Fall interessiert bin? Einem Fernsehreporter vielleicht?»

«Wie sollte ich, wo ich davon nicht einmal wußte.»

«Jemand hat aber.»

«Kommst du in die Sechs-Uhr-Nachrichten, mein Lieber? Welcher Kanal?»

«Tante Mary . . .»

«Ich gebe ja zu, daß ich es von Zeit zu Zeit ganz egoistisch genossen habe, auf dein Bitten hin ein wenig herumzuschnüffeln.»

«Und daß du die Gründung einer Detektei mit Spraggue und Hillman in goldenen Lettern auf der Tür nicht ungern sehen würdest.»

«Mein Lieber, ich bin schon etwas zu alt, um noch in Erwägung zu ziehen, einen neuen Beruf zu ergreifen, und ich würde außerdem darauf bestehen, daß es auf der Tür *Hillman und Spraggue* heißt.»

«Dachte ich's mir doch.»

«Aber ich habe in keinster Weise die Medien bedient.»

«Ein Edward Heineman von Channel 4 glaubt, ich würde bis zum Hals in Donaghers Schwierigkeiten stecken.»

«Channel 4. Das ist dieser neue Typ immer am Wochenende. Der, der ...»

«Ja.»

«Du hast über die Leitung gerade miterlebt, wie sich mein wacher Verstand in Bewegung gesetzt hat. Und das war höchste Zeit, Michael. Höchste Zeit. Ich habe dir doch gesagt, ich müßte immerzu daran denken ...»

«Woran?»

«Es hatte mit diesem Anruf und den Nachrichten zu tun. Aber ich bin einfach nicht drauf gekommen.»

«Mary, erzähl mir zuerst das Wichtigste, und anschließend füllst du die verbleibenden Lücken.»

«Edward Heineman war der Mann, der angerufen und sich erkundigt hat, ob du gerade ‹an dem Fall arbeitest›.»

«Bist du sicher?»

«Was diese Stimme betrifft? Natürlich.»

«Danke.»

Das beantwortete eine Frage.

Spraggue bestellte an der Theke ein zweites Glas Wein und ließ sich die anderen Fragen durch den Kopf gehen, während er trank. Wer hatte Heineman den Tip gegeben? Arbeitete Heineman wirklich an einer Story? Und wenn dem so war, wieso hatte er dann kein Kamerateam dabei?

Und das Wichtigste: Wieso hatte Heineman in seinem Kartenetui das verknickte Foto einer Frau, die aufs Haar der Blondine glich, die Donaghers Haus durch die Hintertür verlassen hatte?

ZEHN

Die Vorstellung von *Wie es euch gefällt* am Sonntag abend verging wie im Traum, alle einzelnen Szenen, endlosen Wartezeiten und plötzlichen Streßsituationen der Auftritte. Abgespannt und müde registrierte Spraggue, wie er sich in den vorhersehbaren Rhythmus eines zu oft gespielten Stückes einpaßte; er mußte gegen mechanische, auswendig gelernte Reaktionen kämpfen, neue Handlungen finden, neue Betätigungen.

Zwei Vorhänge, jedesmal ein bescheidenes Anschwellen des Applauses, wenn er sich verbeugte. Zuhause. Die Stille ließ die Wände seiner Wohnung zusammenrücken, bis er sich zum Radio und einer halben Flasche Beaulieu Cabernet flüchtete. Es dauerte seine Zeit, Stunden manchmal, bis sein Körper von dem aufgedrehten Zustand einer Aufführung herunterkam, sich auf die Ruhe des Schlafes einstellen konnte.

Das Telefon klingelte. Zunächst war es Teil seines Traumes, wurde sofort und ohne jeden Sinnzusammenhang integriert. Doch die schrille Hartnäckigkeit beendete den Traum, und er setzte sich schließlich im Bett auf.

Er verfluchte den Augenblick, an dem er die Möbel ganz bewußt so aufgestellt hatte, daß er die Behaglichkeit des Bettes verlassen mußte, um ans Telefon zu kommen. Das war zu einer Zeit geschehen, als er noch Privatdetektiv gewesen war und häufig mitten in der Nacht mehr oder weniger wichtige Anrufe erhalten hatte. Die große Möbel-Umräumaktion war die Folge eines Anrufes um zwei Uhr nachts gewesen, einer Unterhaltung, in deren Verlauf er – glaubte er seinem Gesprächspartner – einigen äußerst illegalen Aktivitäten zugestimmt hatte. Am nächsten Morgen war er, ohne sich an den Anruf zu erinnern, aus dem Haus gegangen und wäre beinahe umgebracht worden.

Er schwang seine langen Beine aus dem Kokon von Bettdecken. Morgen würde er den Beistelltisch mit dem Telefon wieder umstellen. Würde sein «Spurensicherungsset» auf den Müll werfen. Vielleicht war er dann überzeugender, wenn er bestritt, nicht mehr als Privatdetektiv zu arbeiten. Vielleicht würde dann sogar ein Menlo ihm glauben. Sogar Tante Mary.

Das Telefon klingelte weiter. Spraggue tappte im Dunkeln zum Tisch, tastete nach dem Hörer, nahm ab und rechnete bereits damit, daß sich jemand verwählt hatte, vermutlich irgendein Studentenwohnheim, das Pizza bestellen wollte. Oder Tante Mary, die wieder mal vergessen hatte, daß andere Sterbliche schliefen.

«Spraggue?» Die Stimme klang eindeutig betrunken; wäre nicht sein Name genannt worden, hätte er ganz sicher wieder aufgelegt, nachdem er diesem Penner noch ein paar saftige Flüche um die Ohren geknallt hätte.

«Wer spricht da?»

«Ich bin's. Dein alter dummer Kumpel, Collatos. Hast du jemand anderen erwartet, mein Freund?»

Die Worte waren verschliffen und unsicher.

«Was zum Teufel willst du um diese Uhrzeit von mir? Es ist spät.»

«He, he, so spricht man doch nicht mit einem Kumpel. Hör zu. Ich hab einen kleinen Leckerbissen für dich. Aber du mußt mir versprechen, keinem Menschen was davon zu erzählen.»

«Wie bitte?» Spraggue schloß die Augen, schüttelte den Kopf und bedauerte, daß er sich von Collatos am Reservoir hatte ködern lassen.

«Es ist ein kleines Geheimnis, nur ein Geheimnis.»

«Wenn du was zu sagen hast, dann raus damit. Es ist nicht die Zeit für alberne Spielchen, Collatos.»

«Tut mir leid, tut mir leid», trällerte Collatos. «Tut mir leid, daß ich dich gestört habe. Ich bin nur einfach gerade dahintergekommen. Das ist alles. Bin dahintergekommen. Ich brauche keine Angst ... Oh, hallo», sagte Collatos plötzlich. Das letzte Wort klang dumpf und wurde komisch in die Länge gezogen. Es klang, als hätte er das Gesicht vollständig vom Hörer abgewendet.

«Ich wünsche dir viel Spaß, mit einem Kater zu laufen», sagte Spraggue ungeduldig. «Gute Nacht.»

«Tja, Joe», sagte Collatos dann unvermittelt, sprach wieder direkt in den Hörer. «Wie ich schon sagte, ich hab vor, unter zwei vierzig durchs Ziel zu kommen, vielleicht sogar mit zwei dreißig, wenn Donagher mir Dampf macht. Der kann immer noch einen drauflegen.»

«Was soll diese *Joe*-Scheiße?» fragte Spraggue. «Hört jemand mit?»

«Ja, genau, Joe. Paß auf, ich muß jetzt Schluß machen.»

«Hast du jetzt was rausgefunden oder nicht? Soll ich den Heartbreak Hill morgen im Auge behalten?»

«He, Joey, ich melde mich wieder. Wir können auch später noch reden. Wie wär's, wenn wir uns nach dem Lauf treffen? Im

Parkhaus des Prudential Center? Ich bin der mit den kaputten Füßen.»

«Okay. Hat es irgendwas mit den Briefen zu tun? Weißt du, wer die Briefe geschrieben hat?»

Aber Collatos hatte bereits aufgelegt.

Spraggue drückte ein-, zweimal auf die Gabel; ein Freizeichen summte in sein Ohr.

ELF

Der Morgen des Marathonlaufes war phantastisch: knapp sechzehn Grad, geringe Luftfeuchtigkeit und zur Krönung ein strahlender, wolkenloser azurblauer Himmel. Ein perfekter Tag für die Zuschauer, aber auf der von Null bis Zehn reichenden Wetterskala der Läufer erreichte er gerade mal eine Zwei. Für Läufer war ein kühler, bedeckter Tag mit Nieselregen ideal. Ein frischer Wind ließ die Kommentatoren von Channel 4 durcheinanderschreien wie aufgescheuchte Hühner; wenn die Läufer zuviel Rückenwind-Vorteile hatten, würde eine neue Rekordzeit offiziell nicht anerkannt. Die Unzahl der Fernsehjournalisten hatte nichts Gewichtigeres zu diskutieren, also plapperte man mächtig über Windgeschwindigkeit, schaltete für die Zuschauer in überstürzt eingerichtete «Wetterzentralen», wo eifrig grinsende Herren bunte Karten vorführten und auf mindestens zehn verschiedene Weisen zum Ausdruck brachten, daß sie zwar nicht sicher seien, daß sich der Wind aber möglicherweise noch legen könne.

Spraggue war in seinem Leben dreimal raus nach Hopkinton gepilgert, um den Start des Marathons zu sehen: einmal mit seinen Eltern, als er noch ein Kind war und sie in irgendeiner offiziellen Funktion mit dem Rennen zu tun hatten; einmal, als er einen Freund zum Chaos der Startlinie hinausgefahren hatte; einmal als Teilnehmer. Bei dem Gedanken daran verzog er das Gesicht.

Er war damals noch ein Teenager gewesen – ein unglaublich grüner Erstsemester auf Harvard, ein unangemeldeter Teilnehmer, der nur hin und wieder zehn Meilen mit der Dauerlaufmannschaft gelaufen war. Keuchend war er kurz hinter dem Wellesley

College von der Strecke gestolpert, war hinter dem Schutz einer gnädigen Kiefer zusammengebrochen. Ihm war schon erheblich früher die Puste ausgegangen, er hätte mindestens eine Meile früher aufgeben sollen. Aber wie hätte er bei Wellesley aufgeben können, wenn ihn dort all die hübschen Studentinnen anfeuerten?

Er hatte immer vorgehabt, noch einmal an dem Lauf teilzunehmen. Das Leben hatte seine Pläne durchkreuzt. Statt im nächsten Jahr den Marathon zu laufen, war er weggelaufen – bis nach England und zur Royal Academy of Dramatic Art . . .

Er seufzte und starrte auf den Fernsehschirm. Das alles war Geschichte, war geschehen, lange bevor das Rennen zu einem Medienereignis wurde, damals, als das Feld der Läufer noch eine überschaubare Größe gehabt hatte. Die Boston Athletic Association kämpfte jedes Jahr tapfer, das Feld auf dreitausend Teilnehmer zu beschränken, verkürzte ständig die Qualifikationszeiten. Aber sie hatte keine Kontrolle über die Outlaws, die warteten, bis die offiziellen Läufer gestartet waren, und sich dann in das Rennen stürzten.

Edward Heineman schien nicht bei der Crew von Channel 4 direkt an der Rennstrecke zu sein. Genausowenig saß er im Studio. Spraggue zappte durch die Kanäle.

Der Hubschrauber von Channel 5 brachte eine Luftaufnahme: der Boden um die erhabene weiße Turmspitze der Hopkinton Church schwankte und beruhigte sich wieder, als wäre die Kirche auf einem riesigen Ameisenhaufen erbaut. Ein Kameramann auf der Erde brachte eine Aufnahme der ersten Läuferreihe, der hochkarätigen Weltklasseläufer, der Rodgers und Salazars, der Waitzes und Teskes, angespannt und fertig zum Start. Diese Läufer hatten die Chance loszusprinten, wenn die Startpistole krachte. Sie würden mit dem Schuß weg sein und die nächste Kategorie, die zweite Reihe, losstürmen lassen. Weiter hinten, ganze Blocks entfernt, ganze Blocks zurück, standen die Läufer zusammengepfercht wie Mannequins in Kaufhäusern. Es war unmöglich zu sagen, welcher Arm zu welchem Läufer gehörte.

Die Aufnahme aus dem Hubschrauber war geradezu klassisch; es hätte der diesjährige oder der Marathon des vergangenen Jahres sein können oder auch eine alte Archivaufnahme aus den Sechzigern. Der 19. April stand für den Marathonlauf in Hopkinton, genau wie der 25. Dezember Weihnachten bedeutete. Die Stadt Hopkinton, von der bei dieser Gelegenheit immer als der «kleinen verschlafenen Stadt Hopkinton» gesprochen wurde, wachte einmal im Jahr auf, um den Gastgeber für die Massen zu mimen, stellte Turnhallen zur Verfügung, in denen man ruhen konnte, städtische Grünflächen, auf denen man sich ausstrecken konnte, und dazu jede in der Stadt erhältliche Toilette.

Spraggue musterte das Gedrängel der Läufer; es gab nicht mehr als zehn, vielleicht zwanzig, die auch nur eine entfernte Chance auf den Sieg hatten. Aber auf zehntausend erwartungsvollen Gesichtern spiegelte sich die Verlockung des Rennens. Denn jeder erschöpfte Kombattant, der die Ziellinie überschritt, der 26 Meilen und 385 Yard harten Asphalts erobert hatte, war ein Sieger.

11.45 Uhr – Zeit, daß das erste Rennen des Marathons begann, der Rollstuhl-Wettbewerb. Die zwanzig an den Stuhl gefesselten Athleten sausten von der Startlinie, trieben sich mit muskulösen Armen entschlossen vorwärts.

Spraggue registrierte, daß er mit mehr als wahlloser Neugier das Geschehen auf dem Bildschirm verfolgte, daß er nach einem bestimmten Läufer suchte. Wäre er Kameramann gewesen, hätte er dem Publikum einen Blick auf Senator Donagher gegönnt.

Der Reporter von Channel 5 schlenderte durch die Menge in der Nähe der Startlinie, interviewte Marathon-Berühmtheiten: Johnny Kelley den Älteren, der bereits bei über fünfzig Boston Marathons dabeigewesen war; Tom Brown, dessen Familie seit Anbeginn der Welt für den Startschuß verantwortlich war. Der Bostoner Lauf war durchdrungen von Tradition.

Irgendwo in dieser erdrückenden Menge mußte Pete Collatos stecken, ein Meer von Läufern vor sich, ein Ozean hinter sich. Spraggue erinnerte sich nur zu deutlich an seine panische Angst als Teenager, beim Start zu stürzen, von den rücksichtslos trampelnden Füßen niedergewalzt zu werden.

Da – die Miniaturausgabe von Brian Donagher erschien auf dem Bildschirm, ging auf und ab, joggte auf der Stelle, ein angespanntes Lächeln auf den Lippen, war nervös. Pete Collatos, sein Schatten, zeigte keinerlei Nachwirkungen der Orgie der vergangenen Nacht, grinste verlegen direkt in die Kamera. Der Reporter erwähnte die bevorstehende Wahl mit keiner Silbe; sein Sender mußte Bartolo vielleicht die gleiche Zeit einräumen, wenn er Donagher Gelegenheit gab, Wahlkampfslogans loszulassen. Und es konnte sein, daß es sowieso keine «gleiche», ähnlich werbewirksame Zeit gab. Angesichts der Popularität der Sporthelden war es nur noch eine Frage der Zeit, bis der gesamte Senat aus ehemaligen Footballspielern bestand. Der Ruhm durch die Teilnahme am Marathon gab Donagher einen unfairen Vorteil. Bartolo mußte vor Wut kochen, falls er jetzt zuschaute.

Fünf vor zwölf. Die Läufer waren bereit, ihre Ankündigungen für das Rennen wahr zu machen. Der Wettkampf wurde durch das Fehlen einiger Läufer der Spitzenklasse etwas getrübt. Patti Catalano war verletzt und aus dem Rennen – eine große Enttäuschung für alle, die gern den Favoriten des Heimatortes anspornten. Toshihiko Seko, der Sieger des letzten Jahres, verteidigte seinen Titel nicht. Spraggue fragte sich, ob Sekos Nichterscheinen etwas mit dem ewigen Streit um die Gagen zu tun hatte. Die BAA war stolz darauf, keinerlei Startgelder zu zahlen; die Attraktivität des Laufes sei groß genug, behauptete sie. Aber wie lange konnte das ehrwürdige Boston noch standhalten angesichts so vieler anderer Marathons mit Unterstützung kommerzieller Sponsoren, die den Regeln der AAU zum Trotz unter dem Tisch Preisgelder aussetzten. Wie lange noch konnte die Welt erwarten, daß Marathonläufer Amateure blieben, wenn man die unglaublichen Gagen berücksichtigte, die anderen Leichtathleten gezahlt wurden?

Die Kamera im Hubschrauber schwenkte über das Gewimmel der Läufer. Die Schlange zog sich die ganze ländliche Hauptstraße von Hopkinton hinauf – zwanzig, dreißig Läufer auf gleicher Höhe. Geschmeidige Profis mit konzentrierten Gesichtern. Wochenendjogger, die Muskeln angespannt. Einige trugen Trainingsanzüge. Andere kurze Turnhosen. Es gab Läufer mit witzigen Mützen und weißen Baumwollhandschuhen. Läufer mit exotischen Gesichtern. Männer. Frauen. Teenager. Der Cowman, der das Rennen immer mit einem dermaßen schweren gehörnten Kopfschmuck lief, daß er ihn niederdrückte. Und eine unglaubliche Vielfalt von T-Shirts.

Die T-Shirts waren äußerst wichtig. Die Fans bezogen sich während des Rennens darauf, brüllten: «Komm schon, Detroit Track Club! He, Motown, du schaffst es! Du bist fast am Ziel,

Detroit! Noch sechs Meilen, Detroit! Ja, du packst es, Detroit! Lauf, Detroit! Los! Los!» Oder Memphis oder Seattle oder Argentinien, Kanada, Schweden . . .

Spraggue versuchte sich an den Code für die offiziellen Startnummern zu erinnern. *W* stand für Frauen, das war leicht. *M* für *Masters*, die älteren Läufer. *V* und *F* hatten auch irgendwas mit dem Alter zu tun, aber sicher war er nicht. Wieso dachte nicht mal einer der Kommentatoren daran, das zu erklären, anstatt nur immerzu vom Wind zu schwatzen?

Der Starter hob die Pistole. Die Läufer in der ersten Reihe nahmen die erlaubte, gebeugte Startposition ein. Selbst die Kommentatoren verstummten, während der Starter sich vorbereitete, den Abzug zu betätigen.

Als er endlich abdrückte, machte die Pistole nur ein enttäuschendes *Plopp*! In der ersten Reihe rannten sie los. In der zehnten Reihe wurde gejoggt. In der zwanzigsten Reihe marschierten sie langsam vor. Zwei Blocks weiter zurück passierte gar nichts. Keine erkennbare Bewegung. Manche, ungeduldiger als nötig, begannen auf der Stelle zu laufen. Und dann löste sich der Stau mit erstaunlicher Schnelligkeit auf. Der Bildschirm war voller wippender Köpfe – auf und ab, auf und ab. Wie eine Flut, die sich ins Meer ergoß, strömten die Läufer aus Hopkinton hinaus. Die Parade brauchte zwanzig Minuten, um die Startlinie zu überqueren. Die Kommentatoren hielten klugerweise den Mund. Der Menschenstrom erforderte keine Worte.

Früher, in der schlechten alten Zeit, bevor das Laufen zu einem Freizeitsport für die Massen geworden war, hatten die Reporter den Startschuß im allgemeinen mit den Worten aufgenommen: «Okay, Leute, heute ist Patriot's Day, und die Trottel laufen!»

Die Kamera verfolgte die Läufer am Turm der Hopkinton Church vorbei, bis sie auf die offene Straße nach Framingham hinausjagten. Die Schnellsten würden die Ziellinie am Prudential Center in der Bostoner Innenstadt etwa zwei Stunden und zehn Minuten nach dem Startschuß überqueren. Die übrigen würden noch den ganzen Tag hinübertorkeln. Wer als letzter ins Ziel kam, erhielt keine Trophäe. Spraggue hatte schon Geschichten über Läufer gehört, die noch weit nach Anbruch der Dunkelheit über die inzwischen nicht mehr vorhandene Ziellinie wankten.

Er hoffte, nicht so lange auf Pete warten zu müssen.

Fünfzehn Minuten nachdem der letzte trödelnde Läufer die Startlinie hinter sich gelassen hatte, verließ Spraggue das Haus.

Collatos' Botschaften waren verwirrend und widersprüchlich gewesen. Da kein klarstellender Anruf mehr von Donaghers Leibwächter gekommen war, hatte Spraggue beschlossen, beiden Bitten nachzukommen: Er würde das Rennen vom Heartbreak Hill aus verfolgen, und er würde sich nach dem Lauf mit Pete im Parkhaus des Prudential Center treffen. Das war durchaus machbar, entweder indem man eine vernünftige Route wählte oder sich für öffentliche Verkehrsmittel entschied. Nur Touristen gerieten am Patriot's Day in einen Stau.

Eine Stunde und fünfundzwanzig Minuten bevor der schnellste Läufer den Heartbreak Hill erklomm, war er unterwegs, fuhr rüber zum Boston College. Früh, aber auch wieder nicht zu früh. Auf den Hügeln würde es voll sein, von Zuschauern wimmeln, die ihre Favoriten anfeuern wollten.

Er parkte in einer der kurvenreichen Seitenstraßen der Beacon Street und trottete den Berg hinauf zur Commonwealth Avenue.

Heartbreak Hill war eine unzutreffende Bezeichnung. Das als *Heartbreak* bekannte Teilstück des Rennens bestand eigentlich nur aus drei Hügeln, drei sanften Steigungen auf einem drei Meilen langen Abschnitt der ansonsten bergab führenden Strecke von Hopkinton zum Meer. Es war seine geographische Lage im Rennen, die dieses Teilstück zu einem echten Killer machte. Es kam nach zwanzig Meilen, zu einem Zeitpunkt, an dem die meisten Läufer gerade anfingen, «gegen die Wand zu laufen», auf die körperliche und psychische Barriere des Schmerzes zu stoßen, die jeder Marathonläufer kennt und fürchtet.

Vor der St. Ignatius Church bildete sich bereits eine dichte Menschenmenge, ein Knäuel aus Polizei und Zuschauern. Die Überwachung der Menge entlang der sechsundzwanzig Meilen langen Strecke war eine kitzlige Angelegenheit. Einige Städte hatten sich in diesem Jahr über die Kosten beklagt, Polizisten entlang der Route zu postieren; Pete Collatos war nicht der einzige Cop, der als Folge des angeblich Steuergelder sparenden Antrages 2½ entlassen worden war. Der Kenmore Square, bereits mitten in Boston, war die schlimmste Stelle für die Läufer: nahe genug an der Ziellinie, um Hunderte von Zuschauern anzulocken, und gesegnet mit dem Fenway-Park-Stadion. Mit beträchtlicher Weitsicht setzten die Red Sox immer ein Spiel für elf Uhr morgens an. Genau wenn der größte Teil der Läufer durchkam, war das Spiel zu Ende, und dreißigtausend schreiende und grölende Fans wurden in das allgemeine Gewühl losgelassen. Im letzten Jahr hatte die Menge die Läufer auf eine einzige Spur zusammengedrängt. Jeder behauptete, die unrechtmäßige Siegerin der Frauen von 1980 habe sich während des Durcheinanders auf dem Kenmore Square unter die Läufer gemischt; es hatte ein solches Chaos geherrscht, alles war dermaßen außer Kontrolle geraten, daß sich sogar der Goodyear-Zeppelin hätte unbemerkt in den Marathon mogeln können. Auf der letzten wahnwitzigen Meile mußten Seile, Sperrholzbretter und berittene Polizei eingesetzt werden, um die jubelnden Horden zurückzuhalten.

Gewissenhaft hielt Spraggue sein Versprechen gegenüber Collatos ein. Auf den Stufen von St. Ignatius hielt er ein Schwätzchen mit einem Priester im Ornat, ein oberflächliches, ganz alltägliches Gespräch, das jedoch eine wichtige Information brachte: Der Glockenturm war heute ganz sicher verschlossen. Wäre es nicht eine Schande, wenn ein paar Jugendliche auf die Idee kämen, sich vom Turm aus das Rennen anzusehen, und einer von ihnen stürzte dort oben durch die morschen alten Bretter? Spraggue nickte ernst und schlenderte weiter, sah zu den Dächern hinauf, stieß beinahe mit anderen Passanten zusammen. Er mußte sich dazu zwingen, seine Aufgabe zu erledigen, so unwahrscheinlich schien das plötzliche Auftauchen eines melodramatischen Killers an solch einem festlichen Nachmittag in strahlendem, alles verratendem Sonnenschein.

Er hatte ein kleines Transistorradio mitgenommen, um über das Rennen auf dem laufenden zu bleiben. Ohne ein Radio war man ziemlich beschränkt, wenn man über eine Stunde an einem festen Punkt einer Sechsundzwanzig-Meilen-Rennstrecke stand. Er wechselte zwischen WEEI und WBZ, schaltete hin und her, um zu erfahren, wer die beste Berichterstattung hatte. Weil er das Radio hatte, hingen ihm schon bald andere Fans auf der Pelle.

«Ist Billy in Führung?» Das war die meistgestellte Frage. Bill Rodgers war der Lokalmatador. «Wo sind sie jetzt?»

Die letzte Frage war überflüssig, nachdem die Läufer erst einmal Framingham erreicht hatten. Man mußte nur nach oben schauen, um die Hubschrauber zu sehen. Spraggue zählte insgesamt fünf und hoffte, daß in ihnen gut ausgebildete Piloten saßen, die es gewohnt waren, in dichter Formation zu fliegen. Ein kleiner Doppeldecker zog ein Reklameband für den ortsansässigen Chevy-Händler hinter sich her. Ach ja, die Freuden des Amateursportes! Wie sehr die BAA die Welt des großen Geldes auch daran zu hindern versuchte, sich in ihren Marathon zu drängen, würde doch jeder Weltklasseläufer übersät mit Werbung vorbeitraben. Bill Rodgers lief für seine eigene Kollektion von Sportklamotten Reklame.

«Wer ist in Führung?»

Spraggue drückte das Radio ans Ohr. «Ron Tabb. Keine großen Chancen auf den Sieg, aber er legt am Schluß immer noch gewaltig zu.»

«Wo steckt Salazar? Wo ist Rodgers?»

Das Radio begann ihm auf die Nerven zu gehen.

Als der erste Rollstuhlfahrer vorbeikam, die Bizeps gespannt, das Gesicht dunkelrot, vergaß jeder das Radio und jubelte. Die Hubschrauber schwebten jetzt fast genau über der Menge; die Rollstuhlfahrer kündigten die dicht folgenden Läufer an.

Der erste Läufer hatte immer eine Eskorte. Vor ihm fuhr der Pressebus, flankiert von Motorradcops und gefolgt von einem Streifenwagen. Es war schon ein Wunder, daß der Mann überhaupt laufen konnte, so gehandikapt war er durch die Kohlenmonoxid spuckenden Fahrzeuge.

Anschwellender, donnernder Beifall brandete durch die Zuschauermenge. Nicht einer, sondern zwei Läufer kamen, behindert durch die motorisierte Kavalkade, in Sicht. Ein knappes Rennen! Die Menge liebte ein Finish, bei dem zwei Läufer in einem Kopf-an-Kopf-Rennen ihr Letztes gaben, sogar mehr noch als das Schauspiel, wenn ihr Bill Rodgers in einsamer Führung die Hügel heraufkam. Köpfe wurden verrenkt, um die Nummern der Läufer mitzubekommen, kaum einen Meter auseinander und schnell vorbei. Papier raschelte, als die Zuschauer in ihren Programmheften nachschlugen. Beardsley und Salazar! Mit Salazar hatte man ja gerechnet, aber wo war Rodgers? Wer war dieser

Beardsley? Spraggue lauschte auf das Radio und beobachtete die Menge.

Er merkte, daß er die Zuschauermassen mindestens so sehr genoß wie das Rennen, vielleicht sogar noch mehr.

In unmittelbarer Nähe der Kirche mußten mindestens zehn Personen gestanden haben, die Wasserflaschen bereithielten. Spraggue fragte sich, wie viele von ihnen dort nach Vereinbarung standen, auf einen bestimmten Läufer warteten, und wie viele dort waren, um die kostbare Flüssigkeit an die allgemein Bedürftigen zu verteilen. Ein großer blonder Kerl mit einem blauen T-Shirt, einer Frottee-Trainingsjacke und sehnigen Muskeln sah aus, als sollte er eigentlich da draußen mitlaufen. Wäre da nicht das Pflaster an seinem Knöchel gewesen. Er humpelte ein paar Schritte vor und bot einem dunkelhäutigen, ausländisch wirkenden Mann mit einem riesigen Bart seine Wasserflasche und aufmunternde Worte an.

Etwas weiter rechts wartete eine Gruppe von Boston-College-Studenten darauf, einen Kommilitonen anzufeuern. Sie vertrieben sich die Zeit, indem sie auf einem tragbaren Holzkohlegrill Hamburger brieten und aus einer riesigen Kühlbox endlose Mengen Bierdosen leerten. Sorgfältig stapelten sie jede leere Dose auf eine Pyramide mit einer Basis von zehn mal zehn Büchsen, errichteten so am Straßenrand einen kleinen Schrein für Budweiser. Der Picknick-Duft weckte in Spraggue einen außerordentlichen Appetit.

Dieser kleine Kerl mit dem rosafarbenen Gesicht unter der Straßenlaterne mochte sehr wohl der Laufbursche sein, den Donagher dort postiert hatte ...

Als die Menge durchdrehte, kreischte, sang, auf Bäume kletterte, um besser sehen zu können, kamen die Weltklasseläufer vorbei – die rassigen Vollblüter, die schlanken Whippets, die Vorbilder für den ganzen Rest. Auf dem Gipfel des Hügels postierte Fernsehkameras übertrugen jedes Detail.

Die Gespräche wandten sich Rekorden zu. Hatten sie ein rekordverdächtiges Tempo? Konnte es trotz dieser unmenschlichen Sonne, dieser vernichtenden Hitze, dieser Trockenheit einen neuen Rekord geben? Eine winzige Frau, Ärztin oder Krankenschwester, sagte mit Autorität, daß jeder Läufer an einem Tag wie diesem alle fünfzehn Minuten zehn Unzen Flüssigkeit zu sich nehmen müßte, ganz zu schweigen von Salz.

Bei anderen Rennen zerstreute sich die Zuschauermenge, wenn die Sieger vorbei waren, die Aufregung und Spannung genommen waren. Nicht so beim Boston Marathon. Die Menge wurde ständig größer, viele der Neuankömmlinge mit Schildern und Transparenten. WIR LIEBEN DICH, 345. ZEIG'S IHNEN, BOBBY! TULANE TRACK CLUB! Familie und Freunde versammelten sich, warteten auf ihre eigenen Gewinner. Der Hill war eine Stelle, an der Ermutigung und Unterstützung dringend gebraucht wurden.

Die Läufer folgten jetzt schnell und in größeren Gruppen aufeinander, jede erhobene Faust bewirkte Jubel und Beifall, jedes neue Gesicht war Anlaß zum Feiern. Die wichtigste Frage jetzt lautete: Wo war die erste Frau?

Erst seit 1972 durften Frauen überhaupt am Marathon teilnehmen. Davor hatte der Leichtathletikverband in seiner unergründlichen Weisheit beschlossen, Frauen seien konstitutionell nicht für solche Sportarten geeignet, die hohe Ausdauer erforderten; das Höchste, was man von einer Frau erwarten könne, sei der 100-Meter-Lauf. Was nicht heißen sollte, daß Frauen vor '72 nicht am Marathon teilgenommen hätten. Schon 1951 hatte sich eine Kanadierin eingeschlichen. Und Sarah Mae Berman aus Cambridge war schon seit Jahren immer voll dabei. Roberta Gibb war '66 mitgelaufen, empört über das Diktum der AAU, daß «Frauen körperlich nicht in der Lage sind, über lange Distanzen zu laufen, und es ihnen überdies nicht gestattet ist». Aber sie alle waren inoffizielle Teilnehmerinnen, bis die berühmt-berüchtigte K. Switzer – *K* stand für Kathy, was die männlichen Hüter der Geschlechterreinheit nicht ahnten – mit einer offiziellen Nummer gestartet war, einer Nummer, die ihr beinahe mit Gewalt von dem entrüsteten Leiter des Rennens von der Brust gerissen wurde.

Jetzt waren die Frauen fest dabei, lagen deutlich unter zwei dreißig, überholten viele der Männer. Was niemanden groß aufzuregen schien. Es gab der Menge etwas, das sie bejubeln konnte, wenn Charlotte Teske mit ihrer Motorradeskorte vorbeikam, etwas, über das sie sich den Kopf zerbrechen konnte. Wo war die große Favoritin, wo steckte Grete Waitz?

Der erste Rollstuhl, der erste Mann, die erste Frau. Die Menge blieb immer noch, wartete auf Familienangehörige, Freunde, darauf, daß alle Sieger vorbeikamen: die Bezwinger des Altersspecks und der Altersträgheit, die Bezwinger von Zigaretten und Kurzatmigkeit. Und immer wartete die Menge auf Johnny Kelley, den ewig jungen.

Beifall brandete auf, lauter als alles, seit Charlotte Teske vorbei war. Brian Donagher erklomm den Hügel, Pete Collatos direkt neben ihm. Schwitzend und außer Atem riß Donagher die Arme hoch. Die Menge feuerte ihn an. Erschöpft strahlte er.

«He, Brian!» Der Ruf kam von einer Frau, die Spraggue bereits flüchtig bemerkt hatte, als er darüber nachdachte, wer aus der Menge den Sir Galahad für einen durstigen Fremden spielen mochte – eine große Frau mit zartem, blassem Teint. Sie trug einen langen Rock, war förmlicher gekleidet als die anderen Zuschauer. Sie schob sich durch die Menge, lief ein paar Schritte, winkte mit einer blauen Wasserflasche in Donaghers Richtung und brüllte: «Ich habe bei jeder Wahl für Sie gestimmt!»

Donagher, der um sich geschaut hatte, als erwarte er jemanden, lächelte sie an und änderte zur Freude der Menge seinen Kurs, um ihr Angebot anzunehmen. Der stark mit Lippenstift geschminkte Mund der Frau bewegte sich, während sie sich bemühte, mit Donaghers nur leicht reduziertem Tempo Schritt zu halten. Die Zuschauer in ihrer Nähe lachten, aber Spraggue war zu weit entfernt, um die Worte verstehen zu können, die sie voller Bewunderung an den Senator richtete. Spraggue beobachtete die Pantomime; die Frau drängte Donagher, die Wasserflasche zu nehmen und sie zu behalten, sich nicht die Mühe zu machen, sie ihrem rechtmäßigen Besitzer zurückzugeben.

«Kommen Sie unter drei Stunden durchs Ziel, und ich werde wieder für Sie stimmen!» rief die Frau laut. Sie hatte eine tiefe, freundliche Stimme mit einem ganz leichten irischen Akzent.

Donagher jagte weiter. Spraggue sah, wie er aus dem Halm der Flasche trank, bevor der stark schwitzende Collatos seine Hand danach ausstreckte. Sie teilten das Wasser, während sie weiterliefen. Ein Ruf erhob sich: «Donagher! Donagher! Donagher!»

Dann waren die zwei außer Sicht, und die Kameras, die dem

berühmten Läufer gefolgt waren, seit er den Hügel heraufkam, schwenkten zurück, um die nächste Welle einzufangen.

Die Ziellinie. Dorthin zu kommen war die nächste Herausforderung. Mit Blick auf die Zuschauermassen befürchtete Spraggue, daß er ein wenig zu optimistisch gewesen war, was seine Mobilität am Patriot's Day betraf. Er wägte ab.

Der Wagen stand verlockend nah. Aber wenn er erst einmal im Wagen saß, wenn er erst einmal in der Innenstadt war, würde er einen Parkplatz brauchen – und Parkplätze waren am Tag des Marathons unmöglich zu finden. Die geöffneten Parkhäuser waren überfüllt, die meisten sowieso geschlossen. Die Touristen von außerhalb, sauer und erstaunt, daß eine Stadt keinerlei Parkflächen bereitstellte, würden alle günstig gelegenen Parkverbotszonen in Beschlag genommen haben. Er hielt nichts davon, Hydranten zuzuparken oder sich einfach auf Plätze zu stellen, die für Behinderte reserviert waren. Er konnte vor dem Polizeirevier an der Berkeley Street parken ... Nein, Menlo bekam womöglich Wind davon und würde ihn nur wieder einlochen ...

Es blieb ihm nichts anderes übrig als eine Kombination von Laufen und öffentlichen Verkehrsmitteln.

Der Großteil der Leute, die zur Ziellinie wollten, würde zur Lake Street und zur Boston-College-Linie rüberstürmen. Also machte sich Spraggue in die andere Richtung auf, den Berg hinunter zur Beacon Street und zur Endstation am Cleveland Circle.

Er joggte nicht gemächlich, er rannte. Die Überschwenglichkeit der Läufer wirkte ansteckend, und er legte all seine aufgestaute Energie in den Spurt, schaffte die zwei Meilen in deutlich weniger als fünfzehn Minuten, war begeistert über sich selbst.

Und, Wunder über Wunder, tatsächlich eine Bahn! Da stand sie an der Endstation, die letzten paar Nachzügler sprangen gerade hinein! Spraggue legte noch einmal etwas Tempo zu und schaffte es in den dunstigen Wagen, bevor sich die Tür schloß.

Die Bahn war gerammelt voll, man konnte kaum noch Luft schnappen. Spraggue überlegte, welche Alternativen er hatte, und beschloß, daß ein paar Zentimeter Viehwagen reichten, solange er nur in die Innenstadt und zur Ziellinie kam. Er fand fünfzig Cents in seiner Tasche, mußte dann nach einem weiteren Quarter wühlen. Die Fahrpreise auf der Green Line stiegen so schnell und unberechenbar, daß man nie wußte, wieviel man in den Automaten einwerfen mußte. Und Dollarscheine nahmen die Dinger nicht an.

Nach ungefähr zwei Minuten setzte sich die Straßenbahn mit einem Ruck in Bewegung. Sofort hielt sie wieder, nur um die stehenden Fahrgäste straucheln zu lassen, machte dann wieder einen Satz nach vorn und schwankte unsicher auf ihren Gleisen den Berg hinunter.

Aus den Fenstern konnten die Fahrgäste rechts die Läufer sehen, wie sie auf die Beacon Street einbogen. Es war eine Werbung für die Gesundheit: Steigt aus, Leute, und lauft, dann braucht ihr den Gestank und das Schwanken der Green Line nicht länger zu ertragen!

Die Läufer, auch wenn sie keineswegs zu den Schnellsten gehörten, kamen immer noch schneller voran als die Bahn. Anders als ihre hochkarätigen Vorgänger spürten sie jeden einzelnen Meter, rackerten sich auf Autopilot geschaltet ab, hatten Blasen an den Füßen und erstarrte Gesichter, waren kaum in der Lage, noch auf die Ermunterungen der Menge zu reagieren. Hin und wieder gab es Lücken in den Zuschauerreihen, und man konnte einen Läufer sehen, der auf dem Bordstein saß und sich Wasser über den Kopf schüttete. Ein Mann hatte seine Schuhe ausgezogen, und zwei Helfer spritzten Wasser auf seine blutenden Füße.

Spraggue hoffte nur, daß die Bahn nicht umkippte, weil sich alle Fahrgäste nach einer Seite drängten und versuchten, durch die schmutzigen Scheiben etwas zu erkennen.

Spraggue hörte die Sirene, als sie die Washington Street überquerten, verrenkte den Hals, um zu sehen, woher sie kam. Ein Brand am Tag des Marathons konnte leicht zu einer Katastrophe werden, wenn zwischen Flammen und Feuerwehr die Route verlief.

Kein Brand. Collatos hätte ihm das aufgrund der Sirene sagen können, aber Spraggue mußte warten, bis er den Krankenwagen sah. Er raste die Beacon Street auf der falschen Spur hinauf und mußte irgendwo ganz in der Nähe gehalten haben, denn die Sirene schmetterte weiter in seine Ohren. Die Bahn rumpelte noch ein paar Dutzend Meter weiter, hielt dann mit einem durchdringenden Kreischen der Bremsen an.

Spraggue, der weit vorne im Wagen stand, konnte sehen, daß sie nicht wegen einer roten Ampel hielten. Quer über den Schienen stand ein Streifenwagen, dessen Blaulicht blitzte. Der MBTA-Fahrer seufzte tief, zuckte mit den Achseln und lehnte sich fluchend auf seinem Sitz zurück. Wie aus einem Mund stöhnten die Fahrgäste auf.

Spraggue bat den Fahrer, die Tür zu öffnen. Selbst wenn er den restlichen Weg zu Fuß zurücklegen mußte, war er fest entschlossen, zur Ziellinie zu kommen. Er begann zu laufen, doch dann sah er den Krankenwagen und den Ring aus Polizisten, und seine Neugier ließ ihn innehalten.

Er trat genau in dem Moment an den Rand der Absperrung, als der Mann hochgehoben und auf die Tragbahre gelegt wurde. Deutlich hörte er das Raunen der Menge: Wieso bereiteten sich diese Läufer nicht besser auf das verdammte Rennen vor? Ein paar von diesen Trotteln schaffen es ja nicht mal um den Block, geschweige denn ...

Als die Bahre angehoben wurde, erkannte Spraggue den Mann: Donagher, auf dem Bauch, kreidebleiches Gesicht und bewußtlos. Spraggue erstarrte. Hörte auf zu denken. Hörte beinahe auf zu atmen. Wo zum Teufel steckte Collatos?

«Was ist passiert?» Er richtete die Frage an niemanden persönlich. Und keiner wußte etwas. Natürlich waren keine Schüsse gefallen. Er war einfach so zusammengebrochen. Mußte wohl an der Hitze liegen. Er hielt das Radio an sein Ohr, doch der Kommentator plapperte weiter über den Wind und den erstaunlichen Sieg Alberto Salazars zwei Sekunden vor Dick Beardsley.

«Wo wird er hingebracht?» brüllte Spraggue einem Mann der Krankenwagenbesatzung zu.

«Zum Roten Kreuz Coolidge Corner», rief eine Frau zurück. «Glaube ich.»

Spraggue setzte sich in Bewegung. Coolidge Corner konnte nicht mehr als eine Meile entfernt sein. Seine Füße bewegten sich schneller als seine Gedanken. Die klebten an der überwältigenden Erleichterung, daß es kein Heckenschütze gewesen war, nichts als ein kleiner Hitzschlag, ein Rückschlag zwar für den Wahlkampf, aber keine Tragödie. Er fragte sich, wo Pete Collatos war. Hatten die beiden Männer vereinbart, daß der eine das Rennen auf jeden Fall beendete, wenn der andere nicht mehr weiter konnte? Verdammt beschissene Art, bei jemandem den Bodyguard zu spielen.

Seine schmerzenden Beine sagten ihm, daß er mindestens schon eine dreiviertel Meile zurückgelegt haben mußte, als er den gleichen schweigenden Kreis sah, von fern die gleiche Sirene hörte.

Der Körper auf dem Boden trug Collatos' Nummer. Die Gesichter der Menschen im Zuschauerkreis waren angespannt. Zwei Männer, der eine ein schwitzender Läufer, der andere ein Helfer aus der Menge, unternahmen gleichmäßige, hoffnungslose Versuche der Wiederbelebung. Ein dritter Mann hielt Collatos' Handgelenk. Er murmelte etwas vor sich hin, schüttelte den Kopf, schaute besorgt auf, suchte nach Hilfe.

Der rotweiße Krankenwagen kam ein wenig ins Schleudern, als er anhielt. Ein Mann und eine Frau in braunen Uniformen sprangen heraus, ließen die Türen weit offen. Die Frau warf einen Blick auf das Geschehen, öffnete die Hecktür, zog eine Bahre heraus. Einer der beiden Männer, die Erste Hilfe leisteten, machte dem uniformierten Mann Platz. Sekunden später lag Collatos auf der Tragbahre, wurde in den Krankenwagen gerollt und von ihm verschluckt. Die Frau legte einen Tropf an, als das Fahrzeug davonraste. Der Zuschauer, der Collatos Erste Hilfe geleistet hatte, setzte sich auf den Bordstein, sah aus, als müßte er sich jeden Moment übergeben. Der Läufer klopfte ihm auf die Schulter und nahm das Rennen wieder auf.

Spraggue, dessen Herz raste, als wäre er die gesamte Strecke mitgelaufen, dessen Mund so trocken war, als hätte er Sand gegessen, zog sein T-Shirt aus und hob damit die blaue Wasserflasche auf, die neben einem Gully am Bordstein lag, wohin sie Collatos' zitternder Hand entfallen sein mußte. Er drehte sich um und begann Richtung Heartbreak Hill zu laufen, blieb dann jedoch stehen.

Die große Frau, die Donagher die Flasche gegeben hatte, würde längst fort sein; das wußte er einfach.

ZWÖLF

Am Tag von Pete Collatos' Beerdigung machte der Frühling einen großen Schritt zurück in den Februar.

Die Tulpen auf dem New Calvary Cemetery in Mattapan lagen flach auf dem Boden, ihre Blütenblätter dem kalten, stürmischen Wind unterlegen. Statt dessen blühte unter einem tristen grauen Himmel ein Feld glänzender schwarzer Schirme, völlig nutzlos gegen den schräg fallenden Platzregen.

Reporter waren in Massen da, schützten ihre Kameras und ihre durchnäßten Notizblöcke. Sie waren die ganze Zeit dabeigewesen. ERSTES TODESOPFER DES MARATHONS SEIT 86 JAHREN! hatte die erste Schlagzeile marktschreierisch verkündet. KRANKHEIT MIT TODESFALL BEI MARATHON IN VERBINDUNG GEBRACHT war die nächste Schlagzeile gewesen. Und dann, das Fragezeichen dick und schwarz: IST AMPHETAMINVERGIFTUNG TODESURSACHE? Und so weiter. Fortsetzung Seite 18. Und Fotos . . . immer wieder Fotos. Fotos eines zwinkernden Collatos, der stolz seine goldene Polizeimarke hochhält. Fotos von Donagher mit einem schwachen Lächeln im Krankenhausbett. Nichts war zu unbedeutend oder zu persönlich, um der unbeholfenen öffentlichen Umarmung zu entgehen.

Am Tage der Beerdigung hatten sich die Schlagzeilen bereits wieder anderen Themen zugewendet. Der rätselhafte Todesfall beim Marathon war in den Lokalteil verdrängt worden, wo die Artikel knapper wurden, spekulativer und schließlich ganz verschwanden. Sensationellere Themen: Morde, Vergewaltigungen, Flugzeugabstürze, Staatsstreiche – sämtliche Häßlichkeiten des Lebens, die als aktuelle Tagesnachrichten gelten, taten sich zusammen, um die Wirklichkeit von Collatos' Tod auszulöschen.

Was an Berichterstattung in den Medien noch blieb, reichte aus, um eine große Beteiligung an der Beerdigung sicherzustellen. Menschen, die gar nicht erst gekommen oder aber sofort nach der Messe in der St. Columbkille Church gegangen wären, folgten nun, angelockt durch die Fernsehkameras, dem feierlichen Leichenzug die Market Street hinunter.

Donagher wäre auf jeden Fall gekommen, dachte Spraggue mit zähneknirschender Bewunderung, krank oder nicht, Fernsehkameras oder nicht. Der Politiker stand mit gesenktem Kopf unbeweglich neben dem Grab. Er hatte in der letzten Woche Gewicht verloren; die Kleider hingen locker um seinen Körper. Nicht weiter überraschend: Er war mit einer Temperatur von knapp 41 und einem Blutdruck von 250 zu 140 ins Beth Israel Hospital eingeliefert worden. Vier Tage hatte er im Krankenhaus gelegen.

Hinter dem Senator flüsterten seine pastellfarbene Frau Lila und sein Wahlkampfmanager Murray Eichenhorn. Eichenhorn schaute sich immer wieder um, suchte die Menge ab, trat nervös von einem Bein aufs andere. Spraggue fragte sich, ob der Mann etwa einen weiteren Angriff auf Donagher befürchtete, ob er Angst hatte, diesmal selbst in der Schußlinie zu stehen. Es wäre glatter Selbstmord für einen Heckenschützen gewesen, Donagher hier aufs Korn zu nehmen, wo die Hälfte der Trauergemeinde das Blau der Bostoner Polizei trug.

Kandidat Frank Bartolo hätte sich niemals auf den Friedhof hinausbequemt, um im Regen zu frieren, wenn die Fernsehkameras nicht gewesen wären. Spraggue hatte ihn nach der Messe mit Gouverneur Edwards sprechen sehen, hatte die heftigen Kopf- und die energischen Handbewegungen des Gouverneurs bemerkt, als dieser seinen Protegé von der Notwendigkeit überzeugte, Donagher das Monopol auf die Sechs-Uhr-Nachrichten streitig zu machen. Der Gouverneur hatte der Messe beigewohnt, um die eher blasse Persönlichkeit Bartolos an seiner charismatischen Ausstrahlung teilhaben zu lassen. Die Kameras sollten die Tatsache festhalten, daß der einflußreiche Gouverneur und der frühere Kongreßabgeordnete Bartolo unzertrennlich waren. Er hatte es fertiggebracht, den Trauergottesdienst in die geschmacklose Parodie einer Hochzeit zu verwandeln: die Bänke auf der rechten Seite für die Anhänger Donaghers, die Bänke auf der linken für den Bräutigam Frank Bartolo, die Marionette des Gouverneurs.

Spraggue starrte Bartolo an, prägte sich das fleischige Gesicht ein, den Fünf-Uhr-Schatten, der bereits um zwölf erkennbar war, den gutsitzenden schwarzen Anzug, der beinahe den Bauch verbarg. Der Mann des Gouverneurs. Eine sichere Stimme für den konservativen Status quo. Oder nicht? Würde Bartolo vielleicht unerwartete eigene Überzeugungen entwickeln und seinen Gönner schockieren, wenn er erst einmal in die erhabenen Höhen des

Senats gewählt war? Hatte der Gouverneur etwas gegen Bartolo in der Hand, das mit diesen vagen Mafia-Verbindungen zusammenhing, deren sich der *Boston Globe* so sicher schien? Blieb Bartolo dadurch schön gefügig und dazu erpreßbar, in einer knappen Wahl die entscheidende Stimme abzugeben?

Spraggue blieb im Hintergrund, ein Stück von der Hauptgruppe der Trauergäste entfernt, war nicht versessen darauf, mit der einen oder der anderen politischen Gruppe in Verbindung gebracht zu werden, und vermißte Pete Collatos. Er war sicher nicht der Intelligenteste gewesen, nicht sein bester Freund. Verdammt, bis zu dieser Donagher-Sache hatte er Collatos . . . wie oft gesehen? Zweimal in zwei Jahren? Aber das Wissen, ihn nie wiedersehen zu können, die Endgültigkeit von durchweichter Erde, die auf den eisernen Sarg fiel, ließen einen Kloß in seinem Hals entstehen. Er wandte den Blick ab.

Bei vorsichtiger Schätzung, dachte Spraggue, mußte er ungefähr fünfzigmal auf der Bühne gestorben sein, öfter noch, wenn man die mehrfachen komischen Tode des Mortimer in *The Fantastiks* mitrechnete. Auf der Bühne hatte er so viele Freunde sterben sehen, wenn sie den Horatio oder noch so viele verdammte Hamlets spielten . . . Aber Collatos würde zur morgigen Matinee nicht wiederauferstehen.

Tante Mary, neben ihm, berührte leicht seine Hand. Mitgefühl schien von ihrer Hand in seine zu strömen, was ihn auf eigenartige Weise tröstete. Sie hatte seine Hand auch während einer endlos langen Beerdigung gehalten, nachdem seine Eltern bei einem fürchterlichen Autounfall ums Leben gekommen waren. Damals hatte er es noch für den «tragischen und sinnlosen Unfall» gehalten, über den die Zeitungen wieder und wieder schrieben: ein Märchen unserer Zeit, das das ewig populäre Thema illustrierte, daß man das Glück mit Geld nicht kaufen kann – genausowenig wie das ewige Leben. Es war damals Sommer gewesen, aber der Himmel war genauso bleiern gewesen. Tante Marys Hand schien so zerbrechlich, so kalt, daß er sie näher unter seinen Schirm zog, einen Arm um ihre Schultern legte. Seine andere Hand, mit der er den wankenden Schirm hielt, fühlte sich an, als wäre sie mit dem Knauf verschmolzen.

Niemand hielt die einzig wirklich Trauernde der Beerdigung in den Armen, niemand tröstete oder wärmte sie – Petes Schwester Sharon. Donagher hatte es versucht und war zurückgewiesen worden. Sharon Collatos . . . Nein, der Nachname war nicht mehr Collatos. Sie hatte geheiratet, daran erinnerte sich Spraggue, doch ihr neuer Familienname wollte ihm nicht einfallen. Ebensowenig konnte er in der Menge jemanden ausmachen, der ihr Mann sein konnte. Arbeitete der Mann samstags? War er nicht in der Stadt? Gab es denn keinen Freund, keinen Nachbarn, keinen Cousin, keine Tante, um den Arm der schwarz gekleideten Frau zu nehmen?

Er beobachtete sie, während der Priester hastig die letzten Worte verlas, wußte, daß in dem kalten Regen niemand länger als unbedingt nötig bleiben würde. Ihr schwarzes Kostüm war entweder geliehen oder in aller Eile gekauft. Oder aber sie hatte, genau wie Donagher, zu schnell zuviel Gewicht verloren. Wahrscheinlich geliehen; sie hatte nicht den Teint, um Schwarz tragen zu können. Ihre Haut und ihre Haare waren zu dunkel, um diese Farbe zur Geltung zu bringen. Der formlose Regenmantel konnte gut einem Mann gehören. Ihr Haar war streng aus dem Gesicht zurückgekämmt und im Nacken zu einem Knoten gesteckt, verborgen unter einem schwarzen Schleier. Ihr Gesicht war eine Maske, die schon bei einer einzigen Träne zerbröckelt wäre.

Sie erinnerte ihn an Medea, nicht an die Medea des letzten Vorhanges, sondern an die frisch betrogene Medea, die über die schrecklichste Rache nachsann.

Was hatten diese Menschen Collatos bedeutet, was hatte er ihnen bedeutet? Spraggue suchte die Trauergemeinde nach einer jungen, attraktiven Frau ab; war Collatos mit einem bestimmten Mädchen gegangen? Wann waren seine Eltern gestorben? Wer war hier, um sich von einem Freund zu verabschieden? Wer war nur anwesend, um seine politischen Loyalitäten von der Kamera festhalten zu lassen, um sein Gesicht in die Abendnachrichten zu bringen?

Spraggue schloß die Augen, begann, sich methodisch zu entspannen, hörte auf, die Zähne aufeinanderzubeißen – seine Kieferpartie verkrampfte sich immer als erstes –, ließ dann die Schultern kreisen. Normalerweise war diese Entspannungszeremonie dem Lampenfieber vor einer Aufführung vorbehalten.

Das ganze verfluchte Ritual erinnerte ihn an eine Vorstellung, ein inhaltsleeres Theaterstück, das nichts, überhaupt nichts mit Pete Collatos zu tun hatte, weder dem Lebenden noch dem Toten.

Der Priester beendete seinen Monolog, und Medea trat in die Mitte der Bühne. Sie warf einen Strauß blutroter Rosen auf den Sarg – ein wütendes Schleudern, kein zärtlicher Wurf. Dann löste sich ein tiefes Schluchzen, ein unwillkürliches Aufstöhnen von ihren Lippen, und sie schaute fort, blinzelte die Tränen weg. Immer noch keine Tränen, kein Riß in der Maske. Donagher nahm ihren Arm, doch sie rührte sich nicht von dem gähnenden Loch. Erst Donaghers Frau gelang es, sie fortzuziehen. Die pastellfarbene Frau wirkte so schwach und zerbrechlich, aber ihre leichte Berührung verfehlte nicht ihre Wirkung.

Die Trauergäste hätten eigentlich dankbar in ihren Autos verschwinden sollen, dem grauen Sturm und der düsteren Landschaft, dem gähnenden Loch mit einem neuen Toten entfliehen, fort von dem endgültigen Geräusch der auf den Sarg geschaufelten Erde. Aber die Fernsehkameras blieben. Statt also Reißaus zu nehmen, verweilten auch die Cops und Politiker noch, die den größten Teil der Herde ausmachten, sammelten sich hoffnungsvoll in fotogenen Gruppen, drängten sich um Donagher, um ihm die Hand zu drücken, ihrem Entsetzen darüber Ausdruck zu verleihen, wie knapp er gerade noch einmal davongekommen war. Und dieses letzte Theater allein für die Kameras verwandelte Spraggues Trauer in Wut.

Er ließ Mary allein am Wagen zurück, schob sich neben Captain Hurley in die Menge, beabsichtigte, ein paar, nur ein paar der Fragen zu stellen, die zu stellen er kaum noch abwarten konnte. Er wollte zumindest einen späteren Termin vereinbaren, um herauszufinden, was zum Teufel die Bostoner Polizei unternahm, daß Collatos' Mörder nicht unentdeckt, ungestraft blieb.

Zwei Dinge stellten sich ihm in den Weg.

Das erste war ein lächelnder alter Mann, der stolperte, auf Spraggues Zehen trat und vergaß, eine Entschuldigung zu murmeln. Ein pensionierter Cop in einer verblaßten blauen Uniform und mit einem faltigen roten Gesicht. Der alte Knabe schien die Beerdigung als eine großartige Gelegenheit anzusehen, aus dem Haus und unter Menschen zu kommen. Eine Chance, sich wieder nützlich und jung zu fühlen, statt einfach die öden Stunden bis zum Abend über sich ergehen zu lassen, an dem er endlich den Schlaf suchen konnte, der doch nicht kam.

Der alte Mann schnappte sich Donaghers Wahlkampfmanager, stellte ihn unter einen knospenden Ahorn. Spraggue wäre vielleich mit einem mitfühlenden Lächeln für den offensichtlich in die Enge getriebenen Eichenhorn einfach vorbeigegangen, hätte der rotgesichtige Cop nicht mit dieser betrunkenen Lautstärke geredet.

«Also, Marty», brüllte der alte Mann, und sein melodischer, irischer Akzent verriet seine alte Heimat genauso deutlich wie sein rotes Gesicht, «es ist für diese alten Augen eine besondere Freude, dich nach so langer Zeit mal wiederzusehen, und auch, daß du's offenbar geschafft hast.»

Donaghers Wahlkampfmanager starrte den Mann zehn oder fünfzehn Sekunden verständnislos an. Dann wurde er kreidebleich und packte den alten Cop am Revers seiner alten Uniform.

Ein steifes, unechtes Lächeln legte sich über Eichenhorns Mund, aber seine Augen warfen Blicke nach links und rechts, um zu sehen, wer in unmittelbarer Hörweite stand. Er tuschelte dem alten Mann etwas ins Ohr.

Der alte Cop brach in johlendes Gelächter aus, das in einem Hustenanfall endete. «'türlich schadet's nichts . . .» begann er, doch der Rest seiner Worte wurde abgeschnitten, als Eichenhorn schnell einen Arm um seine Schultern legte und ihn fortführte.

Neugierig geworden, wollte Spraggue den beiden schon folgen, fragte sich, wieso ein Mann namens Murray so seltsam darauf reagierte, Marty genannt zu werden. Eine kalte Stimme hielt ihn zurück, ließ ihn herumwirbeln.

«Sie», sagte die griechische Medea. «Sie. Ich will mit Ihnen reden.»

DREIZEHN

Die Stimme war leise, belegt von nicht geweinten Tränen, aber ihre Intensität brannte über drei Meter matschigen Boden wie ein Laserstrahl. Ein kurzer Blick in ihre erstarrten Augen sagte ihm, daß dies keine Bitte war, die mit der Ausrede einer wartenden Tante, einer noch aufzuführenden Matinee abgespeist werden konnte.

Die Medea winkte ihn zu einer einzelnen Gruppe Rhododendron hinüber, brauchte dafür nur den Anflug eines Nickens. Er versuchte, den Schirm über sie zu halten. Ohne seiner Geste Beachtung zu schenken, marschierte sie los. Da er es müde war, zu versuchen, den Schirm im Sturm aufrecht zu halten, faltete er ihn zusammen und folgte ihr, während der Regen in sein Gesicht peitschte.

Alles an dieser Frau war so schrecklich beherrscht, dachte Spraggue, während er hinter ihr hertrottete ... Ihr balancierender Gang, wie der eines Betrunkenen in einer Polizeikontrolle, ihre marionettenhaften Gesten, ihre tonlose Stimme, ihr geschminktes Gesicht ... Sie war kleiner, als ihr aufrechter Gang sie wirken ließ. Sie hatte einen kurzen, stämmigen Körper, der eher an Jeans und T-Shirts gewohnt war als an schwarze Kostüme, Nylonstrümpfe und Schuhe mit hohen Absätzen. Sie stolperte, als sie sich umdrehte, um zu sehen, wo er blieb, und Spraggue beeilte sich. Der kleinste Riß in diesem ehrfurchtgebietenden Panzer würde die ganze Fassade zum Einsturz bringen. Er allein würde niemals in der Lage sein, alle Teilchen wieder zusammenzusetzen.

Sie drehte sich zu ihm um, schluckte schwer. Spraggue versuchte in ihrem steinernen Antlitz eine Spur des lachenden, vom Wind zerzausten Mädchens von dem Foto zu finden, das zum festen Inventar von Petes Schreibtisch gehört hatte. Kein umwerfendes Mädchen, keine Wucht – aber eine Frau mit einem so echten Lächeln, so tiefen, geheimnisvollen Augen, daß Pete das Foto schließlich in einer Schublade versteckt hatte. Zu viele Cops erkundigten sich nach der Telefonnummer seiner Schwester, hatte er sich einmal beklagt. Er wollte etwas Besseres für seine kleine Schwester.

Diese Frau war älter als der Teenager auf dem Foto, älter auf eine Art, die nichts mit verstreichenden Jahren zu tun hatte. Ihre Augen waren in tiefe Schatten gebettet. Spraggue bedauerte es, daß er nie nach der Telefonnummer des lachenden Mädchens gefragt hatte; andererseits hatte sie viel zu jung gewirkt, zu unschuldig, vorbelastet durch die Tatsache, die geliebte Schwester eines Freundes zu sein. Und jetzt wirkte sie zu alt. Er fragte sich, ob das Funkeln wohl je wieder in ihre leeren Augen zurückkehren würde.

«So», sagte sie. «Sie sind also Spraggue.» Ihre Stimme senkte die Temperatur um fünf Grad.

«Ihr Bruder muß Ihnen von mir erzählt haben.»

«Pete . . . hat nicht . . . Wir haben kaum miteinander geredet . . . Ich habe jemanden gefragt.»

Spraggue hätte gern gefragt, was sie von ihm wollte, sagte aber nichts. Sie würde es schon noch erklären; sie hätte sich nicht die Mühe gemacht, ihn anzusprechen, wenn sie keinen Grund dafür hatte. Er war auf alles vorbereitet, aber nicht auf das, was dann kam.

Sharon Collatos' Unterlippe bebte einen Augenblick, wurde dann wieder starr. Ihr Atem ging so flach und schnell, daß er schon Angst hatte, sie könnte ohnmächtig werden.

«Was werden Sie jetzt unternehmen?» fragte sie.

Wenn sich Intensität durch Lautstärke geäußert hätte, hätten ihre Worte die noch verbliebenen Trauergäste taub gemacht. Aber ihre Stimme war kaum mehr als ein Flüstern, dafür aber unendlich intensiver, erheblich eindringlicher.

«Ihr Partner ist tot. Also, was werden Sie unternehmen? Fast schon eine Woche, und habe ich Sie auf dem Polizeirevier gesehen? Habe ich Sie in Petes Wohnung gesehen? Was tun Sie?»

Spraggue hatte mehrere Möglichkeiten. Sich vor ihren Füßen in eine Pfütze zu verwandeln oder zur Salzsäule zu erstarren schien allemal besser, als zu sagen: «Ich war nicht der Partner Ihres Bruders. Wie kommen Sie denn auf diese verrückte Idee?» Besonders da er ziemlich genau wußte, daß diese verrückte Idee aus einer Quelle stammte, der man nichts mehr vorwerfen konnte. Dieser verdammte Pete Collatos.

Petes Schwester faßte sein Schweigen als Scham auf.

«Wissen Sie, was mir die Polizei gesagt hat?» fragte sie. «Nichts. Daß sie auch nicht die geringste Spur hätten, daß der Mörder meines Bruders nie gefunden würde, wenn kein Wunder passiert. Daß der Fall immer noch nicht abgeschlossen sei, daher sollte ich mir nicht weiter meinen kleinen Kopf zerbrechen. Vielleicht in zehn Jahren oder so, könnte sein, daß sie ihn dann finden. Und dann haben sie mich zum Gerichtsmediziner geschickt . . .»

Spraggue zuckte zusammen; er war auch dort gewesen. Er hoffte nur, daß der Gerichtsmediziner bei dieser trauernden Frau ein wenig diplomatischer gewesen war.

«Ein Mann in einem weißen Kittel hat gesagt: ‹Ist das nicht mal ein *interessanter Fall*?› Wie bei Versuchskaninchen, weißen Ratten, weißen Mäusen. Er sagt, vielleicht ist es ja nicht mal Mord, sondern nur Körperverletzung. Ich frage ihn, wie das wohl sein kann, wo doch mein Bruder, mein einziger Verwandter auf dieser Welt, jetzt tot im Sarg liegt. Und wissen Sie, was er darauf geantwortet hat?»

«Hören Sie, Mrs. . . .?» Verdammt, wieso fiel ihm dieser Name nicht ein?

«Miss Collatos», erwiderte sie kalt.

Oh, Himmel, ja. Pete hatte mal eine Scheidung oder Trennung erwähnt. «Miss Collatos, ich bin mit dem Wagen hier. Wir könnten uns hineinsetzen und uns dort weiter unterhalten. Es ist nicht nötig, daß Sie sich eine Lungenentzündung holen.» Oder ich, dachte er.

Sie schaute auf, registrierte den Regen zum erstenmal als ein äußeres Phänomen, war so verwirrt, als hätte sie geglaubt, der Regen sei ihr ureigener Kummer, ungesehen, unbemerkt von den anderen.

In diesem verwirrten Zustand erlaubte sie Spraggue, ihren Arm zu ergreifen und sie in das warme Innere von Marys Mercedes zu führen. Pierce saß auf dem Fahrersitz. Tante Mary neben ihm. Spraggue stellte sie sich gegenseitig kurz vor, brachte den Schwall von Marys Beileidsbekundungen mit einem kurzen Blick zum Verstummen, setzte die Unterhaltung mit Sharon Collatos fort.

«Der Gerichtsmediziner wird Ihnen wahrscheinlich gesagt haben, daß Sie im Kreislauf Ihres Bruders etwa zwanzig Milligramm Amphetamine gefunden haben, daß zehn Milligramm die höchste therapeutisch empfohlene Dosis sei, daß toxische Nebenwirkungen bei fünfzehn einsetzen, daß es andererseits jedoch höchst unwahrscheinlich ist, einen Mann mit zwanzig Milligramm Speed zu töten.»

«Pete ist tot.»

«Aber der Senator nicht. Daher wird man Ihnen wahrscheinlich weiterhin gesagt haben, daß Ihr Bruder irgendeine Anfälligkeit besessen haben muß, ein Aneurysma oder eine idiosynkratische Reaktion auf Amphetamine . . .»

Sie nickte. «Und genau das haben sie auch der Polizei gesagt. Und all diese merkwürdigen Worte liefen nur auf das eine hinaus: Die Polizei sucht gar nicht wirklich nach dem Mörder meines Bruders.»

Tante Mary drehte sich um, kniete sich auf den Vordersitz und ergriff die Hand der Frau. «Sie friert, das arme Ding. Pierce, haben wir im Kofferraum keine Decke oder so etwas?»

Sie hatten eine Pelzkniedecke, die eher für eine Schlittenfahrt angemessen war als für ein parkendes Auto an einem Apriltag. Sharon vergrub sich dankbar darin, und einen langen Augenblick war Spraggue bereits sicher, daß die Maske zerbrechen würde, doch dann schüttelte sie sich und fuhr fort.

«Ich kann den Verteidiger jetzt schon hören. ‹Nur ein kleiner Streich, der schrecklich verunglückt ist, Euer Ehren.› ‹Woher sollte ich denn wissen, daß ein bißchen Speed einen Mann umbringen kann? Ich dachte doch nur, der Senator würde dadurch ein bißchen schneller laufen. Alles ist nur ein Versehen, Euer Ehren.› Dann tätschelt der Richter dieser teuflischen Frau das Händchen, sagt: ‹Du unartiges Mädchen›, und das war's. Nur daß Pete eben tot ist. Und nach dem, was er mir über diese Sache erzählt hat, an der Sie zusammen gearbeitet haben, diese anonymen Briefe, bin ich sicher, daß er nicht wegen irgendeines verrückten Streiches gestorben ist. Ich weiß, daß jemand Senator Donagher umbringen wollte . . . daß . . .»

Plötzlich lief sie ab, wie eine überdrehte, immer langsamer gehende Uhr.

«Spraggue», sagte sie schmerzerfüllt und monoton. «Mr. Spraggue. Mein Bruder hat immer nur Ihren Nachnamen benutzt . . . Ich war für meinen Bruder keine gute Schwester. Wir haben uns nicht so nahegestanden, wie es vielleicht hätte sein sollen. Ich habe mir immer gesagt, wir haben noch so viel Zeit. Es gibt im Moment andere Dinge, die ich tun muß, wichtigere Dinge. Für Pete werde ich immer noch Zeit haben. Und jemand hat mir diese Zeit genommen.»

Tante Mary öffnete die Beifahrertür, trat in den Platzregen hinaus, setzte sich in den Fond und legte einen Arm um Sharons bebende Schultern. Sharon drehte den Kopf fort, schloß die Augen, um die Tränen fortzublinzeln, schüttelte aber Marys Hand nicht ab. Was, fragte sich Spraggue, während er Sharon Collatos' viel zu weißes Gesicht anstarrte, erinnerte ihn nur an diese andere Frau auf dem Heartbreak Hill, an die Frau, die Senator Donagher eine angeblich harmlose Flasche Wasser gegeben hatte ...?

«Nach allem, was Pete mir über Sie erzählt hat», fuhr Sharon fort, «bin ich sicher, daß Sie anders sind, als Sie wirken. Sie würden es niemals zulassen, daß alles vertuscht wird, daß alle so tun, als wäre es nur ein Unfall gewesen, der nichts mit seiner Arbeit zu tun hatte. Aber bei all der Publicity ... Sie wissen, kein Mensch will, daß es Mord ist. Den Politikern ist allein schon der Gedanke zuwider. Sie glauben, ein Attentat kommt nie allein und daß sie andere Verrückte von Nachahmung abhalten, wenn sie den ersten Mord einfach ignorieren, einfach leugnen. Und die Leute vom Marathon, die wollen nicht, daß ihr schönes kleines Rennen in einen Skandal hineingezogen wird. Daher seien Sie bitte nicht böse, aber ich mußte Sie fragen ...»

Und dann sagte sie es wieder: «Was werden Sie nun unternehmen?»

VIERZEHN

Die Frage schwirrte in seinem Kopf herum wie eine lästige Fliege – während einer hektischen, ausverkauften Matinee, eines hastig hinuntergeschlungenen, verkochten Essens und bis in den Abend hinein. Als er sich abends das Gesicht für seine Rolle eines von zwei austauschbaren komischen Ärzten im *Kaukasischen Kreidekreis* schminkte, wiederholte er sie. Was werde ich deswegen unternehmen?

Partner ... Verflucht sollte Collatos sein, daß er dieses Wort benutzt hatte, dieses unumstößliche, emotionsgeladene Wort. Partner: Spade und Archer, Nick und Nora. Man riskierte Kopf und Kragen, um seinen Partner zu retten. Selbst wenn man ihn haßte, ließ man ihn auf keinen Fall ungerächt sterben. Partner. Er fluchte und verrieb einen verschmierten Flecken Lidschatten, musterte sich kritisch unter dem Bogen der Schminklampen, fluchte wieder und starrte auf die numerierte Tube Max-Factor-Grundierung auf dem Tisch vor sich. Der falsche Farbton – viel zu hell! Bei seinem Auftritt würde er aussehen wie ein entsprungener Statist aus *Nacht der lebenden Toten.*

Gottverdammte Scheiße! ermahnte er sich streng. Konzentrier dich!

Partner.

Zweieinhalb Stunden später, als er sich das Make-up aus dem Gesicht wusch, sich umzog, aus dem Bühneneingang ging und auf das Polizeirevier zumarschierte, murmelte er dieses Wort immer noch vor sich hin.

Beinahe hoffte er, daß sein bester, genaugenommen sein einziger höflicher Kontaktmann bei der Mordkommission nicht da war. Captain Frederick Hurley hätte ihm diesen Gefallen gern getan, hätte er gewußt, daß Spraggue auf dem Weg zu ihm war.

Hurley schuldete Spraggue noch etwas. Hurley war ein ausgezeichneter Cop mit einem messerscharfen Verstand und deshalb lange in der Senke des Erkennungsdienstes verschwunden, dorthin versetzt in Anerkennung seines beachtlichen Gedächtnisses, unglücklich wie nur was, dort zur Untätigkeit verdammt zu sein. Ohne Aussichten auf berufliche Verbesserung hatte er hinter seinem Schreibtisch gesessen, bis sein alter Bekannter Spraggue ihm einen Mordfall in einem Bostoner Theater verschafft hatte. Spraggue hatte sogar den Ausgang des Falles auf eine Weise manipuliert, daß Hurley, nicht der die Ermittlungen leitende Offizier Hank Menlo, die Belohnung geerntet hatte. Die daraus resultierende Publicity katapultierte Hurley aus dem Erkennungsdienst zurück in die Mordkommission und hatte mehr als nur einen kleinen Anteil an seiner späteren Beförderung zum Captain. Also schuldete Hurley ihm etwas.

Hurley hätte vermutlich gern darauf verzichtet, seine Schuld in einem Fall zu begleichen, der solche politischen Dimensionen besaß wie dieser.

Spraggue war bereits halb die steinernen Stufen zur Berkeley Street Police Station hinauf, als er sich wieder umdrehte und die Straße zu einem rund um die Uhr geöffneten Drugstore überquerte, wo er zwei große Kaffee, schwarz, und zwei Doughnuts mit Zuckerguß kaufte, die immer noch relativ frisch wirkten, als er sie leicht drückte. Im grellen Licht der Neonröhren zählte er zwei Dollar und fünfundzwanzig Cents ab. Falls Hurley im Büro war, seiner Vorliebe für Nachtarbeit frönte, dank der er sich nicht mit seiner scheiternden Ehe auseinandersetzen mußte, mochte diese kleine Aufmerksamkeit die ersten Augenblicke einer etwas heiklen Begegnung mildern. Falls Hurley nicht dort war, hielt sich der Verlust der Investition in erträglichen Grenzen. Ein kleiner Verlust im Vergleich etwa mit dem Verlust, den die Spraggue Foundation tragen müßte, sollten sich Tante Marys Verdachtsmomente bestätigen und die Feuerwehr gerufen werden müssen, um einen Brand verdächtigen Ursprungs in diesem Haus an der Commonwealth Avenue zu löschen.

Der ergrauende Sergeant hinter dem ramponierten Schreibtisch links neben der Tür war ein vertrauter Veteran. Er erwiderte Spraggues Zwinkern, verzichtete auf die Besucherkarte, den Anruf und die Begleitung zum Büro. Gut. Wenn Hurley nichts von seiner Ankunft wußte, hatte er auch nicht die Chance, im Büro eines anderen Versteck zu spielen.

Spraggue überquerte den Linoleumboden zum Fahrstuhl, drückte auf den obersten Knopf.

Während der alte Aufzug sich ruckartig zum fünften Stock hocharbeitete, stellte er sich unwillkürlich eine Sharon Collatos vor, um deren Mundwinkel ein Lächeln spielte ...

Wie eine Kapitulationsfahne schwenkte er die weiße Tüte mit dem Kaffee und den Doughnuts, als er an die mit Fingerabdrücken übersäte Glasscheibe von Hurleys Tür klopfte.

Die auf dem Schreibtischsessel lümmelnde Gestalt, den Telefonhörer an ein Ohr gepreßt, eine Zigarettenkippe in den Fingern, drehte sich bei dem Geräusch um, verzog das Gesicht und winkte den Überbringer der Geschenke herein. Spraggue drehte den Türknauf und betrat den Platzangst verursachenden Wandschrank, den Hurley sein Zuhause nannte.

Der Captain sprach gerade mit seiner Frau, und nach dem, was Spraggue von der Unterhaltung mitbekam, wurde hier nicht geturtelt. Angewidert hielt Hurley den Hörer vom Ohr weg und schickte mit seinen buschigen Augenbrauen Verwünschungen zum Himmel.

«Ärger?» fragte Spraggue, als der finstere Gesichtsausdruck auch noch blieb, nachdem Hurley aufgelegt hatte.

«Immer dieselbe alte Leier: ‹Ich dachte eigentlich, du hättest auch eine zivilere Arbeitszeit bekommen, als du zum Captain befördert wurdest.› Und? Kann ich vielleicht was dafür, wenn ich gerne nachts arbeite? Warum sollte ich tagsüber Cop sein? Welches beschissene Arschloch von einem Ganoven arbeitet schon von neun bis fünf?»

«Einbrecher.»

«Genau. Nur langweilige Ganoven arbeiten tagsüber. Was ist in der Tüte da?»

Spraggue nahm die Kaffeebecher heraus und legte die Doughnuts auf ein schnell freigeräumtes Rechteck auf Hurleys uraltem Schreibtisch.

«Glauben Sie vielleicht, mir bleibt eine Bestechung verborgen, die direkt vor meinen Augen stattfindet?» Der Captain schlürfte dankbar die heiße Flüssigkeit, tippte gegen den Styroporbecher. «Was schätzen Sie, wieviel Ihnen dieser beschissene Becher Kaffee einbringt?»

«Tja . . .»

«Warten Sie, bis ich das Tonbandgerät eingeschaltet habe», sagte Hurley. «Der D. A. hat mir gesagt, ich sollte jede möglicherweise kompromittierende Unterhaltung mitschneiden.»

«Ich habe ja schon gehört, daß die Bostoner Cops arme Socken sind, aber ich hatte keine Ahnung, daß man sie so billig kaufen kann.»

Hurley lachte und biß in seinen Doughnut. «Total arme Socken», bemerkte er. «Allerdings bin ich nicht ganz so pleite wie viele meiner Kollegen. Für uralte Doughnuts kriegt man von mir gar nichts.»

«Es geht um Pete Collatos», sagte Spraggue.

«Scheiße.» Hurley stieß die oberste Schreibtischschublade so fest zu, daß der ganze Schreibtisch klapperte und Kaffee über zwei Akten und einen Zeitungsausschnitt schwappte. «Was hat der alte Caesar noch gleich zu Brutus gesagt, als der das Messerchen reinjagt? *Et tu, Brutus*?»

«So was in der Art, ja.»

«Was mir im Moment wirklich gefehlt hat, ist schon wieder

einer, der mir blöde Fragen stellt, wieso ich verdammt noch mal nicht unterwegs bin, um diesen lausigen Fall zu lösen. Was ist mit den zwanzig anderen unaufgeklärten Mordfällen, die auf mich warten? Diese Collatos-Sache ist doch gerade mal eine Woche alt.»

«Aber wenn ein Fall nicht innerhalb der ersten vierundzwanzig Stunden in Angriff genommen wird, dann ...»

«Ja, ja, ich weiß. Das habe ich Ihnen gottverdammt noch mal selbst beigebracht. Je mehr Zeit verstreicht, desto geringer die Chance, einen Fall aufzuklären. Was sollte ich denn Ihrer Meinung nach tun? Was, bitte?»

«Was tun Sie denn?»

«Erstens: Es ist nicht mein Fall. Zweitens: Soweit ich weiß, wird Donagher rund um die Uhr bewacht.»

«Falls es der Mörder also wieder versucht, werdet ihr ihn schnappen.»

«Vielleicht. Vielleicht auch nicht. Wenn jemand Sie wirklich umbringen will, sollten Sie schon mal Ihr Testament machen. Das sage ich immer den Typen, die herkommen und Bodyguards wollen. Ich sage, klar, wir werden Sie schützen, aber geben Sie besser nichts mehr für irgendwelche Langspielplatten aus.»

«Clever.»

«Hören Sie, Spraggue, wir können absolut nichts tun, um Collatos zurückzuholen. Ich habe den Jungen gemocht. Wirklich. Er war eine Nervensäge. Er hat immer alles dramatisiert. Bei Routineaufgaben war er beschissen. Aber es hat immer Spaß gemacht, mit ihm zu quatschen, verstehen Sie?»

Spraggue nickte. «Was haben Sie in den Akten über anonyme Briefeschreiber?»

«Ich weiß, was Sie denken, Spraggue, und glauben Sie mir, wir sind Ihnen nicht um eine Nasenlänge voraus. Wir haben uns diese Briefe genau angesehen, und wir werden sie nur dann zurückverfolgen können, wenn der Bursche wieder schreibt und seinen Absender hinten auf den Umschlag setzt.»

«Toll.»

«Übrigens», sagte Hurley betont unbekümmert, «neulich ist jemand reingekommen und hat sich nach Ihnen erkundigt. Bevor diese Donagher-Sache passiert ist. Der Kerl hieß Heineman. Sagt Ihnen das was?»

«Nein.»

«Ha! Sie würden's mir nicht mal sagen, wenn er Ihr verloren geglaubter Bruder wäre. Ihre instinktive Reaktion, wenn Sie mit einem Cop reden, ist: bloß nicht zuviel sagen.»

Sogar noch besser, als nichts zu sagen, dachte Spraggue, war es, das Thema zu wechseln.

Er sagte: «Haben die Ärzte im Autopsiebericht irgendwas Neues herausgefunden?»

Hurley schnaubte verächtlich, trank einen Schluck Kaffee, als wollte er einen schlechten Geschmack runterspülen. «Sie erinnern sich an diesen Artikel letztes Jahr im *Globe*? Der, in dem stand, daß man nach Boston kommen soll, wenn man einen Mord begehen will? Da war durchaus was dran. Die Gerichtsmedizin versucht zur Zeit herauszufinden, ob Collatos Drogen genommen hat.»

«Das ist nicht Ihr Ernst.»

«Sie versuchen zu beweisen, daß er vor dem Rennen irgendwas genommen hat, daß er schon immer auf Speed gestanden hat und daß seine erste Ladung, zusammen mit dem Stoff, den er während des Rennens getrunken hat, ausreichte, ihn zu töten.»

«Riecht das nicht danach, dem Opfer die Schuld in die Schuhe zu schieben? Wenigstens ein bißchen?»

«Hören Sie, Spraggue, wenigstens versuchen sie noch, aus der Sache schlau zu werden. Allerdings nicht mehr lange. Schon bald werden sie sich um einen anderen Fall kümmern müssen und all diese kleinen Gläschen und Röhrchen versiegeln, auf Eis legen, und das war's dann.»

«Und Sie? Werden Sie die Sache in einem dieser Aktenhefter voller Kaffeeflecken ablegen und einfach vergessen? Er war ein Cop.»

«Sind Sie hergekommen, um mich zu bestechen, oder nur, um mich zu nerven? Womit sollte ich denn weitermachen?»

«Sie könnten zum Beispiel mit der Frau anfangen, die Donagher das Wasser gegeben hat.»

«Vielen, vielen Dank. Wissen Sie, sie hat sich nicht die Mühe gemacht, ihren Arsch hier reinzuschieben und zu erklären, wieso das Wasser mit Dextroamphetamin versetzt war. Sie hat alles in den Nachrichten gehört, hat alles im *Herald* gelesen, und trotzdem ist sie nicht vorbeigekommen. So, daraus können wir also die messerscharfe Schlußfolgerung ziehen, daß diese Frau keine unschuldige Zuschauerin war. Oder daß sie eine unschuldige Zuschauerin war, jetzt aber Angst hat. Oder daß sie den *Herald* nicht liest und keine Nachrichten sieht ...»

«Verdammt, Sie haben doch eine gute Personenbeschreibung ...»

«Himmel auch! Personenbeschreibungen! Es ist schon schwer genug, einen Mann zu beschreiben, aber eine Frau! Nehmen wir doch mal an, sie trug eine Perücke, hat sich die Haare gefärbt. Bei Gott, sie hätte meine Schwester sein können, mit anderen Klamotten und Haaren und anders geschminkt. Keiner der Augenzeugen hat uns die gleichen Details geliefert ...»

«Ich habe sie gesehen.»

«Sie wollen sagen, bislang ist Ihre Aussage noch nicht aufgenommen worden?»

«Genau.»

«Scheiße.»

«Wer leitet die Ermittlungen?» erkundigte sich Spraggue ruhig.

«Sie haben's schon erraten. Menlo. Und der würde Sie nicht mal nach einem Dime fragen, um die Feuerwehr anzurufen, wenn sein Haus gerade abbrennt. Hören Sie, wieso nehme ich nicht einfach noch Ihre Aussage zu Protokoll, bevor Sie gehen, und wenn ich meine, daß es uns weiterbringt, schicke ich Sie runter zum Polizeizeichner, der dann versucht, ein Bild auf die Beine zu stellen.»

«Sicher.»

«Und wo Sie gerade dabei sind, verraten Sie mir doch mal, wieso Sie hier sind, damit ich lügen kann, falls Menlo fragt. Denn wenn Sie das nicht tun, könnte ich womöglich noch die Wahrheit ahnen und bei diesem Dreckskerl damit rausplatzen.»

Spraggue kaute so lange auf einem Bissen des alten Doughnuts herum, daß er ihn schließlich mit einem Schluck Kaffee runterspülen mußte. «Genau dieselbe Frage stelle ich mir auch», sagte er dann. «Wieso bin ich eigentlich hier?»

«Arbeiten Sie für Donagher?»

«Nein.»

«Für Collatos' Schwester? Für überhaupt irgendwen? Denn

Ihre Lizenz ist leider abgelaufen, und Menlo könnte Sie ans Kreuz nageln.»

«Sagen wir einfach, ich stelle meine eigenen Nachforschungen an. Kein Klient.»

«Okay. Wenn Menlo fragt, werde ich ihm sagen, daß Sie sich verlaufen haben und nur raufgekommen sind, um mich nach dem Nachhauseweg zu fragen.»

«Sagen Sie ihm, ich interessiere mich für eine vermutete Brandstiftung im Haus 312 Commonwealth Avenue.»

«Ist das so?»

«Meine Tante interessiert sich dafür. Ihr gehört das Haus direkt daneben.»

Hurley machte sich auf einer Karteikarte ein paar Notizen. «Ich werde sehen, was ich in Erfahrung bringen kann.»

«Danke.»

«Sind Sie wirklich deshalb gekommen? Ist die Collatos-Sache nur vorgeschützt?»

«Sagen Sie, ist Ihr Zeichner besser als eine Fernsehkamera?»

«Hä?»

«Heineman. War das nicht der Name, den Sie vorhin erwähnt haben? Er ist Nachrichtenmoderator auf Channel 4. Fernsehkameras haben Donagher begleitet. Sie waren auf ihn gerichtet, als er den Heartbreak Hill heraufkam, als er oben war und die Flasche von dieser Frau genommen hat. Haben Sie sich Standbilder kommen lassen? Haben Sie Videos von allen Sendern bekommen?»

«Ich habe Ihnen doch schon mal gesagt: Es ist nicht meine Ermittlung.»

«Könnten Sie es herausfinden?»

«Ich denke schon.»

Spraggue lächelte.

«Und jetzt», sagte Hurley, «rufen wir uns einen Zeichner. Wollen doch mal hören, wie diese Dame ausgesehen hat.»

Spraggue gab sich alle Mühe.

Er schloß die Augen, löste sich von der Wirklichkeit des harten Stuhles, auf dem er saß, von dem abgestandenen Zigarettenrauch in Hurleys Domäne und ließ vor seinem geistigen Auge die chaotische Marathon-Szene wieder auferstehen. Er machte es wie eine

Schauspielübung, begann bei sich selbst, belebte die Stimmung wieder, in der er sich befunden hatte, erinnerte sich mit einer solchen Intensität und Klarheit an die Kleidung, die er getragen hatte, daß er sie auf seiner Haut spüren konnte. Dann bewegte er sich aus sich heraus, benutzte Sinne, die sich über viele Jahre der Übung entwickelt hatten. Was hatte er gefühlt? Das Brennen der Sonne, die trockene Brise. Gerochen? Den Grill ganz in der Nähe, den scharfen Kiefergeruch eines kegelförmigen Baumes. Berührt? Gehört? Das monotone Rauschen weit entfernter Autos, das ausgelassene Geplapper von Zuschauern, den brausenden, anschwellenden Jubel. Immer arbeitete er sich vom Allgemeinen zum Speziellen vor, und wenn er seine innere Bühne mit Geräuschen und Gerüchen ausgestattet hatte, öffnete er ein inneres Auge und sah hin.

Der Mann mit dem bandagierten Knöchel . . . die College-Studenten . . . der kleine unrasierte Mann . . . und auf der anderen Straßenseite, vielleicht sechs, sieben Meter entfernt, die große Frau. All das dauerte nur wenige Sekunden; es war das Werk eines professionellen Schauspielers, eher Handwerk als Talent.

Er sprach mit monotoner Stimme, ohne die Augen zu öffnen, malte mit Worten das Bild einer Frau, die er zum damaligen Zeitpunkt kaum richtig wahrgenommen hatte, malte ihre Kleidung, ihre Sprechweise, die Art zu gehen, bis Hurley schließlich sarkastisch fragte, ob er nicht auch noch ihren Namen verraten könnte, wo er doch gerade so schön dabei sei.

Doch das Gesicht der Frau war ein unscharfer, verschwommener Fleck. Die Skizze des Polizeizeichners hätte jede von hunderttausend Frauen sein können. Und noch während er sprach, fühlte Spraggue sich zunehmend beklommener, registrierte den winzigen Zweifel irgendwo hinter dem bewußten Gedanken. Er stürzte sich darauf, zerrte daran, doch die leise Ahnung blieb im Schatten, war ein juckender Schorf gerade eben außerhalb seines Zugriffes.

Diese Ahnung schenkte ihm eine schlechte, unruhige Nacht, und am folgenden Morgen konnte er sich nicht mehr an seine Träume erinnern.

FÜNFZEHN

In den grellen Sonnenschein blinzelnd, lief Spraggue die steinernen Stufen des Senatsbürohauses hinauf. Trotz größter Eile, bestem Timing und dem reinsten Glück kam er zu seiner Zehn-Uhr-Verabredung mit Senator Donagher zu spät.

Es war Montag – das Wochenende des arbeitenden Schauspielers. Heute keine Vorstellung, daran hatte er sich mitten in der Nacht erinnert. Diese Erkenntnis hatte um vier Uhr morgens einen Anruf bei seiner stets schlaflosen Tante ausgelöst, und dieser Anruf wiederum hatte die Zahnrädchen in Bewegung gesetzt, die ihn schließlich nach Washington, D. C., geführt hatten.

Der Morgen war das reinste Chaos gewesen.

Mary hatte noch vor Tagesanbruch seinen Anruf erwidert; das durchdringende Schrillen des Telefons hatte ihn in ein unfreiwilliges Halbbewußtsein gerissen. Das drängende Summen der Türklingel erreichte ihn noch unter der Dusche. Seine Tante hatte gesagt, sie würden einen Fahrer schicken; er war überrascht, daß sie Pierce gewählt hatte. Und Pierce fuhr. Spraggue begann noch bei der Erinnerung an die irrwitzige Raserei zum Flughafen zu zittern. Er bezweifelte, daß irgendein Bostoner Taxifahrer die zweiundzwanzigminütige Fahrt zum Flughafen in der Rush-hour unterbieten konnte.

Dann das Flugzeug, der Learjet der Spraggue Foundation. Sobald die Passagiere in den schwarzen Ledersesseln ihre Gurte angelegt hatten, startete die Maschine. Und noch eine Überraschung: Pierce begleitete ihn auf der Reise. Mary hatte nicht nur einen Chauffeur geschickt, sondern einen Spion. Noch jetzt lag Pierce keine zwei Schritte zurück. Er hatte die acht mal dreizehn große Karte bei sich, auf die sorgfältig die richtige Zimmernummer getippt war.

Auf Pierce' Klopfen öffnete eine Frau so schnell, daß sie unmittelbar hinter der Tür gestanden haben mußte. Eine attraktive Frau mittleren Alters, die sich die größte Mühe zu geben schien, sich in einem tristen, formlosen Kostüm zu verstecken und mit dem Hintergrund zu verschmelzen. Donagher war durch eine zweite, innere Tür zu sehen, saß hinter einem prächtigen Schreibtisch, überflog ein dickes Dokument, markierte mit einem Finger die Stelle, an der er sich befand.

Die Frau begann mit einer gut eingeübten Nummer des Bedauerns: Der Senator sei im Moment außerordentlich beschäftigt, und seine Zeit sei sehr begrenzt. Sie habe wirklich keine Ahnung, wie jemand es geschafft hätte, so kurzfristig einen Termin zu bekommen, aber es wäre sehr unhöflich, wenn ... So hätte sie sicher noch eine ganze Weile weitergemacht, wäre es dem einfallsreichen Pierce nicht gelungen, sie aus dem Raum zu komplimentieren.

Die gute Tante Mary ... Sie hatte schon so lange an politischen Fäden gezogen, daß sie genau wußte, wo sich sämtliche losen Enden befanden und wo man zuerst ziehen mußte, um den gewünschten Effekt zu erhalten. Wen man zum Beispiel anzurufen hatte, wenn man ganz kurzfristig seinen Senator sprechen mußte. Geld hatte in der Politik von Massachusetts eine Menge zu sagen, erheblich mehr als die in Plastik eingeschweißte und abgelaufene Lizenz eines Privatdetektivs.

Donagher machte ein Eselsohr in das Dokument, klappte es mit einem dumpfen Schlag zu und kam mit ausgestreckter Hand hinter seinem Schreibtisch hervor. Er trug ein hellblaues Hemd und die Hose eines dreiteiligen Nadelstreifenanzuges. Die Weste war über einen Schaukelstuhl geworfen, schleifte über den Marmorboden. Die Anzugjacke lag zerknittert auf dem Brokatdiwan. Nachdem er sich vergewissert hatte, daß die schwere Eichentür fest geschlossen war, schaute er auf seine Armbanduhr und sagte: «Also, um was geht es? Womit kann ich Ihnen helfen?»

«Ich hätte einige Fragen an Sie.»

«Bezüglich des bevorstehenden Wahlkampfes, oder geht es um Collatos? Ich habe widersprüchliche Signale erhalten.»

Zweifellos von Mary, die mit einer Wahlkampfspende gelockt hatte, um ihn an der Angel zu halten. «Es geht um Collatos», bestätigte Spraggue.

Donagher forderte Spraggue mit einer Handbewegung auf, sich auf den Diwan zu setzen, deutete dann auf den höchsten Stapel Dokumente auf seinem vollgepackten Schreibtisch. «Sehen Sie das? Das ist der Entwurf eines Berichtes für den Unterausschuß für Energieforschung und -entwicklung. Der Stapel daneben ist für den Unterausschuß für Unterstützung und Zukunft des Mittelstandes bestimmt. Der Ausschuß für Auswärtige Beziehungen hat sich gerade für eine halbe Stunde vertagt, um einen der verworrensten Zusätze zu einem simplen Antrag zu studieren, den ich jemals die Freude hatte zu sehen. Ich sollte Ihnen eigentlich sagen, ich hätte keine Zeit, aber das werde ich nicht tun. Machen Sie es bitte kurz und bündig ... Nun, ich denke, schmerzhafter, als es ohnehin schon ist, kann es wohl kaum noch werden ...»

«Drei Fragen.»

«Das hätte doch sicher auch telefonisch geklärt werden können.»

«Nein, leider nicht.»

«Sie müssen es wissen.» Donagher bemühte sich, locker zu werden. Er hob einen Fuß und ließ ihn langsam kreisen. Zu seinem Anzug hätte er statt der weichen Slipper auf Hochglanz polierte Halbschuhe tragen sollen. Spraggue entdeckte die richtigen Schuhe unter einer Ecke des Schreibtisches, fragte sich, ob die Zehen des Senators nach dem Marathon wohl immer noch geschwollen und voller Blasen waren. «Schießen Sie los», sagte der Senator.

«Okay. Ich nehme an, Sie waren am Abend vor dem Rennen mit Collatos zusammen.»

«Er war bei mir. Wohin ich auch ging, kam er mit. Nach diesem bewußten Tag am Reservoir hat er wie eine Klette an mir gehangen.»

«Um halb eins, am Abend vor dem Rennen, wo waren Sie da?»

Donagher schloß die Augen und atmete durch. Winzige Falten gruben sich wie gewellte Bachlinien auf einer alten Landkarte in seine Stirn. «Am Abend vor dem Marathon ist das Spaghetti-Dinner. Ich beschloß, wegen des großen Andranges nicht zu dieser traditionellen Schlemmerei ins Prudential Center zu gehen. Soweit habe ich auf die Cops gehört. Wenn ich weiter auf sie gehört und nicht am Rennen teilgenommen hätte, würde Pete jetzt vielleicht noch ...»

«Dieses Spiel führt zu nichts», unterbrach ihn Spraggue. «Wenn, hätte, vielleicht ...»

«Ich weiß, ich wollte nur ...» Die rechte Hand des Senators ging zum Nacken, massierte verspannte Muskeln. «Ich hatte beschlossen, bei mir zu Hause eine kleine Alternativ-Party zum

Spaghetti-Essen im Pru zu schmeißen. Nur ein paar Freunde, den einen oder anderen Läufer. Ein paar Leute, die bei dem richtigen Essen gewesen waren, kamen später noch rüber.»

«Wer?»

«Warum fragen Sie?» konterte Donagher.

«Spielt das eine Rolle?»

«Ich habe niemanden eingeladen, der auch nur im entferntesten das Verlangen haben könnte, mich umzubringen. Und ich möchte ferner nicht, daß die Leute glauben, eine Einladung in mein Haus zieht automatisch eine Einladung zur Polizei nach sich, um dort in die Mangel genommen zu werden.»

«Sie weigern sich, mir eine Liste der Namen zu geben?»

«Bis ich weiß, warum Sie sie haben wollen.»

«Nun, eine andere Frage. Haben Sie zufällig mitbekommen, daß Pete in der Nacht vor dem Marathon so gegen halb eins telefoniert hat?»

Donagher dachte nach, runzelte die Stirn, schüttelte den Kopf. «Ist das alles, was Sie die Leute fragen wollen, die bei mir waren?»

«Ja.»

«Ist es wichtig?»

«Wahrscheinlich nicht.»

«Nun, die meisten waren um halb eins ohnehin nicht mehr da, aber ich werde Murray sagen, daß er Ihnen eine Liste geben soll. Soweit ich weiß, haben Sie, oder besser gesagt Ihre Tante, um einen Termin mit meinem Wahlkampfmanager gebeten. Darf ich fragen, warum?»

Statt zu antworten, sagte Spraggue: «Ich habe noch eine Frage.»

«Das wäre dann die dritte.»

«Ich habe Sie den Heartbreak Hill heraufkommen sehen . . .»

Donagher zeigte auf seine schmerzenden Füße. «Ich war schon fast erledigt. Dachte daran, aufzugeben. Die Zuschauer haben mich gerettet.»

«Sie haben unter den Zuschauern jemanden gesucht. Wen?»

«Ich, äh, nein . . . Ich habe niemanden gesucht.»

«Ich habe Sie gesehen.»

Der Senator lachte verlegen. «Was Sie gesehen haben, war Senator Donagher, der sich nach den Fernsehkameras umgeschaut hat. Das gebe ich gern zu. Ich war noch nicht so erledigt, daß ich nicht eine gute Gelegenheit erkannt hätte, ins Fernsehen zu kommen. Die Sünde der Eitelkeit. Wenn ich eine Kamera sehe, will ich nicht so aussehen, als würde ich jeden Moment zusammenbrechen. Kann sogar sein, daß ich es mit einem Lächeln versuche. Oben auf dem Heartbreak zu lächeln ist weiß Gott nicht leicht.»

«Ich hatte aber den Eindruck, als würden Sie sich nach jemandem mit einer Wasserflasche umsehen.»

Donaghers Lächeln erstarrte. «Ich kann nichts für den Eindruck, den Sie gewinnen.»

«Die meisten führenden Läufer hatten Leute an der Strecke postiert.»

«Ich bin kein führender Läufer mehr. Allerdings hatte ich ein paar Freunde entlang der Streckenhälfte stehen, ja. Ich nehme die meiste Flüssigkeit immer recht früh in einem Rennen zu mir.»

«Die Frau auf dem Heartbreak . . .»

«Ich habe nicht nach dieser Frau Ausschau gehalten. Ich kenne diese Frau nicht. Ich . . .»

«Sie hören nicht richtig zu. Ich habe nie behauptet, Sie würden sie kennen. Ich sage, Sie haben das Wasser von ihr genommen, weil jemand anders nicht da war.»

Noch während er sprach, stand Spraggue auf und überquerte die Marmorfliesen zum Schreibtisch. Er nahm einen silbernen Bilderrahmen in die Hand, blies Staub von der Glasscheibe.

«Sind das hier Ihre Kinder?»

«Tommy – ich sollte wohl besser Tom sagen, er ist schon fast fünfzehn – und Joey. Er ist noch ein richtiges Kind. Zehn.»

«Warten die zwei bei einem Marathon schon mal mit Wasser auf Sie?»

«Sie irren sich, mehr kann ich dazu nicht sagen.»

«Was ist mit Ihrer Frau? Die hätte doch gut ins Fernsehen gepaßt. Steht sie nicht normalerweise mit einer Flasche Wasser an der Strecke?»

«Hören Sie, da gibt's kein ‹normalerweise›. Ich bin seit sechs Jahren keinen Marathon mehr gelaufen. Durchaus möglich, daß sie mir bei dem einen oder anderen Rennen schon mal Wasser gereicht hat. Ja, doch, ich glaube, das hat sie wohl. Aber das ist schon Jahre her. Diesmal hatte sie beschlossen, sich das Rennen lieber von der Ziellinie aus anzusehen.»

«Okay.»

«Sie haben Ihre drei Fragen gestellt. War das alles?»

«Es genügt. Vielen Dank für Ihre kostbare Zeit.»

«Warten Sie», sagte Donagher. «Ich würde Ihnen auch gern noch eine Frage stellen. Ich habe Ihnen drei beantwortet, dann können Sie mir wenigstens eine beantworten. Ich wollte es schon die ganze Zeit fragen, seit diese schreckliche Sache passiert ist. Sogar schon vorher. Pete ... Pete hatte mich gebeten, Sie zu engagieren, aber ... ich hielt es nicht für nötig. Ich habe die Drohungen nicht ernst genommen. Aber jetzt ... Ich habe mich bei der Bostoner Polizei erkundigt, und Sie scheinen einen anständigen Ruf zu haben. Würden Sie für mich arbeiten? Herausfinden, wer Collatos ermordet hat? Wer versucht, mich umzubringen?»

«Nein.»

«Nein?» Donagher zog seinen Stuhl zurück und ließ sich hineinfallen. Sein Gesicht fiel mit seinem Körper zusammen. Er sah so alt aus, wie er wirklich war.

«Tut mir leid», sagte Spraggue. «Ich habe bereits einen Klienten.»

SECHZEHN

«Ich habe allerhöchstens eine Viertelstunde Zeit für dich», sagte Tante Mary etwa vier Stunden später streng, als es ihm endlich gelungen war, an Pierce und zwei grimmigen Sekretärinnen vorbeizukommen.

Heute belebte ihr leuchtend rotes Tuch ein konservatives graues Kostüm. Tagsüber wurde aus ihrem Schlafzimmer ein Büro. Die pfirsichfarbene Nische mit der pfirsichfarbenen Satinwäsche auf dem Bett war durch einen Vorhang abgetrennt. Das leise Klappern von Computertastaturen, die gedämpften Schritte und das Schrillen von Telefonen begleitete ihre Unterhaltung. Sie warf einen vielsagenden Blick auf ihre klobige goldene Armbanduhr.

«Kann ich anfangen, wenn der Sekundenzeiger auf der Zwölf steht?» erkundigte er sich.

«Mein Lieber», sagte sie, deutete auf einen von Papieren überquellenden Schreibtisch, auf dem auch ein Computermonitor flackerte, während auf zahlreichen Telefonen wütend rote Lämpchen aufleuchteten, «der Markt ist heute ein wenig in Aufruhr . . .»

«Wie lange würdest du brauchen, um Fingerabdrücke von einem Weinglas zu nehmen?»

Mit zusammengekniffenen Augen und das spitze Kinn zur Seite geneigt dachte sie über die Frage nach. «Ein Kristallglas?»

«Ja.»

«Wessen Glas?»

«Ach, vergiß es», sagte Spraggue wegwerfend. «Wahrscheinlich hast du ja ohnehin keine Zeit.»

«Wenn du mich um diese Uhrzeit von meinem Schreibtisch wegholst, könntest du damit durchaus fünfzigtausend Dollar verlieren.»

«Oder gewinnen. Die Börse ist nichts als ein gigantisches Würfelspiel. Das hast du selbst mal gesagt.»

«Richtig.» Sie nickte einer ihrer Assistentinnen zu, einer vielleicht vierzigjährigen Frau mit ergrauenden Haaren und einem breiten Lächeln. «Helen, wenn Consolidated auf sechsundzwanzig kommt, sofort verkaufen, zehntausend Aktien. Und kaufen Sie Xenon nicht über achtzehneinviertel. Ich bin von einem Großaktionär von meinen Pflichten weggelockt worden. Halten Sie alle Calls zurück.»

Als ihr Neffe sie die Stufen zur Bibliothek hinunter begleitete, sagte sie: «Das war reine Erpressung, nichts anderes. Du wußtest, daß ich nicht widerstehen konnte. Hast du dieses Kristallglas aus Washington mitgebracht? Hat sich der Trip gelohnt?»

«Möglicherweise.»

«Ich hoffe, du besitzt tatsächlich ein geheimnisvolles Glas mit unbekannten Fingerabdrücken. Denn andernfalls werde ich dir im Flur mit einem Hutständer den Schädel einschlagen, und die Polizei wird mir das niemals anhängen.»

«Keine Angst. Ich habe es. Wo hast du den Krempel für die Fingerabdrücke?»

Sie trottete durch den Raum und läutete die Glocke auf Davison Spraggues Mahagonischreibtisch. «Ich habe nicht die geringste Ahnung. Es ist schon eine Ewigkeit her, daß ich auch nur flüchtig daran gedacht habe. Nicht mehr lange, und der Mann von Sotheby's wird hinter mir hersein, weil er es als Antiquität versteigern möchte. Nur daß ich mich nie von etwas trennen würde, an dem solche angenehmen Erinnerungen hängen. Aber Pierce wird wissen, wo es ist.»

Er wußte es, was Spraggue ebensowenig überraschte wie Mary. Manchmal glaubte Spraggue, daß Pierce auch den roten Gummiball, mit dem er als Zehnjähriger gespielt hatte, aus der Tasche zaubern würde, wenn er ihn nur danach fragte. Pierce hatte die Utensilien nicht dabei, aber er machte sofort kehrt, verließ das Zimmer und kehrte in weniger als drei Minuten mit der Tasche unter dem Arm zurück – nicht im geringsten nervös, mit seinem gewohnten, würdevollen Schritt.

«Vielen Dank», sagte Tante Mary. «Manchmal überkommt mich das Verlangen zu fragen, wie Sie das machen, ob Sie irgendwo eine komplette Inventarliste des Hauses deponiert haben. Posten: Set für Fingerabdrücke; Lagerort: drittes Regal, Wandschrank Nordflur. Posten: ein verschossener Teddybär; Lagerort: zweites Regal, Wandschrank Gästezimmer Südflügel. Nein», sie hob eine Hand, als Pierce den Mund aufmachte. «Nein, ich will es wirklich nicht wissen. Ich ziehe es vor, meine Phantasie spielen zu lassen.»

Pierce nickte und ging.

«Er hat es alles im Kopf», sagte Spraggue. «Er braucht keine Liste.»

Teile von Tante Marys Ausrüstung hätten das Interesse eines Sammlers erregt. Die ursprünglich schwarze Tasche, einem Arztköfferchen sehr ähnlich, hatte sie während des Zweiten Weltkrieges erhalten, als sie im OSS gedient hatte. Sie hatte den Inhalt durch strategische Ergänzungen immer auf dem neuesten Stand gehalten, was in einem wahren Kaufrausch gipfelte, als ihr Neffe Privatdetektiv geworden war. Nur für den Fall, daß er jemals ihre Hilfe brauchte, wie sie damals hoffnungsvoll erklärt hatte.

Sie breitete die Nachmittagsausgabe des *Globe* vom vergangenen Tag auf der kastanienbraunen, ledernen Unterlage auf der Mitte des Schreibtisches aus.

«Das Glas, bitte», sagte sie.

«Kommt schon.» Spraggue holte ein in eine rosa Serviette

gewickeltes Päckchen aus seinem Mantel hervor und präsentierte es seiner Tante.

«Und beschmier es nicht überall mit deinen eigenen Abdrükken», fügte sie hinzu.

«Jawohl, Mum.»

«Tut mir leid.»

«Hoffentlich. Da bringe ich dir ein nettes Spielzeug, mit dem du dich beschäftigen kannst, und du beleidigst mich.»

«Ich entschuldige mich nur einmal. Während ich mit dem Spielzeug spiele, kannst du mir alles darüber erzählen.»

«Alles was?»

«Der Serviette entnehme ich, daß das Glas aus einem meiner Lieblingslokale stammt.»

«Wie scharfsinnig beobachtet.»

«Da ich weiß, daß du in Washington warst, da ich außerdem deine fatale Schwäche für Bouillabaisse kenne, lautet die zwingende Schlußfolgerung, wenn ich ein Kelchglas, eingewickelt in eine unverwechselbare rosa Leinenserviette, sehe, daß du im *Le Provencal* zu Mittag gespeist hast. Versuch nicht, es abzustreiten.»

Während sie sprach, breitete Mary ihr Handwerkszeug aus: ein Glas mit einem feinen, gräulichen Pulver, mehrere feine und einige größere Pinsel, weißes Pergamentpapier, ein Luftinsufflator, eine Kamera mit verschiedenen Objektiven sowie ein Stativ, um die Kamera über dem Schreibtisch, den Zangen und Vergrößerungsgläsern zu positionieren.

«Ich will nur hoffen, daß ich hier nicht nach den Fingerabdrükken eines gewissen Senators jage», sagte sie.

«Nein. Und das Personal des *Le Provencal* schickt dir seine kollektiven Grüße.»

«Sie hätten dir eine Bouillabaisse mitgeben sollen. Fahr fort.»

«Nachdem ich bei Donagher war, habe ich mit seinem Wahlkampfmanager zu Mittag gegessen. Ich habe ihn betrunken gemacht und gefragt, wer es auf das Fell seines Chefs abgesehen hat.»

«Und?»

«Er glaubt, es geht um Politik.»

«Politiker denken immer, alles hinge mit Politik zusammen.»

«Eine Menge Leute hassen Donaghers politische Ansichten,

titulieren ihn als blauäugigen Liberalen oder kommunistischen Sympathisanten. Aber die Ansichten des Mannes haben sich in letzter Zeit nicht geändert . . .»

«Geändert hat sich nur, daß jemand versucht, ihn umzubringen.»

«Genau. Also bringt Eichenhorn, der Wahlkampfmanager, es mit der bevorstehenden Wahl in Zusammenhang. Er sagt, für die konservativen Lobbyisten sei es genau jetzt der richtige Zeitpunkt, Donagher auszuschalten. Denn wenn Donagher in Massachusetts erst mal sechzig Prozent der Stimmen gewinnt, wird er ein aussichtsreicher Präsidentschaftskandidat. Und ein populärer dazu.»

«Engagieren Lobbyisten bezahlte Killer?»

«Nun, Eichenhorn glaubt, daß die ganze Sache entweder von Bartolo oder Gouverneur Edwards mit Hilfe des Mobs inszeniert worden ist, dann aber verpfuscht wurde.»

«Verpfuscht?»

«Ja. Er glaubt, daß Donagher nur schlecht aussehen sollte. Er sollte aus dem Marathon ausscheiden, ohne das Ziel zu erreichen. Vergiß mal für einen Augenblick Collatos' Tod. Welches Bild ergibt sich dann? Donagher liegt auf dem Boden, schnappt wie ein Fisch nach Luft. Du hast doch die Fotos der Nachrichtenagenturen gesehen: Donagher wird in einen Krankenwagen geschoben; Senator auf Eis gelegt. Auf diesen Fotos sieht Donagher bestimmt nicht wie ein zukünftiger Präsidentschaftskandidat aus. Wäre Petes Tod nicht gewesen, hätte kein Mensch nachgeprüft, ob Donagher vielleicht vergiftet wurde, und es hätte auch keine großartige Welle der Sympathie für Donagher gegeben. Er hätte als Versager dagestanden, nicht als Opfer. Ergebnis: Sämtliche positive Publicity, die Donagher durch die Teilnahme am Marathon erhält, wäre neutralisiert worden.»

«Aaah . . .» machte Mary leise. «Da haben wir einen hübschen, sauberen Daumenabdruck. Der rechte Daumen eines Mannes und noch drei ziemlich gute Finger. Ich hoffe nur, es sind nicht deine, mein Lieber.»

«Todsicher nicht.»

Mary nahm ein Stempelkissen aus der mittleren Schublade des Schreibtisches. «Wie auch immer, du hast doch nichts dagegen? Der rechte Daumen müßte genügen.»

Spraggue verzog das Gesicht, gab nach, rieb Farbe auf seinen Daumen und drückte ihn auf einen der weißen Bögen.

«Dann glaubt dieser Eichenhorn also nicht, daß du es mit einem Mörder zu tun hast?» fragte Mary.

«Er glaubt, irgendein Politiker hätte einen miesen kleinen Ganoven engagiert, wie bei den Demokraten der berühmt-berüchtigte Dick Tuck.»

«Glaubst du, seine Theorie ist hieb- und stichfest?»

«Keine Ahnung. Ich habe versucht, ihn über Donaghers Privatleben auszuhorchen, aber er hat sofort dichtgemacht. Wenn man nach ihm geht, ist Donagher ein heißer Kandidat für sofortige Heiligsprechung.»

«Es gibt heute nur noch so wenige Heilige in der Politik», sagte Mary.

«Und Donagher ist sicher keiner von ihnen. Er hat mich angelogen. Und er hat es sogar ziemlich gut gemacht.»

«Ist das nicht unabdingbare Voraussetzung eines Wahlamtes?»

«Er hat jemanden mit einer Wasserflasche auf dem Gipfel des Heartbreak Hill erwartet ...»

«Dann hatte er also eine Abmachung mit dieser Frau?»

«Nein. Ich meine nicht, daß er sich nach *ihr* umgeschaut hat. Er hat die Flasche von ihr genommen, weil er versetzt worden ist. Wen auch immer er erwartet hat, er oder sie ist nicht aufgetaucht. Er schützt jemanden ... und ich mache jede Wette, daß es seine Frau ist.»

«Nicht direkt die perfekte Politikerfrau, was?»

«Was meinst du damit?»

«Chronischer Alkoholismus ist nicht gerade ein Wahlkampfplus, wie ich gehört habe.»

«Wo gräbst du nur immer all diesen Schmutz aus? Ist Pierce ein Klatschmaul?»

«Ich halte nur mein Ohr auf den Boden.»

«Den Boden direkt über der Kloake?» Er linste seiner Tante über die Schulter, als sie behutsam überschüssiges Pulver vom Glas blies. «Und, wie sieht's aus?»

«Bestens. Die Hände haben ihre Geschicklichkeit noch nicht verloren, auch wenn's mit den Augen allmählich zu Ende geht, fürchte ich. Trotzdem reicht es noch, um zu erkennen, daß diese

Abdrücke nicht die deinen sind. So, möchtest du, daß ich sie abnehme, damit du sie deinem Captain Hurley zeigen kannst, ohne ihm verraten zu müssen, woher du sie hast?»

«Das dachte ich mir so, ja.»

«Aaaaaaah. So!» Sie wedelte mit einer fünfzehn mal zehn großen Karte, auf die sie den Plastikstreifen geklebt hatte, auf dem sich die Fingerabdrücke befanden. «Wunderbar, wenn ich das mal so sagen darf.»

«Reizend.» Spraggue kniff die Lippen zusammen, sagte dann mit versonnener Stimme: «Eines noch. Besitzt du zufälligerweise einen VCR?»

«Du meinst, einen Videokassettenrecorder? Ich habe zwei. Einen VHS, einen Beta.»

«Hast du etwa einen Dauerauftrag für alle Geräte, die neu auf den Markt kommen?»

«So ungefähr.»

«Was dagegen, wenn ich mir eine Kassette ansehe, die ich zu Hause aufgenommen habe?»

«Nicht, wenn sie gut ist.»

«Es sind die Elf-Uhr-Nachrichten vom letzten Sonntag.»

«Wie deprimierend.»

«Die Nachrichtensendung von Channel 4.»

«Ed Heineman?»

«Der Mann interessiert mich», gab Spraggue zu. «Er hat Lila Donaghers Foto in seiner Brieftasche.»

SIEBZEHN

Ed Heineman hatte eine Stimme, die Spraggue sich gern selbst zu eigen gemacht hätte: mühelos weich und sanft für einen Mann seines Alters und seiner begrenzten Erfahrung, mit einer ungewöhnlich tiefen Stimmlage und einem angenehmen Timbre. Vor zehn Jahren hätte irgendein Sprachlehrer den Emporkömmling beiseite gezerrt und schnell die letzten Spuren seiner Jugend in den Südstaaten beseitigt. Heute, in der Welt der unbegrenzten Möglichkeiten des Fernsehens und Radios, betrachtete man einen

Akzent als nett und attraktiv. Es war nicht länger ein Todesstoß.

Er sah sich das Band zum vierzehntenmal an, bewegte seine Lippen synchron zu Heinemans. Mit dem Video ließ sich leichter arbeiten als mit einer reinen Audioaufnahme; er konnte nicht nur die Abweichungen von der amerikanischen Hochsprache heraushören, er konnte auch die Form der Lippen des Nachrichtensprechers bei seinem eigenartig offenen *A* sehen, seinem unkonventionellen *E*. Nach einer Weile hörte er einfach nur zu, lag auf dem Rücken auf dem Orientteppich in der Bibliothek, starrte zu dem Deckenfries in der Form von Weinblättern zwei Etagen über seinem Kopf hoch. Mary war schon vor längerer Zeit in ihr Schlafzimmer-Büro zurückgekehrt. Die Wände und Türen der Villa waren so dick, daß sie selbst die Geräusche der klappernden Maschinerie erstickten. Er hätte auch allein in dem riesigen Haus sein können.

Er griff nach dem Notizbuch, das neben ihm lag, strich ein Zeichen aus, machte statt dessen ein anderes und nickte zufrieden. Phonetik war obligatorischer Bestandteil seiner klassischen Schauspielausbildung auf der RADA gewesen, wo die Professoren nichts von einer Übertragung der Monologe Hamlets in den Dialekt Northumberlands oder Liverpools oder Texas' hielten. Spraggue vermutete, daß Heineman aus Georgia stammte, aber sicher war er sich nicht. Er war kein Henry Higgins; sein Ziel war nicht Identifikation, sondern Nachahmung. Noch dazu Nachahmung innerhalb kürzester Zeit.

Das Übertragen von Heinemans Worten in das Internationale Phonetische Alphabet war eine äußerst frustrierende Übung. Gerade als er sich schon dazu beglückwünschen wollte, wie gut er sich an seinen Unterricht erinnerte, war er auf einen Laut gestoßen, für den ihm kein Symbol einfiel. Er mußte das Band ausschalten und in einer alten Ausgabe von Kenyan und Knotts *Pronouncing Dictionary of the English Language* nachschlagen. Als er die Umschrift schließlich abgeschlossen hatte, wobei er ein paar Worte ausließ, die er nicht würde benutzen können – Worte wie *government*, das Heineman *gawment* aussprach, und *Iran*, das er *airahn* aussprach –, war es zwei Uhr morgens, und er stand immer noch erst am Anfang.

Es hatte keinen Sinn, den ganzen Ed Heineman zu perfektionieren; das würde Tage dauern, und er brauchte nur einen überzeugenden Zwei-Minuten-Heineman. Also konstruierte er zunächst drei verschiedene Nachrichten. Welche Variante er schließlich benutzte, hing davon ab, wer ans Telefon ging. Er schrieb sie auf, wählte mit Absicht so viele Worte wie möglich aus den Abendnachrichten, da es schwieriger war, einen Akzent zu extrapolieren als ihn zu kopieren. An keiner Stelle seines vorbereiteten Textes beging er wirklich eine Lüge. Die Täuschung lag in seiner Stimme, nicht in dem, was er sagte. Wenn ihn jemand, der sich am Telefon meldete, fälschlicherweise für Ed Heineman hielt . . ., dafür konnte man ihn wohl kaum verantwortlich machen.

Er setzte sich auf und sprach sorgfältig zehn Worte vor sich hin, ganz alltägliche Worte, in denen sich Heinemans Aussprache von der Norm unterschied – er senkte die Stimmlage, bis er Heinemans getroffen hatte, atmete, wenn Heineman geatmet hätte. In seinen Nachrichtensendungen hatte der Mann eine abgehackte Vortragsweise. Bei dem Gespräch mit ihm in der Bar hatte Sprague eine ähnliche Qualität in seiner privaten Sprechweise bemerkt, etwas, das leicht zu kopieren war. Das und der leichte Südstaatenakzent mußten für die Täuschung eigentlich ausreichen. Er übte seinen Text pausenlos, bis Tante Mary vergnügt und ausgeruht auftauchte, um zu verkünden, daß es inzwischen fünf Uhr früh sei, und ob er vielleicht gern Croissants zum Frühstück hätte?

Er willigte ein, aß drei frisch gebackene Hörnchen mit Aprikosenmarmelade, lehnte aber Doras ausgezeichneten Kaffee ab. Er fuhr nach Cambridge zurück, stellte den Wecker, um knappe vier Stunden schlafen zu können, warf sich dann voll bekleidet auf sein Bett. Nachdem er aufgewacht war, duschte er, rasierte sich und zog sich um, übte weiter vor dem Spiegel. Auf die letzte Minute entschied er sich, den Anruf nicht aus seinem Haus zu machen. Wer konnte schon sagen, welche Abhöreinrichtungen die Cops für Donaghers Telefonleitung installiert hatten? Zu Fuß machte er sich auf den Weg zum Harvard Square.

Die Morgenluft war kühl und wirkte anregend, erinnerte eher an einen frischen Herbst als an den milden Frühling, doch die wachsenden Knospen der Eichen hatten sich nicht täuschen lassen. Die schweren Äste der Bäume waren übersät mit grünen

Farbflecken, wie die Tupfer eines pointillistischen Malers: üppiges, leuchtendes Grün aus der Ferne, spärliche, vereinzelte Knospen aus der Nähe. Aufgedreht durch den Adrenalinstoß des Lampenfiebers, der den fehlenden Schlaf ausglich, wiederholte er seinen Text in die Brise hinein, während er die Brattle Street hinunterging. Die großen Häuser zu beiden Seiten, die früher einmal Tory Row genannt worden waren, registrierte er kaum.

Die erste echte Telefonzelle, der er begegnete, befand sich auf der Church Street. Die anderen, an denen er vorbeigekommen war, waren häßliche, moderne Ständer gewesen, blaue Stangen mit Telefonen obendrauf, die keinerlei Privatsphäre boten. Hinter *Sage's*, wo früher das alte französische Restaurant gewesen war und sich heute das neue Gebäude befand, gab es richtige Zellen.

Er legte die bereits etwas abgegriffene, sieben mal dreizehn große Karte, auf die er seine Rede sorgfältig in den Zeichen der Lautschrift geschrieben hatte, auf die Ablage, die eigentlich für die herausgerissenen Gelben Seiten vorgesehen war. Die baumelnde Metallkette, die das Telefonbuch mit der Zelle hätte verbinden sollen, kam ihm in den Weg, und mit der rechten Hand schob er sie unter die Ablage, während er den Hörer zwischen Schulter und Kinn klemmte und mit der Linken wählte. Er wählte die Nummer, die Collatos ihm vor zwei Wochen gegeben hatte. Er trommelte nervös mit den Fingern, während es am anderen Ende sechsmal klingelte, was ihm wie eine Ewigkeit vorkam. Er hoffte, daß sich jemand meldete.

Eine Frauenstimme, leise und freundlich.

«*Hällou*», sagte er nur. Das war eines von Heinemans unverwechselbarsten Worten: er sagte *hällou*, nicht *hello*. Er war nachlässig bei den Vokalen.

«Ed?» flüsterte die Frau, offenbar beunruhigt. Spraggue jubelte innerlich; sie hatte es gefressen.

Er hatte einige Zeit darauf verwendet, sich einen geeigneten Handlungsrahmen einfallen zu lassen. Wo würde sich Lila Donagher mit Ed Heineman treffen wollen? An einem Ort, der ungestörte Privatsphäre garantierte, ein Ort, an dem man sie nicht kannte. Nicht in einem Park, nicht im Freien, wo sie einfach gehen konnte, wenn er und nicht Heineman auf sie zukam. Er wollte, daß sie saß, ein Essen vor sich stehen hatte, an einem Ort, wo ein überstürzter Aufbruch eine Szene verursachen würde.

Das *Harvest Café.*

Dort war es immer voll; die zentral gelegene Kneipe war *der* Treffpunkt der jungen, reichen Cambridge-Clique. Es gab Nischen und hohe Pflanzen und vor allem eine Sitzecke, die von der Tür praktisch nicht einsehbar war. Heineman war dort bekannt, aß wahrscheinlich dort zu Mittag. Es wirkte glaubwürdig. Und das Essen war gut, machte kein kulinarisches Opfer erforderlich.

«A nied te tohk te juh», sagte er – *Ich muß mit dir sprechen.* «Es ist dringend. Morgen. Zum Mittagessen im *Harvest Café.* Halb zwei. Frag nach Mr. Hs Tisch.»

«Es könnte uns jemand sehen.» Der Einwand war ein scharfes Flüstern.

«Vertrau mir», sagte Spraggue. «Es ist wichtig.»

Als er auflegte, hörte er das Klappern von Wechselgeld, und sein Dime wurde in dem Fach unten rechts wieder ausgespuckt. Er starrte die Münze verdutzt an, ein schäbig grauer Kreis auf seiner Handfläche, und steckte ihn in den Schlitz zurück. Ma Bell hatte ihn sich verdient.

ACHTZEHN

Er kam vor der verabredeten Zeit ins *Harvest* und gewann den Oberkellner mit einer unwahrscheinlichen Liebesgeschichte, die er durch ein ansehnliches Trinkgeld untermauerte, zum Komplizen. Nachdem die nötigen Vorbereitungen getroffen waren, wartete er an einem weiß gestrichenen, schmiedeeisernen Tisch auf einer kühlen, halboffenen Terrasse, die wegen der frühen Jahreszeit noch geschlossen war. Tauben pickten vor ihm auf dem Boden.

Spraggue durfte noch nicht an ihrem Tisch sitzen. Möglicherweise hatte sie ihn gesehen, als er in das Haus an der Sparhawk Street gegangen war; wenn dem so war, würde sie sofort wieder kehrtmachen, wissen, daß ihr eine Falle gestellt worden war. Er wollte warten, bis der Oberkellner ihr den Mantel abgenommen und sie mit einem Drink an den Tisch gesetzt hatte. Dann hatte er vielleicht die Chance, genug Worte herauszubekommen, um sie zum Bleiben zu überreden.

Sie kam spät. Er hörte das Klappern ihrer Absätze auf dem Bürgersteig, der an der Terrasse vorbeiführte, und erstarrte. Doch sie schaute nicht in seine Richtung. Die hohen Absätze wirkten unvorteilhaft, betonten nur ihre viel zu dünnen Fesseln, ließen sie eher mädchenhaft und nicht erwachsen aussehen. Sie trug den gleichen Regenmantel, den sie auch an dem Morgen getragen hatte, an dem er die anonymen Briefe gelesen hatte – den Gürtel fest zugebunden, den Kragen aufgestellt. Ihr wirres Haar, ihr leicht fliehendes Kinn, ihre weit auseinanderstehenden blauen Augen ließen sie so gefährlich erscheinen wie ein verlassenes Kind in einem Waisenhaus, so mordgierig wie Alice im Wunderland.

Bevor er sie aus den Augen verlor, wühlte sie in einer kastanienbraunen Schultertasche nach einem kleinen Lederetui. Daraus entnahm sie eine Brille. Keine Aufmerksamkeit erheischende dunkle Sonnenbrille, sondern eine rosa getönte Pilotenbrille, die subtil ihre Nase verkürzte und ihr Gesicht verbreiterte. Sie setzte sie mit der geübten Geste einer Frau auf, die sich nicht das erste Mal verstellte, und zog forsch die Eingangstür des *Harvest* auf.

Spraggue studierte die weiße, abblätternde Farbe seines Tisches.

Sie würde sich in die Nische im hinteren Teil des Restaurants setzen, der *Ben's Café* genannt wurde. Der Kellner würde sie, seinen Anweisungen folgend, zu dem von der Tür abgewandten Platz führen. Sie würde weder gegen den Tisch noch die Wahl des Sitzplatzes Einwände erheben. Niemand außer dem Personal störte die Abgeschiedenheit dieses Tisches. Nur noch die Küche lag dahinter; die Münztelefone und die Toiletten waren woanders.

Zeit für seinen großen Auftritt. Der Kellner mit seiner schwarzen Weste gab ihm in Lippensprache zu verstehen, daß es soweit war.

Der Kellner hatte ihr den Regenmantel abnehmen können. Sie trug ein hellblaues Männeroberhemd, das sie ordentlich in ihren marineblauen Rock gesteckt hatte. Die Kleidung eines Schulmädchens. An ihrem Hals schimmerte eine dünne Goldkette. Sie nippte an einem mit einer bernsteinfarbenen Flüssigkeit und Eiswürfeln zur Hälfte gefüllten Glas.

«Hi», sagte Spraggue lässig, als er in die Nische rutschte. Sie erschrak, zuckte zusammen, und hastig knallte sie das Glas auf den Tisch. «Tut mir leid, aber ...» Ihre Wangen röteten sich. Sie glaubte, er wolle sie anmachen. Dann starrte sie zu ihm auf, und ihre Augen verengten sich, noch während die Röte sich vertiefte.

«Ich wollte mit Ihnen sprechen ...»

«Tut mir leid.» Sie hatte die Angewohnheit, sich zu entschuldigen. «Ich muß ...» Sie erhob sich halb, erinnerte sich dann an den fehlenden Regenmantel, versuchte vergebens, den Kellner auf sich aufmerksam zu machen.

«Michael Spraggue.» Er reichte ihr seine Hand, die sie jedoch ignorierte. «Das wußten Sie bereits.»

Sie holte tief Luft. «Ich will wirklich nicht unhöflich sein, aber ich erwarte jemanden, und ...»

Er ließ seine Stimme auf Heinemans Stimmlage sinken. «Tut mir leid», sagte er mit Heinemans gedehnter Sprechweise. «Ich wußte nicht, wie ich Sie sonst dazu gebracht hätte, sich mit mir zu treffen.»

Während sie ihn mit geöffnetem Mund und dunkelrot brennenden Wangen anstarrte, nickte er dem Kellner zu, der außerhalb von Mrs. Donaghers Blickfeld wartete. Mit Eifer spielte dieser seine Rolle, um den Streit zwischen Liebenden zu schlichten, und stellte dampfende Suppenschüsseln vor sie auf den Tisch.

«Großartiges Essen», sagte Spraggue ermunternd. «Und ich esse nur äußerst ungern allein.»

Sie drehte den Kopf und beäugte mißtrauisch die anderen Gäste.

«Es würde eine Szene geben, wenn Sie jetzt gehen», sagte er.

«Meinen Sie? Oder würden Sie eine Szene machen?»

«Könnte sein, daß ich laut Ihren Namen rufe. Wer weiß? Ich könnte auch in Ohnmacht fallen.»

Ein winziges Zucken ihrer Mundwinkel. Sie taxierte die Entfernung zur Tür, fragte dann: «Was wollen Sie?»

«Setzen Sie sich. Die anderen Gäste schauen schon zu uns herüber.»

«Ich habe gefragt, was Sie wollen?»

«Eine Schüssel Suppe. Ein ruhiges Essen. Antworten auf ein paar Fragen.»

«Zum Beispiel?»

«Essen Sie Ihre Suppe. Und lächeln Sie ein bißchen. Der Kellner wird schon nervös.»

«Was haben Sie ihm gesagt?»

«Besser, wenn Sie das nicht wissen.»

«Ich weiß, wer Sie sind, Mr. Spraggue.»

Er hob eine Augenbraue, löffelte seine Suppe.

«Ich weiß, daß Sie sich einmal beruflich in Dinge eingemischt haben, die Sie nichts angehen, und ich weiß auch, daß Sie diese Karriere an den Nagel gehängt haben. Ich habe Sie auf der Bühne des *Harvard Rep* gesehen. Hätte ich mich an Ihre schauspielerischen Fähigkeiten erinnert, hätte ich sicherlich anders auf den Anruf reagiert.»

«Wie denn?»

«Ich hätte einfach aufgelegt.» Sie kostete die Suppe, legte den Löffel dann unsanft zurück. Spraggue zuckte bei dem Geräusch zusammen, schaute auf. Einen Moment lang glaubte er, sie würde die zehn Meter zur Tür und die angedrohte Szene riskieren, doch zu seiner Überraschung breitete sich ein Lächeln auf ihrem Gesicht aus. «Und dann», sagte sie, nach einer langen Pause und auf eine berechnende, schmeichelnde Art, «wäre mir entgangen, was ein interessanter Nachmittag zu werden verspricht.»

Er wünschte, er hätte ihr die rosa getönte Brille von der Nase reißen können, um in diesen blauen Augen nach einem Grund für die plötzlich geänderte Taktik zu suchen. Die blauen Augen waren nicht auf ihn gerichtet. Nein, sie hatte so eine Art, über ihn wegzuschauen, hinter ihn, durch ihn hindurch – aber niemals ihn direkt anzusehen. Die rechtzeitige Ankunft einer Flasche Château St. Jean Chardonnay ersparte ihm eine Entgegnung. Der Kellner, entzückt über die augenscheinliche Harmonie, begann einen etwas unbeholfenen Small talk. Ohne Erfolg.

«So», sagte sie vertrauensvoll, als sich das Schweigen nach dem Verschwinden des Kellners eine kleine Ewigkeit ausgedehnt hatte, «ich nehme an, mein Mann hat Sie für diesen Job engagiert.»

Sie hätte auch auf diese Frage verzichten und das Duell statt dessen mit dem traditionellen *en garde* beginnen können.

«Für welchen Job?»

«Seien wir doch nicht naiv. Um mir etwas anzuhängen.»

«Sie glauben nicht, daß er ein Recht darauf hat, sich für Sie und Heineman zu interessieren?»

«Ich hoffe, Sie sind nicht einer dieser Menschen, die glauben, es würde gleich etwas Unanständiges vor sich gehen, wenn eine verheiratete Frau sich mit einem anderen Mann zum Mittagessen verabredet.»

«Ich glaube fast gar nichts. Deshalb kann mich nur selten etwas schockieren.»

«Oft ist die einfachste Erklärung auch die beste. Wenn alles erst einmal kompliziert wird ...» Sie wiegte ernst den Kopf, starrte auf den Tisch, neigte ihre Schüssel ein wenig und löffelte den Rest ihrer Suppe.

«Würden Sie das hier eine komplizierte Situation nennen?»

«Nur weil ich versucht habe, sie einfach zu halten.»

«Ich verstehe nicht.»

«Ich wollte ein Mißverständnis vermeiden, das dennoch zu bestehen scheint.»

«Im Kopf Ihres Mannes?»

«Ich glaube nicht, daß mein Mann Sie engagiert hätte, um außereheliche Ausflüge zu überprüfen, die ich möglicherweise unternehme – zumindest nicht von sich aus. Er kennt mich viel zu gut, weiß, daß ich schon aus Prinzip nicht mit anderen Männern herumalbern würde.» Sie versuchte zu lächeln. «Und weiß auch, daß ich dazu gar nicht die Zeit habe. Allerdings könnte er von einem seiner Berater dazu überredet worden sein, falls besagter Berater glaubt, ich könnte den kostbaren Wahlkampf gefährden. Einer seiner Berater könnte Sie auch auf eigene Kappe engagiert haben, in welchem Fall dieser Berater ruck, zuck vor der Tür sitzt, sobald Brian davon erfährt ...» Sie biß sich auf die Unterlippe, als wäre es die einzige Möglichkeit, zu verhindern, daß weitere zornige Worte aus ihr heraussprudelten. Sie versuchte, ihre Stimme wieder beiläufig klingen zu lassen.

«Ich kann Sie beruhigen», sagte sie mit einer Spur Sarkasmus. «Eddie Heineman und ich waren zusammen auf der High-School. Ja, wir hatten eine leidenschaftliche Affäre. Aber das ist schon ein halbes Leben her und beschränkte sich auf Händchenhalten in der Bibliothek.»

Sie schaute wieder weg, vermied es, ihn anzusehen. Spraggue

wollte über den Tisch hinweg ihr Kinn heben, ihr zartes Gesicht in die Hände nehmen und sie zwingen, ihn direkt anzuschauen.

Statt dessen wagte er einen Schuß ins Blaue. «Was haben Sie denn Ihrem alten Freund Ed erzählt, daß er sich mit mir unterhalten wollte?»

«Ed hat Ihnen nicht gesagt . . .» Sie beendete den Satz nicht – ihr ging einfach die Puste aus.

«*Was* hat er mir nicht gesagt?»

Sie ließ sich Zeit mit ihrer Antwort, beantwortete schließlich seine erste, nicht die zweite Frage. «Ich habe versucht, ihm zu helfen. Er ist neu hier. Ich meine, wir waren vor vielen Jahren zusammen auf der Schule, in Lynn, aber seine Familie kam aus dem Süden, und sie sind weitergezogen. Hat ihnen nicht gefallen, die Kälte und die snobistischen Yankees. Er wollte sich einen Namen machen. Als dann alle Reporter wegen dieser schrecklichen Sache am Reservoir förmlich durchgedreht sind und Sie in unser Haus gekommen sind, nun, da dachte ich, also, ich dachte, ich könnte Ed zu einem kleinen Vorsprung verhelfen, ihm eine bessere Startposition verschaffen . . .»

Plausibel, aber es paßte nicht zum Rest der Unterhaltung, zu ihrem gezwungen koketten Ton, ihrer suchenden Art. Wenn sie damals davon ausgegangen war, daß ihr Mann ihn zu seinem Schutz engagiert hatte, wieso nahm sie jetzt an, daß der Senator ihn engagiert hatte, um ihr «etwas anzuhängen»? Was anzuhängen? Damit sie bei einer möglichen Scheidung den kürzeren zog?

»Sie hätten ihm einen erheblich besseren Vorsprung verschaffen können. Zum Beispiel durch ein Exklusivinterview mit Ihrem Mann.»

«Nein.»

«Die beiden verstehen sich nicht?»

«Das ist es nicht. Es ist keine dumme Rivalität, um Himmels willen. Sie kennen sich ja nicht einmal.»

«Wer? Ihr lieber alter Freund und Ihr Ehemann?»

«Sie gehören einfach zu verschiedenen Abschnitten meines Lebens. Ich kannte Ed, lange bevor ich Brian kennenlernte. Sie haben nichts gemeinsam. Politisch gesehen stehen sie auf entgegengesetzten Polen. Ed ist konservativ wie nur was . . . und . . .»

«Ja?»

«Wie sähe das denn aus, wenn die Öffentlichkeit wüßte, daß Ed und ich einmal befreundet waren? Wenn er Brian in seinen Sendungen unterstützt, würden die Zuschauer doch sagen, er wäre durch mich voreingenommen.»

«Aber er unterstützt Ihren Mann doch gar nicht, oder?»

«Er versucht, einen ausgewogenen Standpunkt einzunehmen», erwiderte sie tonlos.

«Vielleicht», sagte Spraggue, «ist er durch Sie voreingenommen *gegen* Ihren Mann.»

«Genau das würden die Leute doch sagen.»

Die Unterhaltung stockte, als der Hauptgang, *Bluefish* mit Ingwersoße, serviert wurde. So wie sich Lila über den Fisch hermachte, diagnostizierte er ihr Schweigen eher als Hunger denn als Zurückhaltung. Schon bald nahm sie das Gespräch wieder auf.

«Ich hoffe, ich habe Ihren Verdacht, was meine eheliche Treue betrifft, zerstreuen können. Es war kindisch, nehme ich an, Brian nichts von Ed zu erzählen.»

«Romantisch.»

«Bitte, benutzen wir nicht dieses Wort. Brian wird es erfahren müssen, denke ich.»

«Kommt drauf an.»

«Auf was? Arbeiten Sie direkt für Brian, oder werden Sie von Murray Eichenhorn bezahlt?»

«Ich habe immer noch ein paar Fragen.»

«Oh.»

Sie wurde mit dem Schweigen gut fertig. Sie trank einen weiteren Schluck Chardonnay.

Er achtete auf ihren Alkoholkonsum. Sosehr er sich gewünscht hatte, daß ein Drink vor ihr stand, als er sich zu ihr setzte, so unbehaglich hatte er sich doch gefühlt, einer Frau Alkohol zu bestellen, die von seiner Tante als chronische Alkoholikerin bezeichnet worden war. Er hatte den Kellner instruiert, ihr eine große Auswahl anzubieten: Möchten Sie vielleicht etwas zu trinken, eine Tasse Kaffee oder einen Saft? Sie hatte sich für Scotch on the rocks entschieden, dem Wein lebhaft zugesprochen ... Konnte ein chronischer Alkoholiker in Gesellschaft trinken? Hatte Mary vielleicht nur irgendeinen unzutreffenden Klatsch aufgeschnappt?

«Ich würde gern etwas über Pete Collatos wissen», sagte er ruhig.

«Pete? Glaubt Brian, ich würde mit jedem Mann in dieser Stadt anbändeln? Haben Sie eine Liste von Namen, nach denen Sie mich ausfragen sollen?»

«Erzählen Sie mir einfach etwas über Pete.»

«Er ist tot.»

«Mehr haben Sie nicht zu sagen?»

«Hören Sie, was soll das? Ich habe Ihnen doch schon erklärt, wie es sich mit Ed verhält. Ausführlicher als nötig. Was will Brian denn? Ich weiß, daß er nicht die Scheidung will. Du lieber Gott, nicht jetzt. Nicht, wo der Senatswahlkampf so kurz vor der Tür steht. Er hat keinerlei Grund . . .»

Der Fisch war auf Holzkohle gegrillt, außen knusprig und scharf, innen feucht und butterweich. Die Soße war pikant genug, um das Fett zu überdecken.

Mrs. Donagher legte sorgfältig Messer und Gabel auf den Teller, drei Zentimeter auseinander. Sie sagte: «Ich glaube, ich habe mich wie eine Närrin benommen.»

«Was?»

«Schon gut. Ich habe nur mit mir selbst gesprochen. Was ich häufiger tun sollte. Weniger mit anderen Menschen sprechen, meine ich. Sie haben nie behauptet, mein Mann hätte Sie engagiert. Das haben Sie nicht.»

«Richtig.»

«Sie haben auch nie gesagt, daß jemand aus seinem Büro Sie engagiert habe. Und ich plappere immer munter drauflos . . . Arbeiten Sie vielleicht für irgendeine Boulevardzeitung?»

«Nein.»

«Wer sonst sollte sich für meine Freundschaft mit einem Lokalreporter interessieren?»

«Ich will ehrlich zu Ihnen sein . . .»

«Wäre mal eine nette Abwechslung.»

«Ich habe Sie nicht angelogen.»

«Fahren Sie fort.»

«Ich bin mehr an Pete Collatos als an Ed Heineman interessiert.»

«Tot bleibt tot. Für Pete können Sie nichts mehr tun.»

«Sie streben nicht nach Gerechtigkeit?»

«Bei aller Gerechtigkeit läßt man heute so selten Milde walten.»

«Wieviel Milde verdient denn Ihrer Meinung nach derjenige, der Pete ermordet hat?»

«Ist *Mord* nicht ein bißchen zuviel gesagt?» fragte sie. «Es gibt noch andere Theorien außer Mord.»

«Aber tot bleibt tot, ungeachtet welcher Theorie.»

«Ja.» Ihre Blicke flogen hierhin und dorthin, ruhten auf allem und jedem, nur nicht auf ihm. Ihre Hände spielten mit Zuckertüten, drehten den Hochzeitsring, zupften an abgebissenen Fingernägeln.

«Was, wenn der für Petes Tod verantwortliche Mann oder die Frau unter, sagen wir, verminderter Zurechnungsfähigkeit stand?»

«Ein Verrückter?» Sie klang auf einmal trotzig, als rechnete sie damit, selbst beschuldigt zu werden.

«Oder ein Kind», sagte er. Donagher hatte bei der Anspielung, daß einer seiner Jungs der abwesende Wasserspender gewesen sein könnte, eine Reaktion gezeigt. Würde Lila es auch tun?

«Ein Kind?» wiederholte sie fast unhörbar.

«Ja.»

Sie starrte auf den Tisch, schob mit der Gabel ein Stück Fisch auf dem Teller herum. «Ein Kind hätte keinen Zugang zu Amphetaminen.»

«Ein Teenager schon.»

«Worauf wollen Sie hinaus?» fragte sie. Sie hörte auf, weiter so zu tun, als würde sie noch essen. Ihr Messer rutschte von der Kante des Tellers und fiel mit einem leisen Aufschlag auf den Teppichboden, was sie allerdings nicht zu bemerken schien.

«Ich habe vorgestern mit Ihrem Mann gesprochen.»

«Er ist in Washington.»

«Er versucht, jemanden zu schützen.»

Sie spielte mit der Goldkette um ihren Hals.

«Jemanden, der ihm nahesteht, jemanden, der ihm etwas bedeutet . . . Vielleicht seinen ältesten Sohn.»

Die Farbe verschwand so schnell aus ihrem Gesicht, daß er ein schlechtes Gewissen bekam, den Sohn zu benutzen, um die Mutter zum Reden zu bringen. «Was hat er gesagt, daß Sie an Tommy gedacht haben?» wollte sie wissen. Mit der Zunge befeuchtete sie ihre trockenen Lippen.

«Es ist nur eine Schlußfolgerung, die ich aus einigen Beobachtungen gezogen habe, auf die die Polizei früher oder später wahrscheinlich auch kommen wird.»

«Zum Beispiel?»

«Wen zum Beispiel hat Ihr Mann gesucht, als er den Heartbreak Hill heraufkam? Wenn die Polizei sich die Videobänder des Rennens ansieht, wird sie sich das ebenso fragen wie ich. Ich habe ihn gesehen.»

Sie sagte nichts.

«Für wen zum Beispiel würde Ihr Mann lügen? Wer würde Zugang zu Amphetaminen haben? Wer würde sich einen ‹Streich› einfallen lassen und dazu Speed verwenden? Wer könnte sich im Getümmel des Wahlkampfes ein wenig vernachlässigt fühlen, wer möchte ein wenig mehr Aufmerksamkeit ...»

«Tommy nimmt keine Drogen. Er besucht eine katholische Schule, eine sehr strenge Schule.»

«Ich habe nie behauptet, daß er Drogen nimmt. Und er muß sie auch nicht unbedingt in der Schule gekauft haben. Wenn man das richtige Alter hat, kann man am hellichten Tag mitten im Boston Common angesprochen werden. Er ist im richtigen Alter. Zu jung für einen Undercover-Cop, zu alt, um sofort zu seinen Eltern zu rennen.»

Der Kellner räumte den Tisch ab.

«Kaffee?»

«Ja.»

Während sie auf den Kaffee warteten, wechselten sie kein Wort. Als er dann kam, hob Mrs. Donagher die dampfende Tasse sofort an ihre Lippen, verbrannte sich die Zunge und setzte die Tasse unter Klirren des Porzellans wieder ab.

«Haben Sie schon mit jemandem über diese Theorie gesprochen?» fragte sie nach einer Weile.

«Noch nicht. Ich wollte erst mal Ihre Reaktion sehen.»

Sie trank einen Schluck Wasser, versuchte es dann noch einmal vorsichtig mit dem Kaffee, sagte nichts, bis sie die Tasse geleert hatte. «Es ist nicht nötig, diese Geschichte weiter herumzuerzählen. Sie ist nicht wahr.»

«Sie werden mich überzeugen müssen.»
«Ach, verdammt», sagte sie. «Ich war diejenige, die Brian dieses dämliche Wasser auf dem Heartbreak Hill geben sollte.»

NEUNZEHN

Normalerweise ließ er die Tür seiner Garderobe angelehnt. Er hörte gern die Schauspieler die Treppe herunterpoltern, genoß ihre hochtrabenden, theatralischen Begrüßungsworte. Die farbenfrohe Kleidung, die seine Kollegen zum Zeichen ihres Berufes auserkoren hatten, die Kostüme, die sie für die Straße wählten, das alles faszinierte und begeisterte ihn. Ein untersetzter Charakterdarsteller war ein steter Quell des neuesten Besetzungsklatsches aus Hollywood; eine alternde Naive hatte eine Schwester, die sie über die New Yorker Theaterszene auf dem laufenden hielt. Das Gefühl dazuzugehören, das ihm das Ensemble vermittelte, wenn auch nur vorübergehend, war ein Geschenk, das er gewöhnlich hochschätzte.

«Und stell dir vor», hörte er die Naive sagen, «nachdem er sie dreimal zum Vorsprechen kommen ließ und sie all diese scheußlichen Improvisationen machen mußte, besaß er doch tatsächlich die Frechheit . . .»

Er schloß die Tür. Es war keine dicke Tür, nicht wie die lärmschluckenden Eichentüren der Chestnut-Hill-Villa, aber es dämpfte doch die durchdringenden Sopranstimmen, die sich brüstenden Tenöre und das Rauschen der Wasserhähne zu einem weit entfernten Summen, das leicht überhört werden konnte.

Automatisch ordneten seine Hände die Schminkutensilien für diesen Abend auf dem Tisch. Heute abend *Wie es euch gefällt.* Von Oliver zum namenlosen Höfling und wieder zurück zu Oliver . . . Ein Bart, zwei verschiedene Grundierungen, drei Kamelhaarpinsel . . . Vier Rollenwechsel an einem einzigen Tag, seine Imitation von Edward Heineman, dem Nachrichtenmoderator, eingeschlossen.

Der erfahrene Schauspieler konnte, durch ständige Übung oder aufgrund eines besonderen Talents, mit jedem einzelnen Wort, jeder noch so sparsamen Geste einen glaubwürdigen Eindruck schaffen. Lila Donagher besaß dieses Talent nicht. Die Frage nach dem Alter ihrer Kinder konnte sie nicht beantworten, ohne nervös auf der Unterlippe zu kauen. Jedes zweite Wort klang unwahr, eine Eigenschaft, um die sie der vollendetste Lügner beneidet hätte.

Falls sie die Wahrheit sagte, war sie diejenige, die von Donagher geschützt wurde. Sie war nur unter Druck mit ihrer Geschichte herausgekommen und schien aufrichtig Angst zu haben, daß womöglich ihr Sohn beschuldigt würde, wenn sie nicht alles zugab.

Es war billig und geschmacklos. Am Morgen des Marathons hatten der Senator und seine Frau einen Ehekrach gehabt. Er hatte es als Ehemann für selbstverständlich gehalten, daß Lila die Kids zum Rennen schleppen würde, um vor den Medien zu demonstrieren, was für ein liebevoller Familienvater Donagher war. Oben auf dem Heartbreak Hill sollte sie stehen, die letzte aus der getreuen Mannschaft der Mundschenke des Senators, deutlich sichtbar für die Fernsehkameras, sollte ihm die Wasserflasche reichen und ihm, vielleicht, auch noch einen fotogenen Kuß geben. Die Kinder sollten schön brav mit Zahnpastareklamelächeln in die Kameras strahlen.

Vielleicht, hatte Lila herausfordernd gesagt, hätte sie's ja auch getan, nur daß er es eben nicht für nötig gehalten hatte, sie zu bitten. Er wußte genau, daß sie den Wahlkampf haßte, wußte, wie sehr ihr das Eindringen in ihre Privatsphäre mißfiel. Und dennoch hatte er ihre Teilnahme an einem Ereignis, das sie fürchtete, ohne ihre Zustimmung einfach vorausgesetzt. Verständlicherweise war sie fuchsteufelswild geworden.

Während vor Donaghers Haustür Pressevertreter gelauert hatten, darauf warteten, den Senator in Turnhose zu sehen, waren drinnen leise, wütende Worte gewechselt worden. Wieso ließ Donagher sich nicht von einem seiner Helfer auf dem Berg Wasser reichen? Und überhaupt: Wieso begleitete ihn nicht einer seiner Berater in die Kirche, schlief mit ihm, kümmerte sich um die Kinder? Und Lila, die, wie Spraggue vermutete, bei einem Streit mit ihrem wortgewaltigeren Mann nie das letzte Wort behielt, hatte aufgehört zu reden, hatte nur noch gelächelt, höflich genickt und beschlossen, nicht zu erscheinen. Wovon sie ihrem Mann allerdings nichts gesagt hatte.

Statt dessen hatte sie Ed Heineman besucht.

Ed Heineman, ein Mann, der möglicherweise ein Interesse daran hatte, Lila Donagher ein Alibi zu verschaffen ... Ein Mann, der womöglich selbst ein Alibi gebrauchen konnte ...

Jemand klopfte an Spraggues Tür und öffnete sie, bevor er sagen konnte, daß er im Moment nicht gestört werden wollte.

Seit ihrer verpfuschten freitäglichen Verabredung hatte er Kathleen Farrell mehrmals gesehen, hatte sowohl vor als auch nach Collatos' Tod mit ihr auf der Bühne gestanden. Doch erst jetzt wurde ihm klar, daß er sie schon lange nicht mehr wirklich angeschaut hatte.

Sie wirkte theatralisch – ein rotes Cape wirbelte um ihre Schultern, die blonden Locken waren vom Wind zerzaust. Sie beugte sich vor und drückte einen Kuß auf seine Stirn. Er drehte sich um und wollte zu ihr aufschauen, überlegte es sich dann anders und sah statt dessen in den Spiegel. Sie legte die Hände auf seine Schultern.

«Du bist mir fremd geworden», sagte sie und machte einen Schmollmund.

«Es war eine ganz schön harte Woche.»

«Das könnten wir jetzt ändern.»

Spraggue versuchte vergeblich, Begeisterung zu zeigen. Sie wartete, schüttelte dann traurig den Kopf.

«Du bist mir ein Rätsel», sagte sie.

Er antwortete nichts.

«Heiß und dann auf einmal kalt. Zuerst flirtest du, dann ziehst du dich so weit zurück, daß ich nicht sicher bin, ob wir auf derselben Bühne stehen.»

«Ich kann mich nur auf eins zur gleichen Zeit konzentrieren.»

«Und eine Weile war ich das, aber ...»

«Könnte sein, daß es wieder dazu kommt.»

«Aber du möchtest nichts forcieren?»

Ihre Augen hatten beinahe den gleichen Farbton wie die von Sharon Collatos. Wie, fragte er sich, würden Sharons Augen wohl aussehen, wenn sie lächelte, wenn sie zu schokoladenbraunen, samtigen Pfützen schmolzen, in denen kleine Lichtpünktchen glitzerten ...

«Ich bin zu sehr mit anderen Dingen beschäftigt», sagte er. «Diese Collatos-Sache.»

«Du hast mir doch erzählt, daß du den Typ zwei Jahre nicht gesehen hast, bevor du ihm am Reservoir begegnet bist.»

«Ja, aber ...»

«Aber was? Tote sind wichtiger als lebendige Menschen?»

«Ich muß mich weiter schminken. Zehn Minuten bis zum Auftritt. Und du hast noch nicht mal damit angefangen.»

Ihr Gesicht war soweit fertig zum Schminken, kein Make-up mehr drauf, bedeckt mit winzigen Poren und Sommersprossen auf der Nase.

«Und wenn ich dich nach der Aufführung einlade?» wollte sie wissen.

«Heute abend?»

«Nein, nächstes Jahr! Natürlich heute abend. Ich vermute, du hast etwas vor?»

«Nicht unbedingt», sagte er gedehnt, verführt von ihrem frischen Duft, ihren Händen auf seinen Schultern.

«Im *Harvest* kann man bis ...» begann sie.

«Nein, nicht ins *Harvest.*» Er hoffte, das Lokal würde ihn nicht ewig an Ed Heinemans verlegenes Lächeln, an Lila Donaghers nervöse, vertrauliche Geständnisse erinnern.

«Dann zu mir?»

«Du bist sehr direkt.»

«Das bin ich, ja.»

«Okay», sagte er.

«Sei nicht so begeistert. Vielleicht überlege ich's mir ja noch anders», sagte sie im Hinausgehen.

Ich vielleicht auch, wollte er ihr nachrufen.

Nach der ersten Szene ging er voll in *Wie es euch gefällt* auf. Flucht vor der Wirklichkeit, genau das war es, was das Publikum letzten Endes suchte; Flucht vor dem Selbst, das war es, was der Schauspieler erhielt. Zufrieden ließ er Michael Spraggue gehen, ließ seine Probleme in der Garderobe zurück. Sie waren für den Augenblick erheblich unwichtiger als die Qualen des herabgesetzten Bruders, das Elend eines verbannten Herzoges.

Allerdings hatte er seine Sorgen nicht gut genug verschlossen; sie kamen auf eine merkwürdige Art wieder an die Oberfläche.

Er verfolgte die erste Szene des vierten Aktes von einem Platz hinter dem Proszenium auf der rechten Bühnenseite, verfolgte das

Geschehen aufmerksam, denn von all den vierten Akten aus *Wie es euch gefällt*, die er bereits genossen oder erlitten hatte, gefiel ihm dieser wegen seiner Inszenierung ganz besonders. Er hatte schon bessere Schauspieler gesehen, vor allem im *Old Vic*, aber dieser Regisseur hier vertraute bei Shakespeare, anders als die meisten seiner amerikanischen Kollegen, seinen Schauspielern. In amerikanischen Inszenierungen wurde Shakespeare häufig aufgepeppt. In der Überzeugung, daß ein amerikanisches Publikum die Satzmelodie der Shakespearschen Sprache nicht wirklich liebte, daß amerikanische Schauspieler nicht in der Lage seien, mit den magischen Worten umzugehen, hetzten die meisten Regisseure ihre Schauspieler förmlich durch die Monologe. Howard Desmond aber ließ seinen Jaques die «Sieben Akte des Menschen» ganz schlicht spielen, auf einer Bank sitzend und zur Betonung nicht mal mit einem Finger wackelnd. Rosalinde und Orlando ließ er mit den alten Worten umeinander buhlen, nicht mit modernem, kokettem Tempo.

«Die Menschen sind von Zeit zu Zeit gestorben, und die Würmer haben sie verzehrt, aber nicht aus Liebe.»

Tröstender Gedanke.

«Kommt, Schwester», die Schauspielerin, die die Rosalinde spielte, nahm äußerst gutgelaunt Kathleens Hand, «Ihr sollt der Priester sein, um uns zu trauen.»

Wie mußte es wohl zu Shakespeares Zeiten ausgesehen haben, als die Frau, die den Mann spielte, tatsächlich von einem Jungen dargestellt wurde? Er versuchte die Szene mit den Augen eines Zuschauers auf einem billigen Stehplatz etwa um 1600 zu sehen. Irgendwo in seinem Inneren hörte er eine Glocke erklingen, ein warnendes Horn, aber nicht mehr.

Während der dritten Szene des vierten Aktes blieb er auf der Bühne so lange vor einer Zeile hängen, daß Kathleen erschreckt zu ihm aufschaute.

Vielleicht lag es an Rosalinde, die beim Anblick des blutverschmierten Tuches in Ohnmacht fiel. Er starrte sie an, während sie zu Boden sank. Erinnerte ihn irgend etwas an diesem Fallen an Collatos' Sturz, den er nicht gesehen hatte? Der Gedanke ließ sich nicht greifen. Und er konnte es auch nicht erzwingen, nicht dort, nicht auf der Bühne. Er hatte Mühe, sich auf seine Rolle, seine nächste Handlung, seine nächste Zeile zu konzentrieren, bis das Gefühl schließlich verblaßte.

Im letzten Akt kehrte es zurück, als er Kathleen küßte, seine rauhe Wange an ihre glatte legte, ihr Gesicht mit der Freude eines Liebhabers studierte.

Ihr dickes, cremiges Make-up . . . so anders als die klare, durchsichtige Haut, die er vorhin erst im Spiegel bemerkt hatte. Warum ließ ihm ein dicker, cremiger Teint in einem Winkel seines Geistes keine Ruhe?

Er war froh, daß er keinen Text mehr verpatzen konnte, nichts mehr tun mußte als auf der abschließenden Hochzeit zu tanzen.

Kathleen führte ihn.

Sie nahmen ein Taxi zu der Wohnung, die sie für die Dauer der Spielzeit des *Harvard Rep* gemietet hatte, ein Apartment in einem grauen Zweifamilienhaus mit abblätterndem Außenanstrich nicht weit von Cambridge in Somerville, was die Miete relativ niedrig hielt. Sie saß auf der Mitte der Rückbank, ihr Schenkel nur ein paar Zentimeter neben seinem. Ihre Hand streichelte leicht über den Stoff seiner Hose, quälend nah, doch nie wirklich nah genug. Als er stöhnte und nach ihr griff, lachte sie und rutschte über den Sitz, wobei ihr Rock raffiniert hochrutschte, sich ihre langen, nackten Beine von ihm fort neigten, dabei leicht und sehr bewußt spreizten. Der Taxifahrer glotzte ausgiebig in den Innenspiegel. Ihr honigblondes Haar streifte Spraggues rechte Schulter, verströmte eine Duftwolke, die ihn an andere Frauen in anderen Taxen erinnerte und in seinem Bauch ein Kribbeln des Verlangens auslöste. Die Fahrt schien lang genug zu dauern, um die Staatsgrenze hinter sich zu lassen. Es war drückend heiß im Wageninneren. Die Wanderung den schattigen Weg hinauf zu ihrer Wohnung war wie ein anstrengender Marsch durch einen dunstigen, aber wohlriechenden Dschungel.

Sie schien die staubigen Holzdielen nicht zu registrieren, nicht das gesprungene, verschossene Sofa und die Sessel, die schäbige, feuchte Tapete. Sie hatte ihn nicht des Ambientes wegen mit nach Hause genommnen.

Das Bett war ungemacht, vergilbte Laken lagen zerwühlt auf der durchgelegenen Matratze.

Sie zog sich in vollem Licht aus, zufrieden mit sich und den

Effekt genießend. Sie war atemberaubend, willig, erfahren. Trotzdem mußte er ihren vollen Körper, der nach den Vorstellungen eines Pronographen geschaffen schien, mit Kate Holloways schlanker, modellierter Schönheit vergleichen.

Als er ihr sagte, er hätte geglaubt, daß ihr blondes Haar gefärbt sei, kicherte sie leise und gestand, daß dem auch so war.

Sie täuschte einen frühen Orgasmus vor, dessen war er sich beinahe sicher, und er machte drängender weiter, fest entschlossen, an der vollendeten Schauspielerin vorbei zur Frau zu kommen. Aber sie zappelte und tat, als würde sie über seine Schulter in irgendeinen unsichtbaren Deckenspiegel starren, ihre Leistung einstufen, mit ihrem eigenen spektakulären Körper schlafen, ihn nur als ein zufälliges Instrument benutzen.

Als sie fertig waren, verschwitzt und atemlos und in die Laken verheddert, streckte sie sich quer übers Bett, lächelte in scheinbarer Zufriedenheit. Vielleicht war da nicht mehr; vielleicht war die Oberfläche alles.

Sie hatte immer noch etwas Schminke in den Haaren. Es roch süßlich und unecht wie Zuckerwatte.

Die Erkenntnis traf ihn so unvermittelt, daß sein ganzer Körper bebte, mit einem Zittern, wie es ihn manchmal nachts schweißgebadet aus dem Schlaf riß.

«Ich muß gehen», sagte er, rutschte unter Kathleens schlafschwerem Arm heraus.

«Hä?» Sie schlug die Augen auf; zwei schmale Schlitze. «Was zum Teufel ist los?»

Während er sprach, zog er sich bereits die Hose an, griff nach seinen Schuhen. «Ich kann's dir jetzt nicht erklären.»

«Du bist verrückt.»

Im Taxi auf der Fahrt zum Polizeirevier fragte er sich, ob er es vielleicht wirklich war.

Wo hatte sich die Frau abgeschminkt, die Donagher die Wasserflasche gegeben hatte? Wo hatte sie sich von einer großen Frau mit großen Füßen und grobem Körperbau, einer viel zu cremefarbenen Haut, einem viel zu langen Rock und einer viel zu tiefen Stimme in den Mann zurückverwandelt, der sie, wie Spraggue sicher wußte, gewesen war?

ZWANZIG

«Ein Mann.»

Spraggue nickte stumm. Es war das dritte Mal, daß Hurley die beiden Worte wiederholte, seit er sich umgedreht hatte, um den unangemeldeten und uneingeladenen Gast anzufunkeln. Der Captain drückte eine Zigarette in etwas aus, das wohl ein Aschenbecher sein mußte. Von dem rissigen Ledersessel auf der anderen Seite des Schreibtisches war es nicht zu erkenen, war versteckt hinter überquellenden Ablagekörben, einer Kollektion Styroporbecher, einem schiefen Stapel brauner Aktenordner, dem verstaubten Telefon und den Resten von etwas, das wie ein uraltes Hühnchen-Sandwich roch. Als Hurley die Worte das erste Mal wiederholt hatte, hatte er sie mit lautem, skeptischem Gelächter unterstrichen. Beim zweitenmal mit ungehaltener Ablehnung. Beim dritten Mal war seine Stimme nur ein Gemurmel, gefolgt von einem bedauernden Seufzer.

«Ich stand auf der anderen Straßenseite. Als ich ihn . . . sie . . . dem Zeichner beschrieben habe, hatte ich schon so ein komisches Gefühl, ich kam ins Grübeln. Dann im Theater, während der Vorstellung – Shakespeare, wissen Sie, Mädchen als Jungs verkleidet –, ist es mir aufgegangen. Eine Frau, eine große, breitschultrige Frau mit großen Füßen, einem blassen, irgendwie cremefarbenen Teint, als hätte man Theaterschminke aufgetragen, dick genug, um einen frisch rasierten Bart zu überdecken.»

«Wieso kriege ich eigentlich immer all diese beschissenen Spinner?» fragte Hurley die rissige Decke.

«Holen Sie Ihre Verbrecheralben raus, und lassen Sie mich mal durchblättern. Sie haben doch mehr männliche Verbrecher als weibliche, hoffe ich? Ich wette, Sie haben sogar eine Akte über Frauenimitatoren, die wegen des einen oder anderen Vergehens geschnappt worden sind, und eine über Transvestiten und männliche Prostituierte und . . .»

«Wir brauchen uns die Verbrecheralben nicht anzusehen, Spraggue», unterbrach Hurley ernst. «Verdammt, ich wünschte, wir wären dieser Möglichkeit schon früher nachgegangen.»

«Welcher Möglichkeit?» Spraggue bekam ein flaues Gefühl im Magen.

«Wir brauchen nur einen Blick ins Leichenschauhaus zu werfen. Die Leiche liegt schon seit einer Woche dort.» Hurley drückte einen unter all den Papieren auf seinem Schreibtisch begrabenen Summer, und ein blauuniformierter Polizist öffnete die Tür. «Hol mir die Akte über JoJo Stearns», bellte der Captain. Der Officer nickte, knallte die Tür zu.

«Die Identifizierung ist vor zwei oder drei Tagen reingekommen. Es dauert eben seine Zeit, Fingerabdrücke zu nehmen und sie durch den vielgepriesenen FBI-Computer zu jagen. Das Ding streikt öfter als eine Nutte. Tod eines kleinen Ganoven, so haben wir es eingeordnet. Niemand mit rauchender Pistole in der Hand neben der Leiche gefunden. Ein Tod von der Sorte, der erst zehn Jahre später aufgeklärt wird, wenn irgendein kleiner Spitzel verknackt wird und seine Haftstrafe reduziert haben will. Dann sagt er, he, erinnert ihr euch an JoJo? Wollt ihr immer noch wissen, wer JoJo umgelegt hat? Holt mich hier raus, oder verschafft mir Concord statt Walpole, oder verschafft mir eins bis fünf statt sechs bis zehn, und dafür liefere ich euch meinen Schwager.»

«JoJo Stearns», wiederholte Spraggue.

«Er war ein ziemlich gutaussehender Mann. Auf den ‹Vorher›-Fotos», sagte Hurley. «Ich kann schon verstehen, daß Sie ihn nicht sofort als Mann erkannt haben. Er muß eine Menge Leute auf einer Menge Scheißhäuser in einer Menge Kneipen dieser Stadt überrascht haben.»

«Ist er vorbestraft? Sittlichkeitsdelikte?»

Hurley schüttelte den Kopf.

«Also?»

«Ich weiß nicht . . .» begann Hurley. Das stürmische Klopfen gegen die Glasscheibe seiner Tür ließ ihn zusammenzucken. Der uniformierte Beamte kam mit einem dicken Aktenordner herein. «Schlag das nächste Mal einfach die Tür ein, wenn du meine Aufmerksamkeit erregen willst, Brownlee.» Der Officer grinste breit und ging wieder. «Scheiße, wir engagieren vielleicht Arschlöcher», knurrte Hurley. «Wollen Sie Cop werden?»

«Ha!»

«Genau das ist es. Sie wollen nicht Cop werden, aber Sie wollen Informationen von mir, die nur Cops was angehen. Das wollte ich gerade sagen, als der Typ mit mehr Scheiße als sonst was im Kopf mich unterbrochen hat.»

«Hurley, wenn ich mit meiner Junge-Mädchen-Enthüllung nicht direkt zu Ihnen gekommen wäre, hätten Sie dann auch nur die leiseste Ahnung gehabt, daß diese Leiche derjenige war, der Donagher die Wasserflasche gegeben hat?»

«Es *könnte* derjenige gewesen sein.»

«Ein als Frau verkleideter Mann gibt einem Senator ein vergiftetes Getränk. Der Leibwächter des Senators stirbt. Ein Mann, der dafür bekannt ist, sich häufig als Frau zu verkleiden, ein Mann, der auf meine Beschreibung des Wasserspenders paßt, taucht im Leichenschauhaus auf – wann? Am nächsten Tag? Wollen Sie das Zufall nennen? Haben Sie so viele als Mädchen verkleidete Jungs im Leichenschauhaus?»

«Zufälle gibt es.»

«Klar.»

Hurley spielte mit einem Stift. Er öffnete den Aktenordner nicht.

«Und? Ist JoJo eines natürlichen Todes gestorben?» fragte Spraggue. «Dazu haben Sie noch nichts gesagt.»

«Zuerst haben wir es für einen Unfall gehalten.»

«Wieso?»

«Die Feuerwehr hat ihn gebracht», sagte Hurley.

«Sind Sie immer so gesprächig?»

«Scheiße, Mann. Das ist nicht mein Fall.»

«Collatos hat Sie gemocht. Sie haben gesagt, Sie hätten ihn gemocht.»

»Ich glaube kaum, daß ihm das im Augenblick viel bedeutet.»

«Mir schon.»

«Die Jungs von der Feuerwehr hatten Dienstag nacht einen dieser typischen Brände, bei denen es sich höchstwahrscheinlich um Brandstiftung handelt. In den Slums. Nicht gerade eine Sache für die Titelseiten. Falls es Ihnen noch nicht aufgefallen ist: Seit letztem Januar sind in Boston zweihundertfünfundzwanzig Häuser in Flammen aufgegangen. In Dorchester, im South End, in Roxbury, in Jamaica Plain. Sogar im Back Bay, wo ja auch Ihre Tante ein Haus besitzt. In den meisten Fällen handelt es sich um leerstehende Sozialwohnungen und alte Lagerhäuser. Dieses Gebäude jetzt war ein zweigeschossiges Holzhaus an der Tremont, mit Brettern vernagelt, angeblich leer und verlassen. Bis auf JoJo.»

«Aber gewohnt hat er dort nicht?»

«JoJo hat nirgends gewohnt. Er saß auf einem Barhocker, bis er für die Nacht ein Zuhause gefunden hatte, und dann ist er zu einem anderen Barhocker zurückgekehrt, bis er ein Zuhause für die nächste Nacht hatte. Können Sie sich so was vorstellen? Eine Braut mit einem Schwanz? Man kann nie sagen, was manche Typen anturnt.»

«War es Brandstiftung?»

«Definitiv. Und mit einer Methode, die die Jungs von der Feuerwehr gründlich kennengelernt, wenn schon nicht lieben gelernt haben. Die ganze Brandstiftungsscheiße macht mich noch fertig.»

«Pete hat's auch fertiggemacht. Als er noch bei euch gearbeitet hat ...» Spraggue sprach nicht weiter, seine Augen verengten sich.

«Ausnahmsweise weiß ich mal mehr als Sie», sagte Hurley. «Branddezernat. Collatos hat als Verbindungsmann zwischen der Sondereinheit für Brandstiftungsdelikte und dem Branddezernat gearbeitet. Und jemand, der ihn vielleicht umgebracht hat, verbrennt bei einem Feuer, das todsicher auf Brandstiftung beruht.»

«Könnte es ein Unfall gewesen sein? Könnte JoJo in dem besagten Haus in der falschen Nacht kampiert haben?»

«Das war nicht die Art von Unterkünften, in denen sich unser JoJo für gewöhnlich herumtrieb. Keine Bude, um einen Freier aufzugabeln.»

«Dann», sagte Spraggue nachdenklich, «hat Donagher möglicherweise gar nichts damit zu tun. Diese Drohbriefe bedeuten vielleicht wirklich so wenig, wie ich mir gedacht habe ...»

Hurley schlug die Akte auf und starrte hinein, aber Spraggue wußte, daß er nicht las. Der Captain tat so, als würde er nur widerwillig weitersprechen. «JoJo hatte Verbindungen zu gewissen Leuten, gegen die wegen Brandstiftung ermittelt worden ist und immer noch wird ...»

«Wollen Sie damit sagen, jemand hatte es im Zusammenhang mit seiner Arbeit beim Branddezernat auf Pete abgesehen?»

«Senator Donagher ist nicht tot. Collatos schon.»

«Die Flasche wurde Donagher gegeben.»

«Aber der Leibwächter würde das Wasser probieren. Wahrscheinlich auch teilen; das würden wenigstens normalerweise zwei Läufer tun, die gemeinsam ein Rennen laufen. Wegen des Zwischenfalles am Reservoir, wegen der Briefe und weil es irgendwie vernünftiger klingt, auf einen United-States-Senator zu schießen als auf einen ehemaligen Cop, sind wir bisher alle davon ausgegangen, daß Senator Donagher Ziel des Anschlages war. Aber Donagher hat keine – na, wie nennt man das noch gleich? – keine Idiosynkrasie gegen Speed. Collatos schon. Schon möglich, daß er das mal irgendwann erwähnt hat. Er hat immer viel geredet.»

Spraggue fuhr mit einer Hand über die Stirn. Die Hand war mit Schminke beschmiert.

Hurley fuhr fort. «Was allerdings keinen Sinn ergibt, ist die Tatsache, daß Collatos keine Bedrohung mehr darstellte. Er war kein Cop mehr. Er war nicht mehr bei der Sondereinheit für Brandstiftungsdelikte . . .»

«Er könnte aber doch irgendwas gewußt haben.»

«Er war ein Plappermaul. Wenn er irgendwas gewußt hätte, dann hätte es die Hälfte aller Cops im Land gewußt.»

«Es sei denn, er wußte nicht, daß er es wußte . . . wußte nicht, daß es einen Wert besaß.»

«Wie bitte?»

«Oder vielleicht hat er mit irgendwem einen Deal gemacht . . .»

«Auf keinen Fall», sagte Hurley, ließ seine Hand so fest auf den Schreibtisch krachen, daß eine Papierlawine loszugehen drohte. «Collatos war so ehrlich wie ich. Gottverdammt, kaum stirbt ein Cop unter verdächtigen Umständen, schon faseln die Leute von Korruption. Schieben dem Opfer die Schuld in die Schuhe. Wenn Sie Pete was anhängen wollen, werde ich nicht . . .»

«Moment!» unterbrach Spraggue. «Ich habe nur laut gedacht. Vielleicht darf man so was in Gegenwart eines Cops nicht tun . . .»

«Sorry.»

«Ist irgendwer mal die Akten durchgegangen, zu denen Pete Zugang hatte, als er mit der Feuerwehr gearbeitet hat?»

«Jemand wird es jetzt tun.»

«Was ist mit seiner Wohnung? Wer hat sich da umgesehen?»

«Menlo.»

«Dann kann man getrost sagen, daß dort nichts angerührt wurde.»

«Falls Sie vorhaben sollten, sich dort umzusehen, werden Sie vorher mit der Schwester reden müssen.»

«Dann ist die Wohnung also nicht mehr versiegelt?»

«Habe ich das gesagt?» erwiderte Hurley. «Ich werde auf meine alten Tage wohl nachlässig . . .»

EINUNDZWANZIG

Er versuchte tatsächlich, Sharon Collatos anzurufen, machte drei vergebliche Versuche: das erste Mal, als sein Wecker um neun Uhr piepste, dann noch einmal, nachdem er geduscht, sich rasiert und angezogen hatte, und wieder, während kochendes Wasser durch den Filter in seiner Kaffeemaschine tropfte. Er rief die Auskunft an und überprüfte die Nummer. Sie war richtig.

Bevor er das Haus verließ, schob er seine Dietriche in die Tasche der Windjacke.

Pete Collatos wohnte in der Nähe der Boston-Brookline-Grenze, in einem Stadtteil, der eher mit College-Kids als mit Cops in Verbindung gebracht wurde. Wahrscheinlich hatte er sich wegen der Nähe der weiblichen Studenten der B.U. für das schmale, vierstöckige Ziegelgebäude entschieden. Cops sah er schließlich jeden Tag.

Als er die Green-Line-Bahn an der Haltestelle St. Mary's Street verließ, stellte er sich Collatos vor, wie er loszog, um die Soziologiestudentinnen mit seinen Geschichten vom harten Leben auf der Straße zu faszinieren. Pete dürfte in diesen sich verherrlichenden Achtzigern ein sehr interessantes Objekt gewesen sein. Anders als in den Sechzigern, in denen ein Cop keine Chance hatte, auf einem College-Campus jemanden fürs Bett zu finden.

Auf der Buswell Street warfen Studenten mitten auf der schmalen Straße ein gelbes Frisbee. Kommt ohne Auto, ihr, die ihr hierherkommt. Punkrock plärrte aus einem Fenster im dritten

Stock. Die Frisbee-Scheibe landete genau vor seinen Füßen, er warf sie zurück und kam sich dabei schrecklich alt vor.

Pete hatte eine Party geschmissen, um seine erste und einzige Beförderung als Cop zu feiern. Spraggue erinnerte sich an den Abend. Die ausgelassenen Fremden, die sich in der Wohnung im vierten Stock eines Hauses ohne Fahrstuhl drängten. Er hatte die Adresse immer noch, gekritzelt über eine ganze Seite in seinem schwarzen Harvard-Coop-Buch für das akademische Jahr 79/80.

Das Gebäude besaß ein Sicherheitssystem, doch die Mieter ignorierten es. Spraggue drückte die Klingel von Apartment 2A. Niemand zu Hause. Das gleiche bei 3A. 4B ließ ihn rein, ohne sich die Mühe zu machen, die Gegensprechanlage zu benutzen. Er wartete einen Augenblick im Flur, um zu sehen, ob 4B vielleicht auftauchte, legte sich eine Ausrede zurecht: Entschuldigen Sie, ich wollte eigentlich bei 4A klingeln. 4B schien sich nicht weiter dafür zu interessieren, wen er oder sie reingelassen hatte. Ein Zeuge Jehovas, ein Versicherungsvertreter oder der Würger von Boston würden eben die vier Etagen hochstapfen und sich vorstellen müssen.

Das Schloß an Collatos' Tür war ein Kinderspiel. Er hätte seine Dietriche ruhig zu Hause lassen und statt dessen eine Kreditkarte benutzen können. Die Flurbeleuchtung war so schummerig, daß seine Finger die feinen Kratzer auf dem Schloß gefunden hatten, bevor er sie sah. War Collatos Opfer eines Einbruches gewesen? Oder hatten sich die Cops ziemlich ungeschickt Zugang verschafft? Menlo hatte doch sicher den Hausmeister geholt, um in Petes verschlossenes Apartment zu kommen.

Auf der Party vor langer Zeit war die Trostlosigkeit der Wohnung von den vielen Leuten überdeckt worden. Das Sonnenlicht, das jetzt durch die vorhanglosen quadratischen Fenster hereinfiel, war da weniger gnädig. Es hob die abgewetzten Stellen auf dem tristen Teppich hervor, wusch die letzte Farbe aus dem verschossenen Stoff des Sofas.

Spraggue schloß die Tür und lehnte sich dagegen. Boden und Decken in diesen älteren Häusern waren normalerweise schalldicht, die Wände dafür notorisch dünn. Er schlüpfte aus seinen Schuhen, um sich leise bewegen zu können, zog dann dünne Plastikhandschuhe über die Hände.

Er machte eine Runde durch die Wohnung: fünf schäbige Räume. Ein Wohnzimmer, aus dem man durch einen Bogendurchgang in eine winzige Küche gelangte. Ein schmaler Flur, den man durch eine weitere Tür aus dem Wohnzimmer erreichte und der in ein ausreichendes Schlafzimmer führte, in ein Arbeitszimmer, das kaum genug Platz für einen Schreibtisch bot, und in ein Bad, gerade groß genug, um sich darin umdrehen zu können.

Er fing mit dem Wohnzimmer an, tastete unter die Kissen der kaputten Couch. Er fand einen Dime, zwei Pennies, altes Popcorn. Er blätterte jedes einzelne staubige Buch auf einem aus Brettern und Steinen gebauten Bücherregel durch: Abenteuergeschichten, Krimis, «Wie besteht man die Sergeant-Prüfung der Boston Police». Collatos hatte Eselsohren in die Taschenbücher gemacht und bei den gebundenen Büchern respektvoll Lesezeichen benutzt. Spraggue glaubte nicht, daß ihm ein genaueres Studium viel einbrachte.

Die Polizei hatte die Wohnung bereits durchsucht. Die Kissen auf zwei nicht zueinander passenden Sesseln lagen schief. Die oberste Schublade eines Schreibtisches stand offen. Matschige Fußabdrücke überall auf dem vergilbten Linoleum in der Küche.

Er entdeckte, daß Collatos Rice-Krispies zum Frühstück gegessen hatte, wahrscheinlich halb mit Milch und halb mit Sahne. Im Kühlschrank keine Milch. Natürlich konnte irgendein Cop sie in den Ausguß gekippt haben, nachdem der Gestank seine Nase beleidigt hatte. Aber derselbe Cop würde auch die stinkende Sahne fortgeschüttet haben. Er schloß den Kühlschrank. Im Gefrierfach nur eine halbleere Packung Chocolate-Chip-Eiscreme. Und Eiswürfel.

Er versuchte nicht zu denken, während er automatisch die Taschen der im vorderen Schrank hängenden Jacken abtastete. Er rezitierte den Text der abendlichen Vorstellung – *Der kaukasische Kreidekreis.* Dennoch deprimierte ihn diese Aktion wie nur was. Wieso mußte er wissen, daß Pete einen einsamen Stapel einzelner Socken in einer ansonsten leeren Schublade aufbewahrte, daß er häufiger hätte waschen sollen? Warum mußte er wissen, daß Pete seine Schuhe nie neu besohlen ließ und nie fortwarf? Daß er keine Schlafanzüge besaß? Zwei Garnituren Bettwäsche. Daß er

Rolling-Rock-Bier trank und die leeren Büchsen in den Wohnzimmerecken liegenließ, besonders in Sesselnähe vor dem Schwarzweißfernseher?

In der hinteren Ecke der unteren linken Schublade der Kommode im Schlafzimmer entdeckte er so was wie ein geheimes Versteck: Kondome, Körperöle. Warum nicht im Bad? Hatte Pete nicht gewollt, daß der gelegentliche, die Nacht bleibende Damenbesuch das Arzneischränkchen öffnete und ihn so gut vorbereitet fand?

Das Knarren der Bodendielen hinten in dem kleinen Arbeitszimmer erschreckte ihn. Alte Häuser hatten ganz eigene Geräusche. Er zuckte mit den Achseln und fuhr fort, Petes Bett abzuziehen? Versteckte denn heute kein Mensch mehr irgendwelchen Kram unter Matratzen?

Der dumpfe Knall aus dem Arbeitszimmer war keine knarrende Bodendiele. Spraggue erstarrte, ließ das Kopfkissen aufs Bett fallen. Er nahm einen angestoßenen Glasaschenbecher in die Hand, prüfte sein Gewicht. Der empörte Geist von Pete Collatos machte bestimmt nicht solchen Lärm.

Auf Zehenspitzen schlich er zum Arbeitszimmer. Leer.

Neben einem altmodischen Schaukelstuhl befand sich ein Wandschrank. Der Stuhl wippte langsam vor und zurück. Direkt daneben ein wackliger Aluminiumtisch. Darauf ein Aschenbecher, ein Karton Kleenex, eine Büchse Rolling Rock und das Telefon. Der Hörer baumelte herab und berührte den Boden.

«Komm raus», sagte Spraggue.

Stille.

«Na los.»

«Gehen Sie», sagte die Frauenstimme schwach. «Gehen sie. Ich habe eine Waffe. Ich meine es ernst. Ich schieße.»

«Ganz bestimmt», sagte Spraggue, der die Stimme erkannte. «Eine Haubitze oder ein M-16?»

Er riß die Schranktür auf. Sharon Collatos wäre herausgefallen, hätte er sie nicht aufgefangen. Er ließ den Aschenbecher fallen, der auf dem Boden zersplitterte.

ZWEIUNDZWANZIG

«Wie lange sind Sie schon hier?» fragte er.

Sie kauerte auf der verschossenen Couch, strich einen schwarzen Rock glatt, der durchaus derselbe sein konnte, den sie schon auf der Beerdigung getragen hatte. Sie starrte auf ihre Hände, um sich zu vergewissern, daß sie nicht mehr zitterten, stählte ihre Stimme und flüsterte: «Ich habe ein Recht darauf, hier zu sein.» Ihre Stimme brach, als sie versuchte, lauter zu sprechen. «Was machen Sie hier?»

«Das, worum Sie mich gebeten haben. Auf der Beerdigung.»

«Das tut mir leid. Ich . . . ich hatte kein Recht . . . Sie sind nicht für Petes Tod verantwortlich.»

«Sie?»

Schwarzer Eyeliner war in tintigen Streifen ihre Wangen hinuntergelaufen. Sie hob die Hände an die Augen und verschmierte sie zu grauen Kreisen, verquollen durch zuwenig Schlaf. Ihr rechter Strumpf hatte eine Laufmasche. Ihr zerknitterter grauer Pullover . . . Hatte sie den nicht auch unter der schwarzen Kostümjacke auf der Beerdigung getragen?

«Sind Sie seit Petes Beerdigung hier?» Hatte die Frau denn keine Freunde, keine Familie, einen netten Nachbarn?

«Ich glaube . . . ich weiß nicht . . .»

«Himmel! Das war am Sonntag. Heute ist Mittwoch. Wo haben Sie geschlafen? Das Bett war unberührt. Haben Sie seit Sonntag nichts mehr gegessen?»

Keine Antwort, nur dieser ausdruckslose, paralysierte Blick. Als sie aus dem Schrank gefallen war, den Mund zu einem lautlosen Schrei geöffnet, hatte panische Angst in ihren Augen gestanden. Er glaubte, er hätte Wiedererkennen, ja sogar Erleichterung gesehen, als er ihren zitternden Körper in den Arm genommen hatte, sie ins Wohnzimmer gebracht hatte. Und jetzt – nichts.

«Kommen Sie.» Er führte sie in die Küche, setzte sie auf einen plastikbezogenen Küchenstuhl. Er wollte schon den Kühlschrank öffnen, erinnerte sich dann an dessen Inhalt und hielt mitten in der Bewegung inne. Er ließ Wasser in den Kessel laufen. Blaue Flämmchen dehnten sich zischend zu einem Ring auf dem vorderen Brenner des Herdes aus. Im Schrank über dem Herd hatte er

Büchsensuppen gesehen. *Campbell's Clam Chowder* stellte er zurück – keine Milch da. Champignoncremesuppe war vielleicht auch mit Wasser erträglich.

«Machen Sie sich keine Mühe», sagte sie matt.

In einem Schrank unter der blauen Arbeitsplatte bewahrte Pete seinen Alkohol auf. Spraggue kippte einen Schuß Wermut in die Suppe. Sherry wäre besser gewesen. Pete hatte keinen Kaffee, aber in einer Blechbüchse entdeckte er Teebeutel.

Sharon Collatos stützte ihre Stirn in die linke Hand. Mit der rechten malte sie Kreise auf die Tischplatte. Dunkles, zerzaustes Haar fiel nach vorn und versteckte ihr Gesicht. Sie schaute nicht auf, als er einen Löffel vor sie legte. Er schüttete die kochende Suppe in eine angeschlagene Schüssel.

«Essen Sie das», befahl er.

«Als ich hörte, wie die Wohnungstür aufging, habe ich mich versteckt. Ich dachte, Sie wären Petes Mörder. Ich hoffte, Sie wären nur ein Dieb.»

«Ein Suppen-Dieb. Die Büchsen lasse ich zurück. Essen Sie.» Er beschäftigte sich mit den Teebeuteln, drehte sich nicht wieder zu ihr um, bis er das leise Klirren von Besteck gegen Geschirr hörte.

«Wenn Sie das gegessen haben, ist noch eine Schüssel da», sagte er.

«Bitte, essen Sie es.»

«Ich habe regelmäßig gegessen, vielen Dank.»

«Danke», sagte sie leise.

«Wo haben Sie geschlafen?» fragte er. «Ich sehe, daß Sie nicht gegessen haben, also könnte man es mir nicht vorwerfen, wenn ich frische Kartoffelschalen im Müll übersehen hätte. Aber wenn Sie hier geschlafen haben, hätte ich eigentlich . . .»

«Ich bin in einem der Sessel eingenickt . . .»

In einem, von dem er geglaubt hatte, die Cops hätten ihn so zerwühlt hinterlassen.

Er zog die Plastikhandschuhe aus. «Ich schätze, ich brauche wohl kein Geheimnis mehr aus meiner Anwesenheit hier zu machen.»

Sie schüttelte den Kopf und löffelte ihre Suppe. Als die Schüssel leer war, füllte Spraggue sie trotz ihres Protestes nach.

«Wenn ich mir schon die Mühe mache und eine Büchse öffne, dann erwarte ich auch, daß alles aufgegessen wird», sagte er streng. «Sind Sie hergekommen, um Petes Sachen durchzugehen?»

Tränen stiegen ihr in die Augen.

Er holte die Schachtel Kleenex aus dem Arbeitszimmer. Als er zum Küchentisch zurückkehrte, waren die Tränen fort und der steinerne Blick wieder da. Er wußte nicht, was ihm lieber war.

«Trinken Sie Ihren Tee», sagte er.

Ihr blinder Gehorsam war Zeichen ihrer Erschöpfung.

«Ich habe versucht, Sie anzurufen», sagte er. «Ich wäre nicht eingebrochen, wenn ich Sie erreicht hätte ...»

Sie machte eine Geste, als wollte sie sagen, es wäre schon in Ordnung, ein klägliches Abwinken, das der Medea der Beerdigung niemals genügt hätte.

«Hat Ihr Bruder mit Ihnen über seine Arbeit gesprochen?»

Sie öffnete den Mund, als wollte sie etwas sagen, überlegte es sich dann anders und stützte den Kopf wieder in die Hand. Ihre Augen schlossen sich. Ihre Wimpern waren unerwartet lang, sahen so dicht und weich aus, daß Spraggue plötzlich das Bedürfnis hatte, sie zu berühren, mit den Daumen sanft über ihre Augen zu streichen, hinunter über die immer noch feuchten Wangen.

«Hatte Ihr Bruder einen Safe? Eine Stelle, wo er Dinge aufbewahrte, die ihm wichtig waren?»

Immer noch keine Antwort.

«Legen Sie sich auf die Couch, und versuchen Sie etwas zu schlafen, während ich mich weiter umschaue.»

«Ich kann nicht ... Ich kann hier nicht schlafen ... Ich höre andauernd Geräusche.»

«Dann setzen Sie sich dorthin. Warten Sie auf mich. Ich werde Sie nach Hause fahren.»

Er mußte sie zurück zur Couch bringen. Er machte eine weitere Tasse Tee und stellte sie auf einen zerkratzten Beistelltisch. Er fragte sich, ob ihr unsicherer Gang ausschließlich auf Erschöpfung, Trauer und Hunger zurückzuführen war – oder ob sie vielleicht irgendwelche Drogen genommen hatte.

«Rufen Sie mich, wenn Sie irgendwas brauchen. Ich bin im Arbeitszimmer.»

Er begann mit der linken Wand, mit den Büchern, die hinten auf

Collatos' Schreibtisch aufgereiht standen, hielt sie am Rücken und schüttelte sie über dem abgelaufenen beigefarbenen Teppich aus. Jede Schublade wurde herausgezogen, die Böden und Seiten auf mit Klebeband befestigte Dinge untersucht, der Inhalt ausgekippt und durchgegangen. Telefonrechnungen aus fünf Jahren. Steuererklärungen. Garantiescheine für den Staubsauger, den Pete kaum benutzt hatte, die billige Stereoanlage.

Schritte. Sie stand in der Tür, eine Hand auf jeder Seite des Türrahmens. Die verschmierten Augen beherrschten ihr Gesicht. Er streckte die Arme aus, nur um sie zu stützen, zog sie an sich, um zu verhindern, daß sie stürzte, strich ihr dunkles Haar zurück. Wie eine von der Flamme angezogene Motte klammerte sie sich an ihn, und dann merkte er, wie er weiche Lippen küßte, die plötzlich fester wurden, seinen Kuß mit einer hungrigen, erschreckenden Eindringlichkeit erwiderten, sich öffneten.

So plötzlich, wie sie dahingeschmolzen war, so plötzlich versteifte sie sich auch wieder, zog sich zurück, rieb mit dem Handrücken über ihren Mund, als könne sie die Küsse wegwischen.

«Was mache ich?» sagte sie. «O mein Gott, was mache ich nur?» Sie drehte sich fort, das Gesicht gerötet vor Verlegenheit.

Sie atmeten schwer wie zwei erschöpfte Läufer. Sie war so klein ohne ihre Schuhe; ihr Kopf reichte kaum bis zu seiner Schulter.

«Tut mir leid», sagte er, weil ihm nichts anderes einfiel, um das angespannte Schweigen zu brechen. Er versuchte, eine Hand auf ihre zitternde Schulter zu legen, doch sie zuckte sofort zurück.

Sie wich zur Tür zurück, hielt den Blick abgewendet. «Ich wollte ... Ich bin reingekommen, um Ihnen zu sagen ... In dem Schrank da liegen Papiere. Ganz weit hinten unter einem Stapel Jacken.»

«Danke», sagte er nach einer Weile mit einer Förmlichkeit, die sie wieder beruhigte. Er machte eine ausladende Handbewegung auf den Teil des Raumes, den er noch durchsuchen mußte. «Das hier wird noch eine Weile dauern. Also, entspannen Sie sich. Legen Sie sich hin. Waschen Sie sich das Gesicht. Duschen Sie, wenn Sie mögen. Sie haben jede Menge Zeit.»

«Das würde ich gern.» Sie senkte den Kopf, und ein Mundwinkel zog sich nach oben. Einen kurzen Augenblick bekam er das sanfte, lachende Mädchen von dem Foto auf Petes Schreibtisch zu sehen. Er wollte sie mehr, als er Kathleen Farrell je gewollt hatte.

«Kommen Sie nur nicht in ein knappes Handtuch gewickelt hier rein», murmelte er. «Bitte.»

Sie ging ohne ein weiteres Wort, und Spraggue setzte sich auf den Schaukelstuhl, um die Hitze verschwinden zu lassen. Er nahm seine methodische Suche wieder auf, schaute sich noch nicht den Schrank an. Immer eins nach dem anderen, von links nach rechts, von oben nach unten. Er stellte sich auf den Stuhl, um die Deckenbeleuchtung abzutasten. Aus dem Bad drang das rhythmische Pulsieren der Dusche. Er wischte seine schmutzigen Hände an der Jeans ab und erinnerte sich an das Geräusch des einrastenden Riegels, nachdem sie die Badezimmertür hinter sich geschlossen hatte, fragte sich, ob sie genauso bedauerte, abgeschlossen zu haben, wie er. Mit einer Heftzwecke an der Wand befestigt ein Plan der MBTA. Er nahm ihn herunter, drehte ihn um. Dort, wo der Plan der Massachusetts Bay Transit Authority gehangen hatte, war die Wand gelb.

Auch bei dem Schrank ging er methodisch vor, fing mit dem Brett hinter der Kleiderstange an. Gefaltete löchrige Unterhemden, eine verknautschte blaue Polizeimütze, ein Paar schwarze Schuhe mit einem Loch in der rechten Sohle. In diesem Schrank nicht viele Kleider, ein paar nach Mottenkugeln riechende, ausrangierte Anzüge. Ein Stapel Spiele: ein altes Monopoly, ein neueres Parcheesi, Kriegsspiele von *Avalon Hill.* Der Wandschrank war tiefer, als es auf den ersten Blick aussah, wurde nach hinten breiter. Er hustete und mußte kurz zurück ins Arbeitszimmer, um nach Luft zu schnappen.

Der Stapel alter Kleider lag in der rechten Ecke, hinter zwei Pappkartons. Die Kleider warf er in den Raum hinaus, wirbelte dabei Staubwolken auf. Auf den beiden Armladungen Aktenordnern lag kein Staub.

Es waren Polizeiakten, Fotokopien von Material, das nie das Revier hätte verlassen dürfen. Alte Akten von vor zwölf, vierzehn Jahren, ohne eine auf den ersten Blick ersichtliche Ordnung.

Der Riegel der Badezimmertür machte ein Geräusch wie ein Schuß. In einer duftenden Dampfwolke kam sie heraus, vollständig bekleidet, wieder in ihrem grauen Pullover und dem schwarzen Rock. Das Haar hatte sie in ein marineblaues Handtuch gedreht. Ihre Augen verquollen, gerötet, aber die dunklen Waschbärenringe waren fort. Die Beine waren nackt, und die Kleider saßen jetzt ein wenig anders. Spraggue vermutete, daß sie ihre Unterwäsche nicht mehr angezogen hatte, zurückgeschreckt war bei dem Gedanken, ihren frisch gewaschenen Körper in das drei Tage alte Gefängnis aus Trauer und Schmutz stecken zu müssen. Er achtete allerdings sorgfältig darauf, sich diese Überlegungen nicht anmerken zu lassen.

Außer Lippenstift schien sie kein anderes Make-up dabeizuhaben. Sie hatte ihn zu großzügig aufgelegt und, als wollte sie damit ihre Blässe ausgleichen, etwas davon auf ihre Wangen gerieben. Er fand, sie sah wahnsinnig gut aus, nachdem die verschmierten Flecken von ihren dunklen Augen verschwunden waren, mit den feuchten Locken, die sich unter dem Handtuch herauskringelten und ihr Gesicht umrahmten.

Sie hielt eine winzige braune Flasche hoch.

«Was ist das?»

«Wo haben Sie das gefunden?»

«Bis auf das war sein Medizinschränkchen leer.»

Er nahm ihr die Flasche ab. Ihre Hand zog sich zurück, als er sie kurz berührte. So als hätte sie einen elektrischen Schlag bekommen. Behutsam drehte er die Flasche, bis er das vergilbte Etikett lesen konnte. Oben und unten war es abgerissen, wodurch Datum, Medikamentennummer und Name des Arztes unbekannt blieben.

40 Parnate 10 mg, stand dort. *Zwei bis vier Tabletten täglich.*

DREIUNDZWANZIG

Eine weitere Stunde waren sie damit beschäftigt, Kartons vom Beacon Supermarket mit dem Kleinkram von Pete Collatos' kurzem Leben zu füllen – Fotos, Bücher, Schallplatten, alte Kalender – und sie zu Sharon Collatos' verrostetem braunen Dodge Dart runterzuschleppen. Sie lehnte sein Angebot, sie zu begleiten, ab, fuhr los Richtung Park Drive und Route 2, zu ihrer Wohnung im vorstädtischen Chelmsford – den Rücken gerade, den Kopf hoch erhoben, während sie Spraggues Karte zwischen Hand und Lenkrad zerknitterte.

Er kehrte mit einem schrottreifen Taxi nach Cambridge zurück, lud zwei Kartons vergilbter Akten mitten auf dem Küchenboden ab. Dann, Petes frühen, unerwarteten Tod berücksichtigend, verbrannte er drei alte Briefe, verstaute ein paar andere – von Kate, leicht parfümiert – ganz hinten in der untersten Schreibtischschublade. Er hoffte, daß wer auch immer sie eines Tages las, genausoviel Spaß dabei haben würde wie er.

Er klopfte auf die Tasche seiner Windjacke, um sich zu vergewissern, daß die braune Flasche noch dort war.

Es war später Nachmittag, als er das Haus verließ, und die finsteren Wolken gaben sich Mühe, ihr Versprechen zu erfüllen. Der Regen fiel gleichmäßig und leicht, roch nach dem frühen Frühling. Ohne Kopfbedeckung ging er die Brattle zum Harvard Square hinunter, stieg in den Dudley-Bus und fuhr bis zur Auditorium-Haltestelle, schlenderte dann die Boylston Street Richtung Berkeley hinauf, beobachtete die Menschen, machte einen Schaufensterbummel. Er ging kurz in den *Paperback Booksmith*, zwinkerte den ernsten Lord-and-Taylor-Mannequins zu. Ein schnurrbärtiger Penner und eine Bag Lady teilten sich auf den Stufen der Boston Public Library eine in eine braune Tüte gepackte Flasche. Ein pummeliges älteres Paar hielt im Fenster von *Ciro and Sal's* Händchen über einem Tisch und strahlte sich überglücklich an.

Hurley verdarb ihm die Stimmung.

Hurley hatte keine knospenden Narzissen geschnuppert. Seine müden, blutunterlaufenen Augen hatten nichts anderes gesehen als die rissigen, mattgrünen Wände seines Büros.

«Ich habe zu tun», verkündete er, sobald er Spraggue in der Tür bemerkte. Zur Betonung ließ er seine Hand auf die Akte krachen, in der er gelesen hatte, verdeckte instinktiv die aufgeschlagenen Seiten mit seinen großen, kräftigen Händen. «Was wollen Sie?»

«Mir geht's gut», sagte Spraggue. «Und wie geht's Ihnen?»

Hurley stieß mit einem aufrichtig angewiderten Seufzen seinen Stuhl vom Schreibtisch zurück. «Sind Sie Menlo auf dem Weg hier rauf begegnet?»

«Gott bewahre.»

«Jede Wette, daß er Sie gesehen hat. Nach Ihrem letzten Besuch hat er mich fast eine ganze Stunde ins Kreuzverhör genommen. Ich bin verdammt froh, daß der Bastard nicht bei der Dienstaufsicht arbeitet. Der würde mich wegen Verrat oder sonstwas drankriegen, nur weil ich mit Ihnen geredet habe. Und wenn ich mit Ihnen über einen seiner Fälle plaudere . . . Das macht ihn wirklich richtig sauer.»

«Wenn ich Ihnen erzähle, weswegen ich gekommen bin, könnte es sein, daß ihm der Collatos-Fall abgenommen wird. Sie verstehen.»

Hurley konnte nicht anders – er war interessiert. Er lachte und tat es mit einem Achselzucken ab, aber Spraggue konnte es an seinem plötzlich stechenden, kurzen Blick zur geschlossenen Tür erkennen.

«Genau, was mir noch gefehlt hat.» Der Captain gestikulierte auf seinen vollgepackten Schreibtisch. «Noch ein Fall. Die siebenundfünfzig anderen, die ich ohnehin schon habe, produzieren Schreibkram am laufenden Band.»

Von einem Stapel vor der Wand holte Spraggue einen metallenen Klappstuhl, schlug ihn auf und setzte sich. Das Ding schwankte auf drei langen und einem kurzen Bein. Spraggue wußte, daß Hurley jederzeit zwei Zähne, wenn nicht seinen rechten Arm für alles geben würde, das Menlo schaden konnte.

Hurley wich aus. «Wenn Sie mir erzählen wollen, daß Menlo das Familiensilber aus Collatos' Wohnung hat mitgehen lassen, sparen Sie sich die Puste. Der Bastard ist auch früher schon beschuldigt worden. Dem Kerl läßt sich nichts am Zeug flicken.»

Das Arzneifläschchen, das Sharon Collatos nach ihren eigenen Angaben im Badezimmer gefunden hatte, konnte man eigentlich nicht wirklich eine Flasche nennen. Es war ein etwa acht Zentimeter hoher, brauner Plastikzylinder mit einem weißen Verschluß. Rote Buchstaben auf dem Deckel besagten: VERPAKKUNG NICHT KINDERSICHER! Das maschinengetippte Etikett war nicht nur oben und unten abgerissen, es war auch wellig und löste sich ab. Ein roter Aufkleber war verkehrt herum auf der Rückseite des Behälters angebracht. DIESES MEDIKAMENT IST NICHT NACHFÜLLBAR. Spraggue zeigte es in dem Seidenpapier, in das er es gewickelt hatte, ließ Hurley den Aufkleber nicht lesen. *Phiole* schien ein zu mittelalterliches Wort zu sein. *Ampulle* vielleicht.

«Und?» Hurley gab auf und gestand mit einem Grunzen seine Neugier.

«Sie erinnern sich an diese Fingerabdrücke, die zu überprüfen ich Sie gebeten habe? Als persönlichen Gefallen?»

«Die, die Ihre Tante sichergestellt hat? Sie müssen damit aufhören. Das Department hat einen viel zu kleinen Etat. Wir können nicht für jeden ...» Hurley ging die Puste aus, und einen Augenblick verzog er das Gesicht. «Sie wußten doch, daß ich Ihnen diesen Vortrag halten würde, richtig?»

«Richtig. Also habe ich eine Gegenleistung mitgebracht.»

«Das da ... Was ist es?»

«Und? Waren diese Fingerabdrücke in Ihrem Archiv?»

«Ja.» Hurley mußte das nicht erst auf einem der ungefähr tausend Blätter auf seinem Schreibtisch nachschlagen. Er wußte es. «Aber viel sagen kann ich Ihnen leider nicht.»

«Sie können mir einen Namen nennen.»

«Martin Emery.»

Martin Emery ... Murray Eichenhorn. Die gleichen Initialen. Aber einen so neutralen Namen gegen einen solch ethnischen einzutauschen. Warum?

«Und aus welchem Grund zierten Emerys Abdrücke Ihre Akten?»

«Waffenschein.»

«Dann ist er also, soweit Sie wissen, ein absolut gesetzestreuer Bürger.»

«Kann sonst nichts über ihn sagen.»

«Warum nicht?»

«Jesus, Spraggue, wollen Sie Blut? Wollen Sie den Kerl erpressen, oder was?»

Spraggue schüttelte das Fläschchen. «Ich kann etwas zum Tausch anbieten», sagte er. «Schon vergessen?»

«Etwas, in dessen Besitz Sie durch Einbruch gelangt sind?»

«Petes Schwester hat mir den Schlüssel gegeben», sagte Spraggue wahrheitsgemäß, erwähnte jedoch nicht, daß sie das erst eine ganze Weile, nachdem er das Schloß geknackt hatte, getan hatte.

«Adrette Lady, Petes Schwester. Geschieden, wie ich höre.»

«Wollen Sie haben, was ich gefunden habe?»

«Falls es ein Beweisstück im Rahmen einer polizeilichen Ermittlung ist ...»

«Martin Emery», sagte Spraggue.

«Okay, aber zuerst zeigen Sie mir dieses Fläschchen da. Wenn es nichts mit Collatos zu tun hat, wenn Sie einfach nur ein Plastikdings aus irgendeiner Mülltonne gekramt haben, um mich zu verleiten ...»

Spraggue hielt ihm das Pillenfläschchen hin. «Seien Sie vorsichtig. Könnten Fingerabdrücke drauf sein.»

«Sie wollen sagen, Ihre Tante hat das Ding noch nicht untersucht?» Hurley drehte es langsam um, musterte aufmerksam das Etikett.

«Hat das irgendwas zu bedeuten?» fragte er.

«Ich habe meinen Apotheker angerufen», sagte Spraggue. «Es ist ein Medikament, das gelegentlich bei Depressionen verschrieben wird.»

«Könnte ich auch gebrauchen», brummte Hurley.

«Martin Emery», wiederholte Spraggue leise.

«Hören Sie, angenommen, ich würde sagen, daß ich Ihnen aufgrund gewisser gerichtlicher Anordnungen nichts über Emery sagen darf, was würden Sie dann denken?»

«Schweigepflicht?»

«Nein. Denken Sie mal drüber nach. Wann kann jemand eine Akte haben, sie aber gleichzeitig auch wieder nicht wirklich haben, weil niemand rankommt?»

«Ah», sagte Spraggue. «Eine Jugendstrafe.»

Hurley machte den Mund auf, schloß ihn dann wieder.

«Eine Vorstrafe als Jugendlicher wegen was?»

«Genau das kann ich Ihnen nicht sagen. Unter Verschluß ist unter Verschluß. Selbst für einen Cop.»

«Dann sagen Sie mir folgendes. Ist Ihnen auf Collatos' Beerdigung zufälligerweise ein Cop aufgefallen ...»

«Es waren Hunderte Cops auf ...»

«Ein alter, pensionierter Cop. Sehr klein, hat wahrscheinlich so gerade eben die vorgeschriebene Mindestgröße erreicht. Rotes Gesicht, geplatzte Äderchen auf einer ausgemachten Knubbelnase. Fett, schlampig ...»

«Klingt wie Sergeant Billy», sagte Hurley stöhnend.

«Sein vollständiger Name?»

«Verdammt, wie war der noch gleich? William O'Donnell. Zu seiner Zeit so was wie eine Legende.»

«Wegen besonderer Tapferkeit?»

«Nein. Dummheit. Trunkenheit. Korruption.»

«Haben Sie irgendeine Idee, wo ich ihn finden kann?»

«Die Pensionskasse müßte es wissen.»

«Glauben Sie, Sergeant Billy wäre so diskret wie Sie?»

«Diskretion ist ein Wort, das Billy noch nie gehört hat.»

«Fein.»

Hurley tippte mit einem Stift gegen den Pillenbehälter. «War das hier in Collatos' Wohnung versteckt? Wo genau haben Sie es gefunden?»

«Wie wär's mit dem Medizinschränkchen? Deutlich sichtbar.»

«Scheiße. Nicht mal Menlo kann so blöd sein, so was zu übersehen. Damit werde ich ihn ganz bestimmt nicht den Ausguß runterspülen.»

«Finden Sie es nicht interessant, daß jemand seinen Pillenvorrat in Collatos' Badezimmer gebunkert hat?»

«Ich denke schon. Ich kann mir vorstellen, daß man Kram von dort stiehlt. Ich meine, wer die Berichterstattung in der Presse verfolgt hat, wird wissen, daß Collatos allein lebte, daß das Apartment nur darauf wartete, ausgeräumt zu werden. Aber wieso einbrechen und dort etwas deponieren?»

«Vielleicht, um uns wissen zu lassen, wie Collatos gestorben ist», meinte Spraggue.

Hurley warf ihm einen schrägen Blick zu, blätterte eine Seite der Akte um, in der er gerade gelesen hatte, ließ einen Finger am rechten Rand hinuntergleiten. «Ich glaube, was das betrifft, sind wir schon weitergekommen.»

«Ist das die Akte von JoJo Stearns? Der Typ, der bei diesem Brand ums Leben gekommen ist?»

«Stearns und verdammt viele andere falsche Namen, einschließlich einiger mit einem eindeutig griechischen Klang.»

«Ich bezweifle, daß Collatos den Kerl kannte, nur weil beide Griechen waren.»

Hurley richtete den Blick auf das schmutzige Fenster. Spraggue starrte auf die offene Akte, die verkehrt herum auf dem Schreibtisch lag.

«Für Menlo sieht die Sache so aus», sagte Hurley, «daß dieser Stearns Collatos irgendwann früher mal über den Weg gelaufen sein muß. Vielleicht macht Collatos ihm das Leben schwerer als unbedingt nötig, weil er Grieche ist. Sie wissen, daß Cops bei ihren eigenen Leuten manchmal härter sind als sonst? Vielleicht hatte dieser Bursche auch einen ganz gewaltigen Groll gegen Collatos. Collatos war in letzter Zeit in den Nachrichten, richtig? Man hat ihn zusammen mit Senator Donagher auf Fotos gesehen, zusammen mit Senator Donagher im Fernsehen. Also sieht unser JoJo, daß Collatos es zu etwas gebracht hat, und er weiß, daß Collatos am Marathon teilnehmen wird. Also beschließt er, ihn umzulegen.»

«Ja, ja, sicher. Und er wußte auch alles über die Todesdrohungen gegen Donagher und hat beschlossen, das als Ablenkungsmanöver zu benutzen.»

«Warum nicht?»

«Glauben Sie, er war so clever?»

«Möglich wär's.»

«Er beschließt, beide umzulegen? Wieso gibt er Donagher das Wasser?»

«Ah.» Spraggue erkannte, daß Hurley darauf gewartet hatte. «Weil Collatos ihn möglicherweise erkennen würde, selbst aufgetakelt als Little Mary Sunshine.»

«Und er hat es einfach in den Knochen, daß Donagher das Zeug mit Collatos teilen wird?»

«Es ist eine Vermutung. Collatos ist der Leibwächter. Wahrscheinlich spielt er auch den Vorkoster. Wenn man mit jemandem läuft . . . Vielleicht sagt der gute alte JoJo ja sogar zu Donagher, er solle mit seinem Kumpel teilen.»

«Vielleicht wußte er ja sogar, daß Collatos auf Speed unverträglich reagierte.»

«Möglich wär's.»

«Damit ich das jetzt ganz klar verstehe, Hurley. Wollt ihr Jungs den Fall schließen? Es einfach dabei bewenden lassen? Dieser JoJo Stearns, oder wie auch immer er nun heißt, haßt Collatos aus irgendwelchen uns unbekannten Gründen und denkt sich einen verrückten Plan aus, um ihn umzubringen. Donagher geht dabei auch um ein Haar drauf, aber was soll's? Das war's, Ende der Geschichte?»

Hurley starrte aus dem Fenster.

«Was ist mit der Tatsache, daß der gute alte JoJo am nächsten Tag selbst das Zeitliche segnet? Was ist mit dieser Brandstiftung?»

«Könnte doch sein, daß er das Feuer selbst gelegt hat, dabei in seine eigene Falle gegangen ist . . .»

«Was denn? In diesem gottverdammten Fummel und mit hohen Absätzen? Kommen Sie, Hurley. Wenn Stearns Collatos umgelegt hat, dann hat er nicht allein gearbeitet.»

«Stearns hatte Verbindungen.»

«Hä?»

«Was ich gesagt habe. Mafia. L. C. N. Könnte sein, daß es sich hier um eine Aktion gehandelt hat, die direkt von La Cosa Nostra veranlaßt worden ist.»

«Wollen Sie damit vielleicht sagen, es wäre etwas Politisches?»

Jetzt war es Hurley, der verständnislos aus der Wäsche glotzte.

«Frankie Bartolo», soufflierte Spraggue. «Der Mann, der am meisten zu gewinnen hat, falls Donagher es nicht wieder in den Senat schafft. Es wird gemunkelt, daß Bartolo und der Mob nicht direkt Fremde sind.»

«Davon weiß ich nichts. Was ich allerdings weiß, ist, daß wir einen schnellen, kurzen Blick darauf werfen, die Sache den Feds melden und die Geschichte wieder vergessen, falls es tatsächlich mit dem Mob zu tun hat.»

«Ich glaub's einfach nicht.»

«Wir kriegen sieben Tage die Woche noch viel unglaublichere Dinge zu sehen.»

«Soweit es Sie betrifft, ist die Ermittlung also zu Ende?»

«Verdammt, nein, Spraggue. Es ist einfach nur so, daß wir uns nicht der Art von Druck stellen, die . . .»

«Ihr wollt doch nur einen Artikel in die Zeitungen setzen, daß ein Bursche tot ist, der verdächtigt wird, Pete etwas gegeben zu haben, durch das er möglicherweise gestorben ist.»

«Kein Mensch erwartet von einem, einen toten Mann in die Mangel zu nehmen.»

«Läßt alles gewaltig abkühlen, so eine Leiche. Keine lästigen Anträge vor Eröffnung des Prozesses durch die Verteidigung.»

«Hören Sie», sagte Hurley, «ich werde folgendes tun. Ich werde diese verdammten Pillen analysieren lassen. Ich werde den Gerichtsmediziner fragen, ob sie irgend etwas mit Collatos' Tod zu tun haben könnten. Ich werde sogar jemanden losschicken, der mit dem Hausmeister von Collatos' Wohnung redet, hören, ob jemand eingebrochen ist ...»

«Vielen, vielen Dank auch.»

«Jesus, Spraggue, hier passieren noch verdammt viele andere Verbrechen. Drei Millionen Menschen leben in dieser ...»

«Heben Sie sich die Ansprache für den Bürgermeister auf», unterbrach Spraggue.

Er ging aus der Tür, knallte sie zu, wie Hurley es von ihm erwarten würde, verschwand dann auf der Herrentoilette. Dort zog er ein Notizbuch aus seiner Gesäßtasche und notierte sich den Namen, den er auf dem Vorstrafenregister des Toten gelesen hatte, den Namen, der ordentlich unter «bekannte Komplizen» aufgeführt war.

Er konnte sehr gut verkehrt herum lesen. Er hatte Hurley nur genug reizen müssen, damit er vergaß, die Seite abzudecken.

VIERUNDZWANZIG

Bei einem lauwarmen Spülwasser von einem Kaffee in einem Imbiß mit rissigen grünen Wänden, die sogar noch schmutziger waren als Hurleys Büro, arbeitete er Pläne aus, um Arnold Gravier ausfindig zu machen, bekannter Komplize eines gewissen JoJo Stearns alias Joseph Stavropoulos alias Joey Stavros, verstorben. Ein Ausflug ins Rathaus, das zwangsläufige Warten, bis das Wählerverzeichnis überprüft war ... Vielleicht noch das zusätzliche Vergnügen eines Besuches im Finanzamt oder im Straßenverkehrsamt ... Er knallte seine fünfzig Cents auf die gesprenkelte Plastiktheke. Ein schmieriges schwarzes Telefon mit Wählscheibe stand zwischen Kasse und einer Spendendose.

«Haben Sie ein Telefonbuch?» Das teigige Gesicht der Kellnerin unter dem spärlichen grauen Haar, das keinen Bedarf mehr nach einem bändigenden Haarnetz hatte, war unbeweglich.

Sie hämmerte auf die Tasten ihrer Kasse, starrte ihn ausdruckslos an und knurrte: «Das ist kein öffentliches Telefon.»

«Ich würde im Traum nicht dran denken, es zu benutzen. Habe mich nur gerade gefragt, ob Sie vielleicht ein Telefonbuch besitzen, in das ich mal einen Blick werfen könnte. Um eine Adresse nachzuschlagen.»

«Das ist kein öffentliches Telefon», wiederholte sie stur und schwankte auf so müden Beinen fort, daß man sie beinahe ächzen hören konnte.

Die Tür quietschte, als er sie aufzog. Wahrscheinlich mußte sie sich dieses Quietschen dreihundertmal am Tag anhören.

Die erste Telefonzelle, zu der er kam, hatte kein Telefonbuch, nur eine lose baumelnde Metallschlange, an dem immer noch der zerrissene schwarze Pappumschlag hing. Er mußte die Boylston eine halbe Meile hinuntergehen, bis er endlich ein einigermaßen intaktes Buch fand. Er kämpfte gegen den Wind und den Mechanismus, der das Buch in einer zum Lesen viel zu ungünstigen Position hielt, und dachte wehmütig an die altmodischen Telefonzellen zurück, die noch Schutz boten, etwas Licht, Ungestörtheit.

Es gab keinen Eintrag für einen Arnold Gravier, aber zwei A. Graviers an oberster Stelle der Spalte. Wahrscheinlich Alice und Ann; Frauen hatten schon seit langem die traurige Lektion gelernt, daß die Veröffentlichung eines weiblichen Vornamens im Telefonbuch einer Einladung für obszöne Anrufer gleichkam. Er steckte einen Dime in den Geldschlitz, wählte A. Gravier Nummer eins und ließ das Telefon zwölfmal klingeln. A. Gravier Nummer zwei nahm den Hörer nach flottem zweimaligen Klingeln ab. Eine freundliche, aber nervöse Stimme nannte sich selbst «nur die Wirtschafterin». Mrs. Gravier verbrachte ihren Nachmittag im Athenaeum, würde aber gern zurückrufen, wenn der Gentleman freundlicherweise seinen Namen hinterließe.

Einen halben Block die Straße hinauf lungerte ein Mann in einem braunen Burberry, die Hände tief in den Taschen vergraben, den Kopf gesenkt, und trat mit einem abgewetzten Schuh gegen den unebenen Bordstein. Spraggue fragte sich, ob der Mann wohl telefonieren wollte und in einiger Entfernung wartete, um nicht ungeduldig zu erscheinen. Mit dem liebenswürdigen Geschöpf am Telefon und dem Mann im Regenmantel hatte er wahrscheinlich die beiden höflichsten Individuen ausgemacht, die die Stadt zu bieten hatte.

Er erkundigte sich nach dem Sohn der guten Mrs. Gravier, nach Arnold, und wurde entschieden in seine Schranken verwiesen. Er mußte wohl mit einer *anderen*, sagte die Stimme deutlich, einer *geringeren* Mrs. Gravier sprechen wollen, und sein Name wäre nicht mehr erforderlich.

Er versuchte sein Glück noch einmal bei der ersten Nummer, eilig, falls der Burberry-Mann immer noch wartete. Niemand zu Hause. Oder ging nicht ans Telefon.

Der Regen hatte sich zu einem zähen Nebel verdichtet. Spraggue lief schnell zur Newbury Street hinüber, betrat eine Kunstgalerie und starrte mit leerem Blick irgendwelche unheilverkündenden surrealistischen Gemälde in dunklen Farben an, die ihm nicht gefielen, bis ihn die Galeristin, in der Annahme, er sei fasziniert, aus seinen Gedanken riß, um ihm einige Preise zu nennen. Er zuckte zusammen, als sie ihn ansprach, nickte kurz und ließ sie kopfschüttelnd über die komischen Käuze, die sich durch ihre Tür wagten, stehen.

Der Mann in dem Burberry drückte sich auf der anderen Straßenseite unter eine Markise; ein viel zu kleiner Tweed-Regenhut auf seinem nassen, graumelierten Haar.

Spraggues erster Gedanke war, daß Hurley einen alternden Detective abgestellt haben mußte, ihn zu beschatten. Warum? Hatte der Captain es so eingerichtet, daß Spraggue Graviers Namen in JoJos Akte lesen mußte? War er von der Bostoner Polizei für die Rolle des Versuchskaninchens auserkoren worden? Oder war der Mann in dem Regenmantel ein alberner Tourist auf einer umständlichen Tour durch eine fremde Stadt?

Zumindest diese Theorie konnte er überprüfen. Er kehrte zur Boylston Street zurück, ging an der Ecke Dartmouth bei Rot über die Kreuzung. Als er die Stufen der Boston Public Library hinaufging – das alte Gebäude, in dem sich nun die Forschungsbibliothek befand –, warf er einen kurzen Blick nach rechts. Brauner Regenmantel war auf der Fährte, überquerte gerade die mit Autos verstopfte Straße. Statt den von den meisten Leuten benutzten Weg zu nehmen, die Marmortreppe in den ersten Stock hinauf, bog Spraggue hinter dem Zeitschriftensaal scharf rechts ab, dann noch einmal links. Er stieß die Tür auf, die auf den Hof führte, überquerte ihn und betrat die vollklimatisierte Stille des neuen Bibliotheksgebäudes, den modernen Granitwürfel einer Leihbibliothek, der vor etwa zehn Jahren angebaut worden war.

Vor einem Regal voll dicker Geschichtsbücher mit grauen Rükken blieb er stehen, studierte etwa fünf Minuten die Titel. Ein Jugendlicher mit einer schwarzen Strickmütze kam mit wippendem Gang zum Rhythmus seines lautlosen Sony-Walkmans durch die Tür zum Hof herein. Sonst niemand.

Spraggue verließ die Bibliothek durch die Drehtüren auf die Boylston Street. Er überquerte die Exeter Street und betrat das Foyer des *Lenox Hotel*, ging die Treppe zu den öffentlichen Telefonen hinunter.

Bei Graviers meldete sich niemand. Er schlug Senator Donaghers Bostoner Nummer nach, wählte und bekam die Ansage eines Anrufbeantworters: «Hier Donaghers Wahlkampfzentrale. Zur Zeit wird leider auf allen Leitungen gesprochen. Bitte bleiben Sie dran. Sobald einer unserer Mitarbeiter frei ist, werden Sie sofort verbunden.» Dann plärrte irgendeine Kaufhausmusik in sein Ohr. Er legte auf. Spraggue tastete seine Taschen nach dem schwarzen Harvard-Coop-Buch ab, fand die Nummer, die Senator Donagher ihm gegeben hatte, wie man jemandem ein Geschenk überreicht: Meine eigene Privatnummer; gleichgültig, ob ich in Washington oder Boston bin, Sie werden mich immer erreichen können.

Diesmal war Spraggue beinahe sicher, daß der Mann, der ein wurstiges Hallo in den Hörer nuschelte, der Mann war, der sich Murray Eichenhorn nannte.

«Michael Spraggue. Ich möchte Senator Donagher sprechen.»

«Senator Donagher ist zur Zeit nicht erreichbar.» Falls es Eichenhorn war, bemühte er sich jedenfalls nicht um einen zwanglosen Ton.

«Dann möchte ich mit Mrs. Donagher sprechen», sagte Spraggue.

Er konnte beinahe Eichenhorns Schlucken am anderen Ende der Leitung hören.

«Äh . . . bleiben Sie bitte einen Moment dran.»

Am anderen Ende eine hastig geführte, geflüsterte und unverständliche Konferenz, und dann war der unerreichbare Brian Donagher in der Leitung.

«Was kann ich für Sie tun?»

«Als man Ihnen die Wasserflasche gegeben hatte, was genau hatte die Frau da gesagt?»

Donagher zögerte, sprach dann, als hätte er irgendeine Entscheidung getroffen. «Ich bin das alles schon so oft durchgegangen, daß ich nicht mehr weiß, ob ich mich wirklich noch genau an alles erinnere. Vielleicht erinnere ich mich nicht mehr wirklich, was passiert ist; vielleicht gebe ich nur das wieder, was ich den Cops gesagt habe. Alles war so undeutlich und verschwommen, als sie mich das erste Mal gefragt haben. Ich lag noch im Krankenhaus und . . .»

«Versuchen Sie's. Wort für Wort.»

«Nun, ich erinnere mich, daß mir diese Frau zugerufen hat, meinen Namen genannt hat. He, Brian, oder so etwas.»

«Ist sie Ihnen irgendwie bekannt vorgekommen?»

«Eine Menge Leute nennen mich Brian. Sie haben mein Bild in der Zeitung gesehen, haben mich im Fernsehen gesehen. Ich gehöre zur Familie. Also, sie hat gesagt, Brian, komm, trink einen Schluck Wasser, oder so was in der Richtung. Ich war praktisch ausgetrocknet . . .»

«Und Ihre Frau war nicht da, wo sie eigentlich sein sollte.»

«Meine Frau . . . Hören Sie, Spraggue, Lila wird auf keinen Fall in diese Sache hineingezogen. Ich streite kategorisch ab . . .» Was wie eine bombastische Ansprache begann, endete in einer Bitte. «Es gibt keinen Grund, meine Frau zu belästigen. Ich sage Ihnen die Wahrheit, genau wie's gewesen ist. Ich hatte Durst, und ich habe das Wasser genommen, und Pete hat mich angesehen, als wollte er sagen, vielleicht ist mit dem Wasser etwas nicht in Ordnung. Ich hielt ihm die Flasche hin. War so was wie ein Scherz.»

«Hat die Frau noch irgendwas gesagt?»

«Sie hat gesagt, na los, teilt es euch, oder gib deinem Kumpel auch was ab, oder so ähnlich.»

«Ist das alles?»

«Alles, woran ich mich erinnern kann. Dann hat sie noch versprochen, daß sie mich wählen würde.» Donagher seufzte. «Werden Sie langsam schlau aus der Geschichte? Ich würde gottverdammt gern endlich die Cops vor meiner Haustür loswerden. Meine Frau hat Angst, die Kids in die Schule zu schicken. Es ist, als würde man in einem Gefängnis leben, unter Belagerungszustand ...»

«Die Cops wollen nur einen weiteren Mord verhindern.»

«Es macht einfach keinen guten Eindruck. Besonders jetzt, wo der Wahlkampf in die heiße Phase kommt ...»

«Man sollte doch meinen, das würde Ihnen ordentlich Publicity verschaffen.»

«Ja.» Donaghers Stimme klang so verbittert, daß Spraggue die Stichelei bedauerte. «Wirklich toll. Senator versteckt sich hinter Cops. Wagt sich nicht mehr unter Menschen. Glauben Sie, ich wäre auf diese Art von Berichterstattung versessen? Glauben Sie, Publicity würde mir etwas bedeuten, wenn meine Frau nicht mehr aus dem Haus gehen und ein Brot kaufen kann, wenn meine Kinder auf ihren Fahrrädern keine Runde mehr um den Block drehen können? Glauben Sie vielleicht, mir würde es Spaß machen, herauszufinden, mit was Teddy Kennedy jeden einzelnen Tag seines Lebens fertig werden muß?»

«Tut mir leid.»

«Sie arbeiten dran, Spraggue, oder?»

«Ein bißchen.»

«Lassen Sie sich von mir engagieren. Dann können Sie sich richtig um die Sache kümmern.»

«Nein, danke», sagte Spraggue, reckte den Hals und suchte nach dem Mann im braunen Regenmantel. «Ach, übrigens, Sie haben nicht zufälligerweise jemand anderen engagiert, oder?»

«Nein.»

«Good bye.»

«Warten Sie, Spraggue, bleiben Sie noch dran. Glauben Sie, ich sollte?»

Aus dem Hörer quakte es immer noch, als Spraggue ihn auf die Gabel drückte. Jemanden engagieren? Unsinn. Jemanden feuern? Ganz klar, vielleicht.

FÜNFUNDZWANZIG

Er wählte Graviers Telefonnummer oft genug, um sie sich einzuprägen, warf während der Pause seine Dimes in den Münzfernsprecher im Theater, rief nach der Vorstellung aus seiner Wohnung an, wählte die Nummer zwischen zwei Gähnern in den frühen Morgenstunden. Mit feindseliger Stimme bestätigte man ihm bei der Auskunft, daß die Nummer einem A. Gravier gehörte. Um neun Uhr morgens teilte das Kundendienstbüro von Bell Telephone mit, daß die Leitung in Ordnung sei, und man wagte die brillante Vermutung, daß Mr. Gravier womöglich nicht in der Stadt sei. Geschickt entlockte Spraggue dem süßen jungen Ding, das seinen Anruf bearbeitete, den vollständigen Namen auf der Märzrechnung. Arnold Gravier. Bingo.

Er verplemperte einige Zeit damit, sich ein Frühstück zu machen, das Geschirr abzuräumen. Er mußte noch einen neuen Text studieren, eine Möglichkeit für die kommende Off-Broadway-Saison, etwas, das sein Agent beschrieben hatte als «ernst-komischer Brecht mit einem Hauch Neil Simon«. Er las die ersten beiden Seiten, schlug das Manuskript zu und warf es auf den Boden.

Er unterdrückte den Impuls, Sharon Collatos anzurufen; ohne Neuigkeiten konnte er die Störung nicht rechtfertigen. Außerdem wollte er mit der Frau von dem Foto auf Petes Schreibtisch reden, mit dem lächelnden, farbenfrohen, vom Wind zerzausten Mädchen, nicht mit der schwarzen Medea der Beerdigung oder dem verzweifelten Geschöpf des voraufgegangenen Tages.

Er verpaßte dem Manuskript einen Tritt quer durch den Raum und beschloß, Arnold Gravier einen Besuch abzustatten. Selbst wenn der Mann nicht zu Hause war, mußte er doch wenigstens Nachbarn haben, Nachbarn, denen es nichts ausmachte, ein paar Minuten mit einem alten Freund von Arnie zu plaudern. Klatschbasen, die vielleicht zuviel oder zuwenig redeten.

Er kam sich blöd vor, draußen scharf die Sträucher zu mustern, als er an dem hohen Zaun vorbeikam, der sein Grundstück von der Straße abschirmte, aber gestern war ihm vom Polizeirevier jemand gefolgt. Und wenn Hurley die Fährte wiederaufnehmen wollte, wußte er ganz sicher, wo er das tun mußte. Es war kein

Geheimnis, wo man einen gewissen Michael Spraggue an den meisten Abenden zwischen acht und elf Uhr finden konnte.

Den Porsche ließ er in der Garage. Graviers Adresse lag im North End, an der Hanover Street. Das North End war einer der ältesten Stadtteile Bostons, vom Rest der Stadt getrennt durch die Hauptverkehrsader und italienisches Zusammengehörigkeitsgefühl. Die Straßen waren gepflasterte Einbahnstraßen, eng genug, um auch den Fahrer des schmalsten Kleinwagens nachdenklich zu stimmen. Parken war ein Abenteuer, dem man besser aus dem Weg ging; selbst wenn er bei einer Wahrscheinlichkeit von fünfzig zu eins doch Erfolg hatte und einen auch nur entfernt legalen Parkplatz ergatterte, verschwanden Porsches im North End besonders gern. Und dann würde Mary losziehen und ihm einen anderen protzigen Wagen kaufen, eine weitere Einladung an alle Autodiebe und rücksichtslosen Autofahrer. Was er wirklich brauchte, war eine runtergekommene, halbverrostete alte Klapperkiste mit einer riesigen Beule auf der rechten Seite. Ein Auto, das aggressiven Fahrern auf dem Southeast Expressway eine unmißverständliche Botschaft schickte.

An der Park Street ließ er sich von der Menge aus der überfüllten U-Bahn schieben, ging dann die Tremont hinunter, vorbei am Granary Burying Ground und an den halb hinter Baugerüsten versteckten Säulen der King's Chapel. Schnell überquerte er die triste City Hall Plaza und schlug einen Bogen um den Quincy Market, um dem Gedrängel zu entgehen.

Der Duft von langsam in Olivenöl bratenden Pancetta, von Parmesankäse und frisch gebackenem Brot ließ ihn bedauern, bereits gefrühstückt zu haben. Bunte Miniaturlämpchen funkelten von Straßenlaternen, Überbleibsel vom St.-Anthony-Fest oder irgendeinem anderen der unzähligen Feste, bei denen zu Ehren der Heiligen Feiern und Paraden veranstaltet wurden, die regelmäßig die gewundenen Straßen des Viertels aufheiterten.

Arnold Graviers Haus war drei Stockwerke hoch und in dem gleichen verschossenen Braun gestrichen wie die Nachbarhäuser, wenn auch schon eine Idee baufälliger. Kein Hof, der der Rede wert gewesen wäre, weder vorn noch hinten. Aus einem Fenster im ersten Stock flatterten wie vergessene Banner drei karierte Hemden.

Er ging weiter, fand eine Telefonzelle und wählte die Nummer mit dem gewohnten Ergebnis. Er schlenderte zurück und stieg die verzogenen Holzstufen hinauf. Die enge Eingangshalle verriet alle wesentlichen Fakten. Das Haus war in drei Mietwohnungen aufgeteilt. Erdgeschoß: zwei nicht miteinander verwandte Einzelpersonen, beide gekennzeichnet mit geschlechtslosen Initialen der Vornamen. Mrs. Eugenia Romero, die Mieterin im ersten Stock mit den karierten Hemden, hatte keine Angst, ihren vollständigen Namen aufzuführen. «Gravier» lautete der Eintrag für den zweiten Stock, was noch weniger verriet als das Telefonbuch.

Er verließ das Haus wieder und drehte eine Runde um den Block. Hinter den Fenstern im zweiten Stock brannte Licht. Plärrende Radiomusik aus dem ersten oder zweiten Stock, schwer zu sagen. Vielleicht gab sich Arnold Gravier Mühe, seine Wohnung bewohnt wirken zu lassen, wenn er nicht da war. Vielleicht war er auch gar nicht fort. Vielleicht haßte er Telefone. Vielleicht war er taub.

In einem Tante-Emma-Laden an der Ecke kaufte sich Spraggue einen Kaffee und den *Globe,* ließ sich dann auf dem Schulhof gegenüber von Graviers Haus nieder und spielte einen harmlosen Passanten, genoß die Strahlen einer freundlichen Sonne.

Das Editorial und die Politikseiten widmeten der bevorstehenden Wahl drei Artikel. Das Editorial des *Globe* war, wie nicht anders zu erwarten, pro Donagher, da der *Globe* das liberalere Blatt in einer Stadt mit zwei Tageszeitungen war. Der *Herald* würde mit Sicherheit Bartolo unterstützen. Der zweite Artikel war eine Aufbereitung von Wahlkampfversprechen beider Kandidaten; es wurde verglichen und gegenübergestellt, aber auch hervorgehoben, daß beide Kandidaten immer zur rechten Zeit für das politisch Ratsame eingetreten waren. Der dritte Artikel, in der Verfasserzeile stand H. Marsh, diskutierte die Medienberichterstattung des Wahlkampfes. Spraggue seufzte, faltete die Zeitung in der Mitte und beugte sich weit vor, um die Seite vor der grellen Sonne abzuschirmen. Verdammt, er war es langsam satt, daß die Medien ihre eigenen Leute zu kleinen Berühmtheiten hochstilisierten und statt der Leute, die die Schlagzeilen machten, immer nur sich selbst interviewten. Er wollte schon umblättern, als ihm der Name «Heineman» ins Auge sprang. H. Marsh brandmarkte den neuen «Glamour Boy» von Channel 4 dafür, daß er Senator Donagher in Stories auseinandernahm, die eigentlich Nachrichten sein sollten und keine Kommentare. Was hätte Marsh wohl noch geschrieben, hätte er von Lila Donaghers Freundschaft zu Edward Heineman gewußt?

Der Lärm von der Straße wurde lauter, die Sonne wärmer. Spraggue war froh, daß die Mittwochsausgabe des *Globe* so dick war. Das gab ihm einen guten Vorwand, seinen Aufenthalt auf der Bank zu verlängern, ohne Verdacht zu erregen ...

Es war die plötzliche Stille, die ihn mißtrauisch machte, das diagnostizierte er später. Das Radio in A. Graviers Wohnung war ausgeschaltet worden. Spraggue wartete, starrte fünf Minuten auf denselben Absatz, ohne ihn wirklich zu sehen.

Schwungvolle Schritte kamen die Eingangstreppe des braunen Hauses an der Hanover Street herunter. Spraggue linste gerade rechtzeitig über den Rand seiner Zeitung, um den Mann im braunen Regenmantel die Straße hinunter verschwinden zu sehen.

Derselbe Mann, der ihm gestern vom Polizeipräsidium aus gefolgt war.

SECHSUNDZWANZIG

Der Mann im braunen Regenmantel hätte sein Verschwinden nicht eleganter arrangieren können, wenn er gewußt hätte, daß jemand ihm folgte. Durch den Haupteingang verschwand er in der großen Markthalle, zur Mittagszeit der überfüllteste Ort des Quincy Market. Spraggue verzichtete auf jede Vorsichtsmaßnahme und lief die Stufen hinauf, um den Regenmantel nicht aus den Augen zu verlieren. Vor den Imbißständen an beiden Seiten der langen, schmalen Halle wimmelte es von Menschen. Das Lärmen der Leute, die Kollegen aus dem nahe gelegenen Government Center bei Pizza oder Knackwurst oder Meeresfrüchtesalat begrüßten, war einfach ohrenbetäubend. Er drängte sich durch die Massen, raunte empörten Gästen wahllos Entschuldigungen zu und schaffte es bis zum zentralen Rundbau.

Braune Regenmäntel. Drei davon sah er, aber keiner umhüllte die Schultern des Mannes mit den graumelierten Haaren, der möglicherweise A. Gravier war. Spraggue war bereits an sechs möglichen Ausgängen vorbeigekommen, Abkürzungen zu den rechten oder linken Galerien des Gebäudes. Aus dem Rundbau selbst konnte der braune Regenmantel auf ein Dutzend verschiedenen Wegen das Gebäude verlassen haben, einschließlich der Treppe in die gewölbte Kuppel. Spraggue zögerte auf dem ersten Absatz, drehte sich langsam im Kreis, stieg weiter hinauf, suchte nach einem besseren Aussichtspunkt.

Vom ersten Stock aus gesehen dehnte sich der Markt unter ihm aus wie ein komplizierter, sich in ständiger Bewegung befindlicher Gobelin. Menschen verwandelten sich in Farbkleckse: ein dunkler Kopf umgeben von Violett, ein blonder Kopf in Blau. Zuviel Braun. Zuviel Grau. Direkt unter ihm verschmolzen die Holzbänke und -tische mit dem hölzernen Boden. Die Kakophonie aus Gelächter und Worten war überwältigend. Eine ständige Jagd fand auf die seltenen freien Tische statt. Sobald einer frei wurde, stürzten sich Gestalten auf die Bänke wie verhungerte Geier.

Draußen verwandelte sich die Szenerie, in den fahlen Sonnenschein getaucht, in ein ausgelassenes Herumtollen wie auf einem Gemälde von Breughel. Alles in ständiger Bewegung, in leuchtenden Farben – beinahe ein Tanz. Spraggue ging einmal um den Rundbau. Gab die Verfolgung auf. Setzte sich auf die Ecke einer gefährlich wackligen Bank.

War Brauner Regenmantel Arnold Gravier? Oder war Brauner Regenmantel ein Cop? War er losgeschickt worden, um sowohl Spraggue als auch Gravier nachzuspionieren? War Spraggue vorhin Zeuge des Durchwühlens von Graviers Wohnung geworden?

Der Mann hatte das Radio eingeschaltet, das Licht angeknipst. Er war vergnügt die Eingangsstufen des Hauses heruntergehüpft, hatte eine wunderbare kleine Gasse ignoriert, die als unbemerkter Fluchtweg wesentlich besser geeignet gewesen wäre ... Er hatte sich wie der rechtmäßige Wohnungsinhaber verhalten, wie Arnold Gravier. Aber er ging nicht ans Telefon.

Warum nicht? Und wieso verbrachte er seine Zeit damit, durch die Straßen des Back Bay zu flitzen? Was wußte Brauner Regenmantel von der Brandstiftung, der JoJo Stearns zum Opfer gefallen war? Was wußte er über den Mord an Pete Collatos, falls es wirklich Mord war?

Spraggue fragte sich, wegen was Petes Mörder wohl unter Anklage gestellt werden konnten, nur für den Fall, daß er ihnen zufälligerweise über den Weg stolperte. Wie lautete die Anklage, wenn man Trinkwasser einen Schuß zusetzte? Sicher nicht Mord. Es würde gottverdammt schwer sein, den Staatsanwalt zu überzeugen, so etwas Mord zu nennen. Auch wenn Vorsatz offenkundig war, Absicht zu töten war es nicht. Was, wenn das eigentliche Ziel Donagher gewesen war? Was, wenn . . .

Scheiße. Spraggue tröstete sich mit der Tatsache, daß er etwas über seinen Schatten herausgefunden hatte, daß er ihn wahrscheinlich wiederfinden konnte. Er ging zur MBTA-Haltestelle am Government Center. Vielleicht würden sie sich ja begegnen, während beide auf eine Bahn warteten. Wenn sie mit der gewohnten Pünktlichkeit kam, hatte praktisch die ganze Welt ausreichend Zeit, an ihm vorbeizuparadieren.

Er mußte sich in einer Schlange anstellen, um eine Fahrkarte zu kaufen. Er kam an einem Telefon vorbei, und einem Impuls folgend, rief er Sharon Collatos an. Der Operator sagte ihm, er solle zuerst eine Eins wählen und es noch mal versuchen. Und fünfzig Cents für die ersten drei Minuten einwerfen.

Sharon klang erfreut. Sie hätte schon versucht, ihn zu erreichen. Er war beinahe enttäuscht, als er erfuhr, daß es um ihren Bruder ging.

«Ich habe heute etwas mit der Post bekommen. Von Pete.»

Spraggue rechnete die Tage nach. «Von Boston nach Chelmsford in sieben Tagen? Ist es mit dem Wasserbüffelexpreß gekommen?»

«Es kann irgendwann während der letzten drei Tage zugestellt worden sein. Ich habe meine Post nicht gelesen.»

«Freut mich, daß Sie ans Telefon gegangen sind.»

«Ich dachte mir, Sie könnten es sein . . . Ich meine, ich habe schon versucht, mich mit Ihnen in Verbindung zu setzen, und . . .»

«Was hat Pete Ihnen geschickt?»

«Ich weiß nicht genau. Es sieht wie ein ganz gewöhnlicher

Briefumschlag aus. Ich weiß nicht, ob er wirklich das schicken wollte oder nicht. Vielleicht hat er das Falsche in den Briefkasten geworfen. Es ergibt keinen Sinn.»

«Hat er Ihnen schon einmal etwas geschickt?»

«Zum Geburtstag. Zu Weihnachten. Aber keine Umschläge.»

«Ich würde es gern sehen.»

«Ich möchte es Ihnen zeigen.»

«Bleiben Sie dran.» Spraggue befeuchtete die Lippen, dachte schnell nach. «Heute nachmittag habe ich zu tun. Um acht habe ich eine Vorstellung, und vor elf werde ich nicht aus dem Theater kommen ... Könnten wir uns nicht vielleicht zum Abendessen treffen? Irgendwo in Cambridge, in der Nähe des Harvard Square?»

«Ich denke, ich ...»

«Auf der Huron Avenue gibt es einen dieser für Cambridge typischen Salat-und-Quiche-Läden. Oder wie wär's mit einem guten spanischen Lokal an der Boylston?»

«Das *Iruña*? Hinter den schmiedeeisernen Toren, gegenüber der *Galeria*? Das hat mir gefallen. Um wieviel Uhr?»

«Wäre sechs zu früh?»

«Ich werde da sein», sagte sie.

Das Warten auf die Bahn war schon in Ordnung. Kein braunbemantelter Beobachter lauerte.

An der Park Street Station stieg er in die Red Line um, wartete wieder, stieg am Central Square aus und ging die Pearl Street zur Magazine Street hinab, in das Herz des Cambridger Riverside-Viertels, wo Nobelsanierung mit dem alten Stadtteil im Krieg lag. Jedes zweite Haus war mit frischem Anstrich und elegantem, hängenden Grün in frisch geputzten Fenstern auf Vordermann gebracht. Die hellen Farbtupfer ließen die anderen Häuser im Vergleich noch schlimmer aussehen – abblätternde Farbe, durchhängende Veranden, schmutzige, schmierige Fenster, manche davon zerbrochen und durch Sperrholzbretter ersetzt. Die Renaissance schien auf halbem Weg steckengeblieben zu sein. Er entdeckte keine Schilder, die auf augenblickliche Renovierungsvorhaben hinwiesen, keine Umzugslastwagen. Der Trend war mittendrin zum Erliegen gekommen, hatte einen prekären Waffenstillstand zwischen dem Alten und dem Neuen hinterlassen, zwischen dem zu neuem Leben Erwachenden und dem Sterbenden.

Sergeant Billy wohnte in einem sterbenden Haus, unangetastet von Farbpinsel oder Handwerkern. Ein Haus, in dem man schon sein ganzes Leben wohnen mußte, so daß man die abbröckelnden Dachvorsprünge, die ausgetretenen Stufen, die zu der Blasen werfenden Haustür mit dem angelaufenen Messingklopfer führten, nicht länger bemerkte.

Spraggue suchte auf der Straße nach braunen Regenmänteln, bevor er gegen die Tür trommelte. Nachdem er fünf Minuten gewartet hatte, hörte er langsame, schlurfende Schritte.

Er hatte Schwierigkeiten, die Erinnerung an den herausgeputzten, uniformierten, wenn auch rotgesichtigen alten Kauz von der Beerdigung mit dem Penner in Einklang zu bringen, der jetzt in der Tür stand und dessen alte Augen in die Sonne blinzelten. Es war, als hätte die Uniform ihn zusammengehalten. In einen zerlumpten Bademantel gehüllt, in einem Miasma von Whiskey schien der Mann irgendwie unschärfer, breiter, konturloser geworden zu sein. Spraggue fragte sich, ob er sich ihm überhaupt verständlich machen könnte.

«Wollen Sie irgendwas verkaufen?» begann der Mann streitlustig. «Mein Haus können Sie nicht kaufen, und wenn Sie mir dafür das Parkman House des Bürgermeisters anbieten.»

«Nein», sagte Spraggue.

Die blutunterlaufenen Augen des Mannes verwandelten sich in mißtrauische Schlitze. «Nein was?»

«Ich will nichts verkaufen, Sergeant Billy.»

Bei Erwähnung seines Namens verwandelte sich der alte Mann. Er versuchte, seinen Bauch einzuziehen. «Sergeant? Kenne ich Sie?» Er hob sein Kinn und kratzte die Dreitagestoppeln auf seinem Gesicht.

«Ich kenne Sie. Habe von Ihnen gehört.»

«Kommen Sie von einer dieser gottverdammten sozialistischen Behörden? Wollen persönliche Sachen aus mir rausquetschen? Wollen mich um gottverdammte Unterstützung betteln lassen?» Billys Hände verkrampften sich um den Türknauf.

«Nein.»

«Was dann?»

«Wollen Sie nicht weiterraten?»

«Nein. Ich werde Ihnen die Tür vor die Nase knallen, das werde ich.»

«Ich war früher Privatdetektiv», sagte Spraggue. «Sie waren früher ein Cop. Vielleicht gibt uns das eine Gesprächsgrundlage.»

Billy lachte laut. Spraggue war froh, daß der Mund des Mannes nicht näher an seiner Nase war. «Ich bin pensioniert», sagte er. «Welche Entschuldigung haben Sie?»

«Jemand drüben im District One hat gesagt, Sie könnten mir vielleicht bei einem Fall weiterhelfen.»

Spraggue hätte schwören können, daß der Mann vor seinen Augen gleich fünf Zentimeter größer wurde. Er wischte sich mit einer Hand über das Gesicht, zog seinen Bademantel zu, band den Gürtel unter seinem vorspringenden Bauch neu, machte ein merkwürdig rülpsendes Geräusch und gab den Weg in die Wohnung frei.

«Kommen Sie rein», sagte er. «Wollen Sie ... äh ... einen Kaffee oder irgendeine andere flüssige Erfrischung?»

«Nein», antwortete Spraggue schnell. «Nur ein wenig Ihrer Zeit. Ihrer Erinnerung.»

«Erinnerungen», brummte Billy. «Wenn ich eins todsicher habe, dann sind es Erinnerungen.» Er winkte ihn in ein mit Vorhängen abgedunkeltes Wohnzimmer, in dem es genauso muffig roch, wie es aussah. Das Mobiliar war einheitlich dunkel und schwer, gebaut für die Ewigkeit. Die Vorhänge waren aus staubbedecktem grünen Plüsch. Spraggue fragte sich, ob sie wohl je aufgezogen gewesen waren. Er nahm in dem Sessel Platz, den Billy ihm anbot, und versuchte nicht zu husten, als um ihn herum eine Staubwolke hochging. Er fragte sich, wann Billy diesen Raum wohl das letzte Mal benutzt hatte, diesen toten, förmlichen Salon. Wahrscheinlich lebte er in der Küche oder auf irgendeiner Veranda hinter dem Haus, wo auch immer der Fernseher und das Radio standen. Dieser Raum hier war dem Besuch vorbehalten.

«Erinnerungen», wiederholte Billy. «Ich schätze, heute schaufeln die Jungs bei der Polizei nur noch Zahlen in ihre Computer. Aber ab und zu könnten sie statt Fingerabdrücken und Zahlen und Zeiten und Orten jemanden gebrauchen, der sich wirklich noch an Menschen erinnert, vermute ich. Das ist der Punkt, an dem manche von uns alten Kerlen noch helfen könnten. Aber ... keine Chance. Sie schicken einen vorzeitig in Pension und sind froh, wenn sie dich nur noch von hinten sehen. Und wahrscheinlich sollte ich darüber auch froh sein. Die Straßen sind heutzutage nicht mehr sicher, nicht mal für einen Cop.»

«Ich habe Sie auf Pete Collatos' Beerdigung gesehen.»

«Collatos ... Collatos. Ja, das war letzte Woche Sonntag. Ich habe ihn allerdings nicht persönlich gekannt. Ich gehe zu allen Beerdigungen der Jungs in Blau. Zu den Cops und den Excops. Das mindeste, was ich tun kann, und außerdem eine Chance, die Jungs aus den alten Tagen mal wiederzusehen. Ziemlich erbärmlich, wenn man seine Freunde nur noch auf Beerdigungen sieht.»

«Kannten Sie viele Leute dort?»

«Ein paar. Ein paar. Wollen Sie auf irgendwas Bestimmtes raus?»

«Ich habe gesehen, wie Sie mit jemandem geredet haben, den ich kenne. Mit Martin Emery.»

«Ach, Marty! Marty. Das war mal eine Überraschung. Sind vielleicht zwanzig Jahre her, und ich habe ihn sofort wiedererkannt, auch wenn er einen dreiteiligen Anzug anhatte, wie ich ihn bei einem Jungen wie ihm nie erwartet hätte. Ich habe seine Stimme gehört, klar und deutlich, und da bin ich stehengeblieben und habe große Augen gemacht, das kann ich Ihnen sagen. Ich habe ein besseres Gedächtnis für Stimmen als für Gesichter.»

«Sie haben Martys Stimme erkannt und sind rübergegangen, um hallo zu sagen.»

«Klar. Wir haben eine Menge miteinander geredet, er und ich, früher in den alten Tagen, das kann ich Ihnen sagen. Über ihn wollen Sie also was wissen, ja?»

«Ja.»

«Will nur hoffen, daß er nicht in Schwierigkeiten steckt. Hat ausgesehen, als würde er heute keine krummen Dinger mehr drehen, in diesem Dreiteiler und allem.»

«Ich nehme an, Sie hatten beruflich mit ihm zu tun.»

«Könnte man so sagen, ja. Hab ihn ein paarmal von der Straße aufgesammelt. Hatte damals einen ziemlich schlechten Umgang. Vielleicht dreimal hab ich ihn vors Jugendgericht gebracht, vielleicht waren's auch viermal. Nachdem er siebzehn oder so geworden war, habe ich ihn nie wiedergesehen. Dachte mir, er wäre vielleicht vernünftig geworden oder aus dem Viertel weggezogen. Das alles war damals in Southie. Schätze, er hat wohl gewußt, daß er als Erwachsener eine andere Behandlung bekommen würde. Wenn man erst mal über achtzehn ist, wird nicht mehr lange gefackelt. Dann geht's ab nach Walpole.»

Walpole war das Hochsicherheits-Staatsgefängnis, in das man nicht wegen Trunkenheit und Erregung öffentlichen Ärgernisses geschickt wurde, kein Ort, wo man einen jugendlichen Ausreißer unterbrachte. «Wegen was hat Marty denn vor Gericht gestanden?»

Hurley hatte recht. Der Mann hatte seine Diskretion schon vor vielen Jahren verloren.

«Meistens wegen Einbruch. Ein bißchen Straßenraub. Das hat er anschließend versucht, nachdem wir ihn überzeugt hatten, daß er es als Einbrecher nie zu was bringen würde. Hat praktisch immer seine Unterschrift hinterlassen. Deutlicher ging's gar nicht mehr. Konnte kein Schloß knacken. Ich brauchte nur einen kurzen Blick auf einen Türknauf zu werfen und konnte direkt vom Tatort losziehen und mir den Jungen schnappen, bevor er auch nur eine Chance hatte, seine Beute zum Hehler zu bringen. Ich hatte damals den Eindruck, daß er immer nur dann ein Ding drehte, wenn er sich einsam fühlte, also bin ich zu ihm und habe ein paar Takte mit ihm geredet. Ich mochte den Jungen irgendwie. Kein Vater, und seine Mutter war auch nicht gerade das, was sie sein sollte. Ich bin wirklich froh, daß Marty es heute zu was gebracht hat.»

«Wie hat er die Schlösser geknackt?»

«Tja, er hatte nie Geld, wissen Sie. Und er war auch nicht so geschickt mit den Händen wie die anderen Kids. Die konnten sich Dietriche zurechtbasteln wie Profis. Aber Marty hat immer die Haarnadeln von seiner Mutter benutzt. Viel zu dick. Er hat eine Tür immer ganz fürchterlich verhunzt.»

Spraggue blieb so lange, wie es die Höflichkeit erforderte. Billy ließ ihn nur äußerst ungern gehen. Es war, als hätte Spraggue irgendeinen alten Kreis geschlossen. Sergeant Billy hatte vor langer Zeit Marty – heute Murray – getröstet. Und jetzt tröstete Spraggue Billy.

Vor dem Haus wartete kein brauner Regenmantel.

Er wühlte in den Taschen, während er in der Nähe der Bushaltestelle an der Mass Ave auf eine Telefonzelle zumarschierte. Er mußte demnächst unbedingt mehr Kleingeld einstecken. Wenn Ma Bell auf zwanzig Cent pro Anruf im Großraum Boston überging, steckte er in ernsten Schwierigkeiten.

Er ließ sich mit Hurley von der Mordkommission verbinden.

«Parnate», sagte er, als die richtige Stimme ein Hallo grunzte.

«Ich hab's überprüft», sagte Hurley. «Das ist der Handelsname für Tranylcypromin, das ist ein Monoaminoxidasehemmer.»

«Ohne Quatsch?»

«Kann ich sonst noch was für Sie tun?»

«Bei Ihnen, Hurley, klingt Selbstgefälligkeit richtig gut.»

«Ich komme leider nur selten dazu, es auszuprobieren.»

«Verraten Sie mir doch mal, was genau dieses Monoaminozeugs ist», sagte Spraggue.

«Man nennt es auch kurz MAO-Hemmer.»

«Gefällt mir. Kurz und treffend. Könnte es irgendwas mit Petes Tod zu tun haben?»

«Und ob es könnte.»

«Hat es auch?»

«Es gibt absolut keine Möglichkeit, das zu sagen.»

«Sie machen Witze.»

«Ich wünschte, es wäre so. Soviel kann ich Ihnen sagen: Wenn Pete dieses Medikament eingenommen hat, dann würde die Ladung Speed, diese kleine Dosis, völlig ausreichen, um ihn so sicher zu töten wie ein Panzer, der über eine Feldmaus donnert.»

«Wie?»

«Sein Blutdruck wird auf über 300 zu 200 hochgeschossen sein. Unglaublich hoch – so als wäre die Dosis Speed, die er mit dem Wasser bekommen hat, hundertmal so stark gewesen wie die, die er tatsächlich zu sich genommen hat. Eine Arterie in seinem Kopf würde platzen. Sie wäre einfach auseinandergeflogen.»

«Was dann ja auch so gekommen ist.»

«Aber es kann nicht mehr bewiesen werden, daß er dieses Medikament tatsächlich eingenommen hat.»

«Haben Sie seinen Arzt gefunden?»

«Glauben Sie, Sie hätten's mit einem Amateur zu tun, oder

was? Prescott in der Beacon Street. Der hat ihm nie was Stärkeres als Tetracyclin verschrieben. Hat Pete auch nie empfohlen, einen Shrink aufzusuchen. Wir hören uns um, aber . . .»

«Aber Sie können nicht viel Zeit auf ein Verbrechen verwenden, das bereits aufgeklärt ist, richtig?»

«Richtig.»

«Aber ich kann», murmelte Spraggue, als er auflegte.

SIEBENUNDZWANZIG

Er mußte zweimal hinsehen, um sich zu vergewissern, daß die dunkelhäutige Frau in dem seidenen korallenfarbenen Kleid auch wirklich Sharon Collatos war. Dann traf er schnell eine Neubewertung seiner spontanen Einladung zum Dinner. Mitleid hatte dabei eine Rolle gespielt; er hatte die Einladung ausgeworfen wie eine Rettungsleine an einen ertrinkenden, erschöpften Schwimmer. Diese Sharon Collatos, das Kinn gereckt, Farbe auf den Wangen, in einem Kleidungsstück, dessen Details aufgrund des umwerfenden Gesamteindruckes unwichtig wurden, war spektakulär. Diese Sharon Collatos war als Objekt von Mitleid eine klare Niete; kein ertrinkender Schwimmer, sondern ein stolzer Wimpel am höchsten Mast des Rettungsbootes der Küstenwache.

Der schnurrbärtige Latino-Kellner sah aus, als würde er es genießen, sie durch den Raum zu führen.

«Hi.» Als sie ihn sah, wurde sie plötzlich schüchtern, wußte nicht, ob sie ein geschäftliches Essen erwarten sollte oder die intimere Verabredung, zu der sie gekleidet war.

«Sie sehen umwerfend aus», sagte er sofort. Es war nicht gerade die klügste Eröffnung der Welt, doch er wußte, daß er es früher oder später sowieso sagen mußte. Sie errötete. Anscheinend bewirkte das Kompliment, wie er befürchtet hatte, daß sie nicht daran dachte, wie gut sie heute abend aussah, sondern wie sie vor zwei Tagen ausgesehen haben mußte. Und sich verhalten hatte, als sie sich in Petes Arbeitszimmer an ihn geklammert hatte.

«Ich bekomme mich allmählich wieder in den Griff», sagte sie trocken. Der Kellner hielt ihr den Stuhl zurück.

«Offensichtlich.»

«Bin heute wieder arbeiten gegangen. Ich unterrichte. High-School. Es hat geholfen. Hat mir klargemacht, daß ich nicht der einzige Mensch auf dieser Welt bin, der mit Tod und Katastrophen und Pickeln fertig werden muß.»

Sie schlugen mit Troddeln versehene und in rotes Leder gebundene Speisekarten auf, ließen ihren Blick über die auf imitiertem Pergament gedruckten Speisen wandern. «Die spanischen Gerichte sind gut. Genau wie die Steaks.»

«Für mich Paella», sagte sie. «Und, falls Sie auch eine Vorspeise nehmen, die gefüllte Avocado. Ich war schon mal vor einigen Jahren hier . . .» Sie drehte den Kopf und schaute zur Tür zurück, zu der Gruppe kleiner Tische mit makellos weißen Tischtüchern und den scharlachroten, aufgestellten Servietten, zu dem Flur, der in den anderen kleinen Raum führte. «Hat sich nichts verändert.»

«Möchten Sie einen Wein? Etwas anderes?»

«Nein. Ich könnte wieder sentimental werden.»

«Dann lassen wir den Wein aus. Ich kann vor einer Vorstellung auch nichts trinken.»

«Sind Sie schon lange Schauspieler?»

«Lange genug.»

Er hatte es nicht unfreundlich gemeint, aber sie reagierte auf jede noch so kleine Nuance. Ihre Hand zuckte zu ihrer Ledertasche. «Ich habe Petes Brief mitgebracht», sagte sie nüchtern und sachlich.

«Ist schon gut», sagte er. «Es tut mir leid. Zu dem Brief kommen wir noch. Zuerst sollten wir uns ein wenig besser kennenlernen, oder?»

«Nicht, wenn Sie nicht wollen.»

«Machen wir es ganz langsam», sagte Spraggue. «Immer ein Schritt nach dem anderen.»

«So schlimm?» sagte sie lächelnd.

«Wie sind Sie eigentlich in Chelmsford gelandet, wenn Sie früher im *Iruña* am Square gegessen haben?»

«Damit allein könnte ich uns bis zum Dessert unterhalten.»

«Fein. Fangen Sie an.»

Er hatte mit einer langatmigen Geschichte von Unschlüssigkeit, Liebe, Leidenschaft, Abscheu und Scheidung gerechnet. Statt dessen bekam er einen distanzierten, präzisen, unsentimentalen Bericht einer Ehe, die nicht funktioniert hatte, und einer Karriere, die dagegen gut gelaufen war.

«Hätten Sie heute abend Lust auf ein Theaterstück?» fragte er.

«Ich habe keine Karte.»

«Das dürfte kein Problem sein. Ich werde allerdings nicht neben Ihnen sitzen können.»

«Welches Stück?»

«*Der kaukasische Kreidekreis.* Glaube ich.»

Sie lachte. «Wahnsinnig gern.»

«Gut.»

Paella und Steak kamen und gingen. Nichts an ihrer Unterhaltung hatte etwas von dem nervösen Geplapper zweier Fremder, die verzweifelt versuchen, sich gegenseitig zu beeindrucken. Als sie der alten Geschichten überdrüssig wurden, redeten sie über aktuellere Ereignisse; als sie auch davon genug hatten, sprachen sie über Pete. Was sie wieder auf den Brief brachte.

Sie reichte ihn Spraggue über das gestärkte weiße Tischtuch. Ihre Hände berührten sich kurz. Sie hatte wunderbar lange, dunkle Wimpern.

Petes Korrespondenz war nichts Großartiges. Es war ein normal großer Standard-Geschäftsumschlag: schlicht, weiß und billig; ein Sonderangebot von Woolworth. Der Poststempel war verwischt, das Wort *Boston* aber deutlich erkennbar. Das Datum war kaum zu entziffern.

«Wieso zum Teufel hat ein Brief von Boston nach Chelmsford so lange gedauert?» murmelte Spraggue.

Sharon zuckte mit den Achseln.

In dem Umschlag befand sich nur eines: ein weiterer, kleinerer Umschlag. Spraggue hielt ihn vorsichtig an den Kanten gegen das Licht, obwohl das Papier viel zu glatt für Fingerabdrücke zu sein schien. Er starrte ihn ganze dreißig Sekunden an, bevor ihm dessen Bedeutung dämmerte.

«Was ist es?» fragte Sharon besorgt.

«Ihr Bruder hat mir drei Tage vor seinem Tod fünf Briefumschläge gezeigt. Die Umschläge, in der Senator Donagher seine

Drohbriefe bekommen hat. Pete glaubte, es müßten eigentlich sechs Umschläge sein, doch es waren nur fünf . . . Er vermutete, daß die Polizei einen zurückbehalten hätte. Das hat er wenigstens gesagt.»

«Aber warum schickt er den Briefumschlag mir?»

«Vermutlich, weil es wichtig war.»

«Ja?»

«Ich denke nur laut. Erwarten Sie von mir keine großen Enthüllungen. Okay. Er hat Ihnen den Umschlag geschickt, weil er wußte, daß er in seiner Wohnung nicht sicher war. Weil jemand anders diesen Umschlag haben wollte . . .»

«Vielleicht.»

«Ich glaube, der Poststempel ist vom zwanzigsten April.»

«Ja, sieht so aus», sagte Sharon.

«Der Tag nach seinem Tod.»

«Das bedeutet, daß jemand anders ihn aufgegeben hat. Wer? Und warum?»

«Mal angenommen», sagte Spraggue langsam, «Pete hätte den Brief am Sonntag in die Post gegeben. Sonntag abend. Sonntag abends werden keine Briefkästen geleert.»

Sharon nahm einen Taschenkalender aus ihrer Handtasche. «Also dann Montag, der Neunzehnte.»

«Patriot's Day», sagte Spraggue. «Keine Post.»

«Dann könnte Pete den Brief eingeworfen haben, bevor er . . .»

Spraggue starrte den kleineren Umschlag an, die drei Zeilen maschinengeschriebenen Text: *Senator Donagher, 55 Sparhawk Street, Brighton, MA.* «Er hat ihn also selbst eingeworfen . . . Er muß ihn unmittelbar nachdem er mich angerufen hat, eingeworfen haben . . .» Spraggue schob den Teller zur Seite, breitete seine scharlachrote Serviette auf dem Tischtuch aus. Die beiden Umschläge legte er nebeneinander darauf, schob dann den kleineren auf den größeren.

«Was ist? Was sehen Sie?»

«Schauen Sie selbst.» Er neigte die Umschläge in ihre Richtung. «Sehen Sie sich die Schrift an. Zuerst der an Donagher adressierte Umschlag. Dann der andere, auf den Pete Ihren Namen getippt hat. Sie sind auf derselben Schreibmaschine getippt worden. Sehen Sie dieses verschmierte *o*, dieses nicht Linie haltende *t*?»

«Was bedeutet das?»

«Ihr Bruder wußte, wer Donagher die Drohbriefe geschickt hat.»

Sharon hob ihr Wasserglas an den Mund, trank einen Schluck, stellte es mit unsicheren Fingern zurück. «Glauben Sie, daß er deswegen ermordet wurde?»

Er seufzte frustriert. «Nein. Ich glaube nicht. Verdammt, ich weiß es nicht. Bislang bin ich davon ausgegangen, daß er wegen etwas aus seiner Zeit beim Branddezernat ermordet wurde. Und jetzt das hier.»

«Bringt alles durcheinander?» fragte sie, und Spraggue hätte sich am liebsten vorgebeugt und ihr für das Verständnis in ihrer Stimme einen Kuß gegeben.

«Ja. Jetzt können wir uns nicht nur aussuchen, wie Ihr Bruder gestorben ist, sondern auch noch, warum er getötet wurde.»

ACHTUNDZWANZIG

Sie blieb standhaft an einem der kleinen runden Tische im Foyer, wo sie sich nach der Vorstellung verabredet hatten. Ihre karamelfarbenen Sandalen, die sie hinter den Querstab eines Klappstuhles gehakt hatte, behinderten das Weiterkommen eines mürrischen Teenagers, der ungeduldig einen Besen über den gebohnerten Boden schob. Der Junge konnte nicht deutlicher zu verstehen geben, daß sie verschwinden sollte. Sharon ignorierte ihn einfach und lächelte Spraggue mit einer solchen Herzlichkeit an, daß er seine beabsichtigte Entschuldigung vergaß, wie lange es immer dauerte, bis er den Mastix von der Haut runter hatte.

«Es war einfach toll», sagte sie. «Ich habe laut gelacht und mir die Hände wund applaudiert. Ich hatte schon fast vergessen, wie ein echtes Theaterstück mit echten Schauspielern ist. Und Sie! Ich habe Sie als Arzt nicht mal erkannt – wie heißt er noch gleich? Niko Mikadze oder Mika Loladze? Wie viele Rollen haben Sie eigentlich gespielt?»

«Vier. Steht alles im Programm, Ma'am.»

«Ich bin froh, daß Sie den Prolog gesprochen haben. Es wird selten so gemacht, daß die Schauspieler ihre Rollen im Stück direkt auf der Bühne übernehmen.»

«Ah. Sie kennen das Stück.»

«Ich wünschte, ich könnte meine Kinder mitbringen, damit sie sich das Stück auch ansehen.»

«Ihre Kinder?»

«Oh.» Sie lachte. «Nicht meine eigenen Kinder, die Kinder, die ich unterrichte. Kinder nicht im biologischen Sinn.»

«Vielleicht läßt sich das ja einrichten.»

«Nein.»

«Warum so sicher?»

Sie zählte die Gründe an kurzen, unmanikürten Fingern ab: «Kraftausdrücke, Geld, Logistik, Ort. Die Eltern meiner Schüler sind in die Bostoner Vororte geflüchtet. Sie sind überzeugt, daß es das Schicksal herausfordern heißt, die Stadtgrenze zu überschreiten. Sie verschlingen jeden Zeitungsartikel über die Kriminalität in der bösen großen Stadt. Wenn man nicht vergewaltigt wird, dann wird man mindestens ausgeraubt. Wenn man nicht ausgeraubt wird, wird einem der Wagen gestohlen, mutwillig beschädigt und verbrannt.»

«Apropos, wo haben Sie geparkt?»

Der Teenager hatte sich inzwischen einen Mop und einen Eimer Wasser geholt. Er funkelte die Eindringlinge im Foyer wütend an, schickte sich an, ihnen Wasser über die Füße zu kippen, falls das nötig war, um sie endlich zum Gehen zu bewegen.

«Hinter der Harvard School of Education. Dort haben sie nie die entsprechende Anwohnerparkberechtigung verlangt.» Etwas unbeholfen streckte sie ihre Hand aus. «Danke für das Stück. Es hat mir wirklich Spaß gemacht.»

«He, damit habe ich nicht gemeint, daß Sie sofort weglaufen und nach Ihrem Wagen sehen sollen.»

«Also . . .»

«Kommen Sie, trinken Sie noch ein Glas mit mir.»

Sie warf einen Blick auf ihre schmale goldene Armbanduhr. «Es ist schon spät. Selbst hier müßten die Lokale inzwischen geschlossen sein.»

«Bis zu mir sind es nur fünf Minuten zu Fuß.»

Ihre Augen verengten sich. «Sie sind immer noch ganz euphorisch von dem Applaus.»

«Andernfalls hätte ich nie gefragt.»

«Wenn ich mitkomme, dann aber wirklich nur auf einen Drink und um ein bißchen zu reden.»

«Nur auf einen Drink. Nur ein bißchen reden», wiederholte er.

«Ich sollte meinen Wagen nicht stehenlassen», sagte sie nachgebend.

«Wir holen ihn jetzt. Sie können in meiner Einfahrt parken.»

Der Junge war über ihr Verschwinden so begeistert, daß er zu pfeifen begann.

In der kühlen abendlichen Brise schlenderten sie den Appian Way hinunter, wankten über den unebenen gepflasterten Bürgersteig. Spraggue benutzte es als Vorwand, ihren Arm zu ergreifen.

«Hat Pete eigentlich je von mir erzählt?» fragte sie.

«Genug, daß ich von einer Schwester wußte, der es nicht gefiel, daß er Cop war.»

Sie fuhr ihren verbeulten Dart wie ein Veteran des Bostoner Verkehrs. Er sagte ihr, wie sie fahren mußte: rechts auf die Brattle einbiegen, dann noch mal rechts auf die Fayerweather.

«Das Haus hier», sagte er. «Die beiden oberen Etagen gehören mir.»

«Ich mag alte Häuser.»

«Gibt es in Chelmsford auch alte Häuser?»

«Mein Mann hat es sich ausgesucht. Er mochte nichts, das älter als zwanzig Jahre war. Erst später bin ich dahintergekommen, daß das für Häuser genauso wie für Frauen galt.» Sie hatte ein herzliches, tiefes Lachen ohne eine Spur Selbstmitleid.

«Knallen Sie bitte nicht die Autotür zu. Ich versuche, meine Nachbarin im Erdgeschoß nicht wissen zu lassen, wann ich nach Hause komme. So kann sie sich weiter den Kopf zerbrechen.»

«Zerbricht sie sich auch den Kopf darüber, mit wem Sie nach Hause kommen?»

«Sie ist auch nicht neugieriger als jeder andere Mieter.»

«Das Haus gehört Ihnen?»

«Ja.» Spraggue knipste das Licht an und führte sie hinauf. «Mein

Haus, mein Hobby. Angefangen habe ich damit, die Wohnung im Erdgeschoß in Ordnung zu bringen. Meine Begeisterung hat allerdings nachgelassen, als ich nach oben gezogen bin.»

«Ein hübsches Haus«, sagte sie. Dann wurde sie plötzlich nervös und erkundigte sich unvermittelt nach Fortschritten in Petes Fall. Spraggue fragte sich, ob sie wohl seit der Scheidung je mit einem Mann ausgewesen war, ob ihre Nervosität die Folge einer miesen Ehe war, von schlechten Erfahrungen, die sie seitdem gemacht hatte, oder einfach nur eine Reaktion auf die Ereignisse der vergangenen Woche.

«Zuerst der Drink», sagte er entschieden. «Erzählen Sie mir doch, wo Sie sonst schon Aufführungen von Brecht gesehen haben.»

Sie setzte sich auf ein jadegrünes Kissen, das ihr korallenfarbenes Kleid betonte, versicherte, dort erheblich bequemer zu sitzen als in dem riesigen braunen Sessel, tat seine Entschuldigungen, etwas spärlich möbliert zu sein, mit einem Achselzucken ab. Sie hatte in Oakland das College besucht, sich von dem Geld, das sie sich nebenbei als Schreibkraft verdiente, ein Abonnement des American Conservatory Theater in San Francisco leisten können. Dort hatte sie *Mutter Courage* und *Der gute Mensch von Sezuan* gesehen. Jahre später hatte sie an der Boston University School of Fine and Applied Arts eine unvergeßliche Studententheaterinszenierung des *Kaukasischen Kreidekreises* gesehen.

Sie umklammerte ihr Weinglas, errötete, als wäre ihr erst in diesem Augenblick bewußt geworden, daß sie schon eine ganze Weile geredet hatte, und erkundigte sich wieder, wie lange er schon Schauspieler sei. Dann erkannte sie, daß sie diese Frage schon einmal gestellt hatte, im Restaurant, und bekam einen noch roteren Kopf.

«Das ist eine schwere Frage», erwiderte Spraggue aus seiner liegenden Stellung, den Kopf auf einem blauen Kissen. Er hatte sich in sicherem Abstand von der nervösen Frau niedergelassen, überzeugt, daß jeder Versuch, ihr näher zu kommen, den Abend sofort beendet hätte. Als er zu ihr gegangen war, um ihr ein Weinglas zu geben, hatte sie sich sofort zurückgezogen. «Würden Sie ‹mein ganzes Leben› als Antwort akzeptieren?»

«Keine sehr gute Antwort.»

«Dann eben: schon sehr lange.»

«Warum haben Sie mit der Schauspielerei angefangen?»

«Ich vermute, aus den üblichen Gründen. Ich wußte nicht, wer ich war . . . und ich hatte das beunruhigende Gefühl, daß ich mich selbst nicht besonders mögen würde, wenn ich es wüßte. Also habe ich angefangen, andere Menschen zu sein. Und ich machte es ganz gut. Als ich schließlich feststellte, daß ich mich genug mochte, um vielleicht etwas anderes zu machen, hatte ich nichts anderes gelernt als die Schauspielerei.»

«Nun», sagte sie, «ich fand Sie heute abend sehr gut.»

«Danke. Genau das bin ich – gut.»

Sie wollte etwas sagen, hielt sich jedoch zurück und flüchtete sich in das Weinglas. «Sie klingen nicht gerade begeistert», meinte sie schließlich.

«Begeistert, nicht begeistert . . . Was spielt das schon für eine Rolle? Ich bin ein guter Schauspieler, kein großartiger. An einem großen Abend bin ich sehr gut. Ich stehe meinen Mann im *Harvard Rep*, aber ich brilliere nicht, ich strahle nicht, wie zum Beispiel Underwood . . .»

«Er hat den Azdak gespielt?»

«Dafür mußte man nicht erst im Programmheft nachschauen.»

«Er hatte eine erheblich stärkere, interessantere Rolle als Sie.» Die Worte sprudelten so schnell aus ihr heraus, daß sie husten mußte.

«Er hatte eine Rolle, die ich nie spielen werde. Er besitzt dieses kleine bißchen mehr, das man mit aller Technik der Welt nicht erreichen kann. Ich, ich bin eher ein Chamäleon als ein Star.»

«Es ist nicht schlecht, ein Chamäleon zu sein.»

«Zum Teil ist es meine Ausbildung. Ich habe die Schauspielerei in England gelernt. Mir wurde beigebracht, der Leidenschaft die richtige Form zu geben, nicht die Leidenschaft zu suchen und mir über die Form später Gedanken zu machen. Zum Teil liegt es sicher auch an etwas, das mir einfach fehlt.»

«Leidenschaft?»

Er wünschte, es wäre noch nicht so spät am Abend. Oder später in einer Beziehung, die nicht einen so holprigen Anfang genommen hatte, so daß er sie fragen konnte, ob sie nicht über Nacht bleiben wollte.

«Vergessen Sie's», sagte er. «Ich sollte nach einer Vorstellung nicht soviel reden. Oder trinken.»

«Ich genieße unsere Unterhaltung. Oder besser, ich habe sie genossen.»

«Tut mit leid.»

«Der Applaus hat Sie aufgeputscht. Jetzt verstecken Sie das dazugehörige Tief.»

«Sie sind nett.»

Sie schaute fort, deutete auf die beiden Kartons neben der Küchentür, benutzte sie als Vorwand, das Gespräch von ihren Tugenden fortzulenken. «Warum haben Sie dieses Zeug da aus Petes Wohnung mitgenommen?»

Spraggue seufzte. Collatos hätte jetzt ebensogut in diesem Raum sein können, oder zwischen ihnen, als sie nebeneinander die Straße hinuntergegangen waren. «Weil ich es einfach nicht verstehe. Er hätte keine Polizeiakten in seinem Kleiderschrank haben dürfen. Sie verstecken. Und es sind alte Akten. Aus einer Zeit, in der Pete noch nicht mal daran gedacht hat, Cop zu werden . . .»

«Seien Sie sich da mal nicht zu sicher», sagte sie. «Ich kann mich an nichts anderes erinnern, als daß Pete schon immer Cop gespielt hat.»

«Ich dachte, ich gehe sie vielleicht mal durch, sehe, ob ich mir irgendeinen Reim darauf machen kann. Falls Sie nichts dagegen haben.»

Sie hustete wieder, richtete sich auf ihrem Kissen auf und schaute sich verdutzt im Zimmer um.

«Rauchen Sie?» fragte sie.

«Nein.»

«Dachte ich mir. Keine Aschenbecher. Aber . . .» Sie schloß die Augen, atmete tief ein und sagte: «Riechen Sie denn nichts?»

«Nein.»

Sie grinste gezwungen. «Ich reagiere überempfindlich auf Rauch . . . Wahrscheinlich eine Allergie, vermute ich. Aber ich könnte schwören . . .» Sie saß bewegungslos wie ein Porträt auf ihrem jadegrünen Kissen. Nachdenkliche Falten entstanden auf ihrer Stirn, und sie atmete mit aufgeblähten Nasenflügeln tief ein. «Definitiv. Keine Zigaretten, aber irgend etwas, das brennt . . .»

Dann passierte alles sehr schnell. Nicht nur, daß Spraggue es jetzt auch roch, er sah auch den feinen Dunstschleier, der sich im Raum erhob, hörte das Knistern der Flammen. Vorsichtig öffnete er die Wohnungstür, die Tür zum Treppenhaus, öffnete sie fünf, sechs Zentimeter, sah nur eine Wand aus zuckenden, gelben Zungen. Sofort schlug er die Tür wieder zu, packte Sharons Hand, zog sie in die Küche, machte in der Spüle Handtücher naß.

«Halten Sie das über Nase und Mund.»

Sie biß auf ihre Unterlippe, sagte leise: «Werden wir springen müssen?»

«Nicht, wenn wir die Treppe runterkommen. Gott, ich hoffe nur, Mrs. Wales schläft nicht.» Er hämmerte auf den Boden, brüllte zweimal «Feuer!» mit einer Stimme, die das Geländer von der dritten Galerie im Theater runtergefetzt hätte. Er half Sharon, das klatschnasse Handtuch übers Gesicht zu legen. «Hören Sie, es könnte im Flur ziemlich verräuchert sein. Kann sein, daß Sie nichts sehen. Halten Sie sich an mir fest. Ich kenne den Weg.»

«Okay», sagte sie, umklammerte fest seine rechte Hand.

Die andere Hand drückte er flach gegen die Hintertür. Das Holz war so heiß, daß er sich die Handfläche verbrannte. Feuer vor der Wohnungstür, Feuer vor dem Hinterausgang. Stand das ganze Erdgeschoß des Hauses in Flammen, oder war der Brand an zwei Stellen ausgebrochen? Wieso hatten die Rauchsensoren nicht reagiert? Wieso zum Teufel hatte er Sharon zu sich nach Hause eingeladen? Wo er doch genau wußte, daß ihm jemand gefolgt war, wo sein Schatten möglicherweise etwas mit einem Ring von Brandstiftern zu tun hatte?

«Können Sie auf Bäume klettern?» fragte er.

«Ja . . . als Kind . . . Was haben Sie vor? Warum können wir nicht einfach die Treppe benutzen?»

«Wir müssen durch ein Fenster.» Er führte sie ins Eßzimmer zurück. Das große, mittlere Fenster war immer noch gegen die eiskalte Zugluft mit einem Plastikband abgeklebt. Als er es abriß, holte er dabei die halbe Farbe vom Rahmen. Dann versuchte er, das Schiebefenster hochzuwuchten. Seine Schultermuskeln protestierten, doch es rührte sich nichts. Festgeklebt.

«Treten Sie ein Stück zurück», sagte er, packte einen Stuhl. «Ich werde die Scheibe einschlagen.»

Nach kurzem Widerstand zersplitterte das Glas schließlich in tausend glitzernde Scherben. Er zog die Stuhlbeine über den Rand des Rahmens, um scharfkantige Splitter zu entfernen.

Dann fielen ihm Petes Akten wieder ein, die in den Kartons auf dem Fußboden lagen.

«Nein», sagte sie, als sie spürte, was er vorhatte, «gehen Sie nichts holen. Sehen wir einfach zu, daß wir hier rauskommen. Nichts ist es wert . . .»

«Passen Sie auf das Glas auf», sagte er. «Stecken Sie den Kopf aus dem Fenster, und rufen Sie um Hilfe. Ich würde lieber eine Feuerwehrleiter runterklettern als eine Eiche.»

Die Kartons standen neben der Küchentür. Der Rauch und das nasse Handtuch über seinem Mund erschwerten das Atmen. Er griff nach hinten und stopfte das Handtuch fester unter den Kragen. Schweißperlen liefen ihm den Rücken hinunter.

Er hatte die Kartons nacheinander aus dem Taxi raufgebracht. Jetzt hob er einen auf den anderen, kniete sich davor und wuchtete beide hoch. Schwankend kehrte er zum Fenster zurück. Der obere Karton versperrte ihm die Sicht.

«Aus dem Weg!» rief er Sharon mit zusammengepreßten Zähnen zu. Er ging leicht in die Knie und drückte den Rücken durch. Die Arme fühlten sich an, als würden sie jeden Augenblick aus den Gelenken springen. Er baute sich vor dem Fenster auf. «Geben Sie dem oberen Karton einen Stoß. Jetzt. Gut.»

Zusammen schoben sie den zweiten Karton von der Fensterbank, hörten den dumpfen Aufschlag in der Dunkelheit weit unter ihnen.

Der beißende Qualm verschlechterte die Sicht im Raum rapide. Sie knieten auf dem Boden, die Handtücher vor dem Gesicht, lehnten sich aus dem Fenster und brüllten.

Ein Teil seines Bewußtseins hörte Sharon schreien, ein anderer sah den Rauch immer dichter werden, registrierte vage, daß das Handtuch über seine Schulter gerutscht war. Feuerwehrleiter oder nicht, es war höchste Zeit zu verschwinden.

«Okay», sagte er zu Sharon. «Gehen wir.»

«Wohin?» Sie starrte aus dem Fenster. «Ich sehe nichts.»

«Direkt unter dem Fensterbrett . . . Hier, strecken Sie Ihre Hand raus und fühlen Sie . . . Der Efeu ist so dick wie Ihr Handgelenk. Gut einen Meter weiter unten befindet sich ein starker Ast. Es ist ein guter, kräftiger, stabiler Kletterbaum. Ich benutze ihn immer, wenn ich mich mal wieder ausgeschlossen habe.»

«Dann Sie zuerst», sagte sie. «Sie haben mehr Erfahrung.»

«Ziehen Sie die Schuhe aus. Ich gehe bis zum Baum runter. Da warte ich auf Sie. Okay?»

Sie nickte. Er versuchte die Intensität ihrer Angst in ihren Augen abzulesen, doch sie waren undurchdringlich. Die Vernunft sagte ihm, daß er als erster klettern sollte, damit er sie dirigieren konnte. Aber was, wenn sie in Panik geriet, erstarrte?

Die Küchentür ging mit einem Wusch in Flammen auf.

Spraggue schleuderte seine Schuhe in die Nacht, kroch aus dem Fenster. Seine Schultern schmerzten. Rinde scheuerte die Haut von seinen Händen; kleine Zweige bohrten sich in Augen und Mund. Er erinnerte sich, daß es Spaß gemacht hatte, hochzuklettern – immer nur tagsüber allerdings. Es hatte überhaupt nichts mit diesem alptraumhaften Abstieg zu tun.

Er umklammerte den Baumstamm, brüllte: «Jetzt!»

Sie balancierte als Silhouette vor den gespenstisch flackernden Flammen auf dem Fensterbrett. Er hörte, wie ihre Füße im Dikkicht des Efeus nach Halt suchten, zählte jeden ihrer rasselnden Atemzüge. Er rief ihren Namen, packte ihren Knöchel, als sie in Reichweite kam, und setzte ihren Fuß auf einen starken angrenzenden Ast.

Sie machten sich gegenseitig Mut, bis sie glücklich und sicher unten angekommen waren.

NEUNUNDZWANZIG

In der Chestnut-Hill-Villa brannte jedes einzelne Licht, vom runden Steinturm über die Außenbeleuchtung auf dem Rasen bis zu den altmodischen Gaslaternen, die die Zufahrt säumten wie Leuchtfeuer die Landebahn für einen müden Piloten. Als er um drei Uhr morgens angerufen hatte, war Tante Mary erfreut über die Aussicht ans Telefon gegangen, mitten in der Nacht noch mit jemandem plaudern zu können. Ihr Tonfall hatte sich allerdings geändert, als sie seinen Bericht hörte. Sie mußte das ganze Haus aufgeweckt haben.

In der Kurve kurz vor den Eingangsstufen hielt er mit quietschenden Reifen an, schaltete die Scheinwerfer aus und legte eine Hand auf Sharons Schulter. Den größten Teil der Fahrt von Cambridge hatte sie gedöst. Er wußte nicht, ob ihr Schlaf nur vorgetäuscht oder echt war, eine normale oder anormale Reaktion auf den Schock. Für jemanden, der zuerst mit dem Tod des Bruders fertig werden mußte und dann nur ganz knapp aus einem brennenden Haus herausgekommen war, hielt sie sich recht gut. Sollte sie ruhig schlafen. Sollte ihr Unterbewußtsein versuchen, Ordnung in das Durcheinander zu bringen.

Schlaf, so erschöpft er auch war, konnte ihn allerdings nicht locken – nicht solange die Erinnerung an das Inferno sich vor seinen Augen abspulte wie ein eben erst gesehener Film. Nicht mit dem beißenden Geruch, der in seinen Haaren klebte, seinen Kleidern. Nicht mit dem schmerzhaften Kratzen des Rauches, das er immer noch im Hals hatte.

Die Szenen wiederholten sich ständig. Filmschleifen, gefangen in seiner Erinnerung: die Stichflamme, die aus dem Fenster im ersten Stock gejagt war, keine zwei Minuten nach ihrer Flucht; die verzweifelte Suche nach Mrs. Wales, die sie schließlich in Sicherheit und weinend, wie einen Sack alter Kleider auf dem Rasen vor dem Haus fanden; das saugende, prasselnde Zischen der tobenden Flammen; das unheimliche Licht. Das Kreischen der nahenden Feuerwehr. Die vollkommene, absolute Hilflosigkeit. Die Erleichterung. Die Wut.

Das Feuer hatte sich so schnell ausgebreitet, daß es Brandstiftung gewesen sein mußte. Daran zweifelte er keine Sekunde. Er hatte jedes Gesicht der nur mit Schlafanzug und Morgenmantel bekleideten Nachbarn gemustert, hatte nach dem vertrauten Gesicht des Mannes im braunen Regenmantel gesucht. Nur Nachbarn, die Arme abwehrend vor der Brust verschränkt, die ihrer Angst und ihrem Staunen raunend Ausdruck verliehen. Als ein Teil des Daches in einem Funkenregen einstürzte, hatten alle, wie die Zuschauer eines Feuerwerkes, nach Luft geschnappt.

Die windstille Nacht, die Feuerwehrschläuche, die krachenden Äxte der Feuerwehrmänner in ihren schwarzen Regenjacken, das alles hatte verhindert, daß die Flammen auf die benachbarten Häuser übergriffen.

Er versuchte, das letzte Stück Film nicht so schnell abspulen zu lassen: die kläglichen, einer Leiche nicht unähnlichen Überreste des Hauses, das herunterfließende Wasser und der Rauch. Eingeschlagene Fenster. Matschiges Gras. Das alles lief durch seinen inneren Projektor, und er spürte einen kalten, haßerfüllten Zorn, eine bittere Wut, von der er gehofft hatte, sie nie wieder zu empfinden.

Sharon rührte sich, murmelte etwas. Seine Hand auf ihrer Schulter war zu schwer.

«Wir sind da», sagte er. Gott, war er angespannt. Er mußte die linke Hand praktisch vom Lenkrad losreißen. Den ganzen Weg hatte er auf den Tacho gestarrt, hatte sich zurückgehalten, das Bedürfnis unterdrückt, schneller zu fahren, voll aufzudrehen, rücksichtslos, um etwas von der Wut abzulassen, abzubauen. Er schüttelte ihren Arm. «Soll ich Sie tragen?»

Sie hob den Kopf, linste in den Lichterwirbel und blinzelte.

Er ging zur Beifahrerseite, öffnete die Tür und half ihr auszusteigen, nahm sie in den Arm und setzte sich zur Haustür in Bewegung. Noch bevor er dort war, stand Mary dort.

«Mein Gott, Michael», sagte sie zur Begrüßung, «in was bist du da wieder reingeraten?» Sie gab ihm einen Kuß auf die Wange, stellte sich in ihren winzigen, roten Flausch-Hausschuhen auf die Zehenspitzen, schloß Sharon in eine herzliche Umarmung, führte sie in die Bibliothek und klingelte nach Kaffee. Dabei redete sie die ganze Zeit mit tröstenden, bedeutungslosen Worten auf sie ein.

«Hast du etwa Pierce um diese Uhrzeit aus dem Bett geworfen?» fragte Spraggue, als er Sharon zu dem grünen Samtsofa führte. «Ich glaube, du zahlst dem Mann nicht genug.»

«Mach dir um den mal keine Gedanken», sagte Mary. «Der hat viel zu hohe Spielschulden bei mir, um auch nur über eine Kündigung nachzudenken.» Sie nahm Spraggues Stichwort auf. Wenn er nicht über den Brand reden wollte, würde sie eben über andere Dinge plappern. «Meine Liebe», sagte sie zu Sharon, «verzeihen Sie mir, daß ich es sage, aber Sie sollten auf schnellstem Weg ins Bett. Sie sehen noch mitgenommener aus als mein Neffe, dem es, da bin ich sicher, sehr leid tut, Sie in diesen Schlamassel hineingezogen zu haben.»

Sharon versuchte zu lächeln. «Ich glaube, ich habe ihn da hineingezogen.»

«Den braucht kein Mensch auch nur einen Millimeter zu ziehen. Er meldet sich immer freiwillig. Er springt ins tiefe Wasser, ohne auch nur einen flüchtigen Blick auf die Felsen unter ihm zu werfen. Schon als Kind . . . Aber ich erspare Ihnen die schrecklichen Details, wo Sie offensichtlich zum Umfallen müde sind. Ich habe für Miss Collatos das Gästezimmer im Südflügel vorbereiten lassen, Michael . . .»

«Ich bringe sie rauf, Tante Mary.» Er lächelte Sharon beruhigend an. «Sie brauchen in diesem Haus einen Führer. Pläne zum Andenken erhalten Sie an der Tür.»

«Sprich nicht schlecht über das alte Relikt», sagte Mary mit einem aufreizenden Lächeln. «Dir habe ich das Turmzimmer fertigmachen lassen. Könnte sein, daß du eine Zeitlang nach Hause kommen mußt.»

Spraggue seufzte.

«Folgen Sie mir bitte, Ma'am», sagte er zu Sharon und nahm ihren widerstandslosen Arm. Er führte sie die geschwungene Treppe hinauf, die sich aus dem mit Marmor ausgelegten Foyer ins obere Stockwerk erhob. Allmählich begann sie, ihre Umgebung zu registrieren.

«Michael», sagte sie mit einem verdutzten Stirnrunzeln. «Was ist das hier für ein Haus?»

«Meine Tante wohnt hier.»

«Ihre Tante Rockefeller?»

«Meine Tante Hillman. Mary Spraggue Hillman.»

«Die Spraggues mit den zwei g?»

«Genau.»

«Unglaublich», sagte sie, als sie einen breiten Korridor mit goldener und elfenbeinfarbener Tapete hinabgingen. «Ich könnte mich hier verlaufen.» Ihre Schritte wurden von einem dicken, goldenen Teppichboden gedämpft. Winzige Kristall-Wandleuchter zeigten den Weg.

«Habe ich oft, als Kind.»

«Hat mein Bruder hiervon . . . gewußt?»

«Wovon?»

«Tut mir leid. Ich wollte nicht ...»

Sie bogen auf einen schmaleren Gang ein, gingen über einen dunkelroten Orientläufer, der die cremefarbenen Wände wärmer wirken ließ. Die geschnitzten Mahagonileisten an Decke und Boden schimmerten.

«Ihr Zimmer ist die vierte Tür auf dem Orient-Korridor. So, wir sind da. Sie haben ein eigenes Bad, und wie ich meine Tante kenne, werden Sie im Medizinschränkchen eine frische Zahnbürste und im Wandschrank eine Auswahl an Nachthemden finden. Klingeln Sie morgen früh einfach, und man wird Ihnen das Frühstück aufs Zimmer bringen. Ach, und Ihr Kleid reinigen. Ich glaube nicht, daß Dora sich noch diese Nacht darum kümmern wird, aber es könnte durchaus sein, daß sie noch angetanzt kommt. In diesem Haus ist man zu den merkwürdigsten Stunden aktiv.»

«Wer wohnt sonst noch hier? Außer Ihrer Tante?»

«Pierce. Er ist Butler und Chef-Kartenspieler. Dora kocht. Es gibt auch einen Chauffeur, der so alt ist, daß meine Tante ihn fahren muß, und einen Gärtner, aber ich glaube, der hat ein Zimmer im Pförtnerhäuschen.»

«Was Ihre Tante da vorhin gesagt hat ... daß Sie nach Hause gekommen sind. Gehört das hier Ihnen?»

«Ich sehe es als Eigentum meiner Kinder.»

«Sind Sie ... Haben Sie ...?»

«Nein. Ich habe keine Kinder.»

Sie verstand seinen Tonfall und stellte fürs erste keine weiteren Fragen mehr. Ihr Blick wanderte durch den Raum, von links nach rechts, verweilte kurz auf den chinesischen Seidenstickereien an den Wänden, dem riesigen Himmelbett. Sie kicherte leise, doch es klang angespannt. «Sind das da Satin-Bettlaken?»

«Könnte gut sein.» Spraggue nahm ihr Kinn in die Hand, hob ihr Gesicht und berührte mit seinen Lippen leicht ihren Mund. «Ich wünschte, wir könnten sie ausprobieren. Aber du kicherst, und das habe ich noch nie bei dir gehört. Außerdem bist du total erschöpft und befindest dich vermutlich in einem Zustand, den man allgemein einen Schockzustand nennt. Und meine Tante würde uns wahrscheinlich stören, indem sie Pierce im entscheidenden Augenblick mit einem Glas warmer Milch reinschickt.»

Er mußte sich weit vorbeugen, um sie zu küssen; sie war so klein.

«Gute Nacht», sagte er.

«Wo wirst du sein? Was wirst du jetzt machen?»

«Ich weiß es nicht.»

Sie wendete sich ab. Er konnte sie tief einatmen hören, sah, wie sie sich aufrichtete. Als sie ihn wieder ansah, waren ihre Lippen zu einer entschlossenen Linie gespannt. «Hör zu», sagte sie, und ihre Stimme klang eiskalt, «es mag ja dein Haus gewesen sein, aber es war mein Bruder, und ich denke gar nicht dran, brav ins Bett zu gehen, während du allein über Rache brütest. Vielen Dank.»

«Geh schlafen. Heute nacht wird bestimmt nichts Großartiges mehr passieren, glaube mir. Ich bin gottverdammt einfach viel zu müde.»

Er ließ sie stehen, wie sie in den goldgerahmten Spiegel starrte, ging die Treppe hinunter ins Erdgeschoß.

Wieder in der Bibliothek, sah Tante Mary ihn an, und er konnte hundert Fragen in ihren Augen lesen, von denen sich einige darum drehten, warum er so lange oben geblieben war. Pierce schenkte ihm eine Tasse dampfenden Kaffee ein. Er lehnte kopfschüttelnd ab, und der Butler brachte, eine Augenbraue hebend, statt dessen die Tasse Mary.

«Im Funk heißt es, es war Brandstiftung», sagte Mary. «Seit deinem Anruf habe ich den Polizeifunk abgehört.»

Er ließ sich auf das grüne Samtsofa sinken, bemerkte, daß von Dora oder Pierce oder sonstwem bereits wieder die Delle glattgestrichen worden war, wo Sharons Kopf auf dem Kissen gelegen hatte. «Ist mit dir alles in Ordnung, Michael?»

Er beugte sich vor, stützte die Ellbogen auf seine Oberschenkel, vergrub Kinn und Mund in die zusammengelegten Hände. «Ja, alles bestens.»

Sie nickte Pierce zu, der daraufhin schweigend den Raum verließ und die Eichentüren hinter sich zuzog. Spraggue schloß die Augen und lauschte auf das Ticken der Uhr, auf das Rascheln von Marys Hausschuhen über den Parkettboden, das Plätschern von Flüssigkeit in ein Glas. Sie drückte den Cognacschwenker in seine Hand, erschreckte ihn durch ihr lautloses Kommen. Sie wartete, bis er das Glas halb geleert hatte.

«Michael . . .» begann sie.

«Bitte. Heute nacht keine Fragen, Mary. Hast du Papier?»

«Du meinst den *Globe*?»

«Nein. Schreibpapier, bitte.»

«Im Schreibtisch.»

Sie folgte ihm zu dem gewaltigen Mahagoniklotz, der exakt in der Mitte des riesigen Orientteppiches stand, öffnete die obere rechte Schublade und legte ein leeres Blatt Schreibpapier auf die kastanienbraune Unterlage.

Er setzte sich nicht in den Ledersessel seines Urgroßvaters. Er beugte sich vor, nahm einen Stift aus einem marmornen Halter und schrieb etwas, gab dann Mary das Blatt. Zwei ungleichmäßige Zeilen tanzten darauf.

«Morgen um neun Uhr», sagte er. «Ich will diese beiden Männer hier haben. Kannst du das arrangieren?»

Sie studierte die Liste. «Werden sie kommen wollen?»

«Erzähl Ihnen irgendwas. Beide müßten eigentlich liebend gern nach deiner Pfeife tanzen.»

«Neun Uhr.»

«Weck mich um acht. Ich werde dann Sharon wecken. Sie muß Bescheid wissen. Und ich hätte dich und Pierce auch gern in der Nähe.»

«Keine Erklärung?»

Er versuchte, seine Lippen zu einer dünnen Linie anzuspannen.

«Morgen», sagte er.

DREISSIG

Spraggue verlagerte sein Gewicht in dem riesigen Ledersessel nach vorn. Die Kleider, die er zum Wechseln immer im Turmzimmer hatte, fühlten sich steif, ungetragen und zu sehr gestärkt an. Allerdings stanken sie nicht nach Rauch, und dafür war er dankbar. Er hatte vergangene Nacht – diesen Morgen – fast eine Stunde unter dem hämmernden, heißen Strahl der Dusche gestanden, hatte versucht, den stechenden Gestank aus Haaren, Nase und

Kopf zu bekommen. Er nickte Pierce zu, der zehn Schritte in die Bibliothek gekommen war. «Pünktlich?» fragte er.

«Auf die Minute.»

«Was machen sie?»

«Sie starren auf ihr Uhren. Mr. Heineman ist als erster gekommen, war erheblich höflicher, als man es von einem Angehörigen der Presse gewohnt ist. Ich habe ihn in den Salon im Westflügel gsetzt, wie Sie angewiesen haben. Mr. Eichenhorn kam zehn Minuten später. Er scheint mir eher der nervöse Typ zu sein, wollte mir klarmachen, daß er keine Zeit zu verschwenden habe. Ihn habe ich ebenfalls in den Salon im Westflügel geführt.»

«Reaktionen?»

«Ganz sicher haben sie sich erkannt. Man tauschte freundliche Hallos voller Mißtrauen aus. Ich würde sagen, Mr. Eichenhorn scheint sich mehr Gedanken über Mr. Heinemans Anwesenheit zu machen als umgekehrt, doch das mag durchaus nur ein Zeichen unserer Zeit sein. Wer könnte die Medien schon groß aus der Ruhe bringen?»

«Ein anderer Reporter.»

«Sehr wahr.»

«Führen Sie Eichenhorn herein. Dann machen Sie bitte Small talk mit Heineman und versichern ihm, daß Mary ihm bald Gesellschaft leisten wird.»

«Gemacht.»

Beim Hinausgehen schloß Pierce die schweren Eichentüren. Spraggue verließ den Schreibtisch, überquerte den Orientteppich, das Parkett und stieg die schmiedeeiserne Treppe zu der offenen Galerie hinauf, die am Außenrand des riesigen zweistöckigen Raumes verlief. So konnte er Eichenhorn sehen, ohne von ihm gesehen zu werden. Zunächst nicht.

«Mrs. Hillman wird jeden Augenblick bei Ihnen sein», sagte Pierce mit sonorer Stimme, hielt die Tür auf, führte Eichenhorn herein. «Bitte, nehmen Sie doch vor dem Schreibtisch Platz.»

«Ich bin wirklich schon spät dran . . .» setzte Donaghers Wahlkampfmanager an. Dann mußte ihn Pierce mit einem mißbilligenden Stirnrunzeln bedacht haben. Wenn Pierce die Stirn runzelte, konnte kein Mensch mehr einen Satz beenden.

«Ich bin sicher, Sie werden nicht lange warten müssen», intonierte der Butler. Die Tür fiel schwer ins Schloß.

Eichenhorn ließ sich Zeit, zum Schreibtisch hinüberzuschlendern. Sein Anzug sah zerknittert aus und hing auf seinen schmalen, gekrümmten Schultern auch nicht besser als auf einem verbogenen Drahtbügel. Er pfiff leise vor sich hin, während seine Blicke über die Regale voll ledergebundener Bücher glitten. Er bewunderte den Cézanne über dem Kamin, schlenderte durch den Raum zum Erkerfenster, pfiff wieder leise, bevor er sich in dem kleineren der beiden Ledersessel vor dem Schreibtisch niederließ. Spraggue achtete darauf, beim Gehen keinen Laut zu machen, und räusperte sich, als er etwa zwei Meter hinter Eichenhorn stand.

Der Wahlkampfmanager zuckte zusammen, drehte sich in seinem Sessel halb um, starrte ihn groß an. Seine Lippen verwandelten sich in einen dünnen Strich, und er schüttelte den Kopf.

«Ich habe dem Senator gleich gesagt, ich sollte nicht herkommen. Nicht heute, nicht zu einem so frühen Zeitpunkt des Wahlkampfes.»

«Und, was hat er gesagt?» Spraggue machte es sich auf dem Sessel hinter dem Schreibtisch bequem.

«Er sagte, wir könnten es uns nicht leisten, Mary Spraggue Hillman zu ignorieren, da sie nur einmal kurz mit dem Scheckbuch wedeln müßte, und schon hätten wir das Rennen gewonnen.»

«Donagher ist ein kluger Mann.»

«Was wollen Sie? Werde ich Ihre Tante noch sehen, oder war das nur ein Köder?»

«Es war eine freundliche Geste. Ich dachte, die Fragen, die ich Ihnen stellen muß, wären hier, unter vier Augen, vielleicht weniger peinlich, als sie es in Donaghers Gegenwart sein würden. Oder auf dem Polizeirevier.»

«Welche Fragen? Warum zum Teufel sollte ich noch irgendeine Ihrer Fragen beantworten?» Eichenhorn stand auf. «Ich werde dem Senator davon berichten. Er wird . . .»

«Sie haben den Mann erkannt, neben dem Sie draußen gesessen haben?»

Eichenhorn hatte sich umgedreht und zwei Schritte auf die zweiflügelige Eichentür zu gemacht. Jetzt machte er auf dem

Absatz kehrt. Sein Gesicht eine mißtrauische Maske. «Irgend so ein Nachrichtenfritze vom Fernsehen. Channel 4. Wenn ich nicht irre, ist der Name Heineman.»

«Sehr gut. Wenn Sie jetzt durch diese Tür dort gehen, werde ich ihn bitten, Ihren Platz einzunehmen. Und ich werde ihm sagen, was ich Sie gern gefragt hätte, wenn Sie es nicht so schrecklich eilig gehabt hätten.»

Eichenhorn kehrte zurück. «Wie zum Beispiel was?»

«Setzen Sie sich. Möchten Sie vielleicht einen Kaffee?»

«Nein. Sie setzen mich unter Druck, und das gefällt mir gar nicht.»

«Es wird Ihnen gleich noch erheblich weniger gefallen. Setzen Sie sich.»

Widerwillig setzte sich der Mann, während die Entrüstung in ihm anschwoll wie in einem sich mit Luft füllenden Ballon.

«Ich will wissen, woher Sie das Fläschchen Parnate hatten», sagte Spraggue.

Eichenhorn starrte ihn mit großen Augen an. «Das Fläschchen was?»

«Parnate, Mr. Emery.»

Eichenhorns Finger umklammerten die Armlehnen des Sessels, ballten sich dann langsam zu Fäusten. Er sagte: «Ich weiß wirklich nicht, was Sie da reden.»

«Dann lassen Sie es mich Ihnen erklären. Es wird nicht lange dauern, und möglicherweise werden Sie es sehr unterhaltsam finden – und genauso zwingend wie ich. Erster Akt: Auf einer Beerdigung nennt ein alter Cop einen Burschen, den ich als Murray kenne, Marty. Der alte Cop könnte natürlich betrunken gewesen sein oder sich einfach getäuscht haben.»

«Ja.»

«Zweiter Akt: Ein Fläschchen mit Tabletten taucht im Bad eines toten Mannes auf, *nachdem* die Polizei die Wohnung bereits durchsucht hat. Ich bemerke Spuren am Schloß der Wohnungstür dieses toten Mannes, die Spuren eines nicht sonderlich talentierten Einbrechers. Können Sie mir noch folgen?»

Eichenhorn nickte.

«Dritter Akt: Wie sich herausstellt, sind die Fingerabdrücke des Mannes namens Murray identisch mit denen eines Jungen namens

Marty, eines Jungen, der so schlecht Schlösser geknackt hat, daß die Cops ihn jedesmal festnageln konnten . . .»

«Diese Akten sind unter Verschluß. Die können Sie vor Gericht nicht verwerten.»

«Ich habe nichts von einem Gericht gesagt. Ich sagte vielmehr etwas von Fernsehnachrichten. Etwas von einem Ausrutscher, während ich mich mit einem Reporter unterhalte. Es wird mir schrecklich leid tun. Ich werde sagen, ich wäre falsch zitiert worden. Senator Donagher wird hocherfreut sein, zu erfahren, daß er einen ehemaligen Einbrecher als Wahlkampfmanager hat. Genau wie seine Wähler.»

«Was wollen Sie?»

«Ich will wissen, wessen Medizin Sie in Collatos' Bad geschmuggelt haben. Und warum.»

«Jesus . . .»

«Und es sollte besser sehr plausibel klingen.»

Eichenhorn schob die Brille zurück auf seine schmale Nase, wischte sich mit der Hand über die Stirn. «Nehmen Sie unser Gespräch auf Band auf?»

«Im Augenblick nicht, nein. Das hier ist jetzt Ihre große Chance auszupacken, ganz im Vertrauen und unter uns. Wenn Heineman uns Gesellschaft leistet, werden wir mitprotokollieren.»

Eichenhorn schloß die Augen und senkte den Kopf; der Adamsapfel seines dürren Halses hüpfte auf und ab. Bevor er sprach, schaute er sich kurz um, begann flüsternd, als könne er so jede unentdeckte Abhöreinrichtung austricksen, jeden unsichtbaren Lauscher enttäuschen. «So wie ich mir das gedacht habe», begann er mit zittriger Stimme, «würde es den Druck vom Senator nehmen. Je schneller Collatos' Tod aufgeklärt wird, desto schneller legt sich auch der ganze Aufruhr und desto eher bringen die Zeitungen wieder politische Stories statt irgendwelcher Verbrechensgeschichten. Sie verstehen? Ich wollte die Sache aus dem Weg haben. Es war die falsche Art Publicity. Donagher kann auf so etwas gut verzichten.»

«Und Sie hatten ganz zufällig ein Fläschchen mit Pillen zur Hand, durch die die ganze Geschichte, der ganze Müll von wegen tödlichem Unfall, richtig aufging. Wem gehörten sie?»

Eichenhorn zuckte mit den Achseln.

«Es ist nicht schwer, sich das vorzustellen», sagte Spraggue. «Sie wohnen in Donaghers Haus. Sie wollten diese Pillen nicht dort haben, also müssen sie entweder Ihnen oder Donagher oder Donaghers Frau oder einem der Kinder gehören. Hätte ich die Zeit, würde ich einfach die medizinischen Unterlagen jedes Mitgliedes von Donaghers Apparat überprüfen ...»

«So was ist vertraulich. Medizinische Unterlagen sind vertraulich.»

«Es gibt nur sehr wenige Informationen auf dieser Welt, die nicht für Geld zu haben sind. Das sollten Sie eigentlich wissen. Aber ich habe nicht viel Zeit. Daher bitte ich Sie, eine Wahl zu treffen. Entweder Sie sagen mir, woher Sie die Flasche Parnate haben, oder aber Sie stellen sich der Presse als gebesserter Einbrecher. Vielleicht wird Donagher ja den Sturm überstehen. Vielleicht wird er Sie sogar behalten, sich mit einem Bluff rausreden, sagen, er hätte schon die ganze Zeit von Ihren Vorstrafen gewußt und er sei sehr für Wiedereingliederung in die Gesellschaft. Aber ich wette, es wäre ein großer Fehler, öffentlich zuzugeben, daß seine rechte Hand, ein Mann, der, da bin ich sicher, ganz versessen auf ein Amt in der Regierung ist, ein Ganove ist. Die Menschen gehen vielleicht sowieso davon aus, daß alle Politiker letzten Endes Gangster sind, aber sie mögen es gar nicht, wenn es schwarz auf weiß in den Zeitungen steht.»

«Es sind meine Tabletten.»

«Wie heißt Ihr Arzt?»

Schweigen.

«Wer hat vorgeschlagen, daß Sie sie in Collatos' Medizinschränkchen schmuggeln?»

«Das habe ich auf eigene Faust gemacht», sagte Eichenhorn kläglich. «Ich dachte, es wäre ganz einfach. Ich meine, wieso zum Teufel sollte Collatos denn nicht unter Depressionen leiden? Ich dachte, die Cops würden die Flasche finden und den Fall abschließen, sagen, er hätte dieses Antidepressivum genommen und dann hätte diese Ladung Speed obendrauf ausgereicht, um ihn zu töten. Und damit wäre die Geschichte abgehakt. Wir könnten uns in Ruhe dem Wahlkampf widmen. Ich schätze, ich habe sie wohl zu spät dort eingeschmuggelt.»

«Das war eine ausgesprochene Dummheit.»

«Ja, das sehe ich jetzt auch. Ich habe in meinem Leben schon eine Menge dummer Dinge getan, und aus all meinen Fehlern habe ich eines gelernt, nämlich sie nicht noch schlimmer zu machen, indem man Leute aufs Kreuz legt, die gut zu einem gewesen sind. Ich werde mit Ihnen über niemand anderen von Donaghers Leuten sprechen. Ich werde zurücktreten. Dann wird Ihr beschissener Fernsehreporter ihm nicht mehr schaden können.»

Spraggue starrte in die undurchsichtigen blauen Augen hinter den goldgerahmten Brillengläsern und fand, völlig unerwartet, stählerne Entschlossenheit. Murray umklammerte mit seinen langen Fingern die Armlehnen. Seine Knöchel standen weiß vor. Er saß so gerade, wie Spraggue ihn noch nie hatte sitzen sehen, die Schultern gereckt, so gerade, wie es die Natur erlaubte. Eichenhorn hatte eine klare Linie gezogen: Sich selbst würde er verpfeifen, aber niemanden sonst.

Spraggue merkte, daß er den trotzigen Mann im Sessel mehr bewunderte, als er noch vor fünf Minuten für möglich gehalten hätte. Er sagte: «Da sind noch verschiedene andere Dinge, die ich gern hätte.»

«Wie kommen Sie darauf, daß Sie von mir etwas bekommen?»

«Viel zu belanglos, um sich darüber groß zu streiten. Ich kann Donagher auch anrufen und es telefonisch erfahren. Oder ihn dazu bewegen, daß er Ihnen befiehlt, es mir zu sagen.»

«Was?»

«Erstens: eine Liste der Leute, die für Donagher arbeiten.»

«Und zweitens?»

«Eine Aufstellung aller Orte, die Donagher und Collatos am Tag vor dem Marathon aufgesucht haben.»

«Das ist alles?»

«Das ist alles.»

Eichenhorn seufzte. «Ich nehme nicht an, daß ich mit solchen Kleinigkeiten einen Handel machen könnte», sagte er.

«Versuchen Sie's.»

«Wenn ich Ihnen das Gewünschte gebe – ich habe Donaghers Terminkalender dabei –, würden Sie dann bis nach der Wahl warten, bevor Sie der Presse von mir erzählen, von Marty Emery?»

«Sie sind ein beschissener Einbrecher», sagte Spraggue.

«Ich weiß. Aber ich bin ein guter Wahlkampfmanager.» Eichenhorn versuchte ein mattes Lächeln. «Ich bin nicht mal ein schlechter Mensch. Ich habe nichts Ungesetzliches mehr getan seit ...»

«Aber Sie bestehen weiterhin darauf, daß diese Tabletten Ihnen gehören?»

Eichenhorn schluckte. «Ja.»

Spraggue drückte auf den Summer auf dem Schreibtsich. «Pierce wird Sie hinausbegleiten, sobald Sie das Programm vom Sonntag und die Namen aller Mitarbeiter Donaghers aufgeschrieben haben.»

«Was ist Ihnen das wert?»

«Vorläufig werde ich der Presse nichts sagen. Nicht heute. Bis zur Wahl ist es noch eine ganze Weile.»

Eichenhorn brauchte zehn Minuten, um die beiden Listen anzufertigen, fünf weitere Minuten benötigte Spraggue, um Tante Mary Instruktionen zu erteilen, einem verdutzten Heineman die Hand zu schütteln, Sharon einen Kuß auf die Wange zu geben, der erheblich brüderlicher war, als er es empfand. Um Viertel nach zehn verließ Spraggue das Haus.

EINUNDDREISSIG

Der Porsche stand, wo er ihn stehengelassen hatte, aber Marys Chauffeur hatte ihn poliert, bis er glänzte. Hätte genausogut ein Stiehl-mich-zuerst-Schild quer über die vordere Stoßstange klatschen können. Die Windschutzscheibe blitzte so sauber, daß er schon Angst hatte, nichts mehr sehen zu können. Der Tank, praktisch leer, als er voller Wut und Haß die Zufahrt heraufgerast war, war wieder voll. Er fragte sich, ob die Strafzettel wegen Falschparkens im Handschuhfach wohl auch aus der Welt geschafft worden waren.

Eine halbe Meile vom Haus entfernt, dort, wo die kurvenreiche Zufahrt vor dem steinernen Pförtnerhäuschen eine Schleife machte, fuhr er den Wagen an den Seitenstreifen und hielt an.

Er hätte es keine zehn Minuten länger in der Villa ausgehalten. Kindheitserinnerungen rückten ihm schon wieder auf den Leib: das Gefühl sich drehender, unsichtbarer Rädchen, einer lautlosen Maschinerie, die unerbittlich arbeitete. Seine Schuhe waren geputzt, seine zerknitterten, rußigen Kleider entfernt worden, während er schlief. Das Leben unter dem Schieferdach von Urgroßvater Davison Spraggue wurde im Schatten des alten Mannes geführt. Für den abtrünnigen Spraggue dieser Generation besaß es einen eigenartigen Rhythmus, einen verführerischen und verhaßten Rhythmus.

Die Fenster des Pförtnerhauses waren dunkel und leer. Mary hatte sich wahrscheinlich extrem schlecht aufgeführt und den Gärtner gefeuert. Spraggue rutschte über den Sitz und aus der Beifahrertür, ging den mit Steinplatten ausgelegten Weg hinauf, warf einen Blick durch die halb verglaste Tür. Leer. Er konnte seinen Kram vorübergehend ins Pförtnerhaus bringen, was auch immer ihm noch geblieben war. Tante Mary würde das nicht gefallen. Nun, sie mußte sich auch nicht mit den Gespenstern im Turmzimmer auseinandersetzen.

Er kehrte zum Wagen zurück, stieg ein.

Was war ihm geblieben, um es im Pförtnerhaus unterzustellen? Seine Hände verkrampften sich um das Lenkrad. Möbel waren ihm ziemlich gleichgültig; in der Fayerweather Street hatte er ohnehin kaum Möbel gehabt. Er hatte eine Schublade voll vergilbter Theaterprogramme, ein paar Fotos, ein paar unbedeutende, komische Geschenke gehabt . . . Kates Briefe. Sichtbare, greifbare Krücken einer launischen Erinnerung, materielle Beweise der feingesponnenen Fäden, die ihn mit anderen Menschen verbanden. Die beiden Gemälde, die seine Mutter geliebt hatte . . .

Warum war das Feuer gelegt worden? Er ließ seine Schultern kreisen, lockerte den Griff um das Lenkrad und ließ die Hände in den Schoß fallen, zwang sich, nüchtern über das Feuer nachzudenken, aus einer gewissen Distanz heraus. Um ihn zu warnen? Zu warnen wovor? Um etwas zu zerstören? Was zu zerstören? Die Akten, die er den Tag zuvor aus Petes Wohnung mitgebracht hatte – wahrscheinlich unter den Augen seines wachsamen Beobachters? Er hatte nichts bemerkt, hatte auch kaum mehr als einen flüchtigen Blick aus der Heckscheibe des Taxis geworfen. Der rücksichtslose Fahrstil des Taxifahrers und die Erinnerung an Sharon Collatos' Gesicht, das nach der Dusche noch feucht gewesen war, hatten ihn viel zu sehr beschäftigt. War der Gegenstand, der vernichtet werden sollte, vielleicht der Briefumschlag, den Sharon ihm gebracht hatte, den er sich während des Brandes eingesteckt hatte und den er jetzt in seiner frischen, steifen Jacke trug?

Hatte der Brandstifter töten wollen? Hatte er frierend in den Büschen gestanden, auf heimkehrende Schritte auf dem betonierten Weg gewartet, darauf, daß hinter den Fenstern im Obergeschoß Licht aufflammte?

Mary, das wußte er, würde sein Bedürfnis zu fliehen verstehen, begreifen, daß ihm nicht der Sinn nach höflich belangloser Konversation stand, solange die Wut noch in ihm kochte, verschlimmert durch seinen Widerwillen, die Rolle des Inquisitors zu spielen. Es war nicht schwer gewesen, den armen Eichenhorn zum Zittern zu bringen. Vielleicht sollte er demnächst versuchen, widerlichere Rollen zu bekommen: Reverend Parris im *Schmelztiegel*, Jago, Richard III.

Mary würde schon mal anfangen, das Knäuel von einem Ende aufzuwickeln. Mary wußte, was getan werden mußte.

Gott, als bräuchte man nur an einem Garnknäuel zu zupfen, bis das eine verlorene Ende freikam. Eher war es so, daß man ein Geflecht sich windender Schlangen untersuchen mußte, die sich auf dem Boden ineinander verknotet hatten. Man mußte versuchen, mit bloßen Händen drei, vielleicht auch vier giftige Köpfe herauszuholen, bevor sich einer erhob, um zuzuschlagen.

Er schlug mit geballter Faust in seine Handfläche. Er brauchte Aktivität, um die Wut zu mildern, brauchte irgendein körperliches Ventil. Er dachte kurz daran, aus dem Wagen zu springen und wie von Sinnen dreimal um das Pförtnerhaus zu rennen, doch die Absurdität dieser Vorstellung ließ ihn beinahe lächeln. Er mußte alles klar halten, alles unter Kontrolle, besonders jetzt, wo er dem Ziel so nahe war, die Schlangenköpfe schon in Sicht.

Tante Mary, Pierce, Sharon und Heineman hatten zusammen zwei Aufträge. Mary hatte bereits begonnen. Nach dem Frühstück hatte sie den Inhalt beider Kartons – sämtliche Akten, die der polizeilichen Durchsuchung von Petes Wohnung entgangen waren, die den Brand, den Sturz aus dem zweiten Stock und die wacklige Fahrt im Kofferraum des Porsche überstanden hatten – auf dem riesigen Eßzimmertisch ausgebreitet. In Sharon würde sie einen eifrigen und in Pierce einen zuverlässigen Helfer finden. Heineman besaß unbezahlbare Informationsquellen. Und Heineman hatte sich bereit erklärt zu helfen, da er wußte, daß die Resultate durchaus Konsequenzen für Lila Donagher haben mochten. Spraggue fragte sich, wie der Nachrichtenmoderator reagieren würde, wenn die Fakten Lila in einem nicht gerade günstigen Licht erscheinen lassen würden.

Wenn Pete durch eine doppelte Dosis Gift ermordet worden war, durch eine oder mehrere Ladungen allein nicht tödlicher Parnates, gekoppelt mit einer Ladung allein nicht tödlichen Speeds, dann war die Herkunft der exotischeren Droge von essentieller Bedeutung. Das war die zweite Sache, die Mary und Co würden herausfinden müssen. Nach der kolossalen Aufgabe, sämtliche alten Polizeiakten zu lesen, zu sortieren und so etwas wie einen Sinn in ihnen zu finden, würden sie Krankengeschichten durchgehen müssen, Ärzte und Apotheker belügen und Zeitungsarchive durchwühlen müssen. Eine weitere gigantische Aufgabe, die möglicherweise zu nichts führte oder an einer Mauer medizinischer Ethik abprallte und zerschlug.

Er zog die Aufstellung von Donaghers sonntäglichen Terminen aus der Tasche und strich das Blatt auf einem Knie glatt. Der dritte Schlangenkopf gehörte ihm.

10:00	Messe in der St. Columbkille's Church mit Frau und Kindern
11:30	Händeschütteln im *Dunkin' Donuts*, Market und North Beacon Street
12:00	Mittagessen zu Hause; Mitarbeiterkonferenz
13:30	Joggen (wo?)
16:00	Fernsehinterview mit Edward Heineman, Channel 4
17:30	*Eliot Lounge*
19:30	Anläßlich des Marathons Dinnerparty zu Hause

Angenommen, Pete war, als der getreue Bodyguard, der er war, immer brav überallhin mitgetrottet. Angenommen, er hatte wie ein Schatten an Senator Donagher geklebt. Dann war einer dieser Orte der Schlüssel. An einem dieser Orte hatte Pete den verschwundenen Briefumschlag gefunden, zusammen mit einer Schreibmaschine, die paßte. Und hatte Petes Mörder ihn an einem dieser Orte entdeckt und ihm ein Medikament in einen Drink gekippt?

Spraggue schloß die Augen. Sie fühlten sich an, als wären sie in Sand gerollt worden. Wie lange vor dem Rennen hätte das Medikament verabreicht werden müssen? Das würde er noch nachprüfen müssen, würde es von Mary überprüfen lassen müssen . . .

Er hörte das Klicken, als die Beifahrertür geöffnet wurde, und zuckte zusammen.

Sharon Collatos kehrte ihm den Rücken zu, um sich zu setzen, zog ihre Beine in den Wagen und drehte sich nach vorn. «Du kannst jetzt losfahren», sagte sie.

«Moment mal . . .»

«Deine Tante hat gesagt, daß ich dich wahrscheinlich hier finde, vor dem Pförtnerhaus, grübelnd oder schlafend.»

«Sie sollte doch . . .»

«Schön auf mich aufpassen und nicht zu weit fort lassen, während du losziehst und den ganzen Spaß hast. Tja, es gibt mehr als genug Forscher dahinten, glaube mir. Dieser Heineman hat Informationsquellen, du würdest es nicht glauben. Er hat seine Fühler einfach überall. Und wo er seine Fühler nicht hat, kümmert sich deine Tante darum. Beim Jagen und Sammeln brauchen sie mich daher nicht.»

«Ich auch nicht.»

«O doch, du brauchst mich. Ein Mann, der allein Fragen stellt, ist verdächtig. Ein Mann mit einer Frau ist völlig unauffällig. Eine Frau kann Fragen stellen und Antworten bekommen, wie es einem Mann nie möglich wäre. Du wirst sehen.»

«Hat meine Tante dich trainiert?»

«Ich begleite dich.»

«Letzte Nacht war schon schlimm genug. Ich werde dich nicht Zielscheibe spielen lassen.»

«Woher weißt du, daß es nicht genau andersherum war? Daß ich nicht dich in Gefahr gebracht habe? Daß wer auch immer das Feuer gelegt hat, mir und nicht dir gefolgt ist? Bist du immer so ichbezogen?»

«Welche Frage soll ich zuerst beantworten?»

«Wo fahren wir hin?»

Er zeigte auf den ersten Eintrag der Liste. «Die Kirche.»

Sie lächelte und sagte: «Aber ich habe keinen Hut dabei.»

ZWEIUNDDREISSIG

Der Priester in der St. Columbkille's Church war nicht geneigt, die Angelegenheiten seines berühmtesten Gemeindemitgliedes mit Individuen zu diskutieren, von denen er sehr stark annahm, daß sie getarnte Reporter der heidnischen Presse waren. Im Pfarrhaus nebenan gab es zwei Schreibmaschinen – eine alte manuelle, eine elektrische –, von denen sich keine als diejenige herausstellte, die Pete Collatos benutzt hatte, um die Anschrift seiner Schwester zu tippen.

Das *Dunkin' Donuts* hatte eine lächelnde, hilfsbereite Kellnerin und starken, heißen Kaffee, aber keine Schreibmaschinen. Die Lady hinter der Theke erinnerte sich an Donaghers Sonntagsbesuch, fand, er sähe genauso gut aus wie ein Filmstar, und würde ihn auf jeden Fall wählen.

Als sie auf Eichenhorns Liste bis zur *Eliot Lounge* vorgestoßen waren, brauchten beide einen Drink. Spraggue zog einen der Barhocker mit rotem Lederimitatpolster von der hellen Eichentheke zurück, und Sharon ließ sich mit einem tiefen Seufzer darauf nieder. Als er sich auf den nächsten Barhocker setzte, hörte Spraggue ein Plumpsen und schaute nach unten. Sharons Schuhe lagen auf den roten Bodenfliesen. Ihr Fuß ruhte auf der Messingstange am unteren Ende der Theke.

«Müde?» fragte er, eine Augenbraue hochgezogen.

«Deine Tante hat gesagt, ihre Sekretärin hätte die gleiche Schuhgröße wie ich. Allerdings hat sie mich nicht vor ihrer sklavischen Modeergebenheit gewarnt. Diese Dinger sind die reinsten Folterinstrumente. Die Absätze sind mindestens zehn Zentimeter hoch.»

«Was darf ich Ihnen bringen?» fragte der Barkeeper.

Es war erst halb vier, aber in der Lounge waren schon einige Gäste. Drei Männer fütterten in der unteren Etage Quarters in die Videospiele. Ein Paar mittleren Alters hielt Händchen an einem der kleinen runden Tische vor der Wand, unter einer Collage gerahmter Fotografien berühmter Läufer: Bill Rodgers, die Arme zum Sieg gehoben, den Lorbeerkranz auf der Stirn; Alberto Salazar, der in den Armen eines anderen Läufers zusammenbricht. An der Theke saßen zwei Männer, der eine jung, der andere alt. Zwischen ihnen war ein Hocker frei, deutliches Zeichen, daß sie nichts miteinander zu tun hatten. Sie hatten diesen abwesenden Blick von Geschäftsleuten weit weg von zu Hause.

«Wein», sagte Spraggue. «Rot. Nicht gekühlt.»

«Weiß», sagte Sharon. «Kalt.»

Rechts von der Theke stand auf einem Schild: Nur noch 353 Tage bis zum Marathon. Im *Eliot*, der Stammkneipe der Bostoner Läuferelite, dort wo jedes Jahr nach dem Rennen die große Sause gefeiert wurde, nahm man den Marathonlauf verdammt ernst.

Links von der Theke lief ein Fernseher. Die beiden Geschäftsleute schauten von Zeit zu Zeit hinauf.

«Du trinkst nicht viel», sagte Sharon.

«Keinen harten Alkohol. Ich bin überzeugter Weintrinker.»

«Ich weiß nie, was ich in einer Bar bestellen soll. Bier mag ich nicht besonders, und das meiste harte Zeug schmeckt wie die Medizin, die ich schon als Kind nicht ausstehen konnte. Und wenn man einen dieser süßen Drinks bestellt – du weißt schon, Brandy Alexander und solches Zeug –, sieht einen der Barkeeper immer schräg an, so als wollte er sagen: mal wieder typisch Frau.» Sie lächelte bedauernd. «Im großen und ganzen halte ich mich aus Bars fern.»

«Ich bin auch nicht gerade ein Kneipengänger.»

«Aber dafür ein guter Detektiv», sagte sie, hob die Schultern in ihrer zu großen Kostümjacke. «Du bist unerbittlich.» Spraggue fragte sich beiläufig, ob das graue Kostüm wohl von derselben Sekretärin stammte. Es war definitiv angemessener für ihre momentane Aufgabe als das korallenfarbene Kleid der letzten Nacht. Ah, dieses korallenfarbene Kleid.

«Spraggue?»

«Hä?»

«Wo bist du?»

«Irgendwann werde ich's dir mal erzählen. Tut mir leid. Was hattest du gerade gesagt?»

Sie nippte vorsichtig an ihrem zu vollen Weinglas. «Der Barkeeper macht keinen besonders freundlichen Eindruck.»

«Das liegt daran, weil wir Wein bestellt haben. Ein gutes Getränk in einer Bar ist Scotch. Bourbon. Ein Rye. Ein Bier. Hör zu: Ich stelle dem Barkeeper die Fragen, und du rufst meine Tante an, okay? Hör mal nach, ob sie schon was gefunden hat, und sag ihr, daß wir als nächstes zu Channel 4 fahren, draußen an der Soldiers Field Road. Dort kann sie uns erreichen, falls eine Katastrophe passiert. Oder sie eine Eingebung hat.»

«Okay.»

Der Barkeeper, er hieß Johnny, beantwortete nicht gern Fragen. Er ging sogar soweit, daß er Spraggues Lizenz als Privatdetektiv sehen wollte. Er kam aber nicht dazu, das Kleingedruckte zu lesen, zum Beispiel das Ablaufdatum. Nein, eine Schreibmaschine gäbe es hier nicht. Er sagte, daß seine Gäste nur äußerst selten das Bedürfnis nach einer Schreibmaschine äußerten. Er verzog unter seinem Schnauzer ironisch den Mund. Genausowenig hätte er einen Notar in der Gesäßtasche. Allerdings erinnerte er sich, Senator Donagher und Pete Collatos am Sonntag vor dem großen Rennen gesehen zu haben. Er erinnerte sich, daß sie sich über die Menschenmassen beklagt hatten, die etwas früher am Nachmittag unterwegs gewesen waren und für den Lauf trainierten.

«Wo war das?» fragte Spraggue.

«Keine Ahnung. Vermute mal, daß die zwei auf einer Bahn gelaufen sind. Über Menschenmassen auf irgendeiner Straße hätten sie sich bestimmt nicht beschwert. Über den Verkehr sollte man sich beklagen, das kann ich Ihnen sagen. Ein paar von den Autos, Mann, die halten genau auf dich zu, wollen dir einen ordentlichen Thrill verpassen. Ich persönlich würde lieber auf einer Bahn laufen. Keine Steigungen.»

Einer der Männer von unten wollte für einen Dollar Kleingeld, Futter für das unersättliche Videospiel. Als er einen zerknitterten Schein über Spraggues Schulter reichte, schaltete er sich in die Unterhaltung ein.

«Sie wollen wissen, wo der Senator am Tag vor dem Rennen gelaufen ist?»

«He, Joey», sagte der Barkeeper und strahlte den sehnigen,

blaßgesichtigen Pac-Man-Süchtigen an. «Wie geht's denn so? Ja, Mann, Joey war hier. Die Jungs waren alle hier.»

«Geben Sie Joey einen Drink», sagte Spraggue.

«Nur ein Bier», meinte Joey. «Danke, Mann.»

Sharon kehrte zurück, rutschte unauffällig wieder auf ihren Barhocker. Sie hatte die Schuhe nicht wieder angezogen, um zum Telefon zu gehen. Die nackten Füße zusammen mit dem zu großen Kostüm bewirkten, daß sie aussah, als wäre sie erwischt worden, wie sie sich mit den Kleidern ihrer Mutter feingemacht hatte.

«Klar», sagte Joey, prahlte ein bißchen, gefangen von der Wichtigkeit, die die anderen seinen Worten beimaßen. «Ich weiß, wo der Senator gelaufen ist. Weil, ich habe ihn nämlich damit aufgezogen, daß er einen Tag vorher noch laufen wollte, wissen Sie, an dem Tag, wo man sich doch eigentlich ausruhen soll, und er hat gesagt, verdammt, ein paar Runden um die 1,8 würden ihn schon nicht umbringen.»

«1,8?» wiederholte Spraggue.

«Ja, Mann. 1,8 Meilen. Das Chestnut Hill Reservoir.»

DREIUNDDREISSIG

Unter dem Scheibenwischer des Porsche klemmte ein leuchtend roter Strafzettel wegen Falschparkens. Spraggue stopfte ihn ins Handschuhfach. Sharon starrte mit offenem Mund die große Anzahl der Verwandten an, denen er nun Gesellschaft leistete.

«Mein Gott», sagte sie. «Ist das dein Hobby?»

Spraggue zuckte mit den Achseln.

«Hast du keine Angst vor der Kralle?»

«Das ist ein Spiel, das ich mit der Stadt Boston spiele. Weißt du, früher oder später wird dieses Auto verschwinden. Jedes andere anständige Auto, das ich besessen habe, ist früher oder später gestohlen worden, während es völlig legal in Boston geparkt hat. Wer auch immer dieses hier mitgehen läßt, bekommt noch einen kleinen Bonus: einen lebenslänglichen Vorrat an Parkvergehen.

Kannst du dir nicht vorstellen, wie irgend so ein Dreckskerl, der eine Spritztour mit meinem Auto macht, halbbetrunken aus dem Spirituosenladen getorkelt kommt, nur um seine frisch gestohlene Karre mit einer Kralle wiederzufinden? Ich sehe es als eine Art Experiment. Ich will wissen, wer den Wagen zuerst bekommt: die Ganoven oder die Cops. Ich tippe auf die Diebe.»

Er hätte den ganzen Weg bis zum Reservoir die Commonwealth Avenue nehmen können, doch dort wälzte sich eine Schlange mißmutiger Fahrer entlang, die genervt Linksabbieger und Parkplatzsucher anhupten. Also bog er rechts auf den Storrow Drive, blieb dort bis zur Parsons Street und fuhr dann im Zickzack quer durch Brighton zurück auf die Commonwealth. Er parkte im Halteverbot, und Sharon schüttelte vorwurfsvoll den Kopf.

Der Nachmittag war grau und frisch geworden. Eine tiefhängende Wolkendecke sperrte die Sonne aus, und eine durchdringende Brise strafte die Jahreszeit Lügen. Der Weg um das Reservoir war beinahe menschenleer. Spraggue hoffte, die Abwesenheit der Läufer wäre auf den vorhergesagten Regen zurückzuführen, nicht auf die Angst vor einem wahllos zuschlagenden Heckenschützen. Er hielt ein paar keuchende Collegestudenten an, um zu fragen, ob sie am Tag vor dem Marathon auch hiergewesen waren. Leise Hoffnung. Ohne Erfolg. Er und Sharon umkreisten einmal das Reservoir. Sie zitterte.

«Möchtest du lieber im Wagen warten?»

Sie brauste auf. «Ich habe keine Ahnung, warum du das hier machst, aber wenn du es machst, bin ich dabei.»

«Hat meine Tante dich als Bodyguard engagiert?»

«Kein Mensch hat mich für irgendwas engagiert. Dich im übrigen auch nicht, wie ich mir habe sagen lassen.»

«Ich arbeite für mich selbst.»

«Ich könnte dich bezahlen . . .»

«Vergiß es.»

«Ich kann es nicht vergessen. Michael, sieh mich an. Machst du das alles nur wegen dem, was ich auf der Beerdigung gesagt habe? Tust du es für mich?»

«Warum?»

«Weil ich nämlich keine Belohnung bin.»

«Was meinst du damit?»

«Ich habe dich geküßt. Du hast mich geküßt. Manchmal denke ich, es war aus Verzweiflung, und dann wieder, aus Erleichterung. Ich mag dich. Ich mag dich wirklich. Aber ich will das nicht länger unausgesprochen im Raum stehenlassen. Die Vorstellung, daß du so etwas tust, etwas Gefährliches, damit ich dann . . . Also, spiel einfach nicht meinetwegen den Ritter in der glänzenden Rüstung.»

«Würde nicht im Traum dran denken. Viel zu unbequem.»

«Ich meine es ernst.»

«Ich auch. Ich habe schon vor langer Zeit gelernt, Frauen niemals mit Trophäen zu verwechseln.»

«Schön, ich bin kein Preis, glaube mir. Ich bin eine kleine, etwas stämmige geschiedene Lehrerin, die ihre besten Jahre schon hinter sich hat . . .»

«Geh dich in den Wagen setzen. Ist nicht abgeschlossen. Du bist eine schöne Frau in mieser Stimmung. Deine Stimmung oder deine Füße bringen dich sonst noch um . . .»

«Und ich habe in den gottverdammten Büschen auch keine Schreibmaschinen bemerkt», sagte sie, überhörte seine Aufforderung, machte keinerlei Anstalten zu gehen.

«Ich auch nicht.»

«Und was tun wir dann hier? Deine arme Tante glaubt, wir wären jetzt bei Channel 4. Sie hat gesagt, sie würde vielleicht alles zusammenpacken und auch dorthin kommen. Heineman hat ein paar Unterlagen, die sie sich unbedingt ansehen will. Außerdem könnten sie dann sämtliche Schreibmaschinen überprüfen, während sie gleichzeitig mit ihren Nachforschungen weitermachen.»

«Sie wird auf uns warten.»

«Das beantwortet aber nicht meine Frage.»

«Dein Bruder war hier. Also sind wir auch hier.»

«Und was machen wir hier?»

«Was Detektive normalerweise immer tun. Warten. Die Ohren aufsperren. Alles in uns aufnehmen. Zeit vergeuden. Auf eine göttliche Eingebung hoffen.»

«Und wie lange wartet man normalerweise so? An einem kalten Tag?»

«Willst du meine Jacke?»

«Nein.» Die Antwort kam automatisch, ein Reflex ihrer Sturheit, bei dem Spraggue lächeln mußte. Er blieb stehen und zog seine Windjacke aus.

«In Ordnung», sagte sie widerwillig. «Ja. Ich will.»

Er half ihr, die Jacke über die Schultern zu legen. Die Berührung, die Abgeschiedenheit, der frische Wind veranlaßten ihn, sie in die Arme zu nehmen. Sie trat einen Schritt zurück, wendete sich ab.

«Es war nicht einfach nur Verzweiflung oder Erleichterung, weißt du», sagte er. «Ich glaube, es läuft was ganz Einfaches zwischen uns ab, ein bißchen Anziehungskraft . . .»

Sie hielt den Kopf gesenkt, starrte auf das braune, abgestorbene Gras, zog die Ärmel der Windjacke über die ihrer geliehenen Jacke.

«Du frierst», sagte er, als sie nicht antwortete. «Gänsehaut und alles. Wollen wir ein Wettrennen rüber zum Rodgers Running Center machen? Dich ein bißchen aufwärmen?»

«Mit diesen Schuhen? Ich kann ja kaum gehen. Meine eigenen . . .»

Er erinnerte sich. Zurückgelassen in der ersten Etage des Hauses in Cambridge. Verbrannt oder davongespült. Ruiniert. Feine Lederriemchen, verkohlt zu schwarzer Asche. Zusammen mit . . . Er sperrte die Gedanken aus, doch die Wut mußte sich unbemerkt auf sein Schrittempo niedergeschlagen haben. Sharon zupfte an seinem Arm.

«Könnten wir vielleicht etwas langsamer gehen?»

«Sorry.»

Das Überqueren der komplizierten Kreuzung Beacon Street und Chestnut Hill Avenue gelang ihnen nur, indem sie die Ampeln völlig ignorierten. Das Bill Rodgers Running Center besaß ein prächtiges blau-goldenes Schild. Sie gingen die paar Stufen zur Tür im Untergeschoß hinab.

Ein schlaksiger, bärtiger Mann lümmelte hinter der Kasse links neben der Tür. Ein weiterer Mann mit einem blonden Bart, im Gegensatz zu dem dunklen Bart des Mannes hinter der Kasse, kniete auf dem Holzfußboden und war eifrig damit beschäftigt, einer Kundin den Schnürsenkel zu binden. Jeder in dem Laden war einheitlich dünn. Die Weight Watchers nebenan würden zumachen müssen, wenn sie auf die Klientel des Running Centers angewiesen wären.

«Kann ich Ihnen helfen?» erkundigte sich der dunkelbärtige Mann. Seine Stimme war so sanft wie sein seidiger Bart.

Spraggue achtete darauf, laut genug zu sprechen, daß alle Läufer im Geschäft ihn deutlich verstehen konnten. «Ich suche jemanden, der am Sonntag vor dem Marathon hier in der Gegend gelaufen ist.»

Nach dreißig Sekunden absoluter Stille brummte ein Teenager vor einem Zeitschriftenständer: «Mann, da müssen doch Millionen Leute zum Laufen unterwegs gewesen sein.»

«Es ist wichtig», sagte Spraggue. «Ist zufälligerweise jemand von Ihnen am Tag vor dem Marathon um das Reservoir gelaufen?»

Neugierig geworden durch die lauten Stimmen, kamen ein paar weitere Kunden die drei Stufen aus dem kleinen Raum im Erdgeschoß herunter, in dem sich außer Ware und vielen von Rodgers Trophäen auch eine Glasvitrine mit den Laufschuhen befand, die er 1975 bei seinem ersten Bostoner Sieg getragen hatte.

Eine Frau mit dichter blonder Mähne hörte auf, Bügel auf einem runden Kleiderständer mit bunten Lauf-Tops herumzuschieben, und sagte: «Ich.»

Spraggue stellte die nächste Frage leise, so sicher war er sich der negativen Antwort.

«Sie haben nicht zufälligerweise Senator Donagher gesehen? Er ist zusammen mit einem dunkelhäutigen Mann mit krausen Haaren gelaufen.»

Der blonde Verkäufer, der bei der Schuhanprobe geholfen hatte, stand jetzt auf. «Pete Collatos?» fragte er.

Spraggue nickte.

«Falls Sie Reporter sind ... Hier will keiner der Presse was sagen. Die haben schon mehr als genug Unsinn geschrieben. Haben Sie's auch gelesen?» fragte er empört die Frau, die sich für ein Paar blaue Adidas entschieden hatte. «Man könnte denken, das Laufen wäre gesundheitsschädlich. Hat wahrscheinlich ein Kerl mit einer so fetten Wampe geschrieben, daß er nicht mal mehr seine Füße sehen kann.»

«Ich bin kein Reporter», erwiderte Spraggue. «Ein Freund von Pete. Ich habe mich nur gefragt, ob er an diesem Tag vielleicht hier war. An diesem Sonntag. Hatten Sie da geöffnet?»

«Nein, eigentlich nicht. Wenigstens nicht für die Öffentlichkeit. Aber richtig geschlossen hatten wir auch nicht, falls Sie wissen, was ich meine.»

«Ist Pete auf die Party gekommen?»

«Kann schon sein. Ich weiß, daß er in dieser Woche hier war. Senator Donagher, nein, ich glaube nicht.»

Spraggue seufzte. Wenn Donagher nicht gekommen war, dann Pete ebenfalls nicht. Ich und mein Schatten machen alles zusammen.

«Haben Sie eine Schreibmaschine hier? Im Büro?»

«Michael!» Es war Sharons Stimme, ruhig, aber elektrisiert. Sie schnitt durch den Raum wie das Skalpell eines Chirurgen, und alle drehten den Kopf zu ihr um.

Sie stand vor dem Schwarzen Brett rechts neben dem Eingang, die linke Hand gehoben, zeigte auf einen Schnipsel, der in die obere rechte Ecke des übervollen Brettes geheftet war.

«Das hat Pete geschrieben», sagte sie mit einer Stimme wie aus weiter Ferne. «Glaube ich wenigstens.»

Mitten unter vielen zusammengefalteten Zeitungsartikeln, Anzeigen für Sportkliniken, Chiropraktiker und Sportmediziner, Informationsblättern, auf denen Rennen gepriesen wurden, manche noch bevorstehend, andere, die bereits vor Monaten stattgefunden hatten, hing ein Zettel, zusammengefaltet und mit der Heftzwecke verschlossen. *B. D.* stand drauf. Brian Donagher.

Spraggue entfernte eine blaue Heftzwecke, nahm den Zettel herunter und faltete ihn auseinander. In dem Raum war es so still, daß er Sharon atmen hören konnte.

Sorry war alles, was da stand. *Bin bald zurück. Wenn Sie mich brauchen, rufen Sie 555-8945 an.*

Spraggue las die Telefonnummer zweimal.

Es war eine Nummer, die er gut kannte.

VIERUNDDREISSIG

Während der folgenden sechs Stunden lernte Spraggue eine Menge. Er lernte zum Beispiel, daß die graubraunen Metallstühle im kahlen Konferenzzimmer von Channel 4 nicht geeignet waren, sechs Stunden an einem Stück auf ihnen zu sitzen. Er entdeckte, daß der bisher lasterlose Ed Heineman Zigaretten kettenrauchte, die nach alten, getragenen Socken rochen, und daß er in der Schreibtischschublade seines Büros im ersten Stock eine billige Flasche Bourbon aufbewahrte. Er wußte noch nicht sicher, ob Sharon immer gern barfuß arbeitete; die Schuhe, die Tante Mary ihr gegeben hatte, waren so unbequem, daß sie sie einfach nicht ertragen konnte. Was Marys Arbeitsgewohnheiten betraf, gab es nicht mehr viel Neues zu lernen. Er wußte, daß sie die Angewohnheit hatte, leise und unmelodisch vor sich hin zu summen. Nichts konnte sie davon abbringen, da sie sich dessen nicht einmal bewußt war. Nach einer Weile verschmolz ihr Gesumme mit den Hintergrundgeräuschen, zum Beispiel dem gluckernden Heizkörper und den schreibmaschinen- und absatzklappernden Geräuschen eines Schreibbüros hinter der geschlossenen Tür des Konferenzzimmers.

Er erfuhr, daß es keine der achtunddreißig Schreibmaschinen bei Channel 4 gewesen war, vor die Pete Collatos sich am Sonntag gesetzt hatte, um die Anschrift seiner Schwester auf einen Briefumschlag zu tippen.

Heineman saß an dem einen Kopfende des langen rechteckigen Tisches, Mary am anderen, getrennt durch ihre unterschiedlichen Vorlieben für Zigaretten und Summen. Spraggue und Sharon teilten sich eine der Längsseiten des Rechteckes, wodurch abgesehen von Pierce' Eierkopf mit seinen schütter werdenden Haaren nichts die Sicht aus dem Fenster auf den Charles River nahm.

Um halb acht abends warf Spraggue einen Blick auf seine Uhr und wurde von einem kurzen Anfall echter Panik durchzuckt, bevor er sich erinnerte, daß an diesem Abend die Oper auf dem Spielplan stand. Heute keine Vorstellung. Kein Applaus.

Die Studienobjekte hatten zunächst als Stapel in der Mitte des Tisches gelegen, wurden nach einer Grabbelsackmethode verteilt und vereinbarungsgemäß im Uhrzeigersinn um den Tisch gereicht. Pünktlich zu jeder vollen Stunde legte die versammelte Mannschaft eine fünfminütige Pause ein, während der im wesentlichen nur geklagt und gejammert wurde.

In der ersten Stunde studierte Spraggue die Akten, die er in Collatos' Wohnung entdeckt hatte, alte Akten, zwölf, vierzehn Jahre alte Akten, zu denen Pete als Verbindungsmann zum Sonderdezernat für Brandstiftungsdelikte Zugang gehabt hatte. Er las sie, wie er den anderen empfohlen hatte, sie zu lesen, nämlich so, als würde man für ein wichtiges Examen büffeln. Man war nicht sicher, welche Fragen gestellt werden würden. Also: alle wesentlichen Fakten, Namen und Daten einprägen. Notizen machen.

Die zweite Stunde las er den Autopsiebericht des Gerichtsmediziners über Collatos' Leiche, danach den Kommentar des gleichen Arztes zu den sterblichen Überresten von JoJo Stearns.

In der dritten Stunde studierte er die von Eichenhorn erstellte Liste aller Mitarbeiter Donaghers, las die Biographien, die Pierce, Mary und Heineman während des Tages zusammengetragen hatten: Martin Emery alias Murray Eichenhorn, JoJo Stearns, Arnold Gravier, der Mann mit dem braunen Regenmantel, Lila Donagher geborene Lila Bennett, Senator Brian Donagher. Heineman hatte, auf ausdrücklichen Wunsch der anderen, seinen eigenen Lebenslauf hinzugefügt, um den Stapel abzurunden.

Die vierte Stunde verbrachte Spraggue damit, Marys krakelige Notizen bezüglich des Medikamentes Parnate zu entziffern.

Er erfuhr, daß Parnate (Tranylcypromine) der am häufigsten benutzte, nicht hydrazinhaltige Monoaminoxidase(MAO)-Hemmer war und keine toxischen Nebenwirkungen auf die Leber hatte. Er las eine Menge vielsilbiges Fachchinesisch. Er warf einen finsteren Blick in Marys Richtung, doch sie las und summte eifrig und schien sich um sein zorniges Starren nicht zu kümmern. Er argwöhnte, daß sie den ganzen Bericht über das Medikament direkt aus irgendeinem medizinischen Lehrbuch abgeschrieben hatte oder, schlimmer noch, daß sie es nicht getan hatte und tatsächlich den gesamten komplexen Wirkungsmechanismus des Medikamentes verstand. Bei Tante Mary konnte man nie wissen.

Er erfuhr, daß Parnate vom chemischen Aufbau mit Amphetamin verwandt war. Daß MAO-Hemmer nicht spezifisch für

MAO waren, sondern auch viele andere normale Enzymfunktionen blockierten, und daß daher Patienten, die Parnate einnahmen, auf keinen Fall andere Medikamente verabreicht werden sollten, die auf das Zentralnervensystem wirkten. Daß solche Patienten eindringlich vor Alkoholgenuß gewarnt werden mußten.

Er erinnerte sich, daß er nach dem letzten, spätabendlichen Telefonanruf wenig nette Gedanken über Pete Collatos gehegt hatte. Daß einer dieser Gedanken gewesen war, Collatos sei betrunken gewesen.

Er erfuhr, daß MAO-Hemmer im Darmtrakt schnell absorbiert wurden. Das wußte er bereits. Keine Injektionen. Keine Einstichstellen. Pete hatte die Substanz geschluckt, die ihn umgebracht hatte. Aber wann? Wie? Warum?

Er stützte die Ellbogen auf den Tisch und den Kopf in die Hände.

«1964», las er, «wurde Parnate wegen seiner starken Wechselwirkung mit vielen Medikamenten und Lebensmitteln vom Markt genommen. Danach wurde es unter der Einschränkung wieder zugelassen, daß es ausschließlich bei hospitalisierten depressiven Patienten eingesetzt wurde.

Rohmilchkäse oder abgelagerter Käse ist als Ursache hypersensitiver Krisen bei mit diesen Medikamenten behandelten Patienten festgestellt worden. Eine durchschnittliche Portion dieser Käse enthält genügend Tyramin, um einen signifikanten Anstieg des Blutdruckes zu bewirken. Andere Lebensmittel mit hohen Tyraminanteilen, die dieses toxische Syndrom ebenfalls auslösen, sind Rotwein, Hühnerleber, Hefe, Kaffee, eingelegter Hering, Hülsenfrüchte und konservierte Feigen. Todesfälle sind bekanntgeworden bei Patienten, die kleinere Mengen dieser Lebensmittel zu sich genommen haben. Die Symptome umfassen erhöhte Körpertemperatur, deutlichen Anstieg des Blutdruckes, strenge Kopfschmerzen und in jenen Fällen mit Todesfolge zusätzlich intrakranielle Blutungen. Neben Tyramin sollten auch andere sympathomimetische Amine, wie zum Beispiel Amphetamine, auf keinen Fall von Patienten eingenommen werden, denen MAO-Hemmer verabreicht werden.»

Er las die Liste der Lebensmittel noch einmal. «Eingelegter Hering, Hülsenfrüchte und konservierte Feigen ...» Er traute

Mary ohne weiteres zu, diese drei Dinge in dem vergeblichen Versuch eingefügt zu haben, etwas Humor in ihren knochentrokkenen Text zu bringen.

«Gott.» Sharon stieß einen solch tiefen Seufzer aus, daß die anderen erschreckt aufschauten. «Ich nehme dieses Zeug nicht mal mehr auf. Alles verschwimmt mir vor den Augen. Bedeutungslose Zahlen, Namen, die ich noch nie gehört habe ...»

«Ich habe auch noch keine Spur gefunden», gestand Mary traurig. «Oder, falls doch, dann habe ich sie nicht als solche erkannt.»

«Ich wünschte, wir könnten diesen ganzen Krempel einfach in einen Computer eingeben», sagte Heineman, «und uns die richtigen Antworten ausspucken lassen.»

«Würde nicht funktionieren.» Spraggue gähnte und streckte die Arme über den Kopf. Irgendwas in seinem Nacken machte deutlich hörbar *plopp.* «Um einen Computer benutzen zu können, muß man ihn programmieren. Um ihn zu programmieren, muß man die Fragen kennen. Man muß die Fragen kennen, um die Antworten zu finden.»

«Und wie lauten die Fragen? Wonach suchen wir?»

«Unstimmigkeiten. Überschneidungen. Wiederholungen. Alles, was euch irgendwie ungewöhnlich vorkommt.»

Nach einer Weile sagte Mary zögernd: «Nun, ich denke, das einzig Ungewöhnliche ist Lila Donagher. Sie scheint von Zeit zu Zeit zu verschwinden, nach New York zu reisen. Ihre Kinder fahren nicht mit ihr. Das scheinen die einzigen Gelegenheiten zu sein, an denen sie von ihnen getrennt war. Man erzählt sich, daß sie wegen Alkoholismus behandelt wird ...»

«Lila ist keine Alkoholikerin», unterbrach Heineman.

«Sie trinkt auch nicht wie eine», stimmte Spraggue zu, erinnerte sich an ihr Mittagessen im *Harvest.*

«Genau, was ich meine», sagte Mary. «Es kann sein, daß sie wegen Depressionen behandelt worden ist. Möglicher Alkoholismus ist bei der Frau eines Politikers entschuldbarer als Depressionen. Erinnert ihr euch noch an das Theater um den armen Senator Eagleton? Ich stimme für Lila als die Person, die am ehesten Zugang zu Parnate haben könnte.»

Spraggue sagte: «Aber das reicht nicht aus.»

«Verdammt wahr, das reicht nicht aus», brummte Heineman verteidigend. «Sie ist eine verdammt anständige Frau. Sie hat Pete Collatos gemocht . . .»

«Mehr als ihren Mann? Sie war es, die Donagher seine Wasserflasche hätte reichen sollen. Aber sie ist nie aufgetaucht. Falls sie Zugang zu Parnate hatte . . .»

«Wer bringt einen Ehemann auf diese Weise um?» unterbrach Sharon. «Heute? Wo Scheidung doch so einfach ist. Unverschuldete Scheidung.»

«Männer bringen ihre Frauen um, Frauen ihre Männer», sagte Mary. «Werfen Sie nur einen Blick in die Zeitungen.»

«Ja», konterte Sharon. «Aber dann sind es Verbrechen im Affekt. Nicht kaltblütig geplant. Mit der Kanone aus der Nachttischschublade. Mit einem Küchenmesser. Nicht mit ausgefallenen Medikamenten und hinterhältigen Plänen.»

Heineman nickte heftig, als hätte er selbst den Punkt gemacht, und Spraggue sagte: «Ich denke, wir sollten besser weitermachen.»

«Wie lange noch . . .» wollte Sharon wissen.

«Bis jeder alles gesehen hat.»

Pierce machte sich, ohne mit der Wimper zu zucken, wieder an die Arbeit. Er hatte schon seit Stunden kein einziges Wort mehr gesprochen.

«Oder bis wir blind werden», meinte Mary vergnügt.

Sie plagten sich weiter ab. Der Heizkörper machte jetzt ein konstantes Geräusch. Mary hatte eine Melodie gefunden und summte Variationen. Heineman ging zweimal hinaus, um Zigaretten zu holen. Sharon schlüpfte in ihre Schuhe und zog sie zusammenzuckend sofort wieder aus. Pierce fing an, auf seinem Stuhl hin und her zu rutschen, bis Mary ihn maßregelte, er mache sie nervös. Ihre Bemerkung eröffnete beinahe ein allgemeines Gemecker. Die allgemeine Stimmung war gereizt.

«Oh», machte Heineman. Es platzte aus ihm heraus wie eine gedämpfte Explosion. Er starrte auf seine Lektüre.

«Was ist?» fragte Spraggue.

Der Reporter zuckte zusammen, sah schnell auf seine Uhr. «Mir war nicht klar, daß es schon so spät ist», sagte er. «Ich muß noch eine Story für morgen abend fertigmachen. Meine Sekretärin hätte mich daran erinnern müssen. Ich habe ihr gesagt, wo sie mich finden kann . . .»

Mit zitternden Händen versuchte er verstohlen, das Blatt Papier, das er gelesen hatte, unter die anderen zu schieben.

«Entschuldigen Sie mich», sagte er. «Es dürfte eigentlich nicht länger als zehn Minuten dauern. Muß mich nur gerade mit einem Informanten kurzschließen.»

Spraggues und Marys Blicke trafen sich. Seine Augenbrauen hoben sich, und er schob, ganz ruhig, seinen Stuhl zurück.

Vorsichtig öffnete er die Tür. Die Luft auf dem Korridor war rein. Spraggue schloß die Augen und hörte in der Ferne leise Schritte. Links oder rechts? Er entschied sich für links, ließ sich von seiner Erinnerung leiten. Heinemans Büro hatte auf der linken Seite gelegen. Er erinnerte sich an das Namensschild an der Tür.

Er ging jetzt schnell und lautlos, hielt sich dicht an der Wand des Flures, die rechte Schulter nur wenige Zentimeter von der Wand entfernt. An einer Gabelung entschied er sich für rechts, blieb stehen und schaute um die Ecke, bevor er tatsächlich herumging. Er sah eine Tür zuschwingen: Heinemans Bürotür.

Im Halbdunkel des Flures blieb er vor dieser Tür stehen, drückte ein Ohr gegen das glatt gemaserte Holz und lauschte. Zuerst war da ein Geräusch, als wäre eine weitere Tür geöffnet und wieder geschlossen worden, dann nichts mehr. Er drehte den Türknauf und betrat die Domäne von Heinemans Sekretärin. Leer.

Als er das Ohr an die innere Tür legte, hörte er das unverkennbare Geräusch von jemandem, der eine Telefonnummer wählte. Das Geräusch war sehr leise und weit entfernt. Heinemans Stimme klang ebenfalls entfernt, kaum mehr als ein nicht zu entzifferndes Raunen.

Er warf einen kurzen Blick auf den Schreibtisch der Sekretärin. Auf einem beigefarbenen Tastentelefon leuchtete ein rotes Lämpchen. Auf Leitung 1 wurde gesprochen. Er schlich über den beigen Teppichboden, hielt die Luft an, hob vorsichtig den Hörer ab.

«Hören Sie», sagte Heineman gerade, dessen weiche Stimme so angespannt klang, wie Spraggue sie noch nie erlebt hatte. «Verbinden Sie mich sofort mit Mrs. Donagher. Es ist dringend, verstehen Sie?»

Spraggue meinte, Eichenhorns Stimme am anderen Ende der

Leitung erkannt zu haben, sicher war er jedoch nicht. Wer auch immer es war, er wollte Mrs. Donagher zu dieser unchristlichen Stunde nicht mehr stören.

Heineman sagte: «Gottverdammt noch mal, holen Sie mir sofort Mrs. Donagher an den Apparat. Es wird Ihnen noch sehr leid tun, wenn Sie es nicht machen.»

Spraggues Augenbrauen zuckten nach oben. Er hörte, wie die unidentifizierte Stimme sich widerwillig fügte, dann folgte ein Klicken in der Leitung. Lila brauchte fast fünf Minuten, bis sie ans Telefon kam. Spraggue, im Dunkeln über den Schreibtisch gebeugt, hoffte, Heineman würde nicht lockerlassen. Wenn er den Hörer krachen hörte, mußte er wie der Blitz aus der Tür sein. Oder den Reporter zur Rede stellen.

«Lila», sagte Heineman ungeduldig.

«Ed, Honey, bist du's?» Es war Lilas Stimme, aber sie klang irgendwie anders. Sie hatte etwas Ungebändigtes. Spraggue fragte sich, ob sie wohl getrunken hatte.

«Ich muß ganz schnell etwas wissen. Antworte mir, sag mir die Wahrheit, dann werden wir einen Ausweg finden. Ich werde dich schützen . . .»

Ihr Lachen perlte über Meilen von Telefonkabel. «Brauche ich denn Schutz?» fragte sie ungläubig. «Bist du es wirklich, Eddie? Sag das Paßwort.»

«Lila . . .!»

«Komm schon, ich bin schon mal von diesem verdammten Schnüffler reingelegt worden, und ich werde mich auf gar keinen Fall noch einmal reinlegen lassen.»

Heineman räusperte sich und murmelte: «Und hier ist wieder Channel 4 mit Ed Heineman.»

«Okay.» Sie kicherte, und um ein Haar geriet ihr Kichern außer Kontrolle. «So, und wegen was regst du dich jetzt so auf?»

«Dein Name . . . Überall steht er als Lila Bennett.»

«Mein Mädchenname. Ja.» Sie schien verdutzt, vielleicht auch mißtrauisch.

«Hast du mir nicht mal erzählt, das wäre nicht der Name, mit dem du auf die Welt gekommen bist?»

«Kann schon sein.»

«Dann ist er es also nicht?»

«Was soll das alles?»

«Di Bennedetto», sagte Heineman. «Nicht Bennett.»

«Ich bin wirklich überrascht, daß du dich noch erinnerst», sagte sie. Ihre Stimme hatte jetzt eine eisige Unbewegtheit, als wäre sie abrupt aus einem alkoholisierten Nebel herausgetreten. «Ed, ich kann nicht mitten in der Nacht mit dir am Telefon über alte Zeiten plaudern. Ich rufe dich später wieder an, okay?» Sie wartete auf eine nichtexistente Antwort. Dann klickte es zweimal.

Spraggue bereitete sich schon auf seinen Spurt zur Tür vor, doch bevor er den Hörer auflegte, hörte er ganz deutlich, über das Telefon, nicht durch die Tür, Heineman stöhnen: «Oh, Lila», flüsterte er. Und wieder: «Oh, Lila.»

Spraggue ließ ihn in seinem Büro, rannte zum Konferenzzimmer zurück. Mary wühlte gerade in der Akte, die Heineman bei seinem überstürzten Abgang zurückgelassen hatte.

«Ich glaube, das hier ist das Blatt, das er unter die anderen geschoben hat, bevor er gegangen ist», sagte sie in Beantwortung des fragenden Blickes ihres Neffen. «Es ist aus Collatos' Polizeiakten.» Das Blatt war dreimal gefaltet und glattgestrichen worden. Die obere rechte Ecke fehlte, Folge eines ausgefransten Risses. Das Papier war spröde, raschelte, als er es berührte. Es trug ein verschmiertes Datum: 14/3/68.

«Di Bennedetto», sagte Spraggue. «Sagt dir der Name irgendwas?»

Tante Mary sprach ihn zweimal leise vor sich hin, summte ein paar Noten ihrer Melodie, schnippte mit den Fingern. «Natürlich tut er das. Aber nicht in Zusammenhang mit dem hier.» Sie gestikulierte über den vollgepackten Tisch. «Jemand namens Di Bennedetto ist einer der unauffindbaren Strohmänner, denen das Gebäude gehört, das ich auf der Commonwealth Avenue kaufen will. Das Haus, von dem ich dich gebeten habe, der Polizei davon zu erzählen.»

Spraggue ließ einen Finger über das abgegriffene Blatt gleiten. L. Di Bennedetto war hier als Haus- und Grundbesitzer im North End aufgeführt, ein Haus- und Grundbesitzer, dessen Häuser eine besondere Anfälligkeit für spontane Einäscherung zu haben schienen.

«Ich bin noch nicht zu den Finanzberichten gekommen, Mary»,

sagte Spraggue. «Woher hatte Donagher das Geld, um seinen ersten Wahlkampf zu finanzieren?»

«Immer wieder dasselbe Lied», erwiderte Mary. «Eine reiche Gattin.»

«Oh, mein Gott», stieß Spraggue leise hervor, sagte dann laut: «Holt Heineman aus seinem Büro und haltet ihn hier fest. Und dann rufst du die Polizei an. Sag Hurley, keinem anderen als Hurley, er soll sich mit mir bei Donagher treffen. Und zwar schnell.»

FÜNFUNDDREISSIG

Als Spraggue die Autotür aufriß, huschte Sharon barfuß an ihm vorbei und kletterte auf den Beifahrersitz.

«Ich komme mit dir», sagte sie. «Ich werde auch bestimmt keine Schwierigkeiten machen. Es hat keinen Sinn, mir zu sagen, ich soll hierbleiben.»

«Im Traum würde ich nicht dran denken», sagte er. «Du bist sagenhaft.»

«Verschwenden wir keine Zeit.»

Abgesehen vom Licht hinter einem Mansardenfenster im zweiten Stock und einem Lichtschein aus einem Seitenfenster im ersten Stock war das Haus in der Sparhawk Street dunkel. Die Straße wirkte menschenleer. Spraggue parkte im Halteverbot direkt vor dem Haus, fragte sich dabei, ob Donagher wohl immer noch unter Polizeischutz stand, ob der sogenannte Schutz jetzt genauso fest schlummerte wie der Rest der stillen Nachbarschaft. Der Wind ächzte wie ein Bogen, der über die tiefste Seite eines Cellos gezogen wurde. Es ließ ihn frösteln.

Sharon folgte barfuß und lautlos, als er zum Vordereingang hinauflief und scharf mit einem bronzenen Stierkopf anklopfte, zehn Sekunden wartete, dann wieder klopfte. Diesmal hörten sie widerstrebende Schritte über den Holzboden schlurfen, hörten ein tiefes Gähnen, als sich die Tür einen Spaltbreit öffnete.

Eichenhorn blinzelte sie an, wollte schon etwas sagen, überlegte es sich anders und versuchte, die Tür wieder zu schließen. Spraggue drückte gegen das Holz, und Eichenhorn gab überrascht nach. «He», sagte er mit einem gekränkten Tonfall, «wissen Sie eigentlich, was Sie da machen? Ich könnte die Polizei rufen. Sich mitten in der Nacht gewaltsam hier Zutritt zu verschaffen . . .»

«Wo ist Mrs. Donagher?»

«Wo Mrs. . . .?» Eichenhorn schüttelte ungläubig den Kopf. «Es ist . . . es ist schon nach zwölf. Ich nehme an, sie wird schlafen. Sie steht immer sehr früh mit den Kindern auf. Was geht Sie das an?»

«Vor einer halben Stunden hat sie noch telefoniert. Ist sie oben? Ist Donagher zu Hause?»

«Brian ist . . . er ist in seinem Arbeitszimmer. Warten Sie . . .!»

Spraggue platzte in das Zimmer. Der Raum strahlte eine Ruhe aus wie ein Stilleben. Der Senator schaute aus seinem Sessel in der Ecke auf, machte ein Eselsohr in die Seite, die er gerade in einem gebundenen Dokument gelesen hatte, und verstaute die Lesebrille in seiner Hemdtasche. Er sagte nichts, doch in seinem Blick lag eine Frage, zuerst in Spraggues Richtung, dann auf seinen empörten Wahlkampfmanager gerichtet und schließlich auf Sharon.

«Ich muß Ihre Frau sprechen», sagte Spraggue.

«Ach, kommen Sie», sagte Donagher. «Kein Melodrama. Nach Mitternacht hier mit Drohungen ins Haus platzen. Ich bin müde. Meine Frau ist müde. Sie ist bereits vor Stunden zu Bett gegangen.»

«Ist sie das wirklich?» fragte Spraggue, wurde mißtrauisch. «Wecken Sie sie.»

«Murray», sagte Donagher. «Sie sollten wohl besser Captain Menlo verständigen.»

«Die Polizei dürfte bereits unterwegs sein.»

Der Senator stand auf. «Was soll das alles? Wer ist diese Frau? Was haben Sie um diese Uhrzeit hier zu suchen . . .»

«Es geht um Ihre Frau. Ich möchte eigentlich keine Beschuldigungen gegen sie vorbringen, wenn sie nicht dabei ist, um sich zu verteidigen.»

«Sie muß sich nicht verteidigen, wie Sie es ausdrücken. Sie steht nicht unter Anklage.»

«In Ordnung», sagte Spraggue. «Reden wir über Ihre Frau. Sie hatte all die Jahre ein Geheimnis. Vielleicht nicht nur eines. Aber ein absolut wichtiges Geheimnis, über das sie Stillschweigen bewahren mußte. Und Sie hatten einen Mann in Ihr Haus eingeladen, der ihr ganzes Leben zum Einsturz bringen konnte.»

«Meine Frau ...» begann Donagher ungehalten, fand dann die Beherrschung wieder und fuhr statt dessen mit beißendem Sarkasmus fort. «Sind Sie verrückt? Lila? Welche Geheimnisse ...?»

«Als Sie sie geheiratet haben, glaubten Sie, ihr Name wäre Lila Bennett.»

Donagher nickte. Seine Lippen öffneten sich, doch keine Worte kamen heraus.

«Vielleicht stimmte das. Vielleicht hat sie ihren Namen ja völlig legal geändert. Aber als L. Di Bennedetto hat sie Immobilien in ganz Boston geerbt. Und als L. Di Bennedetto ist sie in einen Schwindel verwickelt, um Grundstückspreise in die Höhe zu treiben, besagte Immobilien anschließend abzufackeln und die Versicherungssummen zu kassieren.»

Der Senator zog die Lesebrille wieder aus der Tasche, wollte sie mit zitternden Händen aufsetzen, überlegte es sich anders und legte sie geistesabwesend auf den Beistelltisch neben dem Sessel.

«Niemand hat L. Di Bennedetto mit Lila Bennett in Verbindung gebracht, die inzwischen Lila Donagher hieß», fuhr Spraggue fort. «Das alles ist vor vielen Jahren passiert, als Sie sie geheiratet haben. Möglicherweise gibt es nicht einmal genügend Beweismaterial für eine strafrechtliche Verfolgung. Aber sie hatte Angst, daß die Fakten ans Licht kommen und in der Presse breitgetreten würden. Angst, daß sie einen Richter beeinflussen könnten, wenn sie die Scheidung einreichte. Daß sie in den Augen des Gesetzes als Mutter ungeeignet wäre, daß sie die Kinder verlieren könnte ...»

«Sie hat die Scheidung nicht eingereicht, noch nicht ... erst nach der Wahl. Sie hat versprochen ...»

Spraggues Augen verengten sich. «Senator, wir müssen mit ihr sprechen, bevor die Polizei eintrifft ...»

«Haben Sie denen schon davon erzählt?»

«Nein.»

«Werden Sie es müssen?»

«Sie hat Pete Collatos ermordet. Weil er die Puzzlesteinchen zusammengesetzt hat ...»

«Ich glaube Ihnen nicht.»

«Fragen Sie sie.»

«Murray.» Donagher holte vier- oder fünfmal tief Luft, bevor er eine Entscheidung traf. Er setzte sich und sank in sich zusammen wie ein Segel ohne Wind. Langsam senkte sich sein Kopf in seine Hände, und leise und gedämpft sagte er zu seinem Wahlkampfmanager: «Bitten Sie Lila herunter.»

Eichenhorn nickte verwirrt. Er nahm zwei Stufen auf einmal, als er die Treppe hinauflief.

«O mein Gott.» Donaghers leise Worte explodierten in einer Stille, in der sich das Ticken der Uhr wie ein gigantisches Metronom anhörte. «Ich weiß, ich sollte so etwas nicht denken, nicht jetzt, aber das wird mich ruinieren . . . Ich habe so hart gearbeitet . . . Ich habe soviel getan, und es bleibt noch soviel zu tun. Ich habe einen ganzen Schreibtisch voller Gesetzesvorlagen: zur Steuerreform, Waffenkontrolle . . . Dinge, für die ich mein ganzes Leben gearbeitet habe. Ich habe soviel vor mir . . . und jetzt das. Es wird mir alles nehmen. Eigentlich kann ich mich gleich aus dem Senat verabschieden, noch vor der Wahl. Wie soll ich es rechtfertigen, jetzt noch weiterzumachen? Lila wird mich brauchen. Die Kinder . . .»

Donagher ließ seinen Kopf wieder in die Hände sinken. Sie warteten lange genug, daß die Stille unangenehm wurde. Sharon setzte sich auf das Sofa und schlug die Beine übereinander.

Im Profil erkannte Spraggue, wie groß die Ähnlichkeit mit ihrem Bruder war – es war mehr als nur der dunkle Teint, die runde Stirn, das markante Kinn. Diesen entschlossenen Trotz hatte er schon in anderen braunen Augen als ihren gesehen, genau in diesem Zimmer, als Pete Collatos seinem alten Freund von seiner Absicht erzählt hatte, den anonymen Briefeschreiber zu fassen.

Sie hörten Murray wieder herunterkommen, halb so schnell, wie er hinaufgelaufen war.

«Sie ist nicht in ihrem Zimmer», sagte Eichenhorn. «Oder sie macht nicht auf. Die Tür ist abgeschlossen.»

«Schnell.» Spraggue war bereits auf dem Flur, drängte sich an Eichenhorn vorbei und lief zur Treppe. «Haben Sie einen Zweitschlüssel?»

«Lila!» brüllte Donagher auf dem Weg nach oben. Er hielt sich am Geländer fest, als er auf dem Treppenabsatz einen scharfen Bogen machte, und blieb vor einer schweren Eichentür stehen. «Lila!» Keine Antwort. «Murray», sagte er eindringlich zu dem Mann, der ihnen folgte. «Gehen Sie rauf und sorgen Sie dafür, daß die Kinder nicht runterkommen. Sagen Sie ihnen, alles wäre in Ordnung, sie sollten aber unter keinen Umständen runterkommen. Dann kommen Sie zurück.»

Spraggue sagte: «Wir sollten besser einen Krankenwagen rufen.»

«Nein. Bitte. Vielleicht schläft sie ja nur. Sie hat einen sehr tiefen Schlaf . . . Vielleicht hat sie nur vergessen, ihre Tür wieder aufzuschließen. Sie könnte auch klemmen. Sie . . .»

«Sie klammern sich an Strohhalme.»

«Bitte. Helfen Sie mir, die Tür aufzubrechen. Wenn es irgend möglich ist, nicht zuviel Wirbel zu machen . . . Ich flehe Sie an.»

Die beiden Männer legten die Schultern gegen das Holz, holten aus und krachten gegen die Tür.

«Lassen Sie mich sie eintreten», sagte Spraggue grimmig.

«Können Sie das?»

«Ich kann's versuchen.»

Donagher trat zurück. Die Tür zitterte unter dem ersten Tritt. Holzsplitter flogen. Beim zweiten Tritt sprang sie weit auf.

«O mein Gott», flüsterte Donagher.

Lila war für einen weniger dauerhaften Schlaf gekleidet, als sie ihn erreicht zu haben schien. Ihr Nachthemd war weiß mit kleinen rosafarbenen Rosen. Ihr Haar, gekämmt zu einem glatten, goldgelben seidigen Vorhang, verbarg teilweise ihr Gesicht. In der Luft hing ein Geruch nach Alkohol und Erbrochenem. Das Medizinfläschchen, das das Blatt Papier auf dem Nachttisch beschwerte, war leer.

Donagher reagierte als erster. Er riß den Brief vom Tisch, warf dabei das Medizinfläschchen zu Boden. Er wiederholte ununterbrochen drei Worte – o mein Gott, o mein Gott –, immer wieder.

«Rufen Sie einen Krankenwagen», sagte Spraggue.

Sharon stand an dem Bett, eine Hand auf Lila Donaghers regloser Schulter. «Ich gebe ihr Erste Hilfe . . .» begann sie.

«Nein!» Donagher stieß sie mit solcher Wucht fort, daß sie fiel. «Fassen Sie sie nicht an. Lassen Sie sie in Ruhe.»

«Ist sie tot?» hauchte Eichenhorn, der vor der Tür stand.

«Sie wird es bald sein, wenn Sie keinen Krankenwagen rufen», sagte Spraggue. «Sie wird es sein, wenn Ihr Chef uns ihr nicht helfen läßt.»

«Murray», befahl Donagher. «Sie rufen nicht an. Sie wird schon wieder. Schaffen Sie diese Leute hier raus. Sie versuchen irgendeine politische Sache abzuziehen. Wenn Lila auf einer Bahre hier rausgetragen wird, ist das mein politischer Selbstmord. Wir können sie auch allein wieder zu Bewußtsein bringen. Schwarzer Kaffee. Wir sorgen dafür, daß sie sich übergibt. Lassen Sie sie so lange auf und ab gehen, bis die Wirkung des Medikaments nachläßt, das sie genommen hat.»

Spraggue nahm das Tableau tief in sich auf: die bewegungslose Gestalt, wie eine achtlos auf das große Bett geworfene Flickenpuppe; der Senator, die Haare zerzaust, irrer Blick, der sie abschirmte; Sharon, die auf dem Teppich kniete, eine Lücke in Donaghers Verteidigung suchte.

«Verschwinden Sie!» Donaghers Gesicht war verzerrt, seine Stimme ein häßliches Knurren.

Einen Moment lang hatte alles auf eine bestimmte Art einen Sinn ergeben, und dann hatte sich alles geneigt und zu einem neuen Muster verschoben.

«Murray», sagte Spraggue, dessen ausdruckslose Stimme gefährlicher klang als Donaghers Knurren. «Welche Diät haben Donagher und Collatos zwei Wochen vor dem Rennen gemacht?»

Donagher erstarrte.

«Zum Teufel, was?» sagte Eichenhorn.

«Sagen Sie mir, ob ich recht habe. Und wenn dem so ist, rufen Sie so schnell wie möglich einen Krankenwagen, denn Donagher hat Collatos umgebracht und versucht jetzt, auch seine Frau zu töten. Kein Käse, stimmt's? Kein Alkohol? Nichts mit viel Tyramin, weil Tyramin mit Parnate reagiert. Wenn Pete in der Woche vor dem Marathon irgend etwas Falsches gegessen hätte, wäre er vielleicht zu früh gestorben und es hätte nicht so ausgesehen, als wäre Donagher das Ziel des Attentates gewesen. Es hätte uns nicht von der Fährte abgebracht, es hätte Donagher weder Sympathiestimmen noch all die Publicity verschafft . . .»

«Brian», sagte Eichenhorn, und seine Stimme war ein Flehen, ein Flehen um den Widerspruch, der nicht kam.

«Er versucht Zeit zu schinden», sagte Spraggue, «hofft, daß jede Hilfe zu spät kommt . . . Denn wenn Lila stirbt, kann er ihr immer noch alles in die Schuhe schieben. Gehen Sie und rufen Sie einen Krankenwagen!»

Als er sich endlich bewegte, ging Eichenhorn so steif wie ein alter Mann, schwankte unsicher den Korridor hinunter.

«Nein!» brüllte Donagher ihm nach. «Ruf nicht an!» Er stürzte zur Tür, mußte aber stehenbleiben, um Sharon vom Bett fernzuhalten.

Es klingelte an der Haustür.

SECHSUNDDREISSIG

Das Läuten der Glocke hallte durchs Erdgeschoß, die Treppe hinauf, in das Zimmer, wo Lila Donagher bewegungslos wie eine Wachsfigur auf dem großen Bett lag. Es ließ jeden erstarren: Eichenhorn auf dem Flur, der seine goldgerahmte Brille die Nase hinaufschob, den Mund zu einem ungläubigen «Oh» geformt; Donagher, halb zur Tür gewandt, unentschlossen, ob er Murray zurückhalten oder Sharon den Weg zum Bett versperren sollte; Spraggue in der Schlafzimmertür.

«Machen Sie auf, Murray», sagte Spraggue, trat ein paar Schritte ins Zimmer.

«Nein», brüllte Donagher. «Das ist nur ein Trick. Ich würde nie etwas tun, das Lila schadet.»

«Gehen Sie zur Tür. Sie werden sie sonst einschlagen», warnte Spraggue.

Der Wahlkampfmanager erwachte aus seiner Starre und ging stockend zur Treppe. Der Senator mußte darin eine größere Bedrohung gesehen haben als in Sharon, denn nun stürmte er los, um ihn aufzuhalten, rannte auf die Tür zu, die Spraggue gerade erst geräumt hatte. Mit beiden Händen nahm Spraggue den wild gestikulierenden Donagher in den Polizeigriff.

Donagher sackte zusammen, als hätte er aufgegeben, trat dann plötzlich nach hinten aus, erwischte schmerzhaft Spraggues Schienbein und riß seinen Arm frei.

«Sie hat noch einen Puls!» rief Sharon, die sich über die reglose Gestalt auf dem Bett gebeugt hatte.

Donagher schlug zuerst zu. Der Schlag erwischte Spraggue seitlich am Hals, krachte dann gegen seinen Kiefer. Plötzlich sah Spraggue in Donagher nicht mehr einen angesehenen Senator, der durchgedreht war. Er mußte an Pete Collatos denken, der bewußtlos auf einer Bahre lag, an ein Haus voll verkohlter Erinnerungen.

Es konnte sein, daß der Senator die Veränderung in Spraggues Augen gesehen hatte. Jedenfalls wich er zum Bett zurück, versuchte, Sharon von seiner Frau fortzustoßen.

Spraggue packte den Mann an den Schultern, schleuderte ihn mit aller Kraft gegen die Wand. Donagher fiel, rutschte an der Wand hinunter. Doch er war stärker, als er aussah – schnell, drahtig und schlau. Als er sich umdrehte, holte er wieder aus.

Später konnte Spraggue sich nicht mehr erinnern, was genau passiert war. Lodernde Wut blendete ihn, machte ihn taub, riß ihn aus der Wirklichkeit. Das Summen des Pulsschlages in seinen Ohren schwoll zu einem brüllenden Meer von Geräuschen an. In dem Wirbel der Schläge mußte auch Donagher mehr als einmal getroffen haben, doch Spraggue schüttelte es einfach ab. Dann lag Donagher auf dem Boden, das erschrockene, blutverschmierte Gesicht nach oben gedreht. Spraggue hob ihn hoch, als wäre er nur ein Stück Holz, vergrub die Faust immer wieder im Magen des Politikers.

«Hör auf!»

Spraggue hörte die Worte, bevor er ihre Bedeutung verstand. Es klang, als würde ihm jemand vom anderen Ende eines sehr langen Tunnels etwas zurufen.

«Hör auf!» Sharon schrie in sein Ohr, hämmerte gegen seine Schulter. «Du bringst ihn um!»

Spraggues Arme fielen kraftlos herab. Donagher sank langsam zu Boden, die Arme schützend vor dem Kopf, stöhnte.

Sharon starrte Spraggue einen langen Augenblick an, lief dann zu Mrs. Donagher zurück. «Ich versuche, sie mit Mund-zu-Mund-Beatmung am Leben zu halten, bis der Krankenwagen kommt.»

Spraggue bückte sich, packte den Senator, drehte ihn um, nahm ihn wieder in den Polizeigriff, mit dem der ganze Tumult angefangen hatte, zerrte den Mann auf die Beine.

«Sie brechen mir den Arm . . .» Donagher wehrte sich schwach. Sein Gesicht war fleckig, er keuchte.

«Ich würde Ihnen am liebsten den Hals brechen», sagte Spraggue so leise, daß es den Mann wie ein Schuß zum Schweigen brachte. «Pete hat Sie verehrt. Er hat Sie für das Beste gehalten, das ihm je passiert ist. Und Sie haben ihm gesagt, er sollte weiterlaufen, während Sie sich hingelegt und so getan haben, als lägen Sie in den letzten Zügen. Dabei wußten sie ganz genau, daß er sterben würde.»

Eichenhorn stürmte die Treppe hinunter. Im Vergleich zu ihm kam Spraggue nur im Schneckentempo voran, während er den Senator vor sich her stieß. Er wollte nicht, daß Donagher zufällig oder absichtlich stolperte. Als sie endlich unten waren, stand die Haustür bereits auf, die Veranda vor dem Haus war in grelles Licht getaucht. Captain Hank Menlo ragte drohend auf der Schwelle auf, direkt hinter ihm ein kleinerer uniformierter Cop.

«Machen Sie die Tür zu!» sagte Spraggue schnell. Zu spät. Der gewaltige Mann und sein Schatten traten über die Schwelle. Der uniformierte Mann warf die Tür zu und legte den Riegel vor.

Donagher hörte auf, sich zu wehren.

«Lassen Sie ihn los», befahl Menlo. Spraggue löste seinen Griff. «Wollen Sie Anzeige erstatten, Senator?»

«Officer . . .» Eichenhorns Tenor war praktisch ein Piepsen. «Oben. Mrs. Donagher . . . Sie braucht unbedingt einen Krankenwagen . . .»

«Gerade noch rechtzeitig, Menlo.» Donagher zog sein Hemd glatt, rieb sich den Arm. Er hatte seine Stimme wiedergefunden. Sein Atem ging fast normal. Er klang so selbstsicher wie bei seinen Wahlkampfspots im Radio, doch das Blut tropfte immer noch aus einem Mundwinkel. «Oben befindet sich noch eine Frau, die mit diesem Mann in mein Haus eingebrochen ist. Lassen Sie sie von Ihrem Mann da runterholen . . . und sagen Sie ihm, er soll auf nichts anderes achten. Er soll nur diese Frau runterholen.»

Menlo nickte, und der kleine, dunkelhäutige Cop setzte sich zur Treppe in Bewegung. Als Spraggue vortrat, um ihm den Weg zu versperren, klopfte der Cop auf sein Holster und sah seinen Chef fragend an. Menlo lächelte ohne eine Spur von Humor. «Noch nicht», sagte er.

Der Cop schob sich an Spraggue vorbei und lief die Treppe hinauf.

«Murray», sagte Donagher ruhig, «gehen Sie in die Küche, und warten Sie dort auf mich.»

«Ich kann nicht . . . Ich . . . Mrs. Donagher . . .»

«Sie tun genau das, was ich Ihnen sage», sagte Donagher kalt. «Sofort.»

Von oben hörte man den Schrei einer Frau, der abrupt verstummte.

«Rufen Sie einen Krankenwagen», sagte Spraggue. «Wenn Lila stirbt, wird ihr die ganze Schuld in die Schuhe geschoben.»

Verstehen flackerte in Menlos Augen auf. Spraggue konnte die kleinen Rädchen förmlich arbeiten sehen – da wurden die Chips abgewogen, bewertet, aufgestapelt und umgeschichtet. Dann winkte der Captain Donagher zu sich, zog seinen Revolver und trieb die beiden anderen Männer in das zur Straße liegende Zimmer. «Kein Telefon hier? Gut. Keiner verläßt den Raum, bis ich es sage.» Die restlichen Worte von Menlo waren in einem Flüstern an Donagher gerichtet, das zu leise war, als daß Spraggue etwas verstehen konnte.

Eichenhorn sank auf der Couch zusammen, nahm die Brille ab, rieb sich die Augen. Spraggue stand vor dem Kamin, suchte fieberhaft den Raum ab – zuerst nach einem Fluchtweg, dann nach irgendeiner Waffe –, bedauerte, daß er keine Kanone mehr trug. Der dunkelhäutige Cop schleppte Sharon Collatos in den Raum, ließ sie auf den Teppich fallen. Tränen der Wut standen in ihren Augen. Der Abdruck einer offenen Hand loderte feuerrot auf ihrer Wange. Der Cop hatte blutige Kratzer im Gesicht. Schnell, mißtrauisch zog er sich aus dem Raum zurück, bewachte die Tür. Die Hand schwebte über seinem Holster.

Sharon schüttelte Spraggues Hand ab, als er ihr aufhelfen wollte.

Nach unendlich langen fünf Minuten tauchte Menlo wieder auf, hustete. «Der Senator sagt, seine Frau hätte einen Abschiedsbrief geschrieben, bevor sie sich das Leben nahm, und daß ich ihn besser lesen sollte, bevor ich weitere offizielle Schritte einleite.»

«Dafür ist es zu spät . . .» sagte Spraggue.

«Genau», unterbrach Donagher aalglatt. «Es ist zu spät für Lila. Aber es ist vielleicht noch nicht zu spät, um bei dieser Tragödie wenigstens noch etwas zu retten. Genau das habe ich Captain Menlo gerade erklärt.»

«Sie ist noch nicht tot . . .» begann Sharon.

«Menlo hatte die ganze Zeit seine Finger im Spiel, stimmt's?» sagte Spraggue.

Eichenhorn auf der Couch erstarrte.

«Alles paßt zusammen. Menlo arbeitet mit der Sonderkommission für Brandstiftungsdelikte zusammen. Menlo ist ein mieser Cop. Menlo macht bei der Polizei Karriere, wird immer wieder befördert, während andere, bessere Cops gefeuert werden. Er muß schon vor langer Zeit alles über Ihr kleines Vermögen aus Brandstiftungen herausgefunden haben, Senator. Er muß Sie schon seit Jahren schröpfen. Menlo muß es auch gewesen sein, der Ihnen von einem jungen, arbeitswütigen Cop erzählt hat, der Ihren Geheimnissen zu sehr auf die Spur kam.»

Spraggue sah Donagher an, suchte nach Bestätigung, erhielt nichts außer einem ausdruckslos starren Blick.

«Dann wird Collatos entlassen, und Menlo atmet erleichtert auf. Aber nicht Sie, Senator, stimmt's? Sie mußten unbedingt wissen, wieviel dieser Collatos schon herausgefunden oder sich zusammengereimt hatte. Nachdem Menlo Ihnen gesagt hatte, daß Pete diese alten Akten gezogen hatte, war er schon so gut wie tot. Menlo kannte Pete inzwischen gut genug, um zu wissen, daß er weitergraben würde, und früher oder später hätte er vielleicht die Herkunft Ihres Vermögens herausgefunden. Wenn er erst mal Witterung aufgenommen hatte, war Pete ein unnachgiebiger Spürhund. Ein guter Cop. Nicht wie manche anderen, die jedem Gestank folgen, solange er nur zu Geld führt, die das Aroma der Gerechtigkeit vergessen haben, falls sie es überhaupt je geschnuppert haben.»

«Soll ich ihm das Maul stopfen?» fragte der kleine Cop.

«Also haben Sie sich mit Menlo ausgedacht, Collatos als Ihren persönlichen Bodyguard einzustellen. Ich habe Sie noch nie ausstehen können», sagte Spraggue zu Menlo, «aber wußten Sie auch, daß Donagher plante, Pete umzubringen?»

«Ich hatte es nicht vor», sagte Donagher schroff. «Damals noch nicht.»

«Oder haben Sie Petes Hinrichtung gemeinsam geplant? Nein, ich bezweifle, daß der Senator die Kopfarbeit einem Cop anvertrauen würde. Der Senator hatte, dank einer früheren Krankheit seiner Frau, die Medizin . . . Von seinem früheren Schwindel mit den Brandstiftungen hatte er Verbindungen zum Mob. Ich frage mich, inwieweit der Senator bei der Gesetzgebung gegen das organisierte Verbrechen beteiligt war?

Hat denn Ihre Frau überhaupt keinen Verdacht geschöpft, als alle Immobilien, die sie unter ihrem alten Namen besaß, dem Namen ihres Vaters, so gewinnbringend abbrannten? Oder hat sie Ihnen ihre gesamten Geschäfte anvertraut?»

Eichenhorn suchte sich diesen Augenblick aus, um aufzustehen und zu verkünden: «Ich werde jetzt einen Krankenwagen rufen.»

«Setz dich», fuhr Donagher ihn an. «Der wird keine Schwierigkeiten machen. Ich weiß genug über ihn, um sein Schweigen zu garantieren.»

«Spraggue», sagte Menlo, «ist eine ganz andere Geschichte. Und die Frau.»

«Jeder andere Cop wäre viel zu clever gewesen, um einen dieser Umschläge auf seiner eigenen Schreibmaschine zu tippen», sagte Spraggue. Bei diesen Worten bekam Menlo einen roten Kopf, ließ seinen Fuß nervös auf den Boden tippen. «Wußte Pete es schon sicher, als er Sie an diesem Sonntag aufgesucht hat, oder ist er einfach nur vorbeigekommen, um Sie zu fragen, ob Sie den Umschlag zurückbehalten hätten? War er überrascht, als er eine Zeile auf Ihrer Schreibmaschine geschrieben hat und dann feststellte, daß die Typen exakt mit denen auf den Drohbriefen übereinstimmten?»

Menlo zog seine Kanone. Nicht die standardmäßige, sechsschüssige S & W der Polizei, sondern eine .357er Magnum.

«Nein», sagte Donagher hastig. «Wir müssen das gut überlegen. Wir müssen es richtig inszenieren. Ich habe einen Einbrecher gehört. Ich habe die Polizei verständigt. Nach all den Drohungen, nach Petes Tod war ich natürlich beunruhigt. Ich rufe Sie an, und Sie sehen sie dann aus dem Haus laufen. Sie rufen ihnen nach, er dreht sich um. Sie sehen eine Kanone. Sie schießen. Das Mädchen steht in der Schußlinie. Na, wie ist das? Die Kanonen drücken wir ihnen später in die Hand.»

Eichenhorn schüttelte den Kopf. «Ich kann nicht . . .» sagte er.

«Und ob du gottverdammt kannst. Sonst gibt es eben drei Leichen.»

Spraggue sagte: «Es wird so oder so drei Leichen geben. Wird es die Leichtgläubigkeit der Öffentlichkeit nicht überstrapazieren, wenn sie schlucken soll, daß ausgerechnet in der Nacht Einbrecher in Ihrem Haus waren, als Ihre Frau Selbstmord beging?»

«Meine gottverdammte Leichtgläubigkeit würde das mit Sicherheit überstrapazieren», sagte Hurley. Er hatte seine Waffe gezogen, als er aus dem Schatten des Flures trat. Das Walkie-talkie an seiner Hüfte knackte. Sirenen heulten, und Blaulicht zerriß die Nacht.

Donagher raste zur Haustür, war blitzschnell draußen.

Hurley brüllte etwas in sein Walkie-talkie.

«Er kann gar nicht weit genug weg», sagte Spraggue.

Sharon stürmte zur Treppe.

SIEBENUNDDREISSIG

Der Krankenwagen kam und fuhr wieder ab – in khakifarbene Uniformen gekleidete Sanitäter schoben Sharon behutsam zur Seite, kümmerten sich um Lila Donaghers unregelmäßige Atmung, hoben sie auf eine Bahre, verschwanden so schnell mit ihrer Last, daß sie wie Wesen aus einem zusammenhanglosen Traum wirkten. Streifenwagen kamen und fuhren ab. Schwere schwarze Schuhe trampelten den Weg zum Haus Nummer 55, Sparhawk Street, hinauf und hinunter.

In den Ecken wurden getuschelte Konferenzen abgehalten. Der Gouverneur, mit rotem Gesicht und gereizt, aus dem Schlaf gerissen und in seiner offiziellen Limousine zu Donaghers Haus gekarrt, hatte sich mit seinen Beratern hinter verschlossene Türen in die Küche zurückgezogen. Jemand hatte der Presse einen Tip gegeben. Als die Reporter sich ins Getümmel stürzten, wirkte das

Chaos davor geradezu wie ein Musterbeispiel an organisierter Vernunft.

Wenn man ihn gerade nicht zum Verhör brauchte, saß Spraggue im Sessel des Senators, die Ellbogen auf den Knien, den Kopf vorgebeugt. Er verschränkte die Hände im Nacken und schloß die Augen, stellte sich vor, ganz woanders zu sein, auf einer anderen Bühne zu stehen.

Er sah Senator Donagher hinaus in die Dunkelheit rennen und endlos stürzen, schlug die Augen auf und richtete seinen Blick auf den Teppich.

Hurley stieß ihn an.

«Erzählen Sie's noch mal», sagte er. «Dem Superintendent.»

«Scheiße», sagte Spraggue. «Können Sie kein Tonband besorgen?»

Hurley wedelte mit einem Mikrofon vor Spraggues Augen. «Direkt aus dem Präsidium. Dieses Mal ist es für die Nachwelt.»

Spraggue schloß die Augen, brachte Ordnung in seine Gedanken. Als er sprach, war seine Stimme völlig tonlos. «Manches ist reine Vermutung. Anderes ist Tatsache. Sie werden das selbst klären müssen.»

«Schießen Sie los.»

Spraggue registrierte vage, daß Möbel gerückt wurden, daß weitere gesichtslose Menschen den Raum betraten. Er wartete auf Stille, dann begann er.

«Als sich Donagher entschloß, in die Politik zu gehen, hatte er nicht das Geld, um im großen Stil einzusteigen. Ich nehme an, er hat für irgendein kleineres Amt kandidiert und verloren. Es muß ihn viel gekostet haben, zu verlieren. An Bargeld und Selbstachtung. Seine Frau hatte zwar etwas Geld, aber vor allem besaß sie Immobilien. Häuser in Roxbury, im North End, im Back Bay, in Jamaica Plain, weiß Gott, wo sonst noch. Vielleicht hat Donagher versucht, sie zu verkaufen. Vielleicht trat zu dieser Zeit der Mob an ihn heran. Vielleicht ist er auch zu ihnen gegangen, weil er keinen guten Preis erzielen konnte. Egal, wer den Anfang gemacht hat, Donagher stieg jedenfalls in einen großen Schwindel ein, um den Wert des Grundbesitzes seiner Frau, den Papierwert, zu erhöhen. Dann wurden die Häuser in Brand gesteckt, um die Versicherungssummen zu kassieren. Donaghers Name tauchte bei den

Transaktionen nie auf. Die Häuser wechselten den Besitzer zwischen Strohmännern und L. Di Bennedetto. Jedesmal, wenn ein Gebäude verkauft wurde, stieg sein Wert. Ohne daß dabei auch nur ein Dollar von einem Konto auf ein anderes wanderte.»

«Kennen Sie den genauen Standort eines dieser Häuser?» Spraggue kannte die fragende Stimme nicht, schaute auch nicht auf.

«Eines von ihnen ist Nummer 312, Commonwealth Avenue. Der Schwindel ist immer noch nicht vorbei.»

«Wie ist Collatos in diese Sache reingerutscht?» fragte Hurley.

«Im Rahmen seiner Arbeit. Er arbeitete unter Captain Menlo, fungierte als Verbindungsmann zum Sonderdezernat für Brandstiftungsdelikte. Vielleicht konnte er einfach nicht verstehen, wieso nur so wenig Fortschritte erzielt wurden. Er war so was wie ein Einzelgänger. Etwas langsam von Begriff, aber wenn sich eine Idee erst mal bei ihm festgesetzt hatte, blieb er hartnäckig dran. Wahrscheinlich hat er Menlos kleines Lager von geheimen Akten entdeckt. Hat sie entweder gestohlen oder sich Kopien angefertigt. Dann hat er sie mit nach Hause genommen, um dort ungestört daran zu arbeiten. Vielleicht hat er sie auch nur beiseite gelegt, um sich später noch eingehend damit zu beschäftigen. Er wußte nicht, daß er das eine Ende einer hochexplosiven Stange Dynamit in den Händen hielt.»

«Aber Menlo wußte es», fügte Hurley hinzu.

«Ja. Und er hat es dem Senator erzählt. Und der Senator hat ihn angewiesen, diese Akten zurückzubeschaffen, herauszufinden, hinter was Collatos her war. Doch dann wurde Collatos entlassen.»

«Und Donagher konnte es nicht auf sich beruhen lassen.»

«Kann sein, daß er von der bevorstehenden Wahl besessen war. Ihn plagte vielleicht die Vorstellung, daß jemand alles seinem Gegner erzählen könnte, daß Collatos in Wahrheit für Bartolo arbeitete. Donagher war beunruhigt. Er wollte Collatos in seiner Nähe haben.»

«Was geschah dann?» drängte Hurley leise.

«Donagher dachte sich die Sache mit den anonymen Briefen aus. Menlo half ihm dabei. Wahrscheinlich hat Donagher die Briefe selbst geschrieben. Diese Briefe haben mir von Anfang an zu schaffen gemacht. Sie waren so übertrieben sorgfältig, so zwanghaft penibel ... Natürlich war Donagher vorsichtig genug, die Worte aus der Zeitung auszuschneiden, statt sie selbst zu schreiben. Um keinen Preis durfte man ihn mit diesen Briefen in Verbindung bringen. Er hat mehr Zeit auf die Gestaltung der Briefe verwendet als auf ihren Inhalt. Es interessierte ihn nicht, was darin stand, solange es nur als Grund herhalten konnte, Collatos zu engagieren. Er ließ die Briefe von Menlo aufgeben. Und dann verständigte Donagher die Polizei und bat um Schutz. Menlo sorgte dafür, daß Collatos den Job bekam.»

«Als er Collatos kennengelernt hatte, mußte Donagher klargeworden sein, daß er einen Fehler gemacht hatte.»

«Allerdings. Pete freundete sich mit Donaghers Frau an, begann ihr harmlose Fragen über ihre Kindheit zu stellen, bei denen Donagher das Zittern gekriegt haben muß. Donagher machte eine höllische Zeit durch. Die Wahl rückte immer näher. Seine Frau dachte daran, ihn zu verlassen ...»

«Was passierte als nächstes?»

«Ich kann darüber nur Vermutungen anstellen. Donagher kam zu dem Schluß, daß er sich Collatos vom Hals schaffen mußte. Er wollte es auf eine Art tun, die nicht nur keinen Verdacht auf ihn fallen ließ, sondern sogar seiner Wiederwahl behilflich war. Der Marathon war eine naheliegende Möglichkeit. Donagher würde auch nicht annähernd mit einer guten Zeit ins Ziel kommen. Er war nicht mehr der Wettkämpfer, der er als junger Mann einmal gewesen war. Aber wenn jemand beim Marathon ein Attentat auf ihn verübte, würde das mit Sicherheit Schlagzeilen machen. Und er drehte es so, daß Lila unter Verdacht geraten mußte, wenn die Möglichkeit eines politisch motivierten Attentates ausschied. Sie war es, die ihm auf dem Heartbreak Hill eigentlich das Wasser hätte reichen sollen. Wenn jemand dahinterkam, daß der Anschlag nicht politisch, sondern persönlich motiviert war – ein Angriff auf den Ehemann, nicht den Senator –, hoffte Donagher, die Sache unter dem Vorwand, seine geliebte Frau zu schützen, weiterhin geheimhalten zu können. Vielleicht hat er ja sogar gedroht zu sagen, sie hätte alles eingefädelt, hätte versucht, ihn umzubringen. Vielleicht sollte sie so bis nach der Wahl zum Stillhalten gezwungen werden. Wir sollten nie dahinterkommen, daß Pete das eigentliche Ziel des Anschlages war.»

«Und Sie glauben, daß Pete dieses Medikament, Parnate, bereits vorher genommen hat?»

«Ich weiß nicht, ob wir je wirklich beweisen können, daß Pete das Parnate verabreicht worden ist. Hätte Donaghers Wahlkampfmanager nicht den törichten Versuch gemacht, Donaghers Familie zu schützen, hätte ich nie davon erfahren. Fragen Sie Eichenhorn. Er hatte einen triftigen Grund, das Zeug aus Donaghers Haus zu bringen. Vielleicht war es plötzlich in Mrs. Donaghers Medizinschränkchen aufgetaucht. Vielleicht hat er beobachtet, wie Donagher es irgendwo verschwinden lassen wollte. Der Senator hat natürlich dichtgemacht, als Eichenhorn ihn darauf ansprach. Aber nur so ergibt Petes Tod einen Sinn.»

«Wir wirkt es?» soufflierte Hurley leise.

Spraggue schloß alles bis auf die Erinnerung an die Worte auf dem Papier aus. Das Tonbandgerät summte beharrlich. Es war der einzige Laut im Raum. «Mal sehen, woran ich mich erinnern kann. Das Medikament wirkt nicht direkt. Wahrscheinlich hat Donagher ein, zwei Wochen vor dem Marathon begonnen, Collatos das Zeug zu verabreichen. Als ich Collatos beim Laufen am Reservoir traf, erzählte er mir, daß Donagher sie für das Rennen auf irgendeine Diät gesetzt hätte. Diese Diät muß entscheidender Bestandteil von Donaghers Plan gewesen sein, denn Parnate reagiert mit so vielen Dingen. Donagher mußte Pete die ganze Zeit im Auge behalten, sein Verhalten kontrollieren. Das war leicht. Pete ist nur selten von seiner Seite gewichen. Wahrscheinlich ist das Parnate am Abend vor dem Rennen in Petes Spaghettisoße gemischt worden. Wahrscheinlich hat er unmittelbar vor Beginn des Marathons noch eine weitere Dosis in seinen Kaffee bekommen.»

«Sie glauben also, die Schüsse am Reservoir waren nur inszeniert?» fragte Hurley.

«So konnte man der Öffentlichkeit auch einen weiteren Anschlag glaubhaft machen.»

«Aber wie konnte Donagher sich darauf verlassen, daß seine Frau nicht doch auf dem Heartbreak Hill auftauchte, um ihm das Wasser zu reichen?» Die Frage wehte von der anderen Seite des Raumes herüber.

«Fragen Sie sie am besten selbst. Mir hat sie erzählt, daß sie sich unmittelbar vor dem Rennen mit ihrem Mann gestritten hätte. Donagher wartete bis zum Morgen des Rennens, um ihr zu sagen, daß er sie auf den Heartbreak Hill haben wollte. Statt sie zu fragen, hat er es einfach befohlen. Er drückte all die richtigen Knöpfchen, um eine bestimmte Reaktion zu provozieren. Man lebt nicht all die Jahre mit einem Menschen zusammen, ohne zu lernen, wie man ihn manipulieren kann. Und Donagher war ein Meister der Manipulation.»

«Und dann hat Donagher sich mit JoJo in Verbindung gesetzt?»

«Ich bezweifle, daß sich Donagher mit dem Kleinkram abgeben mußte. Dafür hatte er die Leute, die ihm schon bei seinem Einstieg in die Politik geholfen hatten. Sie besorgten den Heckenschützen für die kleine Szene am Reservoir und den Burschen, der das vergiftete Wasser übergeben sollte . . .» Spraggue hob eine Hand an die Stirn, preßte Daumen und Zeigefinger an die Schläfen. «Gott, ja, verhaften Sie einen Burschen namens Arnold Gravier. Er steckt bis zum Hals in dieser Sache. Er hat mein Haus abgebrannt, weil er Petes Akten – und mich – beseitigen wollte.»

«Die Fahndung läuft bereits . . .»

«Auf JoJo kam man wegen seiner schauspielerischen Talente. Und weil er entbehrlich war. Kann sein, daß er sowieso schon auf der Abschußliste stand. Nachdem JoJo tot war, waren sämtliche Querverbindungen zum Senator gekappt . . .»

«Und JoJo durfte nicht als Mörder identifiziert werden . . .»

«Richtig. Denn JoJo hatte mit Brandstiftung und dem Mob zu tun. Erst durch ihn haben wir uns die Frage gestellt, ob Pete nicht schon die ganze Zeit das Ziel gewesen war. Doch dann hat sich Menlo in die Ermittlungen eingeschaltet und diese Tür zugeschlagen. Sogar Sie hat er zum Schweigen gebracht.» Spraggue schwieg und richtete seinen Blick auf Hurley. «Sie hatten eine Leiche. Sie hatten einen Mörder. Die Geschichte *hinter* den Fakten interessierte Sie nicht.»

«Immerhin bin ich hier», erwiderte Hurley schwach. «Nach Ihrem Anruf bin ich Menlo gefolgt. So was nenne ich Kooperation. Einen anderen Cop zu beschatten ist ein Scheißjob. Aber wie sind Sie Menlo auf die Spur gekommen?»

Spraggue sagte: «Von dem Augenblick, als Pete sich mit mir in Verbindung setzte, hatte ich Menlo auf dem Hals. Er hat mir sogar seine Karte gegeben, damit ich ihn anrufen könnte, falls ich noch irgend etwas über Donagher erfahren sollte. Heute nachmittag habe ich die gleiche Telefonnummer, die Menlo mir freundlicherweise zugesteckt hatte, auf einer Nachricht gelesen, die Pete Collatos seinem Chef hinterlassen hatte. Sie hing am Schwarzen Brett im Bill Rodgers Running Center. Entweder hat Donagher sie nie erhalten oder nie abgenommen. Der Nachricht war zu entnehmen, daß Pete Brian an diesem Sonntag für kurze Zeit allein gelassen hatte, um Menlo aufzusuchen. Und ich wußte, daß Pete an diesem Tag etwas herausgefunden hatte. Er hatte mich angerufen und es mir gesagt. Er hörte sich betrunken an . . . oder krank.» Unvermittelt hob Spraggue eine Hand an die Stirn, erkannte, während er das tat, daß die Geste typisch für Pete Collatos gewesen war. Seine Hand zitterte. «Verdammt!» sagte er. «Treiben Sie jemanden auf, der auf dieser Party gewesen ist! Stellen Sie fest, ob Pete sich nicht an seine Diät gehalten hat, ob er ein oder zwei Gläser Rotwein zu seinen Spaghetti getrunken hat. Wenn er zu diesem Zeitpunkt Parnate im Körper hatte, würde das auch erkären, warum er am Telefon so fertig klang . . . Vielleicht könnte einer von Donaghers Gästen Petes starke Reaktion auf das Essen und Trinken bezeugen. Dann könnte ein Arzt bestätigen, daß diese Reaktionen mit den Wirkungen von Parnate übereinstimmen . . .»

«Das ist nicht gerade viel, was wir den Geschworenen bieten können . . .»

«Vielleicht ist es aber alles, was Sie haben. Falls Donagher nicht zusammenbricht und alles gesteht.»

Hurley fragte: «Warum hat Pete Ihnen nicht gesagt, was er gefunden hatte?»

«Jemand kam in den Raum. Wahrscheinlich Donagher. Und Pete erkannte nicht die Bedeutung dessen, worüber er gestolpert war. Vielleicht glaubte er, auf irgendwelche saublöden polizeiinternen Machenschaften gestoßen zu sein: Cops schreiben Politikern anonyme Briefe, damit eingeschüchterte und verängstigte Politiker entlassene Cops als Leibwächter engagieren. Rache für all die Haushaltskürzungen, die der Polizei schaden. Weiß der Himmel, was Collatos gedacht hat, als ihm klar wurde, daß einer der anonymen Briefe auf Menlos Maschine getippt worden war. Aber

Donagher wird er nichts davon erzählt haben. Noch nicht. Collatos wird mehr Beweise in der Hand gehabt haben wollen, bevor er einen Cop beschuldigte ... Selbst wenn es sich um einen Mistkerl wie Menlo handelte.» Spraggues Vortrag kam stockend zum Ende. Sein Hals tat weh.

«Noch weitere Fragen?»

In der folgenden Stille drückte Hurley auf einigen Knöpfen herum, trennte das Mikrofon vom Tonbandgerät.

«Ich habe noch eine», sagte Spraggue.

«Ja?»

«Haben Sie Donagher gefunden?»

«Vor einer halben Stunde hat sich eine Streife gemeldet. Sie hatten einen Burschen am Charles River stehen sehen, in der Nähe der Soldiers Field Road. Starrte einfach nur ins Wasser. Glaubten, sie hätten einen Betrunkenen oder eine potentielle Wasserleiche vor sich, also haben sie ihn mitgenommen. Ist im Streifenwagen zusammengebrochen. Es ist Donagher. Hat irgendwas genommen. Sie haben ihn rüber ins Mass General gebracht. Bislang kein Wort aus ihm rauszukriegen. Aber meiner Meinung nach ist das so gut wie ein Geständnis.»

«Verlassen Sie sich nicht darauf», sagte jemand. «Wenn er sich wieder erholt hat, wird sein Anwalt uns sagen, daß er wegen des Selbstmordversuchs seiner Frau ganz durcheinander war.»

«Sie lebt noch?»

«Die Ärzte glauben, sie wird es schaffen.»

«Noch eine Frage», sagte Spraggue. «Zwei. Kann ich jetzt gehen? Und wo ist Sharon Collatos?»

Hurley legte eine klobige Hand auf Spraggues Schulter, schaute sich im Raum nach irgendwelchen Einwänden um, fand keine. «Sie wartet auf dem Flur. Gehen Sie nach Hause. Ich lasse von mir hören.»

Natürlich dachte Spraggue. Nach Hause ...

Sharon schlief auf einer schmalen Bank in Lila Donaghers Foyer.

«Guten Morgen», flüsterte er nahe genug an ihrem Ohr, um den Duft ihres Parfums zu riechen.

«Mmmmmpffh!» machte sie.

«Zeit, nach Hause zu gehen.»

Sie setzte sich kerzengerade auf, blinzelte.

«Danke, daß du gewartet hast», sagte er.

«Ich habe deine Tante angerufen. Ed Heineman ist ins St. Elizabeth gefahren, um nach Mrs. Donagher zu sehen. Deine Tante sagt . . .»

«Ich weiß. Komm nach Hause.»

«Ja.»

Spraggue beugte sich vor und küßte sie fest auf den Mund. «Danke», sagte er.

«Für was?»

«Dafür, daß du ein Leben gerettet hast, zwei Leben, drei . . .»

«Moment! Wenn es nur Lila Donaghers Leben wäre, wäre das schon Ehre genug, aber . . .»

«Wenn du mich oben nicht zurückgehalten hättest, hätte ich Donagher möglicherweise umgebracht . . . und wenn ich das getan hätte . . .»

«Du hättest schon ganz von selbst aufgehört.»

«Vielleicht.» Er lächelte schief. «Ich bin froh, daß du mitgekommen bist.»

«Ich auch.»

Spraggue setzte sich neben sie auf die Bank, nahm ihre Hand. «Wie fühlst du dich?»

«Ich weiß nicht . . . Ich fühle mich so leer. Als wäre nichts von alledem wirklich passiert. Als wären die letzten beiden Wochen nur ein einziger, schrecklicher, endloser Tag gewesen.» Sie zuckte mit den Achseln. «Ich weiß nicht, was ich fühlen soll. Rache soll ja angeblich süß sein, aber . . . Donagher . . . ich mochte ihn. Pete mochte ihn. Er war einfach nur ein Kerl, der Mist gebaut hat . . . Und Pete ist tot.»

«Möchtest du hier raus?»

Sie nickte stumm.

Auf der Staße war beinahe alles wie immer. Die Streifenwagen hatten ihr Blaulicht ausgeschaltet; die Nachbarn waren in ihre Betten zurückgekehrt. Die ersten Wolkenfetzen wechselten von Schwarz zu Grau.

Ein riesiges rotes Schild klemmte an der Windschutzscheibe des Porsche. Darauf stand: *Dieses Fahrzeug NICHT bewegen.* Die gefürchtete Kralle war am rechten Vorderrad befestigt.

Eine ältere, grauhaarige Frau, die nicht wieder hatte einschlafen können, blickte verstohlen hinter ihren Spitzengardinen hervor und schüttelte den Kopf über das schamlose Pärchen auf der Straße, das dort vor dem Haus, wo all dieses Spektakel gewesen war, lachte und sich umarmte.

Linda Barnes

«Carlotta Carlyle ist eine großartige Bereicherung der schnell wachsenden Gruppe intelligenter, witziger, verführerischer, tougher, aber dennoch verwundbarer Privatdetektivinnen ...»
The Times

Carlotta steigt ein
(thriller 2917)
Carlotta Carlyle, Privatdetektivin, Ex-Cop und Hin-und-wieder-Taxifahrerin, bekommt von der alten Dame Margaret Devens den Auftrag deren spurlos verschwundenen Bruder zu suchen...
«Linda Barnes' Stil gefällt mir ungemein gut: klar, straff und aufregend.»
Tony Hillermann

Carlotta fängt Schlangen
(thriller 2959)
Zwei Fälle halten Carlotta in Atem: in Fall 1 sucht sie im Auftrag ihres kürzlich suspendierten Freundes Mooney eine Entlastungszeugin. Hauptmerkmale: Wasserstoff-Blondine, attraktive Nutte, Schlangen-Tätowierung. Fall 2 beschert ihr eine halbwüchsige Ausreißerin, Tochter aus gutem Hause und Schülerin der ebenso teuren wie angesehenen Emmerson-Privatschule. In beiden Fällen führen die Spuren in Bostons üblen Rotlichtbezirk.

Früchte der Gier *Ein Michael Spraggue-Roman*
(thriller 3029)
Michael Spraggue, Schauspieler und Detektiv (auch wenn seine Lizenz schon abgelaufen ist) bekommt es in seinem ersten Fall mit gleich drei Kofferraum-Leichen zu tun.

rororo thriller

Blut will Blut
(thriller 3064)
Wer goß Blut in den Bloody Mary, wer enthauptete Puppen und Fledermäuse? Und wer legte den toten Raben ins Büro des Theaterdirektor? Michael Spraggue wird wieder einmal gefordert.

Im Wunderlich Verlag ist erschienen:

Carlotta jagt den Coyoten
Roman
288 Seiten. Gebunden

rororo thriller wird herausgegeben von Bernd Jost. Ein Gesamtverzeichnis der Reihe finden Sie in der *Rowohlt Revue*. Jedes Vierteljahr neu. Kostenlos in Ihrer Buchhandlung.

Barbara M. Gill

«Bestechende Logik, gekonnte Dialoge und atemberaubende Handlungen.»
Saarbrücker Zeitung

Nocturno für eine Hexe
(thriller 2926)
«Das ist eine Fahrstuhlfahrt in den Abgrund. Angetrieben von Mißverständnissen, gekränkter Eitelkeit und Haß. Ausgelöst durch ein Mädchen, das auf geheimnisvolle Weise der Frau auf einem alten Foto gleicht ... ein Thriller, der einen frösteln läßt.»
Frankfurter Rundschau

Seminar für Mord
(thriller 2775)

Herzchen
(thriller 2818)
Die kleine Zanny ist ein reizendes Mädchen mit blauen Augen und blonden Locken. Aber Zanny kann es nicht ertragen, wenn ihr jemand etwas wegnimmt ...

Die Zeit danach
(thriller 2968)
Maeve Barclay ist an ihrem siebenundzwanzigsten Geburtstag aus der Haft entlassen worden. Die Rückkehr in ihr Haus ist ein ebensolcher Kulturschock wie das Gefängnis, das unauslöschliche Spuren bei ihr hinterlassen hat. Ihr Mann, erfolgreicher Börsenmakler, möchte dieses dunkle Kapitel so schnell wie möglich vergessen, doch die Vergangenheit holt Maeve immer wieder ein ...

Der zwölfte Geschworene
(thriller 2738)

rororo thriller

Die Rapunzel-Morde
(thriller 3046)
Der tödlich verunglückte Bradshaw hat durch seinen Bericht wesentlich zur Überführung des fünffachen Frauenmörders Hixon beigetragen. Aber Hixon gesteht nur vier Morde, den fünften habe er nicht begangen. Seltsamerweise ist genau bei dieser Toten Bradshaws Bericht unpräzise. Chief Inspector Maybridge ahnt bald, daß er vor einem bizarren Mordfall steht.

Blind in den Tod
(thriller 3053)

rororo thriller wird herausgegeben von Bernd Jost. Ein Gesamtverzeichnis der Reihe finden Sie in der *Rowohlt Revue*. Jedes Vierteljahr neu. Kostenlos in Ihrer Buchhandlung.

Christine Grän

«Anna Marx, 35, tizianrot und rubensdick ist das ausgekochte Phantasiegeschöpf der Bonner Journalistin **Christine Grän**, die ihre Krimiheldin als sinnenfrohe Gerechtigkeitsfanatikerin gegen die sattsam bekannte lakonische Melancholie alter Krimihaudegen antreten läßt.»
Neue Presse Hannover

Ein Band ist schnell gelegt...
(thriller 2901)

Weiße sterben selten in Samyana
(thriller 2777)
«Vergnüglich plaudernd begleitet Christine Grän ihre Heldin auf Mördersuche, läßt die Liebe nicht zu kurz kommen und sorgt an den richtigen Stellen für einen Schuß Spannung.»
Hamburger Abendblatt

Dead is Beautiful
(thriller 2944)
Peter Münzenberg ist nicht der Mann, der sich seine Politikerkarriere von einer Frau zerstören läßt. Als er erpreßt wird, soll Anna Marx ihm helfen. Sie hätte lieber nicht zusagen sollen. Erst ein Frontalangriff auf ihre Linie, dann auf ihr Leben...

Nur eine läßliche Sünde
(thriller 2865)
Ein rotzfrecher Teenager zwingt ihre Mutter, den rechtmäßigen Vater um Geld anzugehen. Dem paßt die Sache überhaupt nicht in den Kram - er ist nämlich Bonner Politiker auf der höchsten Ebene.

Ein mörderischer Urlaub *Stories*
(thriller 2950)

3008/2

rororo thriller

Grenzfälle
(thriller 3031)
Als Anna Marx die Zeitungsmeldung über den Tod der dreiunddreißigjährigen Susanne Sawitzki liest ist sie wie elektrisiert. Das ist doch der Name gewesen, den der geschwätzige Typ in der Bar so beiläufig erwähnte. Und seitdem dieser Name gefallen ist, hat sich Philipp Handke verändert. Geistesabwesen und abweisend hat er auf Annas vergebliche Versuche reagiert, wieder Kontakt zu ihrem Geliebten zu bekommen. Aber Anna wäre nicht Anna, wenn sie nicht versuchen würde, der Geschichte auf den Grund zu gehen ...

rororo thriller wird herausgegeben von Bernd Jost. Ein Gesamtverzeichnis der Reihe finden Sie in der *Rowohlt Revue*. Jedes Vierteljahr neu. Kostenlos in Ihrer Buchhandlung.

Crime Ladies

«Es liegt in der Tradition des Kriminalromans, daß Frauen bessere Morde erfinden. Aber warum? Diese Frage kann einen wirklich um den Schlaf bringen!»
Milena Moser in «Annabelle»

Patricia Highsmith
Venedig kann sehr kalt sein
(thriller 2202)
Peggy liegt eines Morgens tot in der Badewanne. Niemand zweifelt, daß sie sich selbst die Schlagader aufgeschnitten hat. Nur für den Vater ist klar: der Ehemann muß schuldig sein...
«Unter den Großen der Kriminalliteratur ist Patricia Highsmith die edelste.»
Die Zeit

Nancy Livingston
Ihr Auftritt, Mr. Pringle!
(thriller 2904)
Pringle vermißt eine Leiche
(thriller 3035)
«Wer treffenden, sarkastischen, teils tief eingeschwärzten Humor und exzentrische Milieus schätzt, komm mit Privatdetektiv G.D.H. Pringle, einem pensionierten Steuerbeamten, der die Kunst liebt, ganz auf seine Kosten.»
Westdeutscher Rundfunk

Anne D. LeClaire
Die Ehre der Väter
(thriller 2902)
Herr, leite mich in Deiner Gerechtigkeit
(thriller 2783)
Peter Thorpe zieht an die Küste von Maine und hat zum erstenmal in seinem Leben den Eindruck ehrlichen, rechtschaffenden Menschen zu begegnen. Hier gibt es keine Lügner, Diebe, Mörder. Oder doch?

rororo thriller

Jen Green (Hg.)
Morgen bring ich ihn um! *Ladies in Crime I - Stories*
(thriller 2962)
Diese Anthologie von sechzehn Kriminalgeschichten von Amanda Cross über Sarah Paretsky bis Barbara Wilson zeigt in Stil und Humor die breite schriftstellerische Palette der Autorinnen.

Jutta Schwarz (Hg.)
Je eher, desto Tot *Ladies in Crime II - Stories*
(thriller 3027)

Irene Rodrian
Strandgrab
(thriller 3014)
Eine Anzeige verführt so manches Rentnerpaar, die Ersparnisse in ein traumhaftes Wohnprojekt im sonnigen Süden zu investieren. Sie können ja nicht ahnen, daß sie nicht nur ihr Geld verlieren, sondern auch ihr Leben aufs Spiel setzen...
Tod in St. Pauli *Kriminalroman*
(thriller 3052)
Schlaf, Bübchen, schlaf
(thriller 2935)

Serientäter

Robert Brack
Die siebte Hölle
(thriller 2941)
Oldtimer bringen's besser als Bücher, meint der bankrotte Buchhändler Jercy Pacula, und überführt zwei Limousinen nach Lissabon...
Schwere Kaliber
(thriller 2967)

Frank Göhre
Schnelles Geld
(thriller 3048)
Der erste, seit Jahren vergriffene Kriminalroman von Frank Göhre, der mit mehreren Literaturpreisen ausgezeichnet wurde und als Kinofilm Beachtung fand. Neu bearbeitet und wesentlich erweitert.
Der Tod des Samurai
(thriller 2832)
Der Tanz des Skorpions
(thriller 3025)
Letzte Station vor Einbruch der Dunkelheit
(thriller 2795)
Der Schrei des Schmetterlings
(thriller 2759)

Daniel Pennac
Im Paradies der Ungeheuer
(thriller 2922)
Wenn nette alte Damen schießen...
(thriller 2921)
Königin Zabos Sündenbock
(thriller 3003)

Daniel Pennac / Jean-Bernard Pouy / Patrick Raynal
Machtspiele
(thriller 2961)
Die drei französischen Erfolgsautoren schreiben reihum je eines der 49 Kapitel.

rororo thriller

30 Jahre thriller Jubiläums-Lesebuch
(thriller 3030)
Dieser Jubiläumsband präsentiert einen opulenten Querschnitt durch die Geschichte der rororo thriller- Reihe und bietet literarischen Nervenkitzel pur. Die Palette internationaler Autoren gleicht einem Who is Who der Kriminalliteratur.

Pacio Ignacio Taibo II
Der melancholische Detektiv *Drei Fälle für Héctor Belascoarán Shayne*
(thriller 3039)
Der Boxer Angel, Freund von Detektiv Héctor Belascoarán, wird beim Training im Ring von einem Unbekannten erschossen. Mögliches Motiv: eine alte Rivalität um eine Frau... Taibo liefert nicht nur ungewöhnliche Stories, sondern ein dichtes Bild von Mexiko, seiner Atmosphäre, seinen Problemen und seiner Faszination.
Das bizarre Leben
(thriller 2940)
Comeback für einen Toten
(thriller 3019)